Verlag Voland & Quist, Dresden und Leipzig, 2012

Umschlaggestaltung: Tim Jockel, Berlin
Satz: Fred Uhde, Leipzig
Druck und Bindung: C.P.I. Moravia, Czech Republic

www.voland-quist.de

Tube Tobias Herre

Das Fehlerchen

ROMAN

Verlag Voland & Quist

Gestatten Sie? Festus mein Name. Doktor Festus. Ich möchte Ihnen eine Geschichte erzählen. Es ist nicht meine Geschichte, es ist eine Geschichte, eine frei erfundene Geschichte, die dennoch, obwohl sie meiner Fantasie entstammt, eine wahre Geschichte ist und sich genauso zugetragen hat, wie ich sie Ihnen präsentieren werde. Ich habe nicht einmal die Namen der Protagonisten verfremdet, geschweige denn mir die Mühe gemacht, ihnen selbst erdachte Namen zu geben. Die Personen leben, sie existieren, und ich werde nichts verfälschen, nichts der Handlung hinzudichten oder auslassen. Es ist eine reale Geschichte, die, ich will es noch einmal betonen, frei erfunden ist.

Sie glauben, ich widerspreche mir selbst? Urteilen Sie nicht zu früh! Folgen Sie mir doch und schauen Sie sich in meinem Zimmer um. Gefällt Ihnen der dunkel gebeizte Holzschreibtisch? Er wirkt vielleicht etwas zu wuchtig in dem kleinen Raum, neben den randvoll mit Büchern gefüllten Regalen. Große Werke habe ich hier versammelt, Romane aus mehreren Jahrhunderten, wertvolle gebundene Ausgaben, sie erzählen Geschichten, Geschichten, die ebenso wahr sind wie meine Geschichte. Oder betrachten Sie das kleine Ölgemälde an der Wand, dort in der Ecke neben dem Globus. Es zeigt ein hölzernes Ruderboot, das über einem Steingebirge schwebt. In dem Boot sitzt ein Wesen, das einer orangefarbenen Bockwurst gleicht. Der Betrachter fragt sich: Wie kann ein Ruderboot schweben? Aus welch merkwürdiger Welt stammt diese Szene? Und ich gebe die Antwort: Sie stammt aus einer fremden Welt, nicht unserer Welt. Das Bild eröffnet uns einen Blick in diese Welt. Wir können das Wesen in dem Boot betrachten, das Wesen uns aber nicht.

Doch lassen wir das vorerst. Sie kennen mein Zimmer oder zumindest einen Ausschnitt davon, und ich bitte Sie zu entschuldigen, dass sich ungeordnete Dokumente auf dem Schreibtisch und auch auf dem Boden stapeln. Durch den Raum führt nur ein schmaler Pfad. Doch haben Sie mich schon entdeckt? Wo bin ich? Sitze ich auf dem schwarzen Ledersessel hinter dem Schreibtisch und drehe einen Federhalter in der Hand? Oder hänge ich an dem fünfarmigen Kronleuchter unter der stuckverzierten Decke und blicke auf Sie herab? Weder … noch! Sie sind allein. Und nun erschrecken Sie bitte nicht! Ich stehe hinter Ihnen und lege meine kühle Hand auf Ihre Schulter. Drehen Sie sich nicht um! Ich bin schon wieder weg und zeige mich Ihnen jetzt am Strand einer Karibikinsel in strahlendem Sonnenschein unter einem wolkenlosen Himmel. Lichtreflexe tanzen auf dem blauen Ozean. Immerfort schwappen Wellen ans Ufer und lecken am weißen Sand.

Haben Sie es bemerkt? Es bedarf nur weniger Worte, schon wechseln wir auf wundersame Weise den Ort. Gerade waren wir in meinem Zimmer, nun sind wir am Meer. Ein paar Worte dazu, und ich sitze Ihnen gegenüber in einem schmutzigen Restaurant und drehe Spaghetti auf die Gabel, oder Sie sehen meine Silhouette in den Sanddünen der Sahara vor einem glutroten Sonnenball. Ich blicke Sie an aus dem Bullauge eines Unterseebootes, das in den Tiefen des Pazifiks durch einen Schwarm Kalmare gleitet, oder ich wandere im Schwarzwald auf einem verwurzelten Weg unter Bäumen, deren Blätter ein grünes Dach über mir bilden.

Wo immer ich behaupte zu sein, dort bin ich auch, und in Ihrem Kopf entsteht das Bild dazu. Allerdings will ich Sie nicht allzu sehr strapazieren. Kehren wir zurück in mein Zimmer, wo ich auf dem schwarzen Ledersessel hinter dem Schreibtisch sitze und keinen Federhalter, sondern einen Dartpfeil in der Hand drehe. Und nun passen Sie auf! Ich ziele nur vage, ich werfe den Dartpfeil dem Globus entgegen. Zack, steckt der Pfeil in Europa und dort in der Stadt, wo meine Geschichte beginnt, eine verrückte Geschichte, eine unglaubliche Geschichte, eine Geschichte, die, obgleich Sie jetzt denken, sie sei allein durch meinen Pfeilwurf bereits vom Zufall beeinflusst, eine, verzeihen Sie, dass ich mich wiederhole, wahre Geschichte ist. Sogar mich werden Sie in der Geschichte erkennen, nur werde ich es nicht sein. Doch sehen Sie selbst! Es ist die Geschichte von Anselm und Marie, vielen anderen und einem Menschheitstraum.

Marie in der Nacht

Unsere Geschichte beginnt zu nächtlicher Stunde, als in einer kleinen Einzimmerwohnung im Zentrum Berlins das Telefon klingelte. Marie erwachte, schaltete die Stehlampe ein, schwang sich aus dem Bett und taumelte benommen in den Flur, wo sie den Hörer abnahm und »Hallo?« murmelte.

»Hallo Marie! Anselm hier«, erwiderte der Anrufer. »Wir sind doch am Wochenende zum Tanzen verabredet. Ich wollte dir sagen, dass das leider nichts wird, weil …«

»Spinnst du?«, unterbrach Marie. »Das hättest du mir auch morgen noch sagen können. Es ist mitten in der Nacht. Warum rufst du mich jetzt an?« Ohne eine Antwort abzuwarten, legte sie auf und schlurfte verärgert zurück ins Bett.

Die Bettdecke bis an den Hals gezogen drehte sie sich auf die eine, dann auf die andere Seite, legte sich auf den Rücken, dann hörte sie eine Mücke. Das Fiepen näherte sich ihrem linken Ohr, die Lautstärke schwoll an, bis es mit einem Male ganz still wurde. Marie schüttelte sich und richtete sich auf, sie suchte einen geeigneten Gegenstand, mit dem sie das lästige Tier erlegen konnte, fand neben dem Bett ein Feuerzeug, das sie in die voraussichtliche Flugbahn der nun um sie kreisenden Mücke hielt, und zündete im richtigen Moment die Flamme. Glimmend fiel das sterbende Insekt herab und landete als Aschekrümel auf dem Boden. Marie schnippte die Asche zu Staub und wünschte sich, dass Anselm, der sie mit seinem Anruf aus dem Schlaf geholt hatte, ein ähnliches Schicksal ereilen möge. Da klingelte das Telefon erneut.

»Verdammt«, zischte Marie und begab sich in den Flur ans Telefon.

»Hallo Marie! Anselm hier«, vernahm sie Anselms Stimme. »Wir sind doch am Wochenende zum Tanzen verabredet. Ich wollte dir sagen …«

»Nein, wir sind nicht verabredet. Du hast mich eben angerufen und abgesagt.«

»Was hab ich?«

»Du hast mich angerufen und abgesagt. Ich hab's kapiert. Wir sind am Wochenende nicht verabredet. Und jetzt lass mich in Ruhe, verdammt noch mal, ich muss morgen früh raus!«

Marie legte auf und kroch wütend ins Bett zurück. Sie schaltete das Licht aus und dachte, man solle ihm die Finger abhacken, dann könne er kein Telefon mehr bedienen, und sie stellte sich vor, wie sie eine Axt auf Anselms Finger niederschwang. Doch bevor die Klinge einschlug, glitt Marie in den Halbschlaf, jenen Zustand, in dem sie nicht schlief und nicht wachte, sondern wirr träumte, jene Phase, in der ihr Gehirn Dinge erdenken konnte, die real niemals geschehen würden, die sich aber mit solcher Echtheit ihrem Gedächtnis einprägten, dass sie die Wahrhaftigkeit der Erlebnisse später nur anhand ihrer Absurdität widerlegen konnte. Auch breitete sich in dieser Zeit meist ein unschöner Geschmack in ihrem Mund aus.

Während Marie also Mundgeruch bekam, sah sie eine U-Bahn in den Bahnhof fliegen. Die Türen öffneten sich, es hüpften lustige Kängurus heraus, die Kängurus holten Taschentelefone aus ihren Bauchbeuteln und wählten.

Das Telefon klingelte, Marie schreckte hoch, schaltete die Stehlampe ein, ging in den Flur und nahm den Hörer ab.

Als sie Anselms Stimme erkannte, schrie sie: »Du hast doch echt nicht mehr alle Tassen im Schrank. Hab ich dir nicht gesagt, dass du mich in Ruhe lassen sollst? Warum rufst du schon wieder an? Was soll der Scheiß? Weißt du, wie spät es ist?«

»Ähm …«, brachte Anselm lediglich hervor.

»Nein? Ich auch nicht. Auf jeden Fall viel zu spät! Ich kann mir schon denken, was du wirklich willst. Und dass du keinen Bock hast, mit mir am Wochenende tanzen zu gehen, habe ich auch mitbekommen. Ja? Hast du verstanden? Wir gehen am Wochenende nicht tanzen, ich weiß es, verdammt noch mal!«

»Ähm, aber …«

»Du hast abgesagt, fertig. Jetzt lass mich in Ruhe!«

Sie legte auf, und zog das Telefonkabel aus der Dose. Marie war verärgert, sie war aufgewühlt, sie fühlte sich wach wie nach zwölf Stunden Schlaf und zwei Kannen Kaffee, obgleich ihre

Glieder matt waren und sie in sich die Müdigkeit spürte. Sie begab sich in die Küche, goss sich ein Glas Leitungswasser ein und setze sich an den wackeligen Küchentisch. Durch das halboffene Fenster wehte warme Sommernachtsluft herein und brachte von der Straße das Grölen einiger Betrunkener mit. Marie blickte nachdenklich über den Tisch auf den leeren Stuhl ihr gegenüber, auf dem vor ein paar Tagen noch Anselm für einen kurzen Moment gesessen hatte. Sie hatte Anselm am vergangenen Wochenende auf der Geburtstagsfeier einer Freundin kennengelernt, als er in der Küche stand und sich ein Glas Bowle einschenkte. Es war eine gewöhnliche Geburtstagsfeier in einer gewöhnlichen Dreizimmerwohnung, bei der unterschiedliche Bekanntenkreise aufeinanderstießen und sich die Leute je nach Zugehörigkeit zu der einen oder anderen Gruppe entweder im Wohnzimmer oder im Arbeitszimmer aufhielten. Allein die Gastgeberin pendelte zwischen den Räumen hin und her und versuchte, die ungleichen Lager zu vereinen und in Stimmung zu bringen. Doch der einzige Berührungspunkt blieb die Küche, dort, wo Bier, Wein und Bowle lagerten, konnte jeder auf jeden treffen. Und dort war Marie zum ersten Mal auf Anselm gestoßen, dort hatte sie ihn angesprochen, dort waren sie ins Gespräch gekommen.

Später hatten sie die Geburtstagsfeier verlassen und nach einem langen Fußmarsch zu Maries Wohnung den Rest der Nacht miteinander verbracht, nach dem Kaffee am Morgen darauf die Telefonnummern ausgetauscht, ein paar Tage später miteinander telefoniert und sich für das folgende Wochenende zum Tanzen verabredet. Und jetzt hatte er abgesagt, mitten in der Nacht.

Marie blickte zur weißen Küchenuhr, deren Zeiger sich dem Morgengrauen entgegendrehten. Der rote Sekundenzeiger klackte mahnend. Es war drei Uhr. Sie ärgerte sich. Sie ärgerte sich nicht oder nur wenig darüber, dass Anselm die Verabredung zum Tanzen abgesagt hatte, sondern darüber, dass er es jetzt getan und sie damit aus dem Schlaf geholt hatte, ja, sie war regelrecht wütend, weil seine Anrufe zum falschen Zeitpunkt gekommen waren, so falsch, als riefe Marie jetzt, jetzt sofort, ihre Mutter an, um ihr mitzuteilen, dass sie demnächst einen Kuchen backen wolle. Er muss völlig betrunken sein, vielleicht hat er noch jemanden fürs

Bett gesucht, dachte Marie, warf den Kopf in den Nacken und stürzte das Wasser in einem Zug hinunter.

Zurück im Bett blätterte sie in einer Illustrierten, die neben der Stehlampe auf dem Boden gelegen hatte. Ihre Blicke klebten mehrere Minuten lang an einer farbig gestalteten Werbeanzeige, die eine Geldkarte und einen stark vergrößerten Fingerabdruck zeigte. Es sei die Karte für schwache Köpfe und starke Finger, las sie, bevor sie endlich weiterblätterte und auf einen längeren Artikel stieß:

Revolution durch Teleportation

Ein Menschheitstraum soll sich erfüllen – jener Traum, in dem der Mensch sich in nur wenigen Sekunden über Strecken von mehreren hundert Kilometern Länge bewegen kann. Durch eine patentierte Technologie der Schliemanz-Koch AG können Menschen in elektrische Impulse umgewandelt und in dieser Form beinahe mit Lichtgeschwindigkeit über Telefonkabel transportiert werden. Diese Art der Personenbeförderung bezeichnen ihre Erfinder als Teletransport oder auch Teleportation. Sie soll nun in einem Pilotprojekt zum ersten Mal im Linienverkehr zum Einsatz kommen. In enger Zusammenarbeit mit der Regierung hat die Schliemanz-Koch AG in einer Bauzeit von sechs Jahren leistungsstarke Kupferkabel zwischen Berlin und Hamburg verlegt und in beiden Städten Telestationen errichtet. Am kommenden Sonntag soll die erste Teletransportlinie der Welt eröffnet werden.

Marie brach ab, ließ die Zeitschrift zu Boden gleiten und schaltete das Licht aus. Die Zeitschrift war alt, den Artikel kannte sie schon, das angekündigte Ereignis lag mehrere Tage zurück. Eine Freundin von ihr hatte bereits einen Blitzausflug nach Hamburg unternommen.

Die Augen halb geschlossen fragte sie sich, ob Anselm sich entschuldigen werde, ob er verliebt in sie sei, ob sie in ihn, doch sie konnte nicht lange nach Antworten suchen, da sie alsbald in Tiefschlaf sank.

Anselm im Flugzeug

Tief unter den Tragflächen erstreckte sich mächtig und blau der Atlantische Ozean, über dem einzelne Wölkchen schwebten, golden umrandet vom Schein der am Horizont glühenden Sonne.

Was ist das nur für ein verrückter Tag, dachte Anselm, als er sich vom Flugzeugfenster abwandte und zurücklehnte. Er drückte den Sitz nach hinten, warf den Kopf in die Polster und bemerkte nichts vom Knistern der Cola, die hinter ihm umkippte und sich dort in einen Schoß ergoss. Abwesend starrte er nach oben in die Klimadüse, die ihm süßliche, nach Gummi und Kerosin riechende Luft ins Gesicht blies. Ihn beschäftigte nur eine einzige Frage, nämlich die, wie er von New York zurück nach Berlin gelangen könne, denn er saß völlig unbeabsichtigt in diesem Flugzeug, das vor sechs Stunden in Hamburg gestartet war, und er hatte kein Geld für den Rückflug. Eigentlich hatte er sich abends, nach erledigter Arbeit, über die Teletransportlinie von Hamburg zurück nach Berlin begeben wollen, doch war er vor der Telestation von zwei Herren aufgehalten worden, zwei Herren, die er nicht kannte, die behaupteten, sein Körper sei Eigentum der Schliemanz-Koch AG, sein Körper sei Material, das er zurückerstatten müsse. Sie bezeichneten seinen Körper ungehemmt als Material, aber er war doch ein Mensch und kein Material, und sein Körper konnte niemand anderem gehören als ihm selbst. Nur er, Anselm Hagen, hatte sich jeden seiner Muskeln, jeden Knochen, seine Haare, seine Fingernägel und seine Haut im Laufe seines Lebens selbst geschaffen, indem er fleißig gegessen und die aufgenommenen Nährstoffe zu Körperteilen verarbeitet hatte. Nie hatte man ihm fremde Organe transplantiert oder konserviertes Blut infundiert. Er war sein eigenes Produkt, er gehörte sich selbst, und kein Mensch durfte auf ihn zeigen und sagen: »Dieser Körper gehört mir.« Und dennoch gab es diese zwei Herren, die genau das erklärt und ihm damit den Tag verdorben hatten.

Anselm schloss die Augen und lauschte dem Rauschen der Triebwerke, die unermüdlich die Luft über dem Atlantik verpesteten und damit sein Leben und das der anderen dreihundert Passagiere aufrechterhielten. Er öffnete die Augen in der Hoffnung, daheim in Berlin zu sein und aus einem Alptraum zu erwachen. Am liebsten hätte er sich betrunken in einer Kneipe gesehen. Doch das Flugzeug umgab ihn noch, und alles fühlte sich echt an, so echt wie ungefälschtes Geld.

Seine Arbeit hatte an diesem Tag darin bestanden, ein Paket für den DPS, einen Kurierdienst, der seine Angestellten recht gut bezahlte, von Berlin nach Hamburg zu bringen, und er hatte bereits gegen Mittag die Arbeit erledigt, da er, anstatt die dreihundert Kilometer lange Strecke mit dem Auto zu fahren, sie mittels Teletransport bewältigt hatte. Die gewonnene Zeit hatte er genutzt, sich bei schönem Wetter in der Stadt herumzutreiben. Er war umherspaziert, durch Einkaufsstraßen gebummelt, hatte in Parks herumgelungert und den Mädchen nachgeschaut, Zeitung gelesen oder auf einer Bank gesessen und ein tropfendes Eis geschlürft. Erst am späten Nachmittag, als die Schatten der Häuser länger geworden waren, hatte er sich zurück ins Stadtzentrum begeben, um die schnelle Heimreise anzutreten, doch vor der Telestation warteten jene Herren auf ihn, stellten sich ihm in den Weg und sagten: »Guten Tag. Sie sind Herr Anselm Hagen?«

»Ja, der bin ich. Kann ich Ihnen helfen? Kennen wir uns? Ich kaufe aber nichts.«

»Also, die Sache verhält sich so«, erklärte der eine, »Sie haben sich heute Vormittag durch Teletransport von Berlin nach Hamburg bewegt?«

»Ja, und?«

»Wunderbar, wir arbeiten im Auftrag der Schliemanz-Koch AG, und Sie sind erwählt.«

»Erwählt zu was?«

»Es ist wie ein Hauptgewinn, aber das erklären wir Ihnen gleich. Wenn Sie bitte mitkommen und in unserem Auto Platz nehmen würden?« Sie deuteten auf einen blauen BMW, der auf der anderen Straßenseite parkte.

»Wenn es nicht allzu lange dauert. Ich kaufe aber wirklich nichts«, sagte Anselm, und sie begaben sich gemeinsam in das Auto. Einer der Männer setzte sich mit Anselm auf die Rückbank, der andere schlug die Tür neben Anselm zu, warf sich hinter das Steuerrad, zog die Fahrertür zu und fuhr los.

»Was soll denn das jetzt?«, rief Anselm.

»Also, die Sache verhält sich so«, sagte der Mann neben Anselm und bohrte ihm eine Pistole in die Rippen.

»Ist das eine Pistole?«, fragte Anselm.

»Ja, aber keine Angst, sie ist nicht geladen. Also, die Sache verhält sich so. Ihr Körper ist nicht Ihrer. Der ist Eigentum der Schliemanz-Koch AG, und wir bringen das Material jetzt zurück.«

»Hä?«

»Wir bringen Ihren Körper zurück, und dann wird er eingestampft«, präzisierte der Fahrer, riss das Lenkrad herum und fuhr eine scharfe Rechtskurve. Anselms Kopf bumste gegen die Scheibe.

»Aua! Hä? Eingestampft?«

»Ja, Sie werden eingestampft. Ihr Körper kommt in eine große Moulinette, in der er zerstampft, zerhackt, zerkleinert und zu Brei gerieben wird.«

»Heißt das, Sie wollen mich umbringen?«

»Nein, natürlich nicht. Wobei, aus Ihrer Sicht betrachtet, doch. Das ist aber nicht schlimm. Glauben Sie mir.«

»Das soll nicht schlimm sein?«

»Nein.«

Tausend Wespen schienen in Anselms Bauch zu summen, sein Herz tanzte Polka, und Schweiß trat auf seine Hände. Der Wagen fuhr eine Linkskurve. Anselm stieß gegen den Lauf der Waffe.

Vor wenigen Minuten hatte er noch geglaubt, gleich in Berlin zu sein, vielleicht später am Abend noch ein Bier zu trinken, und jetzt saß er in einem Auto mit zwei Verrückten. Sie fuhren über eine Kopfsteinpflasterstraße, die Räder dröhnten, und Anselm nahm den Dialog wieder auf: »Sie wollen mich wirklich umbringen?«

»Ja.«

»Töten?«
»Jupp.«
»Ermorden?«
»Wie man's eben nimmt.«
»Schlachten?«
»Richtig.«
»Umbringen?«
»Ja doch.«
»Einfach umbringen?«

»Ja, verdammt noch mal, wir wollen Sie umbringen. He! Pass doch auf! Du hättest sie fast umgebracht«, schimpfte der Mann, der die Pistole hielt, als der Fahrer scharf bremsen musste, weil er eine Radfahrerin, die von rechts aus einer Seitenstraße rollte, zu spät gesehen hatte. Das Auto kam mitten auf der Kreuzung zum Stehen. Die Radfahrerin machte einen Schwenker und zeigte den Insassen einen Vogel.

»Ich steig jetzt aus«, sagte Anselm, öffnete die Tür und stieg aus.

»Halt! Stehen bleiben! Sonst schieße ich.«

»Die ist doch gar nicht geladen«, erwiderte Anselm und rannte fort.

»Doch! Die ist geladen. Das war vorhin nur ein Scherz. Glauben Sie etwa, ich würde mit einer ungeladenen Pistole auf Sie zielen?«

Anselm hörte nicht hin. Er rannte hinein in die Querstraße, aus der die Radfahrerin gekommen war. Die Männer sprangen aus dem Wagen und spurteten ihm nach.

»Ein Scherz war das, ein Scherz! Stehen bleiben! Halt! Ein Scherz! Verstehen Sie nicht die Komik des Ganzen? Ich bedrohe Sie mit einer Pistole und sage, dass sie nicht geladen ist. Das ist doch Blödsinn, das ist doch komisch, hihi. Ein Scherz! Stehen bleiben, sonst schieße ich!«

Anselm war nicht zum Lachen zumute, und ihm war es egal, ob er im nächsten Augenblick erschossen oder später in einer Moulinette zerstampft und zu Brei gerieben würde. Ohne sich umzuschauen, raste er weiter und erblickte als rettende Oase am Ende der kurzen Straße einen Taxistand.

»Na? Wo soll's denn hingehen?«, fragte der Taxifahrer und legte die Zeitung beiseite, als Anselm auf den Beifahrersitz hechtete.

»Fahren Sie bitte die Männer dort um!«, sagte Anselm und zeigte auf die beiden, die auf das Taxi zurannten. Der Fahrer gab Gas, und die Männer hüpften fort wie Laubfrösche im Feuer.

»So, Scherz beiseite. Wo soll's denn nun hingehen?«

»Ähm … Am besten …«

»So ein Mist. Wie soll ich denn hier vorbeikommen? Welcher Blödmann parkt denn seinen BMW mitten auf der Kreuzung?« Der Taxifahrer hielt an und hämmerte auf die Hupe.

»Fahren Sie am besten mit Vollgas im Rückwärtsgang!«, riet Anselm, der nach hinten blickte und seine Verfolger herannahen sah, aber der Taxifahrer umkurvte entschlossen das Hindernis, indem er sein Auto halb über den Gehsteig steuerte. Wieder in Fahrt, musste sich Anselm erneut der Frage stellen, wo er hinwolle.

»Bringen Sie mich bitte zur Telestation!«, sagte er.

»Wollen sie mich veräppeln?«, antwortete der Taxifahrer und drehte seinen Kopf verärgert zu Anselm. »Da hätten Sie auch zu Fuß gehen können. Das ist drei Schritte von hier um die Ecke. Deswegen habe ich jetzt nicht vom Taxistand abgelegt, oder?« Er bremste.

»Nein. Fahren Sie mich bitte zum Flughafen! ›Flughafen‹, wollte ich sagen, na klar, ›Flughafen‹.«

Der Taxifahrer gab Gas.

»Und wenn Sie den BMW hinter uns abhängen«, ergänzte Anselm, »zahle ich das Doppelte.«

Das Doppelte?, hallte es in Anselms Kopf nach, denn er hatte nur noch ein paar Münzen, die wohl nicht einmal gereicht hätten, die wenigen bisher zurückgelegten Meter zu bezahlen. Wie sollte er dann das Doppelte geben? Anselm verdrängte die Frage und schnallte sich an, da der Taxifahrer, ein beleibter Mann in Lederjacke, der blondes, halblanges Haar und einen vollen Oberlippenbart trug, Anselms Wunsch augenscheinlich sehr ernst nahm. Er raste verboten schnell durch die Straßen, blinkte links und fuhr rechts, blinkte rechts und fuhr links, fuhr bei Rot und manchmal knapp gegen andere Autos oder Radfahrer. Anselm krallte sich am Türgriff fest, bremste und lenkte sowohl gedanklich als auch pantomimisch jedes Manöver mit. Er fürchtete um sein Leben und versuchte sich damit zu trösten, dass er soeben noch mit zwei Verrückten, die ihn umbringen wollten, in einem Auto gesessen hatte und es jetzt wenigstens nur noch einer war.

Eine halbe Stunde dauerte die aberwitzige Tour, dann erreichten sie das Flughafengelände, wo sie auf grauen Betonstraßen an fußballfeldgroßen Parkplätzen vorbei zum Haupteingang der Empfangshalle rasten. Hinter dem zweistöckigen Glasgebäude lag das weitflächige, von Stacheldrahtzaun umsäumte Rollfeld, auf dem die Maschinen ohrenbetäubenden Lärm ausstießen, wenn sie zum Start die Triebwerke auf Höchstleistung brachten. Etwas weiter entfernt drehte sich gemächlich ein mächtiger Radarschirm im Kreis, und der Tower blitzte sekündlich mit weißem Licht. Der Sicherheitsgurt zerrte an Anselms Schultern, als der Wagen scharf bremste und am Ende einer Reihe wartender Taxis vor dem Haupteingang stoppte. Hinter ihnen rollte ein blauer BMW heran.

»So, und jetzt möchte ich bitte, dass Sie mich zur Telestation bringen. Das ist doch weit genug entfernt, das kann ich doch nicht mehr zu Fuß laufen, oder?«, sagte Anselm, der den BMW bereits bemerkt hatte.

»Wollen Sie mich veräppeln? Da kommen wir doch gerade her«, entgegnete der Fahrer. »Aber gut, ich fahr Sie auch wieder zurück. Mir egal. Wie Sie wollen. Zuerst bezahlen Sie aber bitte die Tour bis hierher!« Er drückte einen Knopf am Armaturenbrett, es piepste kurz, und der Preis erschien in rot leuchtender Schrift auf dem Display daneben.

»Ich steig jetzt aus«, sagte Anselm und ließ den Sicherheitsgurt aufschnappen, da ließ der Fahrer die Zentralverriegelung zuschnappen. Anselm entriegelte die Tür von Hand und stieg aus.

»Halt! Stehen bleiben!«, rief der Taxifahrer, stieg ebenfalls aus und rannte Anselm, der in das Gebäude geflüchtet war, hinterher.

Anselm hüpfte im Zickzack über die Marmorplatten, in denen sich die Koffer, die Menschen und die Lampen spiegelten. Fast blind stolperte er voran, rempelte hier jemanden an oder entschuldigte sich dort für einen auf den Boden klatschenden Koffer, den er wie ein Hürdenläufer übersprungen und mit dem nachziehenden Bein mitgerissen hatte – hinter ihm zwei Männer, die ihn umbringen wollten, und ein Taxifahrer.

Schnell gelangte Anselm zu den Check-in-Schaltern, die mit Drehkreuzen den Weg versperrten. Geradeaus konnte er ohne Flugticket nicht weiter. Ihm blieb bestenfalls die Flucht zur Seite, doch auch dort würde er nicht weit kommen. Anselm flehte innerlich, es möge ein Wunder geschehen. Er blieb stehen und drehte sich um. Und siehe da! Wie durch ein Wunder war ein Wunder geschehen. In der Halle wimmelte es plötzlich von Flughafenbeamten, die in blauen Filzuniformen wie fleißige Ameisen umherliefen und irgendetwas zu ordnen versuchten. Einige von ihnen hatten sich, einen großzügigen Halbkreis bildend, aufgereiht und versperrten sämtlichen Menschen den Weg. Der Taxifahrer versuchte, durch die Barriere zu schlüpfen, doch die Beamten drückten ihn zum Ausgang, obwohl der Taxifahrer wild gestikulierend auf Anselm zeigte. Auch die beiden Herren, die Anselm umbringen wollten, mussten vor der Sperre kapitulieren. Immer mehr Uniformierte kamen hinzu. Einige von ihnen trugen Aluminiumpfähle bei sich, die sie, den Halbkreis nachbildend, in kurzen Abständen zueinander aufstellten, andere begannen, die Pfähle mittels rotweißem Absperrband zu verbinden, und weitere Männer geleiteten die in der Halle gebliebenen Personen zum Ausgang. Das Gebäude war beinahe geräumt und niemand mehr in dem markierten Gebiet. Nur noch ein schwarzer Aktenkoffer stand einsam in der Mitte des Feldes. Zwei Personen in gepanzerten Anzügen, sie wirkten wie Tiefseetaucher, kamen hinzu und musterten den Aktenkoffer, als wäre er ein außerirdisches Wesen.

»Wenn Sie bitte schnellstmöglich das Gebäude verlassen würden«, wurde Anselm von einem Beamten aufgefordert.

»Was?«

»Bitte verlassen Sie das Gebäude! Hier gibt es nichts zu sehen.«

»Ich seh aber was«, sagte Anselm.

»Bitte verlassen Sie schnell das Gebäude!«

»Ich kann nicht raus. Draußen sind zwei Verrückte, die wollen mich umbringen.«

»Ich glaube, *Sie* sind verrückt. Da in dem Koffer ist vermutlich eine Bombe. Die wird jetzt entschärft.«

»Vermutlich?«

»Ja, vermutlich. ›Vermutlich‹ deshalb, weil der Koffer seit einer halben Stunde ohne Besitzer dort steht.«

»Ja?«

»Ja! Und jetzt verlassen Sie bitte das Gebäude, sonst muss ich Gewalt anwenden!« Der Beamte griff Anselm am Arm.

»Aua! Aber, Moment, bitte! Darf ich meinen Koffer noch mitnehmen?« Anselm entriss sich dem Beamten und erklärte, dass der Koffer ihm gehöre. Er hatte schon oft in der Zeitung gelesen, dass ein Flughafen oder ein Bahnhof wegen eines vermeintlichen Bombenfundes gesperrt worden sei, wegen eines Gepäckstückes, das sich dann als eine mit Socken, Schlüpfern und Hemden gefüllte Tasche herausgestellt hatte. Noch nie hatte er gehört, es habe sich tatsächlich ein herrenloser Koffer als Sprengsatz entpuppt.

»Ja, sind Sie denn verrückt, Ihr Gepäck allein zu lassen? Wissen Sie nicht, dass herrenlose Koffer und Taschen sofort von Experten entschärft werden?«, schimpfte der Beamte.

»Entschuldigung.«

»Das haben Sie gut hingekriegt.« Der Beamte wandte sich seinen Kollegen zu und rief: »Okay, Leute! Aktion abgeblasen. Wir haben den Eigentümer gefunden. War eine schöne Übung. Alles erledigt.«

Die Männer in den Schutzanzügen nahmen ihre gepanzerten Helme ab und stapften schwerfällig davon. Andere begannen, das Absperrband einzurollen und die Aluminiumpfähle einzusammeln.

»Entschuldigung«, sagte Anselm noch einmal, ging etwas zögerlich zu dem Aktenkoffer, nahm ihn auf, räusperte sich und lief, so gelassen es ihm gelang, fort. Sein Weg führte direkt zu den Toiletten am Rande der Halle, wo er sich in die erste freie Zelle einriegelte, auf den geschlossenen Deckel setzte und seufzend ausatmete.

Anselm nahm den Koffer, der auf beiden Seiten durch ein dreistelliges Zahlenschloss gesichert war, auf den Schoß, und während draußen wieder der normale Betrieb aufgenommen wurde, begann Anselm die Ziffernrädchen zu drehen. Er probierte bei null beginnend die möglichen Kombinationen durch. Ziffer um Ziffer drehte er weiter und zog bei jedem eingestellten Code an dem quadratischen Knopf. Nach einer halben Stunde war das linke, eine halbe Stunde darauf das rechte Schloss geöffnet.

Anselm fand in dem Koffer ein Flugticket und einen Knetklumpen, in dem zwei Drähte steckten. Beide Drähte, ein grüner und ein roter, schlängelten sich verdrillt zu einem am Koffer mit Klebeband befestigten Quarzwecker.

Mehr war nicht in dem Koffer, weder Geld noch andere Wertgegenstände wie Goldbarren, teure Uhren oder Diamanten, nichts von dem, was Anselm sich anfangs erhofft hatte. Er riss die Drähte aus dem Quarzwecker, warf den Knetklumpen in die Toilette und spülte ihn herunter.

Kurz darauf verließ Anselm die Zelle, und als er sich im weiß gekachelten Raum dem Ausgang zuwandte, hörte er hinter sich eine Stimme: »Da ist er ja! Ich wusste, dass er sich hier noch irgendwo rumtreibt. Stehen bleiben!«

Anselm fuhr erschrocken herum und erkannte den Mann, der behauptet hatte, seine Pistole sei nicht geladen. Der Mann benutzte eines der Keramikbecken an der Wand.

»Stehen bleiben!«, sagte der Mann und beugte sich weit nach hinten, als Anselm zum Ausgang floh.

»Stehen bleiben!«, hörte Anselm ihn noch einmal rufen.

Wieder flitzte Anselm durch die Halle über die Marmorplatten, bis er an einen Check-in-Schalter gelangte und einer Dame in blauer Uniform das im Koffer gefundene Ticket zeigte.

Was ist das nur für ein verrückter Tag, dachte Anselm immer wieder. Sechs Stunden war es nun her, seit er in das Flugzeug gestiegen war. Anselm blickte aus dem Fenster und erkannte bereits den amerikanischen Kontinent.

Es klapperte. Die Stewardess schob ein Wägelchen durch den Gang und teilte Essenspäckchen an die Fluggäste aus. Anselm nahm eines entgegen.

»In einer Dreiviertelstunde landen wir. Dann haben wir es geschafft«, sagte die Frau auf seinem Nachbarsitz. »Jetzt gibt es noch mal was zu essen, und dann, dann ist es geschafft.«

»Ja, ja«, murmelte Anselm, öffnete die Cellophantüte und holte zwei Scheiben Schwarzbrot, eine Scheibe Salami, eine Scheibe

Käse und ein in Aluminiumfolie verpacktes Stück Butter heraus. Mit dem beigelegten Plastemesser schmierte er gedankenverloren die Butter auf einer Brotscheibe breit.

»Wissen Sie«, fuhr die Frau neben ihm fort, »ich bin froh, wenn wir endlich gelandet sind. Ich habe jedes Mal fürchterliche Angst vor dem Fliegen. Manchmal wird mir sogar schlecht davon. Und dann bin ich froh, wenn alles vorbei ist. Ich fliege nämlich einmal die Woche von Hamburg nach New York.« Auch sie quetschte jetzt die Butter auf einer Brotscheibe platt.

»Und zurück auch?«, fragte Anselm uninteressiert.

»Zurück?«

»Einmal die Woche von Hamburg nach New York und auch zurück, einmal die Woche?«

»Ja, ja natürlich, auch zurück. Das ist furchtbar anstrengend. Aber vielleicht gibt es ja bald eine Teletransportlinie zwischen den Städten. Das soll demnächst auch über Satellit funktionieren. Dann dauert die Reise nur noch ein paar Sekunden, und das spart Zeit und schont meine Nerven, weil ich mich immer so vor dem Fliegen fürchte. Aber heute bin ich irgendwie völlig ruhig. Ist das nicht komisch? Ich habe überhaupt keine Angst, sonst ist das viel schlimmer. Glauben Sie mir! Normalerweise zittern meine Hände so stark, dass ich nicht einmal Brote schmieren kann.« Die Frau führte ihr mit Salami belegtes Brot zum Mund und biss hinein.

»Ja, ja, manchmal ist das eben so. Ich fliege eher selten nach New York«, sagte Anselm und sah am Fenster sechs Schatten vorbeihuschen. »Huch? Waren da nicht gerade sechs Schatten?«, wollte er sagen, sagte jedoch nur »Huch?«, da im nächsten Moment das Flugzeug explodierte. Gewaltige Vibrationen gingen durch die Maschine, das Cockpit wurde abgetrennt, und der Druck im Innern des Rumpfes sank rapide ab. Für einen Moment wurde es glühend heiß, danach riss ein eisiger Sturm alles Unbefestigte heraus.

Anselm fand sich im freien Fall über dem Atlantischen Ozean wieder. Neben ihm Menschen, Koffer und Flugzeugteile, hier ein Arm, dort ein Bein und da eine halb mit Butter beschmierte Schwarzbrotscheibe. Einige der Gegenstände hatten Feuer gefangen und zogen dunkle Rauchschwaden hinter sich her, so auch die Gummisohle des Schuhs an dem abgerissenen Bein, das neben ihm schwebte und mit ihm nach unten raste.

Langsam wurde ihm klar, was geschehen war. Das Flugzeug war explodiert, es hatte ihn ins Freie gerissen, und er würde in wenigen Minuten in den Fluten des Ozeans verschwinden. Den Aufprall aufs Wasser mit etwa zweihundert Kilometern pro Stunde könnte er kaum überleben. Bei einer solchen Geschwindigkeit war die Flüssigkeit hart wie Granit, und falls er doch überleben sollte, würde er spätestens nach zwanzig Minuten im bitterkalten Meer erfroren sein oder von Haien gefressen werden.

Er blickte hinab auf den Ozean, dem die sinkende Sonne einen goldenen Streifen auf die Oberfläche legte. Nur noch wenige Minuten blieben bis zum Aufprall. Er sah sich im rauschenden Wind um, er betrachtete seinen Körper, und was entdeckte er da? Ihm fehlte ein Bein! Die Wucht der Explosion musste es abgerissen haben.

Jetzt war alles aus! Selbst wenn er überleben sollte, den Aufprall ins Wasser, die Kälte und die Haie, wenn er gar von einem Schiff gerettet und nach Berlin zurückgebracht würde, er könnte nicht am Wochenende mit Marie tanzen gehen. Anselm holte sein Taschentelefon aus der Tasche, rief Marie an und sagte, dass er am Wochenende nicht wie verabredet mit ihr tanzen gehen könne. Marie antwortete nur: »Spinnst du? Das hättest du mir auch morgen noch sagen können. Es ist mitten in der Nacht. Warum rufst du mich jetzt an?«

Kurz darauf klatschte er ins Wasser und brach sich dabei, wie durch ein Wunder, lediglich das Bein. Wenige Sekunden später wurde er von einem herabfallenden Koffer erschlagen.

Eröffnung

Unter dem fast wolkenlosen Himmel spiegelten sich die umliegenden Hochhaustürme in der Glasfassade des kreisrunden Bauwerks, auf dessen Dach in grünen Lettern der Schriftzug *Telestation Berlin* prangte. Auf dem Vorplatz hatten sich einige Menschen versammelt, um der Eröffnung beizuwohnen. Mikrofon und Lautsprecher waren aufgebaut. Eine Blaskapelle, deren Musiker goldgelbe Blechinstrumente bereithielten, erwartete ihren Einsatz. Der Bürgermeister trat ans Mikrofon, nestelte einen Zettel aus der Innentasche seines grauen Jacketts und sprach: »Meine sehr verehrten Damen und Herren.« Aus den Lautsprechern schrillte jedoch nur ein grässlicher Pfeifton. Die Zuschauer zuckten gemeinschaftlich zusammen, und die Musiker wackelten mit ihren Instrumenten. Einem entglitt die Tuba. Sie krachte scheppernd zu Boden. Vom Vordach des Eingangs erhob sich ein Taubenschwarm, der über den Köpfen der Menschen umherflatterte, bis sich die Rückkopplungsgeräusche gelegt hatten.

Vorsichtig pochte der Redner gegen das Mikrofon und sagte: »Test, Test, eins, zwo, eins, zwo. Meine sehr verehrten Damen und Herren!«

Jedes Wort ging mit dreifachem Echo über den Platz, bevor es verhallte.

»Mit dem Bau der ersten Teleportationslinie der Welt hat unser Land wieder einmal mehr seine führende Position in der Wirtschaft und bei der Umsetzung von Spitzentechnologien unter Beweis gestellt. Ich bin davon überzeugt, dass sich vom heutigen Tage an …«

Blech knirschte auf Stein, da der Musiker seine Tuba aufhob.

»Ich … ich bin davon überzeugt, dass sich vom heutigen Tage an vieles verändern wird. Teleportationslinien, die in Zukunft alle Städte unseres Landes und auch die Städte überall in der Welt miteinander verbinden werden, helfen uns dabei, die Menschen einander näher…«

Brop! Der Musiker hatte in sein Instrument geblasen, um die Funktionstüchtigkeit zu prüfen. Alle Blicke richteten sich auf ihn.

»Entschuldigung!«, rief er und zuckte verlegen mit den Schultern.

»Äh …«, nahm der Bürgermeister seine Rede wieder auf, »Ich bin stolz darauf … Nein … Ich bin davon überzeugt … Nein … Moment … hier … die in Zukunft alle Städte unseres Landes und auch die Städte überall in der Welt miteinander verbinden werden, helfen uns dabei, die Menschen einander näherzubringen und wirtschaftliches Wachstum zu fördern. Ich bin stolz darauf, nun die erste Teleportationslinie der Welt eröffnen zu dürfen.«

Unter verhaltenem Applaus knüllte er den Zettel zusammen und steckte ihn weg. Mit einer beinlangen Schere, die man ihm gereicht hatte, zerteilte er das rote Samtband, das zwischen zwei Messingpfähle gespannt den Eingang des Gebäudes versperrte, und er erklärte, dass die Teleportationslinie nun eröffnet sei. Er gab den Musikern ein Zeichen, woraufhin sie eine fröhliche Melodie mit stampfendem Rhythmus zu spielen begannen.

Die Menschen strömten in das Gebäude.

Anselm am Morgen

Anselm taumelte benommen zum klingelnden Wecker, schaltete ihn aus und legte sich zurück ins Bett. Eine Stunde später träumte er, sein Telefon klingele, und er öffnete die Augen. Verdammt, verschlafen, war sein erster Gedanke, als er die Staubpartikel im Licht der hereinscheinenden Sonne sah.

»Einen wunderschönen guten Morgen, Herr Hagen!«, hörte er jemanden auf seinen Anrufbeantworter sprechen. »Mein Name ist Thomas Kopp. Ich bin vom DPS. Vielleicht erinnern Sie sich an mich. Wir haben gestern miteinander gesprochen. Wenn ich mich nicht irre, wollten Sie heute um neun Uhr bei uns erscheinen und für uns arbeiten, Pakete ausfahren. Ich hoffe doch, Sie haben nicht verschlafen, sondern Ihnen ist auf dem Weg zu uns etwas schwer Vorhersehbares passiert, etwa ein Verkehrsunfall. So ein verdammter Mist! Klick, piep, piep, piep.«

Anselm stürmte hinaus in den Flur, hinein ins Badezimmer, drehte den Hahn über dem Waschbecken auf, steckte den Kopf unter den kalten Strahl, zog den Kopf zurück, drehte den Wasserhahn zu, rubbelte seinen Kopf mit einem gelben Frotteehandtuch trocken, feuerte das Handtuch in die Ecke, rannte zurück ins Zimmer, schnappte sich eine Hose vom Boden, zog sie an, las eines der T-Shirts auf und streifte es über, zog die Hose aus, zog einen Schlüpfer an, zog die Hose wieder an, suchte zwischen anderen Kleidungsstücken am Boden nach Socken, fand keine Socken, wühlte die Kleidungsstücke noch einmal durch, fand immer noch keine Socken, nicht einmal die vom Vortag, ging zum Kleiderschrank an der Wand, öffnete ihn, zog eine Schublade heraus, wühlte in ihr herum, fand keine Socken, kippte den Inhalt der Schublade aus und suchte in dem Haufen, fand ein Paar, schlüpfte hinein, suchte das Taschentelefon, fand es nicht, rief es mit dem anderen Telefon an, es klingelte in der Küche, er eilte in die Küche, fand das Taschentelefon neben dem Abwaschbecken, in dem sich ein Berg dreckigen Geschirrs auftürmte, steckte das Taschentelefon ein, suchte die Geldkarte, fand sie im Zimmer unter dem Bett, steckte sie ein, hastete in den Flur, suchte seine Schuhe, fand sie nicht, rannte ins Zimmer, fand sie unter dem Schreibtisch, zog sie an, suchte den Wohnungsschlüssel, fand ihn auf dem Schreibtisch neben einer leeren Bierflasche, rannte in den Hausflur, schlug die Wohnungstür zu, polterte vier Treppen hinunter auf die Straße.

Die Haustür fiel hinter ihm ins Schloss.

Nun hatte er noch einen zehnminütigen Fußmarsch bis zur Zentrale des DPS.

DPS

»Sie haben sich verspätet, Herr Hagen«, lispelte Thomas Kopp hinter seinem Schreibtisch, über einen biblisch großen Terminplaner gebeugt. Er blickte auf, zog die obere seiner wulstigen Lippen hoch und blinzelte fragend durch seine Hornbrille. Durch die Jalousie zeichnete die Sonne helle Streifen auf Kopps Gesicht, was ihm Ähnlichkeit mit einem Zebra verlieh.

»Wissen Sie denn überhaupt, was es bedeutet, zu spät zu kommen?«

»Ja, das bedeutet, nicht zur vereinbarten Zeit zu kommen, sondern erst danach«, erläuterte Anselm ernsthaft.

»Nein. Ich meine damit, ob Sie sich denken können, was es für einen Paketbeförderungsdienst wie den unseren bedeutet, wenn sich die Mitarbeiter verspäten? So wie Sie!«

»Ich denke, es bedeutet, dass die Mitarbeiter nicht zur vereinbarten Zeit kommen, sondern erst danach.«

»Nein. Viel mehr, Herr Hagen, viel, viel mehr.« Kopp lehnte sich zurück und verschränkte die Hände hinter dem Kopf, sodass sich sein rötliches Haar etwas vorschob. Anselm bemerkte die Schweißflecken am Hemd unter Kopps Achseln, zu denen der auf dem Schreibtisch surrende Ventilator passenden Geruch verteilte. Kopp fuhr fort: »Unser Unternehmen, der DPS, bietet seinen Kunden an, Pakete und Päckchen von Punkt A nach Punkt B zu befördern und sie zu einer vereinbarten Zeit abzuliefern. Verstehen Sie das?«

»Ja.«

»Wenn also ein Kunde ein Paket bei uns aufgibt und verlangt, dass es pünktlich bis sechzehn Uhr bei Herrn X in Y abgegeben wird, und Sie verspäten sich um, sagen wir, zehn Minuten. Was bedeutet das?«

»Das bedeutet, dass Herr X das Paket um 16:10 Uhr erhält. Oder?«

»Es kann sein, dass Herr X es um 16:10 Uhr erhält. Es kann aber auch sein, dass Herr X das Paket nie erhält«, sagte Kopp und fuchtelte drohend mit dem Zeigefinger der rechten Hand hin und her, benutzte jedoch den Mittelfinger, da er keinen Zeigefinger mehr hatte.

»Ich verstehe nicht«, murmelte Anselm.

»Nehmen wir an, in dem Paket ist ein Sprengsatz mit Zeitzünder, und der Zeitzünder wäre auf 16:05 Uhr eingestellt. Glauben Sie, das Paket könnte sein Ziel unversehrt erreichen?« Kopp beugte sich vor, stützte sich mit den Ellenbogen auf den Schreibtisch und sah Anselm triumphierend in die Augen.

»Wenn die Uhr im Zeitzünder nachgeht, vielleicht«, sagte Anselm, »Wenn nicht, dann würde die Bombe wohl zu früh explodieren.«

»Nein! Nicht zu früh, nur am falschen Ort. Möglicherweise sogar in Ihren Händen. Das Paket wäre zerstört und könnte nicht mehr abgeliefert werden.« Kopp schlug mit der Faust auf den Tisch. Ein paar Büroklammern hopsten über den Rand einer Schale.

»Ist das denn schon einmal passiert?«, fragte Anselm.

»Wie? Was? Meinen Sie etwa meine Hand? Weil ich keinen Zeigefinger mehr habe?« Seine Miene wurde grimmig: »Ich habe nie Pakete ausgefahren. Und wenn, dann hätte ich mich nie verspätet. Das mit dem Finger ist eine ganz andere Geschichte. Dass er nicht mehr dran ist, stellt kein Handicap für mich dar. Seien Sie sich da ganz sicher, und denken Sie bloß nicht, dass Sie mich deshalb nicht ernst nehmen müssen.«

»Nein, das würde ich nie tun«, versuchte Anselm zu beschwichtigen. »Ich bin sicher, dass Sie, wenn Sie wollten, perfekt das Flötenspiel erlernen könnten. Solch einen Zeigefinger … Wozu braucht man den schon? Der ist doch genau so wichtig wie der Blinddarm, sozusagen der fünfte Finger an der Hand. Also, ich meine, ich habe auch schon oft drüber nachgedacht, ob ich mir die Dinger nicht einfach abhacken lassen …«

Kopps Gesichtsfarbe glich sich der seiner Haare an. Er verbarg die rechte Hand unter dem Tisch, hob die linke und wies mit gestrecktem Zeigefinger auf Anselm.

»Herr Hagen! Wir reden hier nicht über irgendwelche Finger, deren Fehlen für niemanden hier im Raum ein Problem darstellt. Wir reden über Ihre Arbeit beim DPS als Fahrer. Ist das klar?«

»Selbstverständlich.«

Also, Sie als Fahrer sind ein winzig kleiner Bestandteil unseres Unternehmens. Jeder Mitarbeiter, jedes Auto, jeder Schreibtisch, jede Schraube ist ein Teil der Firma. Und alle Bausteine zusammen bilden in ihrer Gesamtheit und ihrem Zusammenspiel einen Paketbeförderungsdienst. Die Seele des Betriebes wird durch die Interaktion einzelner Komponenten gebildet. Verstehen Sie das?«

»Selbstverständlich.«

»Und wenn irgendeine Komponente nicht korrekt funktioniert, dann wird sie einfach ausgetauscht, sei es ein Auto, ein Schreibtisch, eine Schraube oder ein Mitarbeiter. Verstehen Sie das?«

»Ja.«

»Wollen Sie ausgetauscht werden?«

»Nein.«

»Dann seien Sie in Zukunft bitte pünktlich!« Kopp blätterte in dem Terminplaner.

»Gut. Wir hätten da noch eine Tour nach … Moment …«, er fuhr mit dem Zeigefinger, den er durch den Mittelfinger ersetzte, über die aufgeschlagene Seite. »Ach klar!« Er blickte auf. »Wir hätten da noch eine Tour nach Hamburg. Ein Päckchen muss pünktlich um sechzehn Uhr in die Hauptmannstraße Numero 9 geliefert werden. Es wurde … äh … erst vor einer halben Stunde bei mir abgegeben. Deshalb liegt es noch hier. Moment.« Er tauchte seitlich hinter dem Schreibtisch ab, tauchte sogleich wieder auf und hielt ein Päckchen, so groß wie ein Schuhkarton, in den Händen, das er Anselm reichte.

»Den vereinbarten Lohn werden wir Ihnen überweisen, sobald Sie die unterschriebene Lieferquittung bei uns abgegeben haben. Lassen Sie sich auf dem Hof ein Auto geben. Im Fahrzeug finden Sie einen Block Lieferscheine.«

»Gut, alles klar.« Anselm drehte sich um und wollte das Büro verlassen.

»Ach, einen Moment noch, Herr Hagen«, hielt Kopp ihn auf. Anselm blieb stehen und bemerkte im selben Augenblick, dass auf Wadenhöhe im rechten Hosenbein eine Socke steckte. Sie drohte, tiefer zu rutschen.

»Ich wollte Sie noch darauf hinweisen, dass Sie das Paket unbedingt mit dem Auto nach Hamburg fahren und keine neuartigen Dinge austesten. Unser Unternehmen arbeitet seit Jahren zuverlässig, indem alle Aufträge mit dem Auto abgewickelt werden. Das ist ein Versprechen gegenüber unseren Kunden.«

»Wie meinen Sie das?«, fragte Anselm, der das rechte Bein etwas anwinkelte, um zu vermeiden, dass sich die Socke gleich neben seinem Schuh zeigte.

»Genauso, wie ich es gesagt habe. Sie bringen das Päckchen über die Autobahn nach Hamburg, geben es ab und fahren mit dem Auto wieder zurück. Verstehen Sie?«

»Ja.«

»Wissen Sie nämlich«, Kopp drückte sich in die Stuhllehne, »gerade auf der Route nach Hamburg, da meinen neuerdings einige Ihrer Kollegen, das schneller erledigen zu können. Die denken, durch irgendwelches modernes Zeugs ganz fix dort hinzukommen, und dann vergnügen sie sich einfach in der Stadt und arbeiten nicht. Die spazieren umher, bummeln durch Einkaufsstraßen, hängen in Parks herum und gucken den Mädchen nach, lesen Zeitung oder sitzen irgendwo auf einer Bank und schlürfen ein tropfendes Eis. Dafür werden sie aber nicht bezahlt. Ihre Kollegen nicht und Sie auch nicht! Wenn Sie Geld von unserer Firma bekommen, dann dafür, dass Sie im Auto sitzen und auf der Autobahn fahren.«

»Ich hatte nichts anderes vor.«

»Gut. Dann wünsche ich Ihnen viel Erfolg.« Kopp beugte sich wieder über den Terminplaner, während Anselm sich sehr behutsam, um die Socke nicht zu verlieren, zur Tür bewegte.

»Herr Hagen?«, rief Kopp wieder, und Anselm hielt noch einmal inne. »Haben Sie vielleicht eine Verletzung am Bein? Es sieht so aus, als ob Sie humpeln, also, ich meine, Sie trauen sich die Arbeit doch zu, oder?«

»Nein, ich habe keine Verletzung am Bein. Ich humple auch nicht«, antwortete Anselm und humpelte aus dem Büro.

Wenig später saß er in einem roten Golf, hatte die Scheiben heruntergelassen und ließ sich den Ellenbogen bräunen. Auf dem Beifahrersitz lag ein Päckchen, das nach Hamburg sollte, und auf dem Armaturenbrett eine schwarze Herrensocke. Die Tachometernadel stand auf null, und die Reifen drückten sich langsam in den von der Sonne aufgeweichten Asphalt. Vor und hinter dem Auto zog sich eine endlos wirkende Karawane bunter Blechkarossen durch die Straße und bildete den Stau, aus dem Anselm bald in eine Seitenstraße ausscherte und sich zur Telestation Berlin aufmachte.

Anselm im Teletransporter

In der Telestation roch es noch frisch nach Mörtel. Die getönten Scheiben konnten nichts von dem sonnigen Wetter draußen vermitteln, sie ließen jeden Tag wie einen trüben Novembertag erscheinen und gaben der Halle eine fühlbare Kälte. Das Zentrum bildete die Teleportzelle, ein mattsilberner Zylinder, kreisrund und aus massivem Stahl, so hoch wie ein Kleiderschrank und vom Umfang her ausreichend, um eine Person in sich aufzunehmen. Anselm reihte sich hinter den sechs Personen ein, die vor der Zelle warteten, und beobachtete, wie eine nach der anderen sie betrat und verschwand. Jedes Mal, nachdem sich die Tür geschlossen hatte, fühlte er ein gespenstisches Rumpeln unter den Füßen, ein Rumpeln, das langsam anschwoll, das so wirkte, als würde tief in der Erde eine Waschmaschine im Schleudergang vibrieren.

Schließlich stieg Anselm ein, woraufhin er sich in einer engen Metallröhre wiederfand, die im diffusen Licht, das von einer weißen Halbkugel an der Decke strahlte, stumpf schimmerte, und die, nachdem sich die Tür von unten her automatisch zugeschoben hatte, hermetisch dicht abgeschlossen schien und als einzigen Orientierungspunkt einen auf Schulterhöhe in die Wand eingelassenen Schlitz mit einer darunter befindlichen Linse bot.

»Bitte führen Sie Ihre Geldkarte in den dafür vorgesehenen Schlitz ein!«, ertönte eine Frauenstimme. Er durchwühlte seine Taschen, holte die Geldkarte hervor und steckte sie in den Schlitz.

»Bitte führen Sie Ihre Geldkarte richtig herum ein!«, sagte die Frauenstimme. Die Geldkarte schnellte wieder heraus. Anselm drehte die Geldkarte um und schob sie erneut ein.

»Bitte identifizieren Sie sich!«

Anselm legte einen Finger auf die Linse.

»Guten Tag, Herr Hagen! Herzlich willkommen im Teletransporter. Von Ihrem Konto wurden zehn Euro abgebucht. Bitte entnehmen Sie jetzt Ihre Geldkarte!«

Anselm tat, wie ihm geheißen, und die Frauenstimme fuhr fort: »Bitte warten Sie! Der Transfer wurde eingeleitet.«

Aus den Lautsprechern piepste Beethovens *Für Elise*, während die Stimme in regelmäßigen Abständen »Bitte warten Sie!« wiederholte.

Fünfzehn Sekunden später war die Reise beendet, und vergnügt rutschte Anselm wie ein Schlittschuhläufer, das Päckchen unter dem Arm, über den geschliffenen Marmor zum Ausgang der Halle, die der Halle der Telestation in Berlin bis ins letzte Detail glich. Als er das Treppchen vor dem Eingang hinabstieg und auf den betonierten Vorplatz blickte, wurde ihm klar, dass er sich noch in Berlin befand. Die Straße und die Hochhaustürme vor seinen Augen waren dieselben, und um sich restlos zu überzeugen, lief er ein Stück weiter, wandte sich um und führte seinen Blick die Glasfassade hinauf, bis er auf dem Dach des Gebäudes *Telestation Berlin* las. Enttäuscht sah er auf die Treppenstufen. Ein Fehler. Sein Transfer hatte nicht funktioniert.

Eine Frau trat aus dem Gebäude. Sie kniff die Augen zusammen, holte eine Sonnenbrille aus ihrer in Hüfthöhe hängenden Handtasche, setzte die Sonnenbrille auf und stöckelte mit den fast bierdeckelgroßen Gläsern im Gesicht das Treppchen herab.

»Entschuldigung?«, sprach Anselm sie an, als sie eilig an ihm vorbeiwollte.

»Ja? Ich kaufe aber nichts«, sagte sie, hielt inne und wandte sich ihm zu.

»Ich wollt nur eine Frage stellen. Kommen Sie gerade aus Hamburg?«

»Ja. Warum?«

»Weil ich nach Hamburg wollte, und es hat nicht funktioniert.«

»Habe ich Sie dort aber nicht gerade gesehen?«, fragte die Frau, hob ihre Sonnenbrille auf Stirnhöhe und musterte Anselm mit blinzelnden Augen.

»Nein, ganz bestimmt nicht. Ausgeschlossen.«

»Ja, wer weiß. Wie sagten Sie? Man kommt nicht zurück?«

»Es scheint so. Also, ich bin nicht hingekommen.«

Die Frau ließ die Brille zurück auf die Nase fallen und sagte: »Das wäre dumm.«

»Warum?«, fragte Anselm.

»Weil ich gleich wieder zurückmuss. Ich hab einen Kuchen im Ofen, die Waschmaschine läuft, die Kinder sind allein, und der Hund hat noch nichts zu fressen gekriegt. Und das Bügeleisen! Oh Gott! Hab ich es überhaupt ausgeschaltet? Ich wollte doch nur mal schnell Zigaretten holen, und jetzt komme ich nicht mehr zurück.«

»Zigaretten holen? Macht das nicht immer der Mann?«

»Ich muss dringend telefonieren«, sagte die Frau aufgeregt, die mit ihrem weißen Rock, ihrer hellblauen Bluse und der mächtigen Sonnenbrille wie eine Libelle erschien. Sie suchte in ihrer Handtasche hektisch nach dem Taschentelefon.

»Vorsicht!«, sagte Anselm und ging zwei Schritte zur Seite, die Frau tat es ihm nach.

Ein Reisebus rollte im Schritttempo auf den Platz und kam neben ihnen zum Stehen. Der Motor ging aus, es zischte kurz, als hätte der Bus geniest, dann knisterte nur noch das sich abkühlende Metall. Die Tür sprang hervor und schob sich zur Seite. Ein Mann in einem hellgrau gestreiften Anzug mit einem breiten bunten Schlips sprang heraus.

»So, meine lieben Damen! Jetzt kommen wir zum lustigen Teil unseres Ausflugs. Schwuppdiwupp werden wir uns nach Hamburg teleportieren. Sie sind doch ganz moderne Menschen. Das hab ich schon zu Anfang gesehen. Kommen Sie, kommen Sie! Ich helfe Ihnen, junge Frau«, sagte er und half einer alten Frau beim Aussteigen.

»Hallo Marlene? Hier ist die Mama, hörst du? Hallo?«, sagte die Frau neben Anselm, sich das Taschentelefon ans Ohr haltend. »Du musst jetzt ganz genau zuhören! Also ... was? Was hat der Milan gemacht? ... Nein. Du sollst nur aufpassen, dass er nicht aus dem Zimmer geht. Hörst du? Ja ... Also, jetzt hör zu! Die Mama kommt vielleicht ein bisschen später zurück ...«

»Und die Nächste, bitte! Kommen Sie herausspaziert! Hier, ich reich Ihnen meine Hand, junge Dame. Bei dem Sonnenschein kommt Ihre Frisur aber besonders gut zur Geltung. Hätte ich solche Haare wie Sie, ich würde nur vor dem Spiegel stehen und mich anschauen«, charmierte der Reiseleiter, als er eine Alte aus dem Bus holte, deren weißer Dutt ihren Kopf verunzierte. »Und die Nächste, bitte! Nur zu! Gleich sind wir in Hamburg. Und ich weiß, so beschäftigte Damen wie Sie haben wenig Zeit. Da zählt jede Minute, die wir sparen können. Deshalb fahren wir auch nicht mit dem Bus drei Stunden über die Autobahn. Nein! Wir teleportieren uns fix ans Ziel. Und das Schöne daran ist: Wir haben viel mehr Zeit für die Produktpräsentation, bevor Sie sich später vergnügen dürfen. Kommen Sie! Vorsicht, die Stufe, meine Dame! Nicht, dass Sie mir noch stolpern …«

»Ja, Marlene, die Mama kommt wahrscheinlich ein bisschen später zurück. So, und jetzt hör gut zu! Du gehst in die Küche … ja … gut … ja, du gehst in die Küche zum Herd, und da drehst du den mittleren Knopf – hörst du? – den mittleren Knopf ganz weit nach … Wie? Was heißt, du darfst das nicht? Doch, heute darfst du das mal ausnahmsweise. Du bist doch schon ein großes Mädchen, ja? Also, du gehst in die Küche …«

»Die Nächste, bitte!«

Der Platz füllte sich langsam mit älteren Damen, die von ihrem Veranstalter nach Hamburg gebracht werden wollten. Gestützt auf Spazierstöckchen, die wie große Salzstangen anmuteten, standen sie krumm gebeugt vor dem Bus, einige betupften sich die Stirn mit weißen gehäkelten Spitzentaschentüchern, die sie aus ihren grauen, mit Messingknipsverschlüssen versehenen Handtaschen gezupft hatten. Manche unterhielten sich, und Anselm, der beinahe zwischen ihnen stand, lauschte dem Wortgewirr.

»Wie? Ich hab das nicht richtig verstanden. Wie ist das? Jetzt werden wir deportiert? Nach Hamburg?«

»Nein! Teleportiert. Wir fahren durch eine Telefonleitung.«

»Das ist viel schneller als mit dem Bus, hat Herr Lindemann gesagt.«

»Und modern!«

»Durch eine Telefonleitung? Mit dem Bus?«

»Marlene, nein! Du sollst nicht die Wäsche bügeln! Fass da bloß nichts an! Das ist heiß. Du sollst nur gucken, ob der Stecker in der Dose ist … Was? Ja? … Gut, Marlene. Also, du nimmst diese Schnur und ziehst sie aus der Wand! Ja? Und dann gehst du wieder zu Milan und passt auf ihn auf, und wenn es klingelt, machst du keinem die Tür auf! Die Mama kommt bald …«

»Nicht mit dem Bus durchs Telefon. Ich glaube, der Bus bleibt hier.«

»Weil das mit dem Bus zu gefährlich ist. Auf der Autobahn ist es mit dem Bus ja auch gefährlich. Wisst ihr noch, letztes Jahr war das. Die gute Elise. Ein Tagesausflug, und dann ist der Fahrer eingeschlafen.«

»Schuld hatte doch aber der Benzinlaster, oder?«

»Ich bin gespannt, wie so eine Telefonleitung von innen aussieht. Mein Enkel, der Johann, der ist Telefontechniker. Der freut sich bestimmt, wenn ich ihm das erzähle.«

»So, meine lieben Damen! Jetzt wird es ernst«, übertönte der Reiseleiter die Damen, die sofort alle verstummten.

»Hat er nicht vorhin gesagt, dass das der lustige Teil unseres Ausflugs wird?«, flüsterte eine.

»Pssst«, zischte eine andere.

»Man wird ja noch mal was sagen dürfen«, sagte die eine etwas lauter und fügte noch lauter hinzu: »Außerdem werde ich nichts kaufen.«

»Pssst«, zischten alle.

»Ja, Marlene! Die Mama kommt bald. Alles wird gut. Tschüs!«

»Also, meine lieben Damen! Hinter mir das Gebäude, das ist die Berliner Telestation«, sagte der Reiseleiter, die Arme hebend. »Dort gehen wir jetzt gemeinsam hinein, und dann zappen wir uns«, er schnippte mit dem Finger, »nach Hamburg. Bitte prüfen Sie noch einmal, ob Sie Ihre Geldkarten dabeihaben! Die werden Sie nämlich gleich brauchen und nachher, falls Sie etwas kaufen möchten, natürlich auch.«

»Ich kaufe sowieso nichts«, sagte die eine und fuchtelte mit ihrer Krücke, während die anderen ihre Handtaschen aufknipsten und nach den Geldkarten suchten. Danach wackelte die kleine Gesellschaft los, um die Treppe zum Eingang des Gebäudes zu erklimmen. Sie schoben sich mit ihren Stöckchen Stufe für Stufe hinauf, griffen sich gegenseitig unter die Arme, und ihr junger Reiseleiter bemühte sich, sie mit flotten Sprüchen und helfenden Händen unversehrt in die Halle zu bringen.

Anselm folgte ihnen, denn er wollte das verblüffte Gesicht des Reiseleiters erleben, wenn sich zum ersten Mal die Teleportzelle wieder öffnete und die Alte, die er zuvor hineinkomplimentiert hatte, immer noch drinstünde. Doch schließlich war es Anselm, der ein verblüfftes Gesicht machte, als er sah, dass eine Alte nach der anderen ohne besondere Vorkommnisse in der Teleportzelle verschwand.

Anselm lief schnell hinaus, um die Frau aus Hamburg zu informieren, doch sie war fort. Der Bus, der gerade gewendet hatte, blies ihm eine kräftige Abgaswolke ins Gesicht.

Anselm stieg die Treppe wieder hinauf, und als er auf dem obersten Absatz angelangt war, wandte er sich noch einmal um, blickte über den Betonplatz und die Straße zum Bürgersteig auf der gegenüberliegenden Seite, wo er die Frau erkannte, die gerade aus einem Tabakladen im Parterre eines ovalen Bürohauses trat.

»Hallo!«, rief Anselm, legte das Päckchen vor seinen Füßen ab und wedelte mit den Armen.

»Hallo!«, rief er etwas lauter, und sie schien ihn zu bemerken, denn sie winkte zurück.

Anselm legte seine Hände als Schalltrichter um den Mund und rief: »Es funktioniert wieder.« Dann deutete er mit dem Daumen hinter sich. Die Frau nickte ihm zu und schickte sich an, die Straße zu überqueren.

Anselm begab sich in die Telestation und trat wenige Sekunden später in Hamburg aus einem mattsilbernen Zylinder heraus. Das Glasgebäude war nicht kreisrund wie das in Berlin, es war sechseckig gestaltet, die Atmosphäre jedoch genauso kühl.

Auf dem Päckchen war ein Aufkleber: *An Herrn Meier, Hauptmannstraße 9.* Anselm hatte noch einen Fußweg von zehn Minuten.

Herr Meier am Vormittag

Herr Meier hatte gerade geduscht, saß, in seinen Bademantel geschlungen, an seinem Schreibtisch und schickte sich an, mit einer Schere die Schnüre, mit denen ein schuhkartongroßes Päckchen zugebunden war, zu zerschneiden. Ein Kurierbote hatte es vor knapp zwanzig Minuten gebracht. Meiers Zunge spielte im Mundwinkel, als er sich konzentrierte, die Schnur zwischen die Schere zu bringen, doch die Türklingel unterbrach ihn.

Er legte die Schere beiseite, schlurfte in seinen Badelatschen über den grauen Teppich zur Wohnungstür und blickte durch den Spion, wo er niemanden sah. Also betätigte er den Knopf, der das elektrische Schloss an der Haustür im Erdgeschoss schnarren ließ, öffnete die Wohnungstür und sah erwartungsvoll auf die graue Steintreppe, deren blau gestrichenes Eisengeländer tief vibrierte, als sein Besucher Etage für Etage heraufstieg.

»Sie schon wieder?«, sagte Herr Meier, als er den Kurierboten erkannte.

»Herr Meier? Ein Päckchen für Sie«, antwortete Anselm und hielt ihm ein schuhkartongroßes Päckchen entgegen.

»Noch ein Päckchen?«

»Wenn Sie hier den Lieferschein bitte unterschreiben würden?« Anselm drückte ihm das Päckchen in die Hand und hielt ihm einen Quittungsblock samt Kugelschreiber entgegen. Herr Meier legte die Lieferung zu seinen Füßen ab und unterschrieb das Papier senkrecht am Türrahmen.

»Danke schön«, sagte Anselm, riss ihm den Quittungsblock samt Kugelschreiber fort und rumpelte die Treppen hinunter. Ratlos blickte Meier ihm nach und vernahm noch die Paukenschläge, die der Kurierbote mit seinen Schlusssprüngen am Ende jedes Stockwerks verursachte.

Herr Meier ging zum Schreibtisch zurück, stellte das soeben erhaltene Päckchen darauf und machte sich wieder an dem anderen zu schaffen. Unter dem Packpapier barg Meier einen Schuhkarton, der bis zum Rand mit Styroporkügelchen gefüllt war. Obenauf lag ein Zettel.

Er nahm den Zettel, lehnte sich zurück und schlug die Beine übereinander. Das Schriftstück war hübsch anzusehen. Bei seiner Herstellung hatte sich jemand viel Mühe gemacht. Die Buchstaben waren aus einer Zeitung ausgeschnitten und zu neuen Wörtern zusammengesetzt worden. Das Schreiben roch noch nach Klebstoff.

Er las den Text:

Betreff: Ihre Tochter
Ihr Zeichen:
Unser Zeichen: Tochter01

Sehr geehrter Herr Schünemann,

wir haben Ihre Tochter in unserer Gewalt. Wenn Sie Friederike lebendig wiedersehen wollen, besorgen Sie bitte 100.000 Euro in Banknoten zu je 100 Euro, und bringen Sie das Geld heute Nachmittag um 17:30 Uhr in den Stadtpark. Dort erhalten Sie weitere Instruktionen.
Sollten Sie den von uns vorgeschlagenen Termin versäumen, werden wir Ihre Tochter in Einzelteile zerschneiden und sie Ihnen stückchenweise per Kurier zuschicken. Beachten Sie bitte auch, dass wir eine Zusammenarbeit Ihrerseits mit der Polizei nicht dulden können. Sollten Sie sich nicht in der Lage sehen, unsere Bedingungen zu akzeptieren, sehen wir uns dazu gezwungen, den geschäftlichen Kontakt zu Ihnen sofort abzubrechen.
Als Beweis, dass wir Friederike tatsächlich haben und auch nicht zögern würden, die angekündigten Schritte einzuleiten, senden wir anbei den Ringfinger ihrer linken Hand. Im Interesse Ihrer Tochter haben wir das Körperteil unter Lokalanästhesie von einem erfahrenen Chirurgen abtrennen lassen.
Wir freuen uns auf eine ergiebige Zusammenarbeit.

Mit freundlichen Grüßen
Zorro GbR

Das Schreiben warf einige Fragen auf: Wer war Schünemann? Wer war Friederike?

Herr Meier hatte weder eine Tochter, noch kannte er eine Frau oder ein Mädchen namens Friederike oder gar einen Herrn Schünemann.

Er untersuchte das Papier, in das der Schuhkarton zuvor eingewickelt gewesen war. Er fand einen Aufkleber, auf dem tatsächlich sein Name und seine Anschrift standen. Merkwürdig, dachte er, wühlte die Styroporkügelchen durch und förderte ein mit einem schwarzen Gummikorken verschlossenes Glas zutage. Darin befand sich eine gelbliche, leicht rötliche Flüssigkeit, in der ein Finger schwamm. Auf diesem steckte ein feiner goldener Ring.

Er hielt das Glas gegen das Licht und betrachtete den Inhalt. Merkwürdig, dachte er, als er das Körperteil in der Flüssigkeit auf- und abschwingen sah, und beobachtete, wie es umhertanzte, sich gemächlich drehte und dabei ab und an gegen die Glaswand stupste.

Das Päckchen war auf keinen Fall für ihn bestimmt. Wahrscheinlich hatte jemand einen Aufkleber falsch beschriftet oder an die falsche Stelle geklebt.

Das warf weitere Fragen auf: Was sollte er jetzt tun? Bekäme er auch die angekündigten Einzelteile jener Friederike zugesandt, wenn niemand das geforderte Lösegeld zahlte, oder würden sie dem echten Schünemann geschickt? Würde sich jener Schünemann wundern, wenn er unerwartet und ohne Erklärung seine zerstückelte Tochter per Kurier erhielte? Könnte er sie dann überhaupt noch erkennen? Würde er den bereits verschickten Ringfinger vermissen?

Herr Meier stellte nachdenklich das Glas mit dem Präparat auf den Schreibtisch und widmete sich dem zweiten, gerade gelieferten Päckchen. Er öffnete es und war nicht wenig erstaunt, darin den gleichen Inhalt wie im ersten Päckchen vorzufinden – das gleiche Schreiben mit den aus der Zeitung ausgeschnittenen Buchstaben, das gleiche Glasröhrchen mit dem Finger und dem Ring.

Verwirrt betrachtete er die beiden Gläser, die zwischen zerrissenem Packpapier auf seinem Schreibtisch standen. Er hielt die Briefe in den Händen, verglich sie mehrmals miteinander, konnte aber, selbst bei genauestem Hinsehen, selbst, nachdem er seine Brille aufgesetzt hatte, nirgends einen Unterschied ausmachen – keinen einzigen, die zwei gelieferten Päckchen schienen absolut identisch zu sein. Merkwürdig, dachte er immer wieder, sehr, sehr merkwürdig.

Doktor Festus

»Jetzt haben wir das Dilemma. Man darf es nicht tun! Man darf es einfach nicht tun! Diese gottverdammten Studenten! Diese studentischen Hilfskräfte! Man darf sie nicht an der Software herumpfuschen lassen.«

Doktor Festus blickte auf einen riesigen Bildschirm und stützte den Kopf in die Hände. Er befand sich im Rechenzentrum der Schliemanz-Koch AG. Hier wurden sämtliche Abläufe zum Betrieb der Teletransportlinie zwischen Berlin und Hamburg koordiniert. Hier gingen die Daten der Reisenden ein, Daten, die von unzähligen rund um die Uhr surrenden Computern verarbeitet wurden. Die Rechner prüften die Liquidität der Geldkarten, erteilten elektronisch den Sparkassen Abbuchungsaufträge und speicherten Kundendaten. Sämtliche für den Transfer der Passagiere notwendigen Berechnungen führten sie durch; sie befehligten sogar die Relais, die die elektrischen Schiebetüren der Teleportzellen in beiden Städten steuerten. Die Räumlichkeiten des Rechenzentrums lagen unterirdisch hinter der Hamburger Telestation. Dort besaß die Firma ein Grundstück, das ein komplettes Straßenkarree belegte und an der Oberfläche mit unscheinbaren Büro- und Geschäftshäusern bebaut war.

»Sie verdoppeln sich einfach, die Menschen«, sagte Doktor Festus kopfschüttelnd. »Aber nur, wenn sie ihr Girokonto überzogen haben. Einer kommt in Hamburg heraus, der andere bleibt in Berlin. Zweimal der gleiche Mensch, in jeder Stadt einer. Völlig identisch sind sie! Verursacht durch einen winzigen Programmierfehler, den ein Student im dritten Semester gemacht hat. Ein Fehlerchen! Verdammt, es muss etwas getan werden.«

Der kleine, hagere Mann rückte seine schwarze Brille zurecht, stand auf und lief, die Hände in den Taschen seines weißen Kittels vergraben, in dem klimatisierten Raum auf und ab. Neonlicht glänzte in den Gläsern vor seinen Augen, sein Gesicht war angespannt, die Brauen verzogen.

»Ich muss Herrn Schulzki informieren«, murmelte er schließlich, setzte sich wieder an den Schreibtisch, griff zum Telefon und wählte die Nummer des Präsidenten der Schliemanz-Koch AG.

»Herr Schulzki? Es ist wichtig. Ich versuche, mich kurz zu fassen. Es gibt ein Problem mit der Teletransportmaschinerie. Die Passagiere verdoppeln sich, wenn sie kein Geld auf dem Konto haben … Wie bitte? … Warum das so ist, und wie das geht? … Ein Softwarefehler, die Details kann ich Ihnen später erläutern. Wir müssen schnell etwas unternehmen. Momentan ist nur eine Person betroffen. Moment …« Er klemmte den Hörer zwischen Schulter und Kopf, klapperte auf der Tastatur herum und las auf dem Monitor nach. »Es handelt sich um einen Herrn Anselm Hagen aus Berlin. Er wollte sich heute Morgen dort wegteleportieren. Er hat es zweimal versucht und sich deshalb zweimal in Hamburg produziert. Es gibt zurzeit also dreimal den gleichen Menschen. Zwei davon dürften sich aller Wahrscheinlichkeit nach irgendwo in Hamburg befinden, und der dritte ist möglicherweise noch in Berlin … Ob er davon weiß? Ich hoffe nicht … Bitte, Herr Schulzki, Sie müssen dringend etwas unternehmen. Lassen Sie die Telestationen absperren und die Leute kontrollieren! Lassen Sie prüfen, ob die Konten der Reisenden gedeckt sind, bevor sie in die Teleportzelle steigen! Und fangen Sie die überzähligen Anselm Hagens wieder ein. Ich weiß noch nicht, wie lange es dauern wird, bis der Fehler beseitigt ist. Überhaupt wäre es am besten, wir schalten die Teletransportlinie vorübergehend ab … Was? … Das geht nicht? … Auf keinen Fall? Herr Schulzki! Es ist wirklich riskant, die Apparatur … Gut … Wie Sie wünschen … Aber sagen Sie nicht, ich hätte Sie nicht gewarnt. Also, wir werden sofort mit der Fehlersuche beginnen. Lassen Sie bitte jeden Passagier überprüfen! Sobald ich mehr weiß, gebe ich Ihnen Bescheid. Und sorgen Sie dafür, dass mindestens zwei Anselm Hagens hierhergeschafft werden! Die müssen wir unbedingt beseitigen, sonst … ich wage gar nicht, daran zu denken … Was? … Ja … Ja … Gut … Danke schön, Herr Schulzki. Auf Wiederhören.«

Er legte auf, lehnte sich weit zurück und warf den Kopf nach hinten. Mit beiden Fäusten rieb er sich die zugedrückten Augen.

Seine Brille hüpfte dabei auf und ab. Jahrelang hatte er an der Verwirklichung seiner Träume gearbeitet. Die Teletransportmaschine war ein Teil seines Lebenswerks. Wie laut war sein Freudenschrei gewesen, als es ihm zum ersten Mal gelungen war, eine Labormaus zwischen zwei getrennten Räumen hin- und herzuteleportieren! Und nun war es sogar möglich, vollständige Menschen samt Gepäck durch die Drähte zu befördern. Anerkennung, Ruhm und Ehre erhoffte er sich davon. Vielleicht würde er später mit einem noblen Wissenschaftspreis ausgezeichnet, wäre die ganze Welt erst durch Teletransportlinien vernetzt. Es durfte nicht sein, dass ein dummer Student dieses Werk durch einen simplen Programmierfehler zunichte machte. Wenn das an die Öffentlichkeit geriete, und es spräche sich herum, Teleportieren sei Wahnsinn, Teleportieren sei gefährlich, beim Teleportieren könnten sich die Menschen verdoppeln, und das, wo der Planet ohnehin schon überbevölkert sei, dann wäre es wahrscheinlich aus. Die Teletransportstrecke würde gekappt, die Weiterentwicklung verboten werden.

Doktor Festus drückte eine Schnellwahltaste am Telefonapparat und nahm den Hörer ans Ohr.

»Wagner, wir haben ein Problem.«

Anselm und Angelika

Die Sonne stand im Zenit. In der Ferne schwangen Windkrafträder über blühenden Rapsfeldern gemächlich ihre Flügel, während die dicht neben der Autobahn wachsenden Büsche als grünes Geflimmer am Beifahrerfenster vorbeihuschten.

Was ist das nur für ein verrückter Tag, dachte Angelika Buske, als sie sich vom Fenster abwandte und in den Sitz nach hinten drückte. Sie legte den Kopf in die Stütze, drehte die Scheibe tiefer und ließ die warme Sommerluft durch ihre Haare wehen.

Angelika Buske schloss die Augen und lauschte dem Brummen des Motors, der das Auto unermüdlich mit einhundertzwanzig Kilometern pro Stunde über die graue Spur trieb und damit das Leben der Insassen gefährdete.

Sie genoss den Augenblick und stellte sich nicht eine einzige Frage. Sie überlegte nicht, ob der Hund schon zu fressen bekommen hatte, was sie den Kindern zum Essen bereiten würde, ob das Bügeleisen ausgeschaltet war oder der Kuchen im Ofen anbrannte.

»Ich heiß übrigens Anselm«, sagte Anselm, der den roten Golf steuerte.

Sie lächelte. »Ich heiß Angelika. Sag Angelika zu mir.«

»Wieso hast du eigentlich in Berlin Zigaretten geholt? Gibt es in Hamburg keine?«, fragte Anselm.

Angelika öffnete die Augen, überlegte einen Moment, bis sie sagte: »Ach, weißt du, das war einfach so eine verrückte Idee von mir. Na klar gibt's in Hamburg Zigaretten. Ich hätte nur runtergehen müssen und wäre schon am Kiosk gewesen. Aber, wenn du jeden Tag mit dem Haushalt, mit dem Aufpassen auf die Kinder verbringst und überhaupt nicht mehr wegkommst, dann bist du irgendwann im Eimer. Natürlich kann ich mit den Kleinen spazieren gehen, im Stadtpark, oder mich auf eine Bank setzen und sie auf dem Spielplatz rumtoben lassen. Aber was passiert da? Nichts. Auf dem Spielplatz hast du andere Mütter um dich herum, die erzählen dir, wo du schicke Windeln zu kaufen kriegst, dass ihr Kleiner neulich gekotzt hat oder ihr Mann sie zusammengeschissen hätte, weil ihm das Bier nicht geschmeckt hat. Mein Mann ist zurzeit meistens weg, arbeitet in Polen, installiert dort in einer Molkerei neue Software. Er verdient dabei aber ganz gut … Kostet ja auch alles ganz schön … die Wohnung, die Kinder, der Hund. Tja. So sehe ich ihn nur am Wochenende. Manchmal kommt er gar nicht und arbeitet durch, na, und wenn er kommt, dann ist er k.o. Dann bin ich trotzdem so gut wie allein. Und wenn dann keine Zigaretten mehr da sind, hat er auch noch schlechte Laune. Das kenne ich schon. Darum hole ich immer eine Schachtel, bevor er am Wochenende kommt. Und heute, da dachte ich, hole ich doch mal die Zigaretten in Berlin. Einfach, damit ich mal aus der Stadt komme, für eine halbe Stunde mal was anderes, vielleicht noch irgendwo einen Kaffee trinken, bevor der Alltag weitergeht. War eben nur so eine Idee. Ist verrückt, oder?«

»Verrückt«, sagte Anselm, drehte den Kopf kurz nach links und wieder geradeaus. Er beschleunigte den Wagen und lenkte ihn auf die linke Spur. Der Motor brummte gequält, der Fahrtwind schlug durchs offene Fenster und trommelte im Fahrzeuginnern.

Angelika drehte die Scheibe hoch, während sie an einem LKW vorbeizogen, dessen Räder das Dach ihres Autos beinahe überragten. Bald war der Koloss passiert, Anselm entspannte den Fuß auf dem Gaspedal, ließ den Blinker ticken und schwenkte zurück auf die rechte Spur. Fast im selben Moment schoss ein Audi links an ihnen vorbei.

»Ich glaub, der ist gefährlich. Der döst im Halbschlaf«, sagte Anselm.

»Wer?«

»Der Fahrer in dem LKW hinter uns. Siehst du, wie der rumeiert?«

Angelika drehte sich um und beobachtete das Fahrzeug. Subtil zog der Vierzigtonner zum Fahrbahnrand, steuerte die Büsche an, bis er mit einem Rad auf die Standspur geriet und dann abrupt wieder auf den ordnungsgemäßen Weg schwenkte.

»Ja, was macht der denn?«, fragte Angelika.

»Der schläft einfach, passt nicht auf, und sein Brummer zieht nach rechts, bis er auf die Standspur kommt. Das hört er dann, wacht auf und zieht die Kiste zurück. Dann schläft er wieder ein … na, und so weiter und so weiter.«

»Wie? Was hört der da?«

»Er hört das Muster.«

»Was für ein Muster?«

»Am Rand sind Rillen in den Asphalt geritzt – so eine Art Muster. Und wenn du da drauffährst, dann summen die Reifen. Hier, pass auf!« Anselm lenkte das Auto ein Stück nach rechts, und ein Summton erklang, wie kein Wecker der Welt ihn erzeugt hätte.

»Das ist ja schlimmer als ein Wecker«, sagte Angelika erschrocken.

»Ja, soll es auch sein, damit die eingepennten Autofahrer aufwachen. Mir gefällt die Melodie aber nicht. Die hätten ruhig 'ne schöne Melodie reinschnitzen können. Vielleicht das Lied vom Tod. Das würde passen. Autobahn ist eben gefährlich. Aber was soll's. Ich hätte mich ja lieber nach Hamburg teleportiert. Möchte nur wissen, ob die mir jetzt zweimal zehn Euro abgebucht haben dafür, dass es beide Male nicht funktioniert hat. Aber das krieg ich noch raus, und dann werde ich mich bei denen beschweren. Wegen denen sitze ich jetzt im Auto und fahre auf der Autobahn. Da kann ich denen bestimmt auch noch das Spritgeld für abluchsen.«

Angelika drehte wieder das Fenster herunter, um die warme Luft zu spüren. Ihr war es egal, ob der Teletransporter nun funktionierte oder nicht. Anselm hatte ihr gesagt, er sei defekt, kurz darauf über die Straße gerufen, dass er doch funktioniere, und wenig später behauptet, er sei doch defekt. Was davon nun stimmte, interessierte sie nicht, es war ihr unwichtig.

Zuerst war sie natürlich sehr besorgt gewesen, hatte sofort zu Hause und dann bei der Nachbarin angerufen. Die Nachbarin hatte glücklicherweise Zeit, die Kinder zu beaufsichtigen. Angelika musste sich somit vorerst um gar nichts kümmern. Dieser Tag gehörte jetzt ihr allein, und sie durfte neben Anselm, der ihr angeboten hatte, sie mit dem Auto nach Hamburg mitzunehmen, unbesorgt die Landschaft und die Verkehrsschilder an sich vorbeiziehen lassen.

»Hast du Hunger? Ich lad dich ein«, sagte Angelika. »Hier war gerade ein Schild. Gleich kommt eine Raststätte.«

»Messer und Gabel in zwei Kilometern? Das heißt doch, dass in zwei Kilometern Besteck auf der Fahrbahn liegt«, erklärte Anselm in ernsthaftem Ton.

»Quatsch!«, lachte Angelika.

»Stimmt. Hast recht. Lass uns ein kleines Päuschen machen. Gute Idee.«

Zwei Kilometer später brachte Anselm das Auto an einer Raststätte zum Halt, stieg aus, drehte sich der Sonne entgegen, streckte beide Arme mit zu Fäusten geballten Händen von sich und dehnte seinen Rücken.

»Ach, ist das angenehm«, sagte er, während auf der anderen Seite Angelika herauskletterte. Sie blinzelte mit den Augen und setzte ihre Sonnenbrille auf.

»Es summt unter den Füßen«, sagte sie.

»Das scheint nur so«, entgegnete Anselm. »Wenn du zwei Stunden im Auto sitzt und die ganze Zeit der Boden unter deinen Füßen summt, dann denkst du, dass alles summt, egal, wo du drauftrittst. Ich glaub, die Nerven gewöhnen sich an das Summen und verlangen einfach, dass alles summt.«

»Hm …«

»Das ist wie mit den Raumfahrern. Die sind zwei Monate schwerelos, und wenn sie zurück auf die Erde kommen, können sie nicht mehr richtig laufen, weil ihr Körper nach Schwerelosigkeit verlangt.«

»Aber ich kann doch noch laufen.«

»Ja, natürlich. Der Vergleich hinkt«, sagte Anselm und warf die Fahrertür zu. »Ich meine nur … Ich weiß nicht, wie es mit dem Summen wäre, wenn wir zwei Monate lang auf der Autobahn fahren würden.«

»Das wäre was. Zwei Monate lang auf der Autobahn. Hui!«, schwärmte Angelika,

»Gehen wir rein?«

Kurz darauf saßen sie auf schwarzen Drahtstühlen an einem einbeinigen Metalltisch in der Raststätte. Anselm hatte sich an der Selbstbedienungsvitrine ein Baguette mit Käse, Salami und Salat geholt, Angelika ein Glas Tee mit Zitrone.

»Guten Appetit«, wünschte Angelika.

»Danke«, sagte Anselm und biss in das pappige, wahrscheinlich schon vor Stunden geschmierte und seitdem kühl gehaltene Baguette. »Ah, das tut gut. Ich hab heute noch nichts gegessen«, sagte er mit vollem Mund und dicken Backen.

Angelika nippte an ihrem Tee und lächelte. »Mir tut es gut, mal nicht zu Hause zu sein. Manchmal hab ich darüber nachgedacht, abzuhauen. Was wäre, wenn ich's wirklich eines Tages machen würde? Ich geh los, um einzukaufen oder Zigaretten zu holen oder sonst irgendwas, und steig stattdessen ins nächste Taxi und lass mich zum Flughafen fahren. Und da nehme ich die erstbeste Maschine nach New York. Mein Mann würde sich ganz schön umgucken, wenn er plötzlich mit dem ganzen Scheiß allein dastehen würde. Aber die Kinder würden mir fehlen und ich ihnen …«

»New York?«

»Ja, New York.«

»Ich war noch niemals in New York«, sagte Anselm und klappte den Deckel seines Baguettes auf, um zu erfahren, was an Belag noch zu erwarten war.

»Ich war auch noch niemals in New York«, sagte Angelika. »Und ich glaub, dass ich da wohl auch niemals hinkommen werde. Die Familie, die Kinder, der Haushalt – das sind Zwänge, aus denen ich überhaupt nicht fliehen kann. Ich kann allerhöchstens davon träumen, woanders zu sein.«

»Alles, was du träumen kannst, geschieht auch wirklich.«

»Schön wär's.«

»Doch! Das hab ich mal gelesen.«

»Wer schreibt denn so etwas?«

»Ich weiß es nicht mehr. Stand im Wissenschaftsteil von irgendeinem Magazin. Ein Doktor hat das, glaub ich, in einem Interview gesagt.«

»Also, wie? Ich schließe jetzt die Augen und träume, dass ich in New York bin, und dann bin ich wirklich da?« Sie schloss die Augen.

»Ja, ich glaub, so ist es. Und? Träumst du jetzt, in New York zu sein?«

»Ich stell es mir gerade vor.«

»Und? Wie ist es?«

»Ich weiß nicht. Moment ... Ich sehe grüne Bäume, einen Wald und eine Holzhütte.«

»Keine Hochhäuser?«

»Nein, überhaupt keine.«

»Aber in New York gibt's ganz viele Hochhäuser.«

»Nein! Wenn ich träumen kann, dass es in New York keine Hochhäuser gibt, dann gibt es da auch keine. Alles, was ich träumen kann, geschieht wirklich. Das hast du doch eben gesagt. Und neben der Holzhütte fließt ein kleiner Bach. Das Wasser perlt über die runden Steine. Es rauscht leise. Und du hast deine Schuhe ausgezogen, die Hosen hochgekrempelt und badest deine Füße darin.«

»Ich? Ich bin auch da? Wieso?«

»Ich träume es eben einfach, und deshalb bist du da.«

Anselm schluckte den letzten Happen des Baguettes herunter. Er spürte, wie sich der kalte Knoten durch die Speiseröhre kämpfte, er schloss die Augen und träumte, dass er soeben den köstlichsten Bissen seines Lebens verzehrt hätte, damit dem auch so sei. Aber dem war nicht so.

»Jetzt bist du gestolpert und ins Wasser gefallen«, setzte Angelika ihre Traumbeschreibung fort. »Du lachst. Ich lache auch.«

»Ich träum jetzt auch, dass ich in New York bin«, spielte Anselm mit. »Ich lache, weil ich ins Wasser gefallen bin. Ich klettere raus und trockne in der Sonne. Die Holzhütte verwandelt sich in einen Kasten aus Stahlbeton und Glas und wächst. Der Kasten wächst und wächst und wächst und schießt zum Himmel auf. Jetzt ist er ein Hochhaus – ein Wolkenkratzer.«

»So ein Blödsinn«, sagte Angelika.

»Nein, nein. Das träume ich so. Ich seh's ganz genau. Auch die Bäume verschwinden. Sie ziehen sich in den Boden zurück. Dafür wachsen um uns herum weitere Hochhäuser. Sie werfen lange Schatten. Die Sonne ist weg, uns wird kalt, der Fluss erstarrt zu Asphalt. Autos kommen und hupen. Überall klingeln Telefone.«

»Ach, das ist aber nicht wahr. Ich hab das anders geträumt«, sagte Angelika beleidigt.

»Na, ich hab's aber so geträumt«, entgegnete Anselm.

»Aber wenn alles, was ich träume, auch wirklich passiert, dann träume ich jetzt einfach, dass du nicht geträumt hast, dass die Häuser gewachsen und die Autos gekommen sind, sondern dass es so ist, wie ich's mir vorgestellt habe – grüne Bäume, Sonne, ein Fluss und ein Holzhäuschen.«

»Na, und ich träume jetzt, dass überhaupt nichts wahr wird von dem, was man träumt.«

»Spielverderber!«, sagte sie, schlug die Augen auf und blickte Anselm einen Moment lang schweigend an.

»Sag mal«, sagte sie dann und beugte sich etwas vor.

»Ja?«

»Ich hab mal eine Frage.«

»Ja?«

»Wieso liegt in deinem Auto eigentlich eine Socke auf dem Armaturenbrett?«

»Eine Socke?«

»Ja, da liegt doch eine Socke.«

»Stimmt! Tja ... ähm ... die ist ... ja ... also, die ist so eine Art Glücksbringer für mich – ein Talisman, verstehst du? Ohne die Socke auf dem Armaturenbrett fahre ich niemals Auto, das bringt Unglück.«

»Ja?«

»Ja, wirklich. Sie vertreibt zum Beispiel die Staus. Es kommt kein Stau, wenn ich sie dabeihabe. Wirklich!«

»Ach so, hm ...«

Angelika hob ihre Handtasche auf den Tisch und begann darin herumzusuchen. »Mal gucken, ob ich noch genug Kleingeld finde«, murmelte sie vor sich hin.

»Kleingeld?«

»Ja, Kleingeld. Ich muss auf Toilette.«

»Hä? Wozu brauchst du da Kleingeld?«

»Da, guck! Da steht's. Pachttoilette, Benutzung fünfzig Cent.« Sie wies zur Toilettentür, über der ein Schild mit der entsprechenden Aufschrift hing. Davor bewachte eine dicke Frau in weißem Kittel ein Tischchen, auf dem ein Teller mit einigen Münzen stand.

»Das musst du nicht bezahlen«, sagte Anselm.

»Nein? Es steht doch aber dran.«

»Na, und? Das ist für die Dummen. Das ist für die, die ohne Widerspruch alles machen, was man ihnen sagt. Es gibt nämlich ein Gesetz. Wusstest du das? Es gibt ein Gesetz, das besagt, dass jede Gaststätte, wo man sich reinsetzen kann, kostenlos Toiletten für die Gäste zur Verfügung stellen muss. Das heißt, dass die gar kein Recht haben, dafür Geld zu verlangen.«

»Kein Recht?«

»Nein! Du kannst einfach an der Klofrau vorbeigehen, ihr tief in die Augen gucken und mit ganz reinem Gewissen nichts, aber auch überhaupt nichts auf den Teller legen.« Anselm blickte Angelika tief in die Augen. »Das ist Gesetz«, fuhr er fort. »Da kann die Klofrau gar nichts machen. Die darf dir nicht mal hinterherrennen. Und dann gibt es noch ein anderes Gesetz, ein Gesetz, das besagt, dass du das Geld, das auf dem Teller liegt, einfach mitnehmen darfst, wenn keiner guckt.«

»Einfach mitnehmen?«

»Na ja. Wenn keiner guckt, versteht sich. Ich mach das manchmal so.«

»Na gut.«

Angelika stand auf und verschwand hinter der Toilettentür.

Anselm lehnte sich zurück. Die Stuhllehne drückte in sein Kreuz wie ein Brett mit Kleiderhaken. Er schob seinen Oberkörper hin und her, um eine bequeme Lage zu finden. Schließlich beugte er sich wieder vor, stützte sich mit den Ellenbogen auf den Tisch und schaute aus dem Fenster.

Er sah Menschen, die Gymnastikübungen machten. Sie schüttelten ihre Beine, um das Summen in ihren Füßen zu vertreiben. Ein Kind kam heran und drückte seine Nase an der Fensterscheibe platt. Anselm streckte ihm die Zunge heraus. Das Kind tat es ihm gleich, bis seine Mutter es rabiat wegzerrte. Anselm trank einen Schluck von Angelikas Tee. Angelika kehrte zurück.

»Los, lass uns hier verschwinden!«, sagte sie.

»Du hast deinen Tee noch gar nicht ausgetrunken.«

»Egal, los komm!«

»Na gut.«

Sie liefen zum Auto und stiegen ein. Anselm schnallte sich gerade an, als Angelika rief: »Yeah!« Sie strahlte wie ein glückliches

Kind, öffnete ihre Handtasche und holte eine Handvoll Münzen hervor.

»Ich hab's gemacht«, sagte sie. »Hey! Ich hab's einfach gemacht. Wahnsinn! Ich hab die Handtasche neben den Tisch gehalten und mit einem Schwung alles Geld vom Teller gefegt. Hui!«

»Na, dann aber nichts wie weg hier«, sagte Anselm und drehte den Zündschlüssel.

Anderthalb Stunden später waren sie in Hamburg und stoppten in der Hauptmannstraße vor dem Haus mit der Nummer neun.

»Wartest du hier? Ich gebe schnell das Päckchen ab und fahr dich dann noch nach Hause«, sagte Anselm.

»Ja, danke«, antwortete Angelika. »Ich warte. Was ist eigentlich in dem Päckchen drin?«

»Keine Ahnung. Geht mich nichts an. Ich bin ja nur der Kurier.«

Anselm stieg aus, Angelika blickte ihm nach. Sie beobachtete, wie er die Klingelknopfreihe von oben nach unten und von unten nach oben durchsuchte, sie sah ihn einen Klingelknopf drücken, sich kurz darauf gegen die Tür werfen und, nachdem Anselm in das Haus gegangen war, die Tür ins Schloss fallen.

Angelika drehte die Scheibe bis zum Anschlag herunter, hängte ihren Ellenbogen heraus und trommelte mit den Fingernägeln aufs Blech. Im Rückspiegel sah sie Anselm, der am Ende der Straße die Straße überquerte. Erschrocken drehte sie sich um und reckte den Kopf über die Sitzlehne. Doch sie sah nur noch ein Bein, das hinter einer Hausecke verschwand.

Merkwürdig, dachte sie, und sie dachte es noch, als Anselm zurückkam und auf seinen Sitz sprang.

»He! Der ist ja völlig plemplem, der Mann, dieser Meier. Der hat nicht mehr alle Gurken im Glas. Ich komm da an, mit dem Päckchen unterm Arm, und als der mich sieht, sagt er: ›Was denn, Sie schon wieder? Wollen Sie mir noch einen Finger bringen? Ich hab schon zwei.‹«

»Was?«, fragte Angelika und lachte.

»Ja! Das hat er gesagt. Wirklich!« Anselm imitierte den Tonfall von Herrn Meier: »Wollen Sie mir noch einen Finger bringen? Ich hab schon zwei.«

»Und dann?«

»Na, zuerst hab ich ziemlich blöd geguckt. Dann hab ich ihm einfach das Päckchen in die Hand gedrückt und gesagt: ›Hier ein Päckchen für Sie.‹ Und bevor er noch irgendwas antworten konnte, hab ich ihm den Kugelschreiber zum Unterschreiben vors Gesicht gehalten. Den hat er dann auch genommen und brav den Lieferschein unterschrieben. Dann hab ich ihm den Zettel wieder aus der Hand gerissen und bin abgehauen. Auf der Treppe hab ich ihm noch zugerufen: Falls Sie einen Finger zu viel haben, schicken Sie den meinem Chef in Berlin, dem fehlt einer.«

»Wirklich?«

»Ja, das hab ich gemacht.«

»Nein, ob deinem Chef wirklich einer fehlt.«

»Ja.«

»Warum?«

»Ich hab keine Ahnung. Vielleicht hat er mal im Sägewerk gearbeitet. Ich weiß es nicht. So, wo soll ich dich denn jetzt hinfahren?«, sagte Anselm und schnallte sich an.

»Nach Hause. Es ist nicht weit von hier. Ich sag dir, wo's langgeht. Möchtest du dann noch auf einen Sprung mit raufkommen? Ich lad dich auf einen Kaffee ein.«

Anselm lenkte das Auto auf die Straße und fuhr Angelika heim.

Die dunkle Stadt

Die Sonne hatte das Firmament schon seit einigen Stunden geräumt. Mittlerweile war es zwei Uhr morgens, Anselm saß in einer verrauchten Kneipe in Hamburg und nahm einen Schluck Bier. Er versuchte, durchs Fenster hinauszustarren, doch er sah nur sein Gesicht, das sich in der schwarzen Scheibe spiegelte.

Was ist das nur für ein verrückter Tag, dachte er, als er sich in dem hölzernen Stuhl zurücklehnte. Gedankenversunken blickte er in das kantige Glas, wo die goldene Flüssigkeit im Schein der auf seinem Tisch stehenden Kerze zitterte. Ihn beschäftigte nur eine einzige Frage, nämlich die, wie er von Hamburg zurück nach Berlin gelangen könne. Für eine Eisenbahnfahrkarte fehlte ihm das Geld, und die Teletransportlinie konnte er nicht ohne Weiteres nutzen, denn nachdem er am Nachmittag des vergangenen Tages die Teleportzelle für die Rückreise betreten hatte, stieg er kurz darauf nicht in Berlin aus, sondern wieder in Hamburg. Das verwunderte ihn zunächst gar nicht, da ihm das Gleiche am Vormittag schon einmal widerfahren war.

So wird es nun wieder sein, dachte Anselm, besteige ich die Teleportzelle noch einmal, bin ich gleich zurück in Berlin. Doch dann kam ein Mann in Jeans und kariertem Hemd herbeigeeilt, baute sich neben ihm auf und sagte: »Entschuldigung? Sind Sie Herr Anselm Hagen?«

»Ja, der bin ich«, antwortete er verwundert. »Kann ich Ihnen helfen? Kennen wir uns? Ich kaufe aber nichts.«

»Haben Sie gerade versucht, sich nach Berlin zu teleportieren?«

»Ja, es hat aber nicht funktioniert. Das Problem hatte ich heute Vormittag auch schon, als ich herkommen wollte. Beim zweiten Mal ging's dann. Ich probiere es gleich noch mal.«

»Nein! Das dürfen Sie nicht. Verdammter Mist! Warten Sie bitte!«

Der Mann zog sein Taschentelefon vom Gürtel ab, tippte eine Nummer ein und hielt sich das Gerät ans Ohr.

»Hallo?«, sagte er. »Er hat es schon wieder getan … Ja, es tut mir leid. Ich hab ihn zu spät erwischt … Ja, es ist mein Fehler … Verzeihung … Ich dachte nur, es wäre besser, wenn ich es Ihnen sofort mitteile … Auf Wiederhören.«

Er hängte den Apparat zurück an den Gürtel und sagte, dass Anselm ihm folgen solle.

»Warum?«, fragte Anselm.

»Wir müssen da eine Kleinigkeit klären.«

»Bitte?«

»Das Problem ist, dass Sie überflüssig sind und eingestampft werden müssen.«

»Bitte?«

»Kommen Sie bitte mit! Ich arbeite im Auftrag der Schliemanz-Koch AG.« Der Mann packte Anselm am Arm.

»He! Was soll das? Finger weg! Ich fahr jetzt nach Berlin. Was wollen Sie überhaupt von mir?« Anselm entriss sich mit kräftigem Ruck der Hand des Mannes, doch der Mann stellte sich ihm in den Weg, holte eine Pistole unter dem Hemd hervor und sagte: »Ich lasse Sie unter keinen Umständen hier durch.«

Anselm erschrak, überlegte kurz, ob er fragen sollte, ob die Waffe geladen sei, flüchtete aber stattdessen nach draußen.

»Halt! Stehen bleiben! Sonst schieße ich«, hörte er den Mann hinter sich rufen. Anselm kam der Aufforderung nicht nach, sprintete hastig über den Platz und rannte in eine Straße hinein, dann in eine andere Straße und eine weitere Straße und noch eine Straße, und dort blieb er außer Atem stehen. Den Mann hatte er abgehängt.

Nach kurzer Pause ging er ohne Eile weiter und schlenderte ziellos über die Bürgersteige, lief mal durch diese, mal durch jene Straße, bis er zwei Stunden später zurück zur Telestation kam. Doch schon aus der Ferne erkannte er den Mann, der ihn zuvor bedroht und verfolgt hatte. Er lehnte an einem auf der Straße vor dem Vorplatz parkenden BMW und unterhielt sich mit zwei anderen, die anscheinend Kollegen von ihm waren.

Anselm machte kehrt und beschloss, etwas Zeit verstreichen zu lassen, bevor er ein weiteres Mal hierherkommen würde. Ewig können sie mir nicht auflauern, dachte er sich.

Bis zum Einbruch der Dunkelheit schlenderte er durch die Stadt und kehrte schließlich mit ermatteten Beinen in ein Lokal ein, jenes Lokal, in dem er sich nun seit einigen Stunden aufhielt, mit winzigen Schlucken ein Glas Bier leer nippte und gelegentlich versuchte, durchs Fenster hinauszustarren.

Außer Anselm waren nur noch zwei Gäste übrig geblieben, zwei ältere Männer, die auf hohen Holzhockern vor dem Tresen saßen und, vom Alkohol befeuert, so manche Diskussion geführt hatten. Schlagermusik dudelte leise im Hintergrund.

»Helga! Machst du mal noch zwei Bier?«, sagte einer der beiden zur Kellnerin, die hinter dem Tresen lehnte und eine Zigarette rauchte.

»Nee. Das war das letzte. Ich mach jetzt Feierabend.«

»Na, komm! Eins noch!«

»Nein, jetzt ist wirklich Schluss.« Sie drückte die Zigarette in einen Aschenbecher, zog die leeren Biergläser von der Theke und stülpte sie ins Abwaschbecken. Die Männer sahen ihr dabei zu, wie sie die Krüge um die schmatzenden Bürsten drehte.

»Weißt du was, Helga?«

»Nee, was denn?«

»Wenn ich dir so zugucke, da denk ich manchmal, du bist in mich verliebt.«

»Aber Horst!«, sagte der andere und legte einen Arm um die Schulter seines Nachbarn. »Die Helga, die ist in *mich* verliebt.«

»Nee, ich bin in keinen von euch verliebt«, lachte die blonde Frau und stellte die gesäuberten Gläser auf das gewellte Blech neben der Spüle.

»Aber 'nen Freund hast du auch nicht.«

»Na, was wisst ihr denn schon?«

»Na das, was wir jeden Abend sehen. Du gehst immer als Letzte aus der Kneipe … und immer allein.«

»Lass mal, Karl!«, sagte Horst und schob Karls Arm von seiner Schulter. »Die Helga, die steht nicht auf so alte Knacker wie uns.« Er sah an sich herab.

»Noch nicht«, entgegnete der andere mit gedämpfter Stimme. »Noch nicht! Aber bald, da wird die sich umgucken, sag ich dir … ich sag dir … bald wird die sich umgucken. Die wird staunen, wenn ich auf einmal mit 'nem süßen Ding im Arm hier reinkomme.«

»Du, Karl? Dass ich nicht lache«, sagte Horst.

»Doch! Ich! Hast du nicht gelesen, was die jetzt erfinden wollen?«

»Nee, was denn?«

»Die Pille!«

»Die Pille?«

»Ja! Die Pille gegen das Altern.«

»Quatsch.«

»Na klar! Wenn ich's dir sage. In ein paar Jahren wird's die Teile geben.«

»Und dann?«

»Na, ich werd sie schlucken und bleib ewig jung.«

»Du kannst doch gar nicht mehr jung bleiben, Karl. Du bist doch schon alt. Du bist doch genauso alt wie ich. Wir sind doch zusammen zur Schule gegangen.«

»Dafür kann ich aber ewig leben«, sagte Karl und lehnte sich lässig an den Tresen. »Verstehst du nicht? Ewiges Leben! Ich hab alle Zeit der Welt zum Geldverdienen. Ich kann reich werden. Und Reichtum macht sexy. Da spielt es keine Rolle, wie alt ich bin und wie ich aussehe. Aufs Geld – da fahren die jungen Mädels drauf ab. Und auch die Helga wird drauf abschwirren – ich sag's dir.«

»Ach, der Karl möchte also reich werden«, sagte Helga, die gerade mit einem Tuch die Messingzapfhähne polierte.

»Ja. Ich nehme einfach – was weiß ich – zwanzig Euro«, er knitterte einen Zwanzigeuroschein aus der Hosentasche und klatschte ihn auf den Tresen. »Da! Ich nehme diese zwanzig Euro, leg sie bei meiner Bank aufs Konto und warte einfach ein bisschen ab. Weißt du, was das über hundert – ach, was sag ich – über zweihundert Jahre an Zinsen und Zinseszinsen bringt?« Er sah zu Horst. »Na? Weißt du, was das bringt?«

»Nee«, sagte Horst.

»Verdammt viel, mein Guter. Ich sag's dir. Verdammt, verdammt viel Paste bringt das über die Jahre.« Karl boxte seinem Freund leicht auf den Oberarm. »Und dann komm ich hier rein, mit 'ner … Na, ihr werdet euch noch umgucken, sag ich euch.«

»In zweihundert Jahren bin ich aber nicht mehr hier«, warf Helga ein.

»Genau, ich bin auch in zweihundert Jahren weg«, stimmte Horst zu. »Das mit dieser Pille ist sowieso nicht gut.«

»Warum nicht?«

»Die wird bestimmt verboten.«

»Warum?«

»Das kann man nicht machen, moralisch und so. Ich würd die auf keinen Fall schlucken. Da bin ich gegen.«

»Ach, Horst, Dummkopf! Die Gegner der Pille, einer wie du es bist, die werden einfach aussterben … und am Ende bleiben nur solche wie ich übrig.«

»Ist doch egal. Dafür geh ich mit reinem Gewissen ins Grab. Wenn es so was wie einen Gott und eine Hölle gibt … Ich meine, du widersetzt dich doch, indem du die Pille schluckst, seinem Willen. Er hat es nun mal so gewollt, dass wir nicht ewig leben. Und wer sich dagegenstellt, wird verdammt und kommt in die Hölle.«

»Blödsinn! Wie denn, wenn ich ewig lebe? Wie soll ich da in die Hölle kommen? Also selbst, wenn es diese Strafe nach dem Tod geben würde, wie soll ich bestraft werden, wenn ich nie sterbe? Horst, denk doch mal nach!«

»Hm … also …«

»So. Darf ich die Herrschaften jetzt abkassieren?«, beendete die Kellnerin das Gespräch. »Was ist mit dem Zwanziger hier auf dem Tisch, Karl? Möchtest du heute für euch beide bezahlen?«

»Ja, ja, mach mal, Helga! Ist gut so«, sagte Karl und winkte ab.

Die Kellnerin fegte den Schein vom Tresen und ließ ihn in einer Geldkassette verschwinden.

»Na, dann wollen wir mal«, sagte Horst. Die beiden Männer rutschten von ihren Hockern herunter und trotteten zum Ausgang.

»Wiedersehen!«, riefen sie aus der halboffenen Tür.

»Ja, tschüs! Bis morgen.«

»Wahrscheinlich …« Die Tür schwang zu.

Helga kam zu Anselm.

»So. Dann darf ich auch bei Ihnen noch kassieren?«

»Hm …«

Sie beugte sich über den Tisch, um die Rechnung zu schreiben. Anselm war das aus zweierlei Gründen unangenehm. Zum einen war der Zeitpunkt gekommen, den letzten Schluck seines Biers zu trinken und zu bezahlen, zum anderen hing ihr Ausschnitt jetzt so weit herunter, dass er ungehindert auf ihre Brüste blicken konnte. Womöglich beugte sie sich absichtlich so tief, in der Hoffnung, sie bekäme ein höheres Trinkgeld.

Anselm versuchte vorbeizuschauen, doch seine Pupillen zuckten immer wieder unweigerlich in die verbotene Richtung.

Endlich riss Helga den Rechnungszettel vom Block und knallte ihn neben das Glas. »Das macht drei Euro fürs Bier.«

Anselm gab der Kellnerin verlegen das Geld – 3,50 Euro legte er hin –, erhob sich von seinem Platz und verließ das Lokal.

Draußen sah er linker Hand die beiden Stammgäste um die nächste Ecke torkeln. Anselm lief nach rechts, wo seinem Gefühl nach die Telestation lag.

Auf dem Gehsteig schlendernd, überlegte er, ob er eine Pille, die das Altern verhinderte, schlucken würde. Könnte er Reichtum erlangen, indem er ein bisschen Geld bei einer Bank anlegte und sehr, sehr lange abwartete? Er erinnerte sich an ein Rechenbeispiel aus dem Mathematikunterricht. Darin legte ein angenommener unsterblicher Sparer eine Goldmünze zu einem geringen jährlichen Zins bei einer Bank an. Als er nach einhundert oder zweihundert, vielleicht auch eintausend oder zweitausend Jahren zurückkehrte, Anselm wusste es nicht mehr genau, hätte die Bank ihm einen Goldbatzen, so groß wie der Erdball, auszahlen müssen. Unmöglich, so viel Gold aufzutreiben. Auch erwies es sich als zwecklos, das Gold durch Papiergeld zu ersetzen. Selbst dann würde die Geldmenge bald so gewaltig anwachsen, dass die sie darstellende Zahl zu lang wäre, sie auf sämtliches Papier der Welt zu drucken. Somit ginge die Rechnung von Karl aus der Kneipe nicht auf – insbesondere, wenn alle Menschen der Welt ein Medikament besäßen, das ihnen unendliches Leben bescherte. Mit Tabletten für alle wäre kein Problem gelöst, außer sie enthielten als Wirkstoff ein tödliches Gift.

Anselms Schritte knirschten auf dem Pflaster, seine Silhouette schob sich unter den fahl leuchtenden Nummern der fünfstöckigen Mietshäuser entlang.

Reichtum ist nicht ohne Weiteres durch Sparen zu erlangen, wenn dann gar nicht oder mit einem Verbrechen, überlegte Anselm, als er plötzlich vom Eingang des Hauses zu seiner Rechten ein Geräusch vernahm. Es schien ihm, als klappte eine Mülltonne zu, vielleicht eine Katze, die eine Ratte jagte oder zersplitterndes Glas. Waren das Schritte? Er wandte sich um und sah eine Faust heranschnellen, er spürte einen dumpfen Knall an der Stirn, bekam augenblicklich Kopfschmerzen, dann verdunkelte sich sein Blickfeld, und er verlor das Gleichgewicht. Sekunden später erlangte er am Boden die Besinnung zurück und stützte sich mit den Armen ab, er wollte aufstehen, wurde jedoch mit Fußtritten zurückgestoßen. Er spürte die Sohle eines Turnschuhs, die seinen Kopf zur Seite und auf die Steine drückte.

»Ah!«, war der einzige Laut, den er hervorbrachte.

Über ihm waren zwei Gestalten. Eine beugte sich nieder, drehte Anselm auf den Bauch und bog seinen linken Arm auf den Rücken, bis es fast knackte.

»Ah! Was soll das?«, keuchte Anselm und bekam einen Schlag auf den mühsam erhobenen Kopf, wodurch er mit dem Kinn aufschlug und nochmals ins Schwarze blickte.

»Los, mach schnell! Ich halt ihn fest«, sagte die Gestalt, die jetzt auf seinem Rücken saß. Sie trug eine weite graue Jogginghose und eine blaue Jacke.

»Eh! Was soll das?«, fragte Anselm, der wieder zu sich gekommen war.

»Schnauze!«, zischte der Kerl, der auf ihm kniete, und wandte sich an seinen Begleiter: »Mach endlich. Los! Schnell! Ich halt ihn fest.«

Anselm fühlte, wie sein freier Arm von dem anderen Kerl erfasst und von dessen Knie am Boden festgehalten wurde. Im Schimmer des Laternenlichtes blitzte die Klinge eines Beils auf, er sah das Beil herabsausen und hörte es in die Gehwegsteine hacken.

»Ah!«, schrie Anselm. »Ahhh. Oh Gott. Seid ihr wahnsinnig? Was soll das? Aua. Seid ihr verrückt? Hilfe! Aaaar!«

Er zappelte wie ein Fisch auf dem Festland, als er begriff, dass soeben sein rechter Zeigefinger abgetrennt worden war. Der

Schmerz stieg von der Hand zum Unterarm auf. Den Rest des Körpers spürte er kaum noch. Es gelang ihm, seine Last vom Rücken zu werfen und sich auf die Füße zu stellen. Er drehte sich um, und als er das Gesicht des Jungen erblickte, der sich gerade wieder aufrappelte, schwang Anselm sofort seine rechte Faust hinein. Ein roter Streifen zeichnete sich auf der Wange des Getroffenen ab. Anselm spürte den gewaltigen Schmerz im Zeigefinger seiner vierfingrigen Faust und im selben Moment die dumpfe Explosion in seinem Gehirn, die die Faust des anderen Kerls an seinem Kopf verursachte. Wieder verdunkelte sich alles, wieder stürzte Anselm nieder, und diesmal blieb er liegen.

»Hast du das gesehen? Die Sau hat mir ins Gesicht geschlagen«, sagte der eine, wischte sich mit den Fingern über die linke Wange und betrachtete das Blut, das an seiner Hand klebte.

»Ja, der hat dir in die Fresse gehauen. Scheiß drauf. Los! Wir haben nicht viel Zeit. Such die Geldkarte!«

»Eh! Guck dir das an! Sogar meine Hose ist dreckig geworden.«

»Mann! Mach dir mal nicht ins Hemd! Hilf mir lieber!«

Beide durchwühlten die Taschen ihres Opfers.

»Ich hab sie. Hier! Okay. Nimm du den Finger. Halt ihn schön in der Faust fest, sonst wird er zu kalt und der Geldautomat nimmt ihn nicht. Dann kannst du dir das Ding nur noch in den Arsch stecken, damit er wieder auf Körpertemperatur kommt.«

»Warte mal!«

»Was ist? Los komm, weg hier!«

»Gleich«, sagte die Gestalt mit dem blutigen Gesicht, blickte auf den reglos am Boden liegenden Anselm und trat ihm mit dem Fuß in den Bauch. Anselm regte sich nicht. Er bewegte sich nur ein wenig, gerade einmal so viel, wie es die mechanische Berührung erforderte.

»So, jetzt können wir.«

»Schnell!«

Die beiden hasteten davon. Ihre Schritte hallten von den Häusern wider und die Geräusche verloren sich, als sie um die nächste Ecke bogen.

Anselm blieb regungslos zurück. Blut tropfte aus seinem Fingerstumpf wie Wasser aus einem undichten Hahn. Etwa fünf Minuten lag er reglos da, dann kam er wieder zu sich und öffnete langsam die Augen.

Verdammt, verschlafen!, war sein erster Gedanke, als er das Laternenlicht verschwommen sah. Er hielt die rechte Hand gegen das Licht. Der Zeigefinger war ab! Anselm wurde noch einmal schwarz vor Augen. Fünf Minuten später erwachte er wieder.

Mit puckerndem Schmerz in der Hand stützte er sich vom Boden ab und richtete sich auf.

»Hilfe!«, röchelte er leise. Er wankte zur Seite und torkelte gegen die Hauswand, an der er sich abstützte und sich dabei den Putz wie Sandpapier über den Arm schrammte. Nach vorn gebeugt lehnte er an dem Gemäuer und kämpfte mit einem Brechreiz. Er atmete mehrere Minuten langsam tief ein und aus. Dann vernahm er ein Auto, das auf der Kopfsteinpflasterstraße heranrollte.

»Hilfe!«, flüsterte er, stieß sich von der Wand ab und stolperte auf die Straße, wo er zwei gemächlich herannahende Lichter sah.

»Hilfe! Hilfe!«, krächzte er und wedelte mit den Armen. Auf dem Dach des Autos leuchtete ein Taxischild. Die Scheinwerfer blendeten auf, Anselm blinzelte hinein. Der Motor heulte auf, die Reifen quietschten, und der tonnenschwere Mercedes raste dem verletzten Anselm entgegen.

Anselm erkannte zu spät, dass der Fahrer nicht bremsen würde, dass er von ihm erwartete, wie ein Laubfrosch beiseitezuspringen. Es krachte dumpf, es knackte hell, Anselm rutschte über die Motorhaube, glitt an der Frontscheibe neben dem Scheibenwischer zur Seite und blieb auf der Straße am Bordstein liegen. Bei der Kollision hatte er sich, wie durch ein Wunder, lediglich beide Beine gebrochen.

Das Auto stoppte wenige Meter danach. Der Taxifahrer, ein Mann mit blondem Oberlippenbart und schulterlangem Haar, bekleidet mit einer schwarzen Lederjacke, stieg aus und blickte über das Dach seines milchgelben Fahrzeugs zu Anselm herüber. Der lag auf dem Rücken, die Beine ungewöhnlich verbogen von sich gestreckt, den Oberkörper mit den Ellenbogen abgestützt, und starrte teilnahmslos in die roten Rücklichter.

»Warum sind Sie nicht zur Seite gesprungen?«, rief der Taxifahrer.

»Ähm …«

»Egal. Wer nicht zahlen will, muss eben fühlen«, murmelte er und ging um die Motorhaube seines im Standgas tuckernden Fahrzeugs herum. Er beugte sich hinunter, wischte etwas mit dem Ärmel in der Nähe des Scheinwerfers ab, bog den Scheibenwischer zurecht und stieg zurück hinter das Steuer. Die Tür fiel zu, der Motor heulte auf, die Reifen quietschten, und wenig später verloren sich die roten Rücklichter in der Ferne.

Anselm starrte dem Taxi fassungslos hinterher. Danach betrachtete er seine Beine, in denen er mittlerweile mehr Schmerz verzeichnete als in seinem fehlenden Finger. Sie waren beide gebrochen, und damit war eines klar: Egal, was jetzt noch passieren mochte, egal, wie er nach Berlin zurückgelangen würde, er könnte nicht am Wochenende mit Marie tanzen gehen.

Anselm holte sein Taschentelefon aus der Tasche und rief Marie an. Marie schimpfte jedoch nur, dass er schon wieder anrufe, und sagte, dass sie bereits wisse, dass er am Wochenende nicht mit ihr tanzen gehen wolle. Bevor Anselm sich erklären konnte, hatte sie aufgelegt.

Ich bin wohl etwas verwirrt, dachte Anselm. Ich sollte besser einen Arzt anrufen. Er wählte die Notrufnummer.

»Hallo? Hallo!«, keuchte er. »Ich bin angefahren worden. Ich glaub, meine Beine sind gebrochen. Der Fahrer ist abgehauen. Außerdem hat mir jemand einen Finger geklaut … Was? … Ja, ich bin voll bei Verstand … Wo? … Wo ich bin? Ich weiß es nicht. Hausnummer 74, kann ich sehen … Welche Straße? … Herrgott, ich weiß es nicht … Ich kann mich nicht bewegen, ich sehe keine Schilder, tun Sie was! Hier ist eine Kneipe in der Nähe. Die heißt Zur Schranke, glaub ich … Ja, Zur Schranke … Wie? Ja, Anselm Hagen. Beeilen Sie sich!«

Erschöpft ließ er das Telefon hinuntergleiten. Der Mann in der Notrufzentrale hatte ihm versprochen, Hilfe komme in zehn Minuten.

Anselm spähte in den schwarzen Himmel und konnte sogar ein paar Sterne hinter den vorbeiziehenden Wolkenschleiern erkennen. Er hielt nach Sternschnuppen Ausschau und vergaß darüber einen Moment seine unglückliche Situation. Die Schmerzen in den Beinen gingen in diffuses Summen über, und wenn er nicht versuchte, sich zu bewegen, schien es ihm erträglich, so auszuharren. Ihn störte lediglich ein Jucken in der Kuppe seines rechten Zeigefingers, den er unmöglich kratzen konnte. Anselm versuchte, das Phantomjucken zu ignorieren, bis er endlich ein Auto vernahm. Vor seinen Füßen erhellte sich die Fahrbahn im Licht der näherkommenden Scheinwerfer. Ein blauer BMW rollte in sein Blickfeld und blieb stehen. Auf der Beifahrerseite stieg ein Mann in kariertem Hemd und Jeans aus. Anselm erkannte ihn sofort.

»Einen schönen guten Abend, Herr Hagen. Oder einen schönen guten Morgen, wie man's nimmt«, sagte der Mann.

»Hi«, antwortete Anselm mit zittriger Stimme.

»Schön, dass Sie angerufen haben. Wir kommen, um Ihnen zu helfen.«

»Sie?«

»Ja, wir haben gute Informationsquellen. Wir nehmen Sie jetzt mit, und dann werden Sie eingestampft.«

»Hä?«

»Ja, Sie werden eingestampft. Ihr Körper ist nämlich Eigentum der Schliemanz-Koch AG.«

»Hä?«

»Na, Sie werden schon sehen. Wir erklären Ihnen das noch.«

»Was?«

Der Mann öffnete die hintere Tür des Wagens, ging um den Verletzten herum und packte ihn unter den Achseln.

»Aaaah! Meine Beine! Aua!«, kreischte Anselm, als er fortgeschleift und auf die Rückbank des Autos gestoßen wurde. Der Mann knallte die Tür zu, stieg auf der Beifahrerseite ein, der Motor heulte auf, die Reifen quietschten, dann fuhren sie davon.

Anselm mit Angelika

Erschöpft lagen sie nebeneinander auf den Matratzen und blickten zur Zimmerdecke. Links und rechts neben dem Doppelbett, das am Kopfende mit gusseisernen Blumen verziert war, standen Leselampen auf kleinen weiß lackierten Nachttischen. Angelika hatte das Licht auf ihrer Seite eingeschaltet.

»Das war schön«, sagte sie.

»Fand ich auch«, sagte Anselm, drehte sich zu ihr und legte einen Arm um ihre Taille. Er gab ihr einen Kuss auf die Schulter.

»Du liegst übrigens auf meiner Seite«, sagte Angelika.

»Was?«

»Na, auf deiner Seite schlaf ich immer, und auf der Seite hier schläft sonst mein Mann«, erklärte sie.

»Aha.«

»Morgen kommt er wieder.«

»Aha.«

Etwas später saßen sie schweigend in der Küche, wo der rote Zeiger der Wanduhr im Sekundentakt dem Morgengrauen entgegenklackte. Anselm nahm einen Schluck Kaffee und stellte die Tasse zurück auf den Tisch. Angelika saß ihm gegenüber. Ihr Körper war in einen hellblauen, nur kurz bis über die Knie reichenden Frotteebademantel gehüllt. Sie hatte die Beine übereinandergeschlagen und rührte, nach vorn gebeugt, den Kopf in die Hand gestützt, ihren Tee um. Dabei lächelte sie in sich hinein.

»Das ist der Onkel, der die Mama aus Berlin zurückgebracht hat«, hatte sie ihren Kindern erklärt, als sie mit Anselm nach Hause gekommen war und die Kinder von der Nachbarin abgeholt hatte.

»Der Onkel hat sich noch ein bisschen ausgeruht und geschlafen, weil es nämlich ganz anstrengend war, mit dem Auto hierherzufahren, und weil er gleich auch noch zurückfahren muss«, hatte sie ihrer Tochter gesagt, als sie plötzlich ins Schlafzimmer gekommen war.

»Aber der Onkel ist ja nackt«, hatte Marlene eingewandt.

»Ja, man geht doch nicht mit Anziehsachen ins Bett. Und der Onkel hat keinen Schlafanzug dabei, deswegen hat er sich nackig hingelegt.«

»Aber warum hast *du* denn kein Nachthemd an, Mama?«

»Deine Mama wollt's mir borgen, aber es war zu klein für mich«, hatte Anselm frech behauptet.

Danach hatte sie ihre Tochter zurück ins Bett gebracht.

Angelika hoffte, dass Marlene diese Erklärung akzeptierte, wusste allerdings genau, dass Marlene genau wusste oder sich zumindest dachte, dass die Mama und der Onkel geschwindelt hatten. Wahrscheinlich würde das Mädchen die Geschichte am nächsten Tag ihrem Gatten erzählen. Es hätte wohl nichts genutzt, ihr zu sagen, dass sie es nicht dem Papa sagen solle, weil sie ihm dann sicherlich sagte: »Da war ein Onkel, der die Mama von Berlin mit dem Auto hergebracht hat, und der hat sich nackig im Bett ausgeruht. Aber das soll ich nicht sagen.« Möglicherweise würde Marlene eher nichts erzählen, wenn die Mutter ihr einbläute, dass sie es unbedingt als Erstes dem Papa sagen müsse.

Doch in diesem Moment war ihr das völlig egal. Es interessierte sie nicht, ob es ihr Mann erfahren würde. Insgeheim hoffte sie sogar, dass es herauskäme. Soll er doch mitkriegen, wie oft ich mich einsam fühle, wie mich dieses langweilige Leben manchmal anwidert, dachte sie. Und was weiß ich schon davon, was er bei seinen Arbeitsaufenthalten im Ausland so treibt? Vielleicht führt er ein Leben in Saus und Braus, vielleicht hat er sogar noch andere Kinder irgendwo? Solch eine Geschichte hatte sie schon in einer Illustrierten gelesen. Ein Pilot habe mit zwei Frauen, die nichts voneinander wussten, in unterschiedlichen Städten Familien gegründet, sei wöchentlich hin- und hergeflogen und habe den treuen und lieben Vater für seine jeweils drei Kinder gespielt. Vielleicht spielte ihr Gatte auch solch ein Spiel. Doch jetzt, da Angelika einen netten Mann in Berlin kannte, könnte sie auch selbst solch ein Leben führen, wenn sie sich gelegentlich zu ihm teleportierte.

»Schade, dass du schon gehen willst«, sagte sie zu Anselm.

»Ja, ich muss, allein schon wegen des Autos. Eigentlich hätte ich es heute Abend schon abgeben müssen. Und ich denk mal, spätestens morgen früh brauchen die es wieder. Die sind bestimmt sauer, wenn ich's nicht zurückbringe. Und dann kriege ich vielleicht kein Geld.«

»Hm …«

»Um drei ist die Autobahn wenigstens frei. Da komm ich schnell durch, denk ich mal.«

»Pass auf, dass du nicht einschläfst!«

»Ich werd bestimmt nicht einschlafen. Du weißt doch, die Muster.«

Angelika schmunzelte: »Natürlich, die Muster, die Muster hätte ich fast vergessen. Und die Socke, die bringt Glück … Darf ich dich mal anrufen? Oder dich in Berlin besuchen?«

»Klar! Gerne! Vielleicht demnächst. Ich geb dir meine Nummer, hast du einen Stift? Ach warte! Hier! Ich hab selbst einen. Hast du einen Zettel? Wo soll ich sie hinschreiben?«

Wenig später fuhr Anselm mit dem Fahrstuhl ins Erdgeschoss. Der Abschied von Angelika war schnell gegangen. Sie hatten sich im Hausflur vor der Wohnungstür auf die Wangen geküsst, sich noch einmal umarmt und alles Gute gewünscht – das war es auch schon gewesen.

Der Aufzug surrte leise, Anselm lehnte an der metallenen Wand der kleinen Kabine und blickte gedankenversunken über die Tür auf die elektronische Anzeige, auf der die Nummer des gerade passierten Stockwerks leuchtete.

Er musste an Marie denken, mit der er am Wochenende tanzen gehen und von der er eigentlich viel mehr wollte. Er überlegte, ob das soeben gehabte Vergnügen ihr gegenüber vertretbar war, ob es erlaubt und ob es gut war. Natürlich war es gut, sagte er sich. Es war schön, schön wie immer. Es gab keinen Grund, es nicht zu tun. Dazu war das Leben da, darin lag doch der eigentliche Sinn des Lebens. Wenn er die Menschheit insgesamt und als lebendiges Ding betrachtete, war er doch nur ein kleiner Baustein davon, und seine Aufgabe lag darin, dieses Wesen – die Menschheit – durch die Zeugung von Kindern am Leben zu erhalten. Sicherlich dürften bei seinem und Angelikas kleinem Abenteuer keine Nachfahren entstanden sein, sie hatten aufgepasst, sie hatten Maßnahmen ergriffen, die ihrer Unternehmung sogar den wahren Sinn genommen und sie allein auf den Spaß reduziert hatten. Als winzig kleiner Bestandteil der Menschheit hatten sie sich ihrem Zweck widersetzt, wie es beim einzelnen Menschen im Körper durchaus auch geschehen konnte. Jedes Individuum bestand aus kleinen Zellen, die in ihrer Gesamtheit die entsprechenden Organe formten, durch deren Zusammenspiel und Interaktion die Person gebildet wurde. Jede Zelle hatte die ihr zugeordnete Aufgabe, und manchmal geschah es, dass Zellen sie nicht richtig erfüllten, dass sie etwas anderes taten, sich etwa unnötig teilten und damit unheilbare Krankheiten verursachten. Verallgemeinerte er von der einzelnen Person wieder zurück auf die Menschheit insgesamt, so litt sie auch an einer solchen Krankheit, die durch das Fehlverhalten Einzelner verursacht wurde.

Ob sie daran zugrunde gehen würde, war ungewiss, sogar eher unwahrscheinlich, und es gab andere Möglichkeiten als zwecklosen Sex, mit denen die Tötung des Objektes Menschheit durchführbar wäre. Folgenloses Liebesspiel war kein Verbrechen, es hatte ihm Spaß gemacht, der Rest war ihm egal. Warum sollte es auch keinen Spaß bereiten? Die Evolution hatte ihren Geschöpfen die Fähigkeit, Spaß am Sex zu haben, in die Gene gelegt, deshalb hatten sie Spaß daran. Menschen, die dem nichts abgewinnen konnten und es darum nicht taten, waren ausgestorben. Warum sollte Anselm sich also der Sache nicht hingeben? Weil er sich in Marie verliebt hatte? Marie, von der er noch nicht einmal wusste, ob sie das Gleiche für ihn empfand? Er hatte mit ihr am vergangenen Sonnabend die Nacht verbracht. Doch was bedeutete das schon für die Zukunft? Liebte sie ihn deshalb? Würde sie am kommenden Wochenende eine weitere Nacht mit ihm verbringen wollen? Vielleicht brauchte sie ja nur einen Tanzpartner und sonst nichts. Warum sollte er Marie treu sein, wenn es noch gar keinen Grund dafür gab? Etwa, weil er verliebt war? Aber verliebt konnte er in Marie auch sein, selbst wenn er mit Angelika schlief. Das schlechte Gewissen hätte Angelika quälen müssen. Sie war verheiratet. Sie hatte das Jawort gegeben, bis ans Lebensende Treue geschworen und eine Heiratsurkunde unterzeichnet, ein Blatt Papier, auf dem stand, dass sie ihrem Gatten gehöre und er ihr. Doch solch ein Zettel war ohne Zweck. Angelika war eine Blume, die zu verwelken drohte. Blumen wollten geliebt und gegossen werden. Da half kein an sie gehängtes Schriftstück, auf dem stand: *Diese Blume verwelkt nie*. Eher bewirkte es das Gegenteil. Es warf einen langen Schatten auf die Pflanze, die das Licht zum Leben brauchte wie die Menschheit den Geschlechtsverkehr.

Pling!, erklang das Glöckchen im Fahrstuhl, er war im Parterre angelangt. Anselm stieg aus und lief wenige Augenblicke später unter fahlem Laternenlicht zum Auto, das er in der nächsten Querstraße geparkt hatte.

Nein, es hat einfach nur Spaß gemacht, dafür muss ich mich nicht rechtfertigen, dachte er vergnügt, als neben ihm auf der Straße ein blauer BMW vorbeifuhr. Der Zufall hatte ihre Wege sich kreuzen lassen, und der Zufall wollte es auch, dass auf der Rückbank des Fahrzeuges ein vor Schmerz wimmernder Anselm saß und der Beifahrer den am Rand gehenden Anselm bemerkte.

Das Auto bremste und setzte ein Stück zurück. Anselm schaute auf. Ein Mann mit kariertem Hemd und Jeans sprang heraus und kam auf ihn zu.

»Entschuldigung?«, sagte der Mann.

»Ja? Ich kaufe aber nichts«, antwortete Anselm, sah eine Faust heranrasen und fühlte sie auf seine Schläfe krachen. Sofort bekam er Kopfschmerzen, sein Blickfeld verdunkelte sich. Er wurde bewusstlos.

Anselm und Anselm

Er erkannte unscharf zwei leuchtende Neonröhren, die langsam bis zur Deckungsgleichheit aufeinander zu wanderten. Das Bild schärfte sich.

Anselm hob seinen brummenden Kopf, der weit in den Nacken gebogen auf einer Stuhllehne geruht hatte. Vor ihm stand der Mann, von dem er niedergeschlagen worden war, und blickte auf seine Armbanduhr. In Anselms Augen waberte die Person langsam auseinander, verdoppelte sich vollends und vereinte sich wieder zu einem Ganzen.

»Jupp! Ein neuer Rekord«, sagte der mit Jeans und kariertem Hemd bekleidete Mann. Er drückte einen Knopf an seiner Uhr, die daraufhin kurz piepste. »Ein grandioser Schlag war das. Ganze 25 Minuten und 34 Sekunden war er weg. Junge, Junge … nicht schlecht.« Triumphierend rieb er sich die Hände.

Neben ihm stand ein kleiner hagerer Mann in einem weißen Kittel. Er trug eine schwarze Brille und blickte durch sie auf Anselm herab.

»Gestatten Sie? Festus mein Name. Doktor Festus!«, sagte er und zeigte dabei auf sich.

Anselm sah weg und musterte den kleinen Raum. Der Boden war ausgelegt mit grauem Linoleum, in dem sich die Einrichtung schemenhaft spiegelte. An der Wand zu seiner Rechten hing ein Brett mit einem Feuerlöscher und weiteren zur Brandbekämpfung geeigneten Werkzeugen, und vor ihm, hinter Doktor Festus und dem Sicherheitsmann, war eine schwere Stahltür. Links in der Ecke stand ein Schrank, der an eine verglaste Duschkabine mit einem am Boden integriertem Diskettenlaufwerk erinnerte.

»Meine Herren!«, sagte der Doktor.

Anselm schaute kurz auf, danach an sich herab. Er saß auf einem einfachen Stuhl, der auf dünnen drahtigen Beinen stand und mit blauem Kunstleder bezogen war. An seinem linken

Handgelenk bemerkte Anselm einen metallenen Ring, von dem sich ein kleines Kettchen zu einem anderen Ring spannte. Der andere Ring klemmte an einem anderen Handgelenk, zu dem eine rechte Hand gehörte, von deren Zeigefinger nur noch ein blutiger Stumpf übrig war. Die an ihn gefesselte Person saß neben ihm auf einem Stuhl und glotzte apathisch in die Luft. Anselm erschrak.

»Wer is'n das?«, murmelte er.

»Ich bin Anselm Hagen, die wollen uns einstampfen«, antwortete der Anselm neben ihm, als wäre dies das Normalste der Welt.

»Hä? *Ich* bin Anselm Hagen. Wieso einstampfen? Was soll das heißen?«

»Nein, ich bin Anselm Hagen – und du angeblich auch«, klagte der Anselm neben Anselm.

»Also, meine Herren! Ich möchte Ihnen das kurz erklären, damit keine Missverständnisse aufkommen«, unterbrach Doktor Festus und faltete seine Hände vor der Brust.

»Was gibt's da zu erklären? Was soll der Scheiß?«, fragte Anselm, der inzwischen wieder zu Kräften gekommen war, und erhob sich vom Stuhl.

»Aaah! Aua, meine Beine!«, schrie der andere Anselm, den Anselm beim Aufstehen mitgerissen hatte. Die Last des jammernden Anselms hinderte ihn weiterzulaufen.

»Hinsetzen!«, befahl der Mann im karierten Hemd und schubste Anselm zurück. »Sonst versuch ich gleich, 'nen neuen Rekord aufzustellen.« Er zahnte seine Hände ineinander, drehte sie und drückte sie nach vorn, bis die Finger knackten.

»Igitt! Hören Sie auf damit! Ich kann dieses Geräusch nicht ertragen«, sagte Doktor Festus und zog eine Grimasse, als hätte er mit Zitronensaft gegurgelt.

Anselm plumpste auf den Stuhl zurück. Der andere Anselm blieb am Boden liegen und stöhnte. Der Sicherheitsmann hievte ihn auf seinen Platz.

»Aaah! Meine Beine! Aufhören!«

Doktor Festus seufzte. »Also, meine Herren, ich möchte Ihnen das alles kurz erklären. Wir werden Sie beide jetzt einstampfen, und ich will Ihnen auch sagen, weshalb das überhaupt nicht schlimm ist.«

»Einstampfen? Hab ich das richtig gehört? Soll es das bedeuten, was das Wort auch sagt?«, fragte Anselm.

»Ja«, antwortete Doktor Festus und ließ die Augenlider herab.

»Davon stirbt man doch, oder?«

»In gewissem Sinne schon.«

»Also, Sie wollen mich umbringen? Und den da auch?«

»Nun ja, das wäre eine bestimmte Sichtweise. Im Prinzip ist es aber kein Problem.«

»Für mich schon«, rief Anselm und stand wieder auf.

»Aua, oh Gott, tut das weh!«, jammerte der andere.

»Mann, hör doch mal auf, rumzujammern!«, beschimpfte Anselm seinen Ballast.

»Hinsetzen!«, befahl der Sicherheitsmann und brachte beide wieder auf ihre Stühle.

»Aua!«, brüllte der Anselm, dessen Beine gebrochen waren, und verfiel in Apathie.

»Nun, meine Herren. Hören Sie mir doch bitte erst einmal zu«, fuhr Doktor Festus fort. »Also, im Vorfeld möchte ich mich schon einmal für all die Komplikationen, die Sie durch uns gehabt haben, entschuldigen. Sie haben sich heute Vormittag von Berlin nach Hamburg teleportiert?«

»Ja, es hat aber erst beim zweiten Versuch funktioniert, ich will meine zehn Euro zurück«, sagte der apathische Anselm apathisch.

»Ja, es hat aber überhaupt nicht funktioniert, ich hab's zweimal probiert. Ich will meine zwanzig Euro zurück«, sagte zeitgleich der wütende Anselm wütend.

»Ach, das Geld, das ist überhaupt nicht abgebucht worden«, winkte der Doktor ab. »Ein Fehler im System war das. Um Ihnen zu erklären, warum Sie beide hier sitzen und jeder von Ihnen glaubt, Anselm Hagen zu sein, und weshalb Ihre Körper Eigentum der Schliemanz-Koch AG sind, will ich Ihnen die Funktionsweise des Teletransports kurz erläutern. Meine Herren, haben Sie schon mal darüber nachgedacht, wie solch ein Teletransport eigentlich funktioniert?«

»Nein.«
»Nein.«
»Nein?«
»Nein.«
»Nein.«
»Nun, stellen Sie sich vor, Sie wollten den Berliner Fernsehturm nach New York transportieren. Was würden Sie tun?«
»Weiß nicht.«
»Weiß nicht.«
»Also, die erste Möglichkeit besteht darin, den Turm aus dem Boden zu graben, ihn mit dem Schiff nach New York zu bringen und dort wieder einzupflanzen. Das ist praktisch natürlich kaum möglich, da es keine Schiffe und Kräne in der entsprechenden Größe gibt, mit denen man ein so großes Bauwerk anheben beziehungsweise transportieren könnte. Bedenken Sie, der Koloss ist mehr als dreihundert Meter hoch und wiegt Tausende Tonnen!« Doktor Festus vollführte eine Armbewegung, mit der er die Größe des Bauwerks beschrieb. »Somit ist die erste Variante mehr theoretischer Natur. Die zweite, eher umsetzbare Variante wäre, den Turm zu demontieren, ihn in seine Einzelteile zu zerlegen, also jeden Betonklotz, jedes Stahlseil, aus dem er besteht, abzubauen und in Kisten zu verpacken. Man könnte die Kisten einzeln nach New York bringen, dort auspacken und den Fernsehturm aus seinen Einzelteilen wieder zusammensetzen. Klar?«
»Ja.«
»Ja.«
»Gut. Den Turm in seine Einzelteile zerlegt nach New York zu bringen, zum Beispiel mit mehreren Flugzeugen, ist natürlich sehr aufwendig. Das kostet Kerosin und Zeit. Es geht aber noch viel, viel einfacher und eleganter. Die dritte Variante beruht auf der Überlegung, dass der Turm zusammengesetzt ist aus lauter Einzelteilen und Materialien, die es ja am Bestimmungsort bereits gibt – Beton, Stahl, Glas.« Mit jedem Material, das Doktor Festus nannte, klappte er einen Finger seiner Faust auf. »Das ist alles in Amerika schon vorhanden. Also, schauen wir uns den Berliner Fernsehturm an und erstellen einen Bauplan des Bauwerks. Auf dem Plan ist festgehalten, wie hoch er ist, wie breit er ist, die Form, die er hat,

und welche Materialien zu verwenden sind. Diesen Plan nehmen wir und faxen ihn einfach nach New York. Zack! Peng! Das geht ganz flink.« Er klatschte mit der Faust in die flache Hand. »Und dann wird nach diesem Bauplan der Fernsehturm in New York aufgebaut. Die Materialien sind ja vorhanden: Stahl, Beton und Glas. Was ist der Effekt? Klar! Der Fernsehturm ist jetzt zweimal da. Einer steht in Berlin und der andere in New York. Da wir aber das Bauwerk nach New York verschieben und nicht kopieren wollten, müssen wir es in Berlin noch beseitigen. Was machen wir? Na? Ganz einfach! Wir sprengen es. Bumm!« Doktor Festus warf seine Arme weit auseinander.

»Hm …«

»Hm …«

»Ja, so einfach ist das, meine Herren! Und genauso funktioniert der Teletransport von Menschen. Der Mensch selbst und alles, was es gibt, ist doch zusammengesetzt aus kleinen Teilchen, nämlich Atomen wie Wasserstoff, Sauerstoff, Eisen, Schwefel, Lithium und so weiter. Die Atome wiederum sind zu Molekülen verbunden, die Moleküle zu Zellen und die Zellen formen Organe. Und jedes Atom, jede Zelle, jedes Organ ist ein kleiner Bestandteil der Person. Und alle Bausteine zusammen bilden in ihrer Gesamtheit und ihrem Zusammenspiel den Menschen. Die Person wird sozusagen durch die Interaktion einzelner Komponenten gebildet.«

»Das hab ich irgendwie schon mal gehört.«

»Das hab ich irgendwie schon mal gehört.«

»Ja, ja, bestimmt. Und jede einzelne kleine Komponente kann ausgetauscht werden – sei es ein Organ, eine Zelle oder ein Atom. Atome sind überall gleich, überall auf der Welt, egal wo wir sie hernehmen. Und so teleportieren wir die Menschen von Berlin nach Hamburg. Wir erstellen einen atomaren Bauplan des Inhaltes der Teleportzelle, wobei jedes Teilchen in seiner Position und Art erfasst wird. Dieser Bauplan wird über Telefonleitungen nach Hamburg gesendet. Und nach diesem Bauplan wird der Inhalt der Teleportzelle wieder zusammengesetzt, in Hamburg. Dann steht der Reisende einmal in Berlin in der Zelle und einmal in Hamburg. Da wir ihn aber nach Hamburg *verschieben* wollten«, er führte pantomimisch vor, wie er einen Menschen über den Boden schiebt, »müssen wir den in Berlin Verbliebenen noch vernichten. Der wird dann eingestampft. Er kommt zuerst in eine Art Häckselmaschine – das ist so etwas Ähnliches wie eine Moulinette – die ihn etwas kleiner macht, danach in eine Art Presse, in der er zu einem homogenen Brei zerstampft, zerrührt und zerrieben wird. Und dieser Brei wird wieder in seine Bestandteile zerlegt – nämlich in seine Atome wie Wasserstoff, Sauerstoff, Eisen und so weiter.«

»Aua.«

»Aua.«

»Das tut nur ganz kurz weh. Das geht ganz schnell … vielleicht ein paar Sekunden …«

»Ein paar Sekunden? Aua.«

»Ein paar Sekunden? Aua.«

»Jedenfalls, aus dem Brei und den darin enthaltenen Materialien können wir die ankommenden Reisenden wieder zusammensetzen. Jedes Atom ist gleich. So funktionieren die Menschen, so war das schon immer. Ein Mensch wird geboren, nimmt Nahrung zu sich, die aus der Erde kommt, sei es Gemüse oder Fleisch, er wächst und baut daraus seinen Körper. Und wenn er stirbt, kommt er unter die Erde, verwest dort zu Erde, und daraus entstehen wieder neue Menschen, indem sie Gemüse oder Fleisch essen, das aus dem Verwesten gewachsen ist. So ähnlich machen wir das beim Teleportieren auch.«

»Aber wo bleibt das Ich? Also, die Seele?«

»Aber wo bleibt das Ich? Also, die Seele?«

»Das Ich? Die Seele? Sie sind sehr aufmerksam, meine Herren! Aber, glauben Sie tatsächlich an eine Seele? Glauben Sie wirklich an ein inneres Ich? Ha! Das sind überholte Vorstellungen aus den letzten Jahrtausenden. Aber natürlich haben Sie das Recht, nach dem Ich zu fragen. Den Vorgang des Teletransports habe ich soeben auch etwas vereinfacht dargestellt. Es genügt tatsächlich nicht ganz, nur einen atomaren Bauplan zu erstellen und ihn zu übertragen. Nein! Was noch dazugehört, sind beispielsweise die elektrischen Ladungen im Gehirn. Was den Menschen als Persönlichkeit auszeichnet, ist sein Wissen. Alles, was er erlebt hat und was in seinem Kopf gespeichert ist, davon hängt ab, wie er in bestimmten Situationen reagiert, was er denkt und was er fühlt. Und nun gehen wir von dem atomaren Bauplan eine Ebene tiefer.« Doktor Festus führte seine flachen Hände fast bis auf Kniehöhe hinab. »Atome sind bekanntlich aus Protonen, Neutronen und Elektronen zusammengesetzt, und das Verhältnis dieser Elementarteilchen in einem Atom bestimmt dessen elektrische Ladung. Elektrische Ladungen wiederum dienen der Speicherung von Informationen, das ist das, was das Wissen auszeichnet, weshalb wir, wenn wir einen Plan der elektrischen Ladungen, dazu noch einen Photonenbauplan des Inhaltes der Teleportzelle erstellen, automatisch auch das gesamte Wissen und den Zustand eines darin befindlichen Menschen, nämlich das Ich, also die Seele, mit erfassen. Allerdings wäre die zu übertragende Datenmenge zu groß, weshalb wir gewisse Kompressionsmechanismen einsetzen. Darum ziehen wir zum Teletransport sogar den genetischen Code heran. Stellen Sie sich vor, Sie wollten einen Baum von Berlin nach New York bringen. Wie könnten wir das bewerkstelligen? Na? Ganz einfach! Wir analysieren die DNS der Pflanze und übertragen die Zeichenfolge nach New York. Dort bauen wir aus Grundstoffen wie Atomen und Molekülen nach den erhaltenen Informationen einen Samen, stecken ihn in den Boden und lassen ihn wachsen, bis der Baum da ist. Das würde selbstverständlich viel zu lange dauern. Was tun wir stattdessen? Na? Wir pflanzen den Samen nicht in die Erde und lassen ihn dort gedeihen – nein – wir lassen ihn in einer Computersimulation, die wesentlich schneller abläuft, wachsen, und das Resultat setzen wir in der Realität wieder zusammen. Und da ist der Baum. Zack! Peng!« Er klatschte wieder mit der Faust in die flache Hand. »Sie werden jetzt sagen, dass das nicht der gleiche Baum sein kann, und Sie haben recht damit. Natürlich kann das nicht der gleiche Baum sein. Was ist, wenn dem Baum in Berlin ein Ast abgesägt worden ist? Der wäre ja dann in New York auf einmal wieder dran.«

»Geht das auch mit abgehackten Fingern?«, murmelte der eine Anselm.

»Aber selbstverständlich«, sagte Festus. »Und das darf natürlich nicht sein! Wir wollen ja, dass am Zielort exakt das Gleiche ankommt wie am Ausgangsort. Also, alles noch mal zurück! Wir machen es nämlich anders. Bevor wir mit der Datenübertragung beginnen, simulieren wir den Wachstumsprozess am Ausgangsort und vergleichen das Resultat mit dem Original. Nach New York übertragen wir jetzt zum einen den genetischen Code und die Informationen, an welcher Stelle Äste oder auch Finger abgesägt worden sind – sozusagen die Differenz zwischen Original und Simulation. In New York wird der Wachstumsprozess wieder im Computer durchgeführt, und die entsprechenden Äste werden anhand des Differenzplanes virtuell abgesägt. Der so berechnete Baum wird dann in der Realität aus Atomen und Photonen wieder zusammengefügt. Und so funktioniert der Teletransport tatsächlich: Wir führen vor der Übertragung noch eine Datenreduktion durch. Was wir dann senden, ist der genetische Bauplan des Objektes. Als nächstes auf atomarer Ebene die mechanischen Differenzen – dazu gehört auch die Kleidung und das Gepäck. Und schließlich noch auf Ebene der elektrischen Ladungen und Photonen das Wissen – sozusagen das Ich und die Seele, der Geist, die Intelligenz. Verstehen Sie das?«

»Klar doch.«

»Klar doch.«

»So, meine Herren, jetzt dürften Sie eine Vorstellung davon haben, weshalb Sie doppelt vorhanden sind. Durch ein kleines Fehlerchen sind Sie beim Teletransport am Ausgangsort Ihrer Reise in Berlin nicht zerstampft worden und trotzdem in Hamburg ins Freie getreten. Ein winzig kleines Fehlerchen war daran schuld – ein dummes Fehlerchen mit verheerenden Folgen … Nun ja, es ist nicht Ihre Schuld, es ist leider normal, dass sich bei einer solch komplexen Maschinerie mal ein Fehlerchen einschleicht. Natürlich! Wir hatten auch schon einen anderen Fehler, der aber nicht so fatal war. In der Molekülzusammensetzungsmechanik war die Zufuhr für Platinatome verstopft, weshalb das Element beim Teleportieren immer verlorenging. Aber das hat keiner bemerkt. Wer hat auch schon Platin? Platin ist so teuer und so selten … das hat, wie gesagt, keiner bemerkt. Zum Glück war es nur Platin! Nicht auszudenken, was geschehen wäre, wenn die Wasserstoffleitung versagt hätte … Aber es ist ja nur das Platin gewesen – ein Fehlerchen, das keinem aufgefallen ist. Doch das Problem mit Ihrer Dopplung fällt auf. Schauen Sie sich doch einmal an, meine Herren!«

Anselm schaute zu Anselm herüber, und Anselm tat es ebenso.

»Dabei ist die Ursache für diesen Fehler so winzigklein und unscheinbar. An irgendeiner Stelle hat die Software die Reihenfolge verdreht. Verstehen Sie? Sie steigen in die Teleportzelle, Sie werden nach Hamburg kopiert, das Computerprogramm versucht, von Ihrem Konto Geld abzubuchen, stellt fest, dass da nichts drauf ist, und bricht den Transfer ab. Sie werden nicht zerstampft, die Zelle öffnet sich, und Sie sind noch in Berlin, weil Sie die Reise nach Hamburg nicht bezahlen konnten – logisch. Dummerweise ist aber Ihre Kopie schon in Hamburg erstellt worden. Hier war einfach die Reihenfolge falsch! Natürlich müsste zuerst überprüft werden, ob Sie bezahlen können, und erst dann dürfte die Übertragung eingeleitet, die Kopie erstellt und die Zerstückelungsmaschinerie in Gang gebracht werden.« Doktor Festus seufzte.

»Aha.«

»Aha.«

»Und deswegen sind Ihre Körper Eigentum der Schliemanz-Koch AG. Sie sind aus unseren Materialien zusammengesetzt und überflüssig. Die müssen wir uns zurückholen. Das ist doch klar. Sie haben sich ja bereits viermal reproduziert. Der eine sind Sie.« Doktor Festus wies auf den apathischen Anselm. »Der andere sind Sie.« Er wies auf den anderen Anselm. »Ich nehme an, Sie sind der, der sich überhaupt nicht teleportieren konnte. Eigentlich sind Sie ja der, den wir am Leben lassen müssten, da Sie nicht bezahlen konnten und deshalb kein Transfer für Sie zulässig ist. Wir haben auch versucht, Ihren reproduzierten Körper einzufangen. Unglücklicherweise ist uns der erste entwischt und sitzt nun in einem Flugzeug, das nach New York fliegt. Auf anderen Kontinenten haben wir Schwierigkeiten zu agieren. Deshalb haben wir uns gedacht: Wir schenken Ihnen den Transfer, was aber bedeutet, dass wir auch Sie einfangen mussten. Tja, und dann gibt es noch einen, der sich gerade in Berlin herumtreiben müsste. Den haben Sie produziert, als Sie sich zurückteleportieren wollten. Das ist etwas dumm gelaufen.« Doktor Festus wies wieder auf den apathischen Anselm. »Aber den fangen wir auch noch ein, das sollte kein großes Problem sein. Der Sicherheitsdienst bemüht sich bereits darum.«

»... New York?«, sagte der apathische Anselm mit halb geschlossenen Augen.

»Meinen Sie, ich sitze in einem Flugzeug nach New York?«, sagte Anselm.

»Ja, dorthin konnten Sie durch eine unglückliche Verkettung von Zufällen vor unseren Männern flüchten.«

»... zurück?«

»Und wie komme ich von dort wieder zurück?«

»Ich habe keine Ahnung. Aber das schaffen Sie schon irgendwie.«

Doktor Festus verschränkte die Arme. Der Sicherheitsmann hatte sich während des Gespräches zur Duschkabine in die Ecke begeben, lehnte an der Glasverkleidung und spielte gelangweilt an seiner Armbanduhr.

»Und jetzt wollen Sie uns einfach einstampfen?«, fragte Anselm nach einer kurzen Pause.

»Ja«, sagte der Doktor.

Der andere Anselm sagte nichts. Er war eingeschlafen, kam aber sofort zur Besinnung, als Anselm von seinem Stuhl aufsprang und ihn mit sich zur Wand zerrte. Dort riss Anselm die neben dem Feuerlöscher hängende Axt herunter. Die Klinge blitzte kurz im Neonlicht, dann sauste sie ins Linoleum nieder – dorthin, wo Anselm den Arm seines angeketteten Duplikats niederdrückte.

»Aaaah! Bist du wahnsinnig? Meine Hand!«, schrie der Anselm, dem die Hand abgehackt worden war.

Der Sicherheitsmann sprang herbei, doch konnte er nichts mehr verhindern. Auch vermochte der Mann den Faustschlag nicht abzuwehren, den der plötzlich freie Anselm ihm von rechts ins Gesicht feuerte und durch einen Schlag mit der Linken ergänzte. Anselm schwang so lange seine Fäuste abwechselnd von links und rechts in das Gesicht des Mannes, bis dieser zusammenbrach und regungslos am Boden liegen blieb. Doktor Festus war einen Schritt zurückgetreten und stand ängstlich vor der Glaskabine in der Ecke.

»Ich werde die Polizei informieren«, sagte Anselm, bückte sich und suchte in den Taschen der Jeans des bewusstlosen Mannes nach einem Schlüssel, mit dem er sich den Armreif entfernen konnte.

»Polizei?«, sagte der Doktor. »Dass ich nicht lache.«

Anselm hatte einen Schlüssel gefunden und richtete sich wieder auf. Dabei trat er unbedacht gegen die neben ihm liegende Hand. Sie schabte mit den Fingernägeln über das Linoleum und malte eine rote Spur bis zu den Füßen des Doktors.

»Eh! Meine Hand! Pass doch auf!«, jammerte der Anselm am Boden und begann keuchend seinem Körperteil hinterherzukriechen.

Doktor Festus senkte betreten die Augen und kickte die Hand ihrem Eigentümer entgegen.

»Die Polizei kann Ihnen auch nicht helfen«, sagte Doktor Festus wieder aufschauend.

»Ist mir doch egal«, sagte Anselm, der mit dem Schlüssel an seinem Armreif herumfummelte.

»Sie werden es ja sehen«, entgegnete der Doktor. »Bitte! Gehen Sie doch zur Polizei! Das wird Ihnen überhaupt nichts nützen. Glauben Sie etwa, wir würden bei solch einem sensiblen Projekt nicht mit denen zusammenarbeiten? Alle stehen hinter mir: Die Polizei, die Armee, der Staatssicherheitsdienst. Sie haben keine Chance, Herr Hagen! Wir werden Sie einfangen. Da können Sie Gift … uhhhhh …« Anselm hatte dem Doktor in den Magen geboxt. Doktor Festus klappte augenblicklich zusammen und sackte zu Boden.

Nur der am Boden liegende Anselm, dessen Beine gebrochen und verbogen waren und der gerade seine um einen Finger reduzierte Hand anprobierte, wimmerte leise.

Anselm sah sich noch einmal um, als wollte er sicherstellen, nichts vergessen zu haben. Danach lief er zur Tür und ging hinaus.

Anselm auf der Flucht

Das Erste, was ihm ins Auge fiel, war ein monströser Computermonitor. Er war in der Diagonale beinahe so groß, wie Anselms ausgebreitete Arme maßen, und lastete auf einem Schreibtisch, vor dem ein leerer Bürostuhl wartete. Auf dem Bildschirm zeigten sich Haufen bewegter und flimmernder Punkte, die in ihrer Gesamtheit an einen Sternenhimmel erinnerten. Es schien ein für kurze Zeit, vielleicht zu einer Mahlzeit, verlassener Arbeitsplatz zu sein, an dem der Computer noch lief und sich ein Bildschirmschoner aktiviert hatte.

Anselm drehte sich um, zog die schwere Stahltür heran, woraufhin das Winseln seines duplizierten Körpers, dem er die Hand abgehackt hatte, verstummte. Anselm drehte den im Schloss steckenden Schlüssel und hoffte, dadurch seinen Vorsprung zu vergrößern.

Er befand sich in einem fensterlosen Raum. An der Decke schnarrte eine mit Blechstreifen vergitterte Neonröhre, die Wände waren weiß gestrichen, es gab drei Türen. Die, die er gerade verschlossen hatte, trug die Aufschrift *Scanner-Raum.* Zur Rechten lag eine weitere, an der ein Messingschild befestigt war, auf dem stand: *Büro Dr. Festus.*

Anselm drückte die Klinke, die Tür öffnete sich, ein schmaler Lichtstreif schwenkte in das Zimmer. Er tastete um die Ecke, fand einen Schalter, betätigte ihn, und der Raum legte sich in warmes Glühbirnenlicht, das von einem fünfarmigen Kronleuchter an der stuckverzierten Decke strahlte. Im Mittelpunkt des Raumes befand sich ein wuchtiger, dunkel gebeizter Holzschreibtisch, dahinter ein schwarzer Ledersessel, auf dem Boden und dem Schreibtisch stapelten sich ungeordnete Dokumente, nur ein schmaler Pfad führte durch den Raum, in dessen Ecke Anselm einen Globus erblickte. In dem Globus steckte ein Dartpfeil.

Anselm wandte sich ab und ging durch die dritte Tür – eine Tür, die grau und unbeschriftet war. Er fand sich in einer geräumigen Halle wieder, auf einem Gitterrost stehend, der sich an den vier Wänden entlangwand und mit einem kantigen Geländer versehen war. Anselm lehnte sich über die Brüstung und blickte hinunter, wo er drei weitere, ebenfalls mit stählernen Galerien versehene Etagen zählte. Der Anblick glich einem nach innen gekrempelten, mit Baugerüst versehenem Haus ohne Fenster. Es gab nur Türen, die sich hinter den metallenen Wegen aneinanderreihten.

Im Zentrum der Halle hob sich vom Boden eine dicke Säule empor, die aus zahllosen, übereinandergestapelten offenen Blechkästen bestand. Im Innern der Blechkästen blitzten Lötstellen, die auf eingeschobenen Leiterplatten Transistoren, Chips und Widerstände hielten, und zwischen ihnen blinkten rote und grüne Leuchtdioden. Armdicke Kabelstränge zogen sich an dem Gebilde herauf, verzweigten sich an allen denkbaren Stellen in dünne Adern, die zu den elektronischen Innereien führten und wie Efeu den gesamten Turm umrankten. Der Raum, der sich noch drei Stockwerke zusammen mit dem eigenartigen Objekt über Anselms Kopf hinweg erstreckte, war von gleichförmigem Rauschen erfüllt, das vom Lärm tausender kleiner Lüfter stammte. Auf jeder Etage reichte eine Brücke an den Elektronikturm, und in den Ecken führten Treppen ins jeweils nächste Geschoss.

Anselm stürmte los, um am Rande des fensterlosen Gebäudes ins Parterre zu steigen. Das Metall gab helle Töne unter seinen Schritten von sich, und die Schlusssprünge, mit denen er die letzten drei Stufen eines jeden Abstiegs nahm, dröhnten laut.

Am Fuße des elektronischen Turms angekommen, stand Anselm auf steinernem Boden und fand keine weiteren Wege, die ins Freie hätten führen können. Erst, als er die Säule zur Hälfte umrundet hatte, erkannte er eine eiserne, mit einem großen Hebel zu entriegelnde Tür. Im schummrigen Licht las er die rote Beschriftung: *Durchgang zum Teletransportkeller*. Er legte den Griff zur Seite und wuchtete mit ganzem Körper die schwere Stahltür auf, die geräuschvoll über den unebenen Untergrund knirschte.

Dahinter eröffnete sich ein schmaler Tunnel, der von Lampen, die an Schildkröten erinnerten, beleuchtet war. An die einhundert Schritte musste er laufen, bis er das Ende des Gangs erreicht hatte. Der Gang mündete in eine türlose runde Halle, in deren Mittelpunkt ein eigenartiges Gebilde hing.

Das Gebilde wurde weit über dem Boden von einem Stahlarm gehalten und formte nach oben hin einen mehrere Meter durchmessenden Trichter. Die Konstruktion glich einer gigantischen Tuba mit anmontierter Flugzeugturbine, deren Triebwerksöffnung mit einem Gummischlauch verbunden war. Der Gummischlauch hing herab wie ein Elefantenrüssel und endete auf Kopfhöhe über einer Badewanne. Die Badewanne stand auf einem Stahlcontainer, aus dem unzählige, dünne Schläuche hervortraten, die zu am Boden liegenden und übereinandergestapelten Gasflaschen führten. In jede Flasche mündete ein Schlauch, ein weiterer führte aus jeder heraus, und gemeinsam fädelten sich die Schläuche in den gut sechs Stockwerke hohen Raum empor, hin zu einem mit Ventilen und Klappen versehenen Schrank, der dicht unter der Decke befestigt hing.

Anselm trat an die Gasflaschen heran und las sich deren Beschriftungen durch: *Helium, Wasserstoff, Platin, Gold, Sauerstoff, Stickstoff, Kohlenstoff ...*

Plötzlich erhellte sich der Raum. Anselm, über den Lichtschein erschrocken, blickte hinauf und erkannte ein gullydeckelgroßes Loch, das sich hoch an der Decke über dem Ansaugtrichter aufgetan hatte. Er zuckte zusammen, als er eine Stimme vernahm. Sie sagte: »Huch?«, und ein Wesen mit zwei Armen, zwei Beinen, einem Rumpf und einem Kopf flimmerte durch den Lichtkegel, stürzte in den Trichter und schlug darin mit einem dumpfen Schlag auf. Zugleich startete die Turbine. Sie rotierte und dröhnte, sie summte und pfiff, sie erfüllte die Halle mit Lärm, dem sich ein Todesschrei beizumengen schien, und kurz darauf spritzte aus dem dicken Schlauch ein roter Brei in die Badewanne, woraufhin der Container darunter wie eine Waschmaschine im Schleudergang zu rumpeln begann.

Anselm ahnte jetzt, wo er sich befand. Er ahnte, dass er sich sechs Stockwerke tief unter der Erdoberfläche aufhielt und aufwärts laufen musste, um aus dem Gebäude zu kommen. Er ahnte auch, dass die von Doktor Festus beschriebene Zerstückelungs- und Zerstampfungsmaschinerie tatsächlich existierte – so begriff er das gerade Gesehene.

Zurück im Elektronikturmraum, stürmte er die Treppen hinauf und bemerkte auf der vierten Etage eine halboffene Tür. »Nein, es ist ein verflixter Fehler«, schimpfte dahinter jemand mit verzweifelter Stimme, während Anselm sich behutsam zur nächsten Treppe schlich, deren Metallstufen er wieder mit rasendem Tempo hinauftrampelte, und kurz darauf das höchste Geschoss erreichte. Dort flüchtete er durch eine mit *Ausgang* beschriftete Tür und fand sich in einem Foyer wieder.

Der Boden war mit grauem Teppich ausgelegt, zu beiden Seiten erstreckten sich lange Flure, und um hinauszugelangen, musste er einen Glaskasten passieren, in dem ein Pförtner saß und in die Röhre eines tragbaren Schwarzweißfernsehers blickte.

»Schönen guten Morgen«, sagte Anselm im Vorbeigehen und schwang sich durch eine Flügeltür ins Freie.

»Morgen!«, murmelte der mit einer grauen Uniform bekleidete Alte, ohne aufzuschauen.

Vor dem Ausgang sah Anselm in einen Hinterhof, über den eine Laterne ihr rosafarbenes Licht legte. Einige Autos parkten hier, und zur Linken befand sich eine Einfahrt, von der sich zwei Scheinwerfer näherten, die das Gelände auf- und abschwingend bestrahlten. Als Anselm einen blauen BMW erkannte, sprang er beiseite und verbarg sich hinter einem Kleintransporter.

Das ankommende Auto parkte ein. Auf der Fahrerseite stieg ein Mann mit Jeans und kariertem Hemd aus, auf der Beifahrerseite Anselm.

»Hui! Geht's … ch … mir gut … Na, dann ma' los! Ab zum Einsch … dampfen. Hups! Das wird bestimmt 'n Spaß. Hick!«, lallte er und knallte die Tür zu. Dabei kam er aus dem Gleichgewicht, stolperte zwei Schritte rückwärts und konnte sich nur knapp einem Sturz entziehen. Dann wankte er seinem Begleiter entgegen, der ihn mit dem Arm abstützte.

»Kommen Sie! Vorsichtig! Nicht, dass Sie mir hinfallen«, sagte der Mann. »Gleich werden Sie eingestampft. Aber zuerst möchte Doktor Festus Ihnen das noch erklären, damit Sie auch wissen, dass alles seine Richtigkeit hat.«

»Ach, der Dogtjor! Hui … Der ers … zählt noch was. Jo … So ein Doktor, das is schon ’n kluger Mench«, nuschelte Anselm und verschwand mit dem Sicherheitsbeamten durch die Flügeltür.

Bin das etwa ich gewesen?, dachte Anselm, der die Szene aus seinem Versteck heraus beobachtet hatte. Das war doch schon wieder solch eine Kopie von mir, und betrunken war sie, oder irre ich mich? Benehme ich mich etwa wirklich so, wenn ich betrunken bin? Das ist ausgeschlossen. Sie müssen ihm Drogen verabreicht haben.

Anselm verließ sein Versteck, ging durch die Ausfahrt und gelangte auf eine Straße, die er sofort wiedererkannte, denn er war hier entlanggefahren, als er Angelika Buske heimgebracht hatte. »Da drüben, das ist die Telestation«, hatte sie gesagt, und dabei auf das sechseckige Gebäude gezeigt, das Anselm jetzt vor sich sah. Zur Rechten lag ein Taxistand, und falls ihn sein Orientierungssinn nicht betrog, musste der Tunnel, den er in der Tiefe durchquert hatte, unter dem Kopfsteinpflaster direkt zur Telestation hinüber führen.

Anselm wandte sich um und blickte auf einen unscheinbaren Büro- und Geschäftskomplex. Dort befinden sich also riesige Kellerräume unter der Erde – das denkt man gar nicht, dachte er und begann, die Straße hinunterzulaufen. Was soll ich jetzt tun? Was ist überhaupt geschehen? Ich war an einen Menschen gekettet, der genauso aussah wie ich. Ich habe ihm die Hand abgehackt. Hey! Das kann doch nur ein Traum sein!

Gegen einen Traum sprach, dass er bisher noch nicht erwacht war, denn für gewöhnlich schreckte er aus seinen Träumen heraus, wenn deren Handlungen groteske Züge annahmen. Er war wach! Er spürte die frische und feuchte Luft, er spürte seinen brummenden Kopf, er spürte den Gehweg unter den Sohlen und marschierte in jene Richtung, in der er sein Auto geparkt wusste.

Ich habe zweimal versucht, mich nach Hamburg zu teleportieren, dachte Anselm, und jedes Mal habe ich eine Kopie erzeugt. Was würden meine Kopien in Hamburg tun? Natürlich dasselbe, was ich vorhatte: das Päckchen abliefern.

Er spann seine Gedanken fort und durchdachte das mögliche Verhalten seiner Kopie in Berlin: Der Anselm dort wäre im Besitz meines Wohnungsschlüssels, könnte ungehindert eindringen –

und möglicherweise aufräumen! Wenn ich dann nach Hause käme, würde ich in der Ordnung überhaupt nichts wiederfinden. Furchtbar! Die Kreatur hätte Zugriff auf meinen ganzen Besitz. Dieser Anselm könnte meinen Anrufbeantworter abhören, Marie anrufen, und Marie würde ihn nicht einmal als Kopie erkennen und wahrscheinlich mit ihm schlafen. Wie unangenehm: Ich komme nach Hause und ertappe die beiden in meinem Bett. Was würde der kopierte Anselm machen, wenn ich plötzlich hereinplatzte? Vielleicht würde er mich verprügeln, mir vielleicht sogar eine Hand abhacken – ja, dazu ist er fähig.

Anselm steckte die Hände in die Hosentaschen.

Was machen die anderen Anselms gerade?, fragte er sich. Einer ist mit dem Flugzeug nach New York geflogen. Der wird sicherlich irgendwann zurückkehren, da bin ich mir sicher, dazu kenne ich mich selbst gut genug. Der zweite ist im Keller gefangen, hat keine rechte Hand mehr und anscheinend gebrochene Beine – der dürfte keine Chance haben, der wird bald eingestampft. Und der dritte, der in Berlin, was macht der? Dass er meine Wohnung aufräumt, ist Unsinn, falls er wirklich so handelt und denkt wie ich. Was macht er also, wenn er in Berlin ankommt? Was würde ich machen? Als erstes würde ich das Auto zum DPS zurückbringen, klar. Nein! Halt! Das Auto kann er ja gar nicht zurückbringen. Ich bin doch damit nach Hamburg gefahren. Was würde ich also machen, wollte ich das Auto zurückbringen, und es wäre weg? Polizei! Klar, ich würde denken, das Auto ist gestohlen worden, und es der Polizei melden. Danach würde ich in eine Kneipe gehen und mich betrinken. Das ergibt Sinn! Das bedeutet, der Besoffene, den ich auf dem Hof gesehen habe, ist jener Anselm aus Berlin. Sie haben ihn eingefangen und werden ihn zerstückeln. Gut!

Die Problematik wurde Anselm immer klarer. Was soll ich nur tun?, fragte er sich. Die Leute von der Schliemanz-Koch AG werden mich ewig jagen, da bin ich mir sicher. Sie werden es unter keinen Umständen zulassen, dass mehrere Duplikate eines Unikats in der Welt umherirren. Nur einen einzigen wollen sie am Leben lassen, nämlich den, der in New York ist und früher oder später wieder auftauchen wird. Aber woran wollen sie den überhaupt erkennen und von mir unterscheiden? Ist es ihnen nicht egal, ob sie mich oder ihn nehmen? Sie werden den Nächstbesten, den sie kriegen, zerstückeln. Also muss ich untertauchen und so lange warten, bis sie den aus New York kaputtgemacht haben. Am besten, ich verlasse erst mal das Land und warte ab – vielleicht in New York. Genau! Ich flieg einfach nach New York. Ich muss mir nur noch ein bisschen Geld beschaffen, und dann fliege ich nach New York. Vielleicht treffe ich ja dort meine Kopie und kann herausfinden, wann sie zurückfliegen wird und das dann der Schliemanz-Koch AG per Telefon mitteilen, dann können sie diesen Anselm leichter ermorden.

Anselm rieb sich vor Freude die Hände. Er benötigte nur noch ein wenig Geld. Doch um sich das zu beschaffen, hatte er schon einen wunderbaren Plan ersonnen, als er wenig später auf den vom Frühtau feuchten Klingelknopf von Angelika Buske drückte. Während er vor dem Hauseingang darauf wartete, dass das Schloss surrte, beschäftigte ihn nur eine einzige Frage: Ist der Fehler, der die Duplizierung verursacht, schon beseitigt worden?

Der Programmierer

»Nein! Es ist ein verflixter Fehler!«, fluchte der Programmierer und schlug verärgert mit der Faust auf die Tastatur. Ein paar unpassende Buchstaben fügten sich in den Text, der in grüner Schrift vor schwarzem Hintergrund vom Bildschirm in seine Augen strahlte. Missmutig griff er zur Maus und machte die Änderungen rückgängig.

Anfangs hatte er geglaubt, es sei nur ein simples Fehlerchen, das er in wenigen Minuten beseitigen könne. Doch nun brütete er schon seit sechzehn Stunden über dem Problem und war kaum schlauer als wie zuvor.

Der Fehler war in der Testphase vor der Eröffnung nicht aufgefallen, da niemand versucht hatte, die Teleportzelle mit einem leeren Bankkonto zu betreten, denn stand dem Reisenden genügend Geld zur Verfügung, funktionierte die Teleportation bestens.

Frank Wagner führte eine Kaffeetasse an seine Lippen und trank sie leer. Die Kaffeemaschine nahe der Tür blubberte bereits die nächste Kanne voll, die dreizehnte Kanne in sechzehn Stunden. Neben dem Monitor und der Tastatur lag eine angegessene Pizza auf zerfleddertem Papier. Er stopfte sich die Pizza in den Mund und kaute darauf herum, den Bildschirm nicht aus den Augen lassend. Einige am Kinn hängen gebliebene Krümel folgten den Mundbewegungen, bis sie abfielen und in seinem Schoß oder zwischen den Tasten landeten. Wagner knüllte das Pizzapapier zusammen und ließ es unbeachtet fallen. Der Boden war bereits mit zahllosen Kugeln zusammengeknüllten Papiers übersät. Zwischen den Abfällen steckten Disketten und Bücher, und in einer Ecke des Zimmers lagen Leiterplatten und Computerzubehörteile zu einem grazilen Haufen aufgestapelt.

Der Programmierer, Frank Wagner, ein dicker Mann mit speckigem Gesicht, erhob sich vom Stuhl und watete, die Taschen seiner grauen Trainingshose durch seine hineingesteckten Fäuste nach außen gebeult, zum Ausgang des vermüllten Arbeitswinkels. Draußen, auf dem Rost, stützte er sich mit den Ellenbogen auf das Geländer und betrachtete den blinkenden Elektronikturm, den keiner so gut verstand wie er. Wagner fühlte sich als Herrscher über dieses Gebilde. Er allein wusste, welches Kabel zu welcher Baugruppe führte, welche Baugruppe welchen Zweck erfüllte und wie dieser gigantische Computer zu begreifen war. Er war ein Experte, er war ein Profi, er war ein Hacker. Gern behauptete er von sich, er sei der beste Hacker im Umkreis von zwanzigtausend Kilometern.

Schon in seinen Jugendjahren hatte er das Handwerk des Programmierens erlernt, ein Handwerk, das er als Kunst verstanden wissen wollte. Während Gleichaltrige sich damals ihren pubertären Trieben hingaben, Alkohol tranken, in Discos den Mädchen nachstellten und das spannende, wilde, neue Leben kennenlernten, wurde Wagner zum Meister der Bits und Bytes. Noch bei seiner Mutter wohnend, hatte er die Nächte am Bildschirm verbracht und dabei erlernt, mit den Siliziumchips umzugehen. Mit einer Freundin wurde er noch nie gesehen. Eine Freundin brauche er nicht, sie würde nur stören, erklärte er, wenn man ihn danach fragte. Alle das Leben und die Liebe betreffenden Erfahrungen hatte er, wenn überhaupt, am Bildschirm gesammelt. Er liebte die Siliziumchips, die Bildschirmfenster, die Disketten und das Klappern der Tastatur, das wie Sirenengesang magisch auf ihn wirkte. Es befriedigte ihn zutiefst, unter den Fingerkuppen eine Tastatur zu fühlen.

Er verstand es, Rechner zu programmieren, er verstand es, Sicherheitslücken in fernen Maschinen ausfindig zu machen und in die Maschinen einzudringen, genauso wie er es verstand, einen Rechner vor elektronischen Eindringlingen zu schützen. Wenn er wollte, konnte er von sündhaft teuren Computerprogrammen den Kopierschutz entfernen oder auch in ungeschützte Computerprogramme Mechanismen implementieren, die es keinem außer ihm gestatteten, sie zu vervielfältigen.

Arbeitete er mit einem Rechner, wusste er immer, an welchen Adressen des Hauptspeichers sich welche Informationen verbargen und in welchem Zusammenhang sie miteinander standen. Die Perfektion, mit der er seine Kunst ausübte, hatte ihm in der Computerszene viel Anerkennung eingebracht. Den Namen Specktron, unter dem er in den weltweiten Datennetzen bekannt geworden war, sprach jeder Hacker mit Ehrfurcht aus, obgleich niemand ein Gesicht mit dem Namen verband. Seine Identität hatte Wagner stets vor der Öffentlichkeit versteckt, und in der fernen realen Welt, die über den Kellern der Schliemanz-Koch AG begann, bewegte er sich schon seit geraumer Zeit nicht mehr. Das einzige Medium, über das er mit der Außenwelt kommunizierte, waren Datenleitungen oder gelegentlich auch das Telefon, wobei es dem in Probleme versunkenen und fast ausschließlich im hexadezimalen Zahlensystem denkenden Wagner passieren konnte, dass er dem Mann vom Pizzaservice, bei dem er sechzehn Pizzas mit Thunfisch bestellen wollte, sagte: »10 Pizzas mit Thunfisch bitte.«

Seit vier Jahren war er für die Schliemanz-Koch AG tätig und damit beauftragt, unter der Leitung von Doktor Festus die computertechnische Seite des Unternehmens zu beaufsichtigen, die Programme zu entwickeln und zu warten. Er war der rechte Arm des Doktors, ohne den der verwirrte Theoretiker nicht eine einzige seiner Ideen hätte umsetzen können. Ohne Wagner surrten die gewaltigen Computer nicht, auch wenn Doktor Festus das nicht wahrhaben wollte. Doktor Festus betrachtete ihn nur als Knecht, als Programmiersklaven, der ein Handwerk beherrschte, das er auszuüben hatte. Doch es war eine Kunst und kein stupides Handwerk, gefundene Modelle in Programmzeilen festzuhalten. Jeder niedergeschriebene Algorithmus, in dem elegant formulierte While-Schleifen sich zwischen fein geschachtelte Verzweigungsanweisungen reihten, war wie ein Gedicht zu lesen. Diese Verse mit ihren wunderbaren Rhythmen spielten die Melodien, die den Computern erst zum Leben verhalfen, und Frank Wagner konnte sie zu einer wahren Symphonie aufbrausen lassen. Er, Frank Wagner, alias Specktron, hatte die von Doktor Festus beschriebenen Atommodelle in Programmcode umgesetzt und hierdurch das Teletransportprojekt überhaupt erst ermöglicht.

Die Aufgabe, mit der er sich nun schon seit sechzehn Stunden befasste, lag weit unter seinem Niveau. Das Problem steckte irgendwo in einem Finanzmodul, das er selbst gar nicht entwickelt hatte. Die Programmierung von solchen Nebensächlichkeiten überließ man meist billigen Informatikstudenten, die sich in den Semesterferien etwas Geld dazuverdienen wollten.

Nun musste Wagner den Fehler beseitigen, und das Schwierige daran war, ihn bei laufendem Betrieb zu finden. Er hatte gefordert, die Teletransportlinie abzuschalten, solange der Fehler noch nicht behoben war. Doch der Chef der Firma, Mark Schulzki, verweigerte dies und hatte angeordnet, unter allen Umständen die Verbindung zwischen Berlin und Hamburg aufrechtzuerhalten – alles andere schade dem Ruf des Unternehmens. So musste Wagner jede Änderung, die er an der Software vornahm, in den aktiven Großrechner einspielen und an realen Menschen testen.

Schon nach einer halben Stunde hatte er geglaubt, den Fehler entdeckt zu haben. Im Programmcode schienen dafür nur wenige Zeilen verantwortlich zu sein:

```
bool SK_Transfer(LOC src, LOC dst, OBJ passenger)
{
    SK_Copy (src, dst, passenger);
    if (!SK_GetMoney(passenger))
        return false;
    SK_Destroy (src, passenger);
    return true;
}
```

Wagner hatte den Funktionsaufruf von *SK_Copy* um zwei Zeilen nach hinten verschoben, sodass dem Transfer die Prüfung des Kontos vorangestellt war. Doch das so veränderte Programm, neu kompiliert und im Computer installiert, verhielt sich eigenartigerweise völlig anders als erwartet, da es nun gar nichts mehr kopierte, sondern alle Reisenden einstampfte, unabhängig davon, ob sie genug Geld auf dem Konto hatten oder nicht.

Zum Glück war nur eine Testperson betroffen, ein Mann des Sicherheitsdienstes, der mit jeweils einer Geldkarte für ein leeres und ein gefülltes Bankkonto auf einen Anruf von Wagner hin versuchen sollte, sich von Berlin nach Hamburg oder zurückzuteleportieren. Nachdem sich die Testperson nicht mehr gemeldet hatte und ihr Verlust durch die Überprüfung einer Log-Datei zur Gewissheit geworden war, hatte Wagner schnell die vorherige Version der Software wieder eingespielt.

Für das Verschwinden des Mannes würde Mark Schulzki sich verantworten müssen.

Seit sechzehn Stunden werkelte Wagner nun an der Software herum, machte hier eine kleine Änderung, schrieb dort ein paar neue Zeilen hinzu, spielte das kompilierte Programm ein und rief einen Mitarbeiter an, der zum Test in die Teleportzelle steigen sollte, sofern sie nicht gerade von ahnungslosen Reisenden benutzt wurde.

Irgendwann hatte Wagner erkannt, dass die Menschen sich nur verdoppelten, falls ihre Nachnamen mit dem Buchstaben H begannen. Etwas später hatte er den Fehler weiter eingrenzen und sagen können, dass nur Personen betroffen waren, deren Vorname mit A und deren Nachname mit H begann, allerdings nur, wenn sie auch noch einen Betrag von weniger als sieben Euro auf dem Konto hatten – bei einem Betrag von acht Euro funktionierte es merkwürdigerweise. Damit reduzierte sich wenigstens die Anzahl der betroffenen Personen.

Wagner blickte entkräftet auf den Elektronikturm, den er, wie es schien, diesmal nicht so schnell unter Kontrolle bringen konnte. Er musste eine Pause einlegen, um am nächsten Tag ausgeruht und mit neuer Pizza die Suche nach der Ursache des Fehlers fortsetzen zu können. Gedemütigt schlurfte er über den metallenen Rost seinem Privatzimmer entgegen, das eine Tür neben seinem Arbeitsraum lag.

Wagner war wütend. Er war wütend auf seine eigene Unfähigkeit, und er war wütend auf Mark Schulzki, der die Teletransportmaschinerie nicht abschalten wollte, der zudem Sicherheitsmänner beschäftigte, die nicht einmal in der Lage waren, alle Personen, deren Vornamen mit A und deren Nachnamen mit H begannen, abzufangen, denn am vergangenen Nachmittag war es diesem Anselm Hagen ein weiteres Mal gelungen, sich zu kopieren – und zwar von Hamburg nach Berlin.

Anselm zurück in Berlin

Ach, was ist das nur für ein verrückter Tag, dachte Anselm, als er in Berlin aus der Teleportzelle stieg und über den Marmorboden zum Ausgang der Halle schlitterte.

So einfach konnte Arbeit sein! Der Teletransport hatte ihm die lästige Autobahnfahrt erspart und einen schönen Nachmittag in Hamburg beschert. Jetzt musste er nur noch den roten Golf zurückbringen, dann würde der Rest des Tages ihm gehören.

Von nun an wollte er sich darum bemühen, nur noch Päckchen von Berlin nach Hamburg zu bringen. Das war schnell und leicht verdientes Geld, und die Ausgaben von zwanzig Euro für die Hin- und Rückreise mittels Teletransport waren durch den Lohn mehr als gedeckt. Ob er für die Hinreise doppelt bezahlt hatte, weil der Transfer erst mit dem zweiten Versuch geglückt war, wollte er später noch klären.

In der Parklücke, in der er am Vormittag den roten Golf gelassen hatte, stand ein schwarzer Golf. Anselm blickte ungläubig auf das Fahrzeug. Wie ist das denn passiert? War das Auto nicht rot? fragte er sich und holte den Zündschlüssel hervor. Er versuchte den Wagen aufzuschließen, doch der Schlüssel wollte nicht passen. Merkwürdig, dachte er. Kann es sein, dass jemand das Auto angemalt und die Schlösser ausgetauscht hat? Er beugte sich vor und blickte durch die Scheibe, um zu prüfen, ob auf dem Armaturenbrett eine schwarze Herrensocke lag.

Er erkannte einen roten Damenslip. Merkwürdig, dachte er, sehr, sehr merkwürdig. Dies ist nicht das Auto, das ich am Vormittag hier abgestellte habe, und dass ich mich in der Position geirrt haben könnte, ist ausgeschlossen.

Nur wenige Meter war er die Straße vor der Telestation hinabgelaufen. Die Richtung war klar, die Straßenseite ebenfalls, und alle anderen hier stehenden Fahrzeuge konnte er überblicken. Ein roter Golf war nicht dabei.

Das Auto ist gestohlen oder ausgetauscht worden, überlegte er. Beides ist unzulässig. Das muss ich der Polizei melden. Aber wie erkläre ich es meinem Chef? Dem kann ich doch schwer sagen, das Fahrzeug ist vor der Telestation in Berlin gestohlen worden, während ich in Hamburg war.

»Scheiße«, zischte er leise und lehnte sich mit verschränkten Armen an das fremde Fahrzeug.

Anselm suchte nach einer Geschichte, mit der er seinem Chef glaubhaft machen könnte, das Fahrzeug wäre in Berlin gestohlen worden, während er damit nach Hamburg gefahren war, doch außer ein paar Theorien über das Raumzeitgefüge, die das gleichzeitige Auftauchen ein und desselben Objektes an verschiedenen Orten für möglich erklärten, fiel ihm nichts ein.

Verdammt, dachte er und trat mit dem Hacken gegen die schwarze Karosserie. Er holte sein Taschentelefon aus der Tasche und rief die Polizei an. Es musste genügen, wenn er das verschwundene Auto erst am nächsten Morgen der Firma meldete. So bestand wenigstens noch eine gewisse, wenn auch winzige Hoffnung, dass das Fahrzeug über Nacht wiedergefunden würde und er es unversehrt abgeben könnte.

»Ja, hallo! Mir ist ein Auto geklaut worden. Direkt vor der Telestation. Ein roter Golf. Jetzt ist er schwarz. Ich meine, jetzt steht ein schwarzer stattdessen da, und auf dem Armaturenbrett liegt ein roter Damenslip und keine schwarze Herrensocke ... Ja, mit mir ist alles in Ordnung ... Das Kennzeichen? Das weiß ich nicht. Also, das von dem roten Golf ... Nein ... Nur das von dem schwarzen Golf könnte ich Ihnen nennen, aber das hilft Ihnen vermutlich nicht weiter ... Ich weiß ... Danke für Ihre Bemühungen. Ich kann Ihnen bei der Suche nach dem Auto leider nicht helfen. Wiederhören.«

Anselm legte auf. Daran hatte er gar nicht gedacht. Das Kennzeichen musste er natürlich wissen, wenn er ein gestohlenes Fahrzeug melden wollte. Doch die Papiere hatte er im Handschuhfach gelassen. Nun blieb ihm keine andere Wahl, als seinem Chef die Wahrheit zu offenbaren.

Dennoch wollte er sich dafür bis zum nächsten Tag Zeit lassen. Anselm ließ die Sorgen vorerst liegen, stieß sich vom Blech ab und schlenderte zu Fuß nach Hause.

Daheim galt sein erster Blick dem Anrufbeantworter. Das Lämpchen blinkte nicht – keine Anrufe. Er riss das Fenster auf, warf sich aufs ungemachte Bett, blickte zur Zimmerdecke und beobachtete dort eine Fliege. Was suchte sie?

Bestimmt suchte sie Nahrung oder einen Partner zur Fortpflanzung. Er musste an Marie denken, mit der er für den kommenden Sonnabend zum Tanzen verabredet war. Er wandte den Kopf zur Seite und betrachtete die durcheinandergewürfelten Kleidungsstücke am Boden. Sein Blick tastete sich weiter und blieb an der Schublade hängen, die er am Morgen bei der Suche nach Socken ausgeschüttet und liegen gelassen hatte. Käme er am Wochenende mit Marie hierher, würde sie wohl sofort kehrtmachen, wenn sein Zimmer so aussähe wie jetzt.

Vielleicht sollte ich ein bisschen Ordnung in meine Wohnung bringen, dachte Anselm, schwang sich vom Bett und blieb unschlüssig stehen, denn er wusste nicht, womit er beginnen sollte. Sollte er zuerst die Kleidungsstücke einsammeln, nach dreckig und sauber sortieren und sie im Schrank verstauen? Sollte er zuerst in der Küche abwaschen oder besser die auf dem Schreibtisch liegenden Papiere gewissenhaft in die Schubladen stapeln? Zu nichts von alldem hatte er Lust. Er warf sich aufs Bett zurück.

Es genügt doch, wenn ich bis Sonnabend aufräume, dachte er und sah wieder der Fliege zu. Selbst die Fliege, die gern in Kot und Müll nach Nahrung sucht, zieht es vor, sich oben an der Decke meines Zimmers aufzuhalten. Was wäre, würde Marie im nächsten Augenblick an meiner Türe klingeln? Das wäre wunderbar, aber könnte ich es dann wagen, sie hereinzulassen? Wohl nicht! Verdammt, bestimmt ist sie auf dem Weg zu mir. Ich habe das im Gefühl. Bestimmt klingelt sie gleich an meiner Tür. Ich muss etwas unternehmen!

Anselm stand auf und ging in die Küche. Den Abwasch wollte er zuerst bewältigen. Angewidert drehte er das Wasser auf und spritzte einen kräftigen Strahl grünes Spülmittel zwischen die Teller, um den Geruch verdorbener Speisereste zu überdecken. Er stellte die Spülmittelflasche zurück, gleich neben die Tequilaflasche, die seit seinem letzten Geburtstag, zu einem Dreiviertel gefüllt, ihr Dasein auf dem Spülbecken fristete. Das soll sich ändern, dachte Anselm.

Für jeden gesäuberten Teller werde ich mich mit einem Schlückchen daraus belohnen, egal, ob es schmeckt. Schließlich muss auch diese Flasche einmal geleert werden.

Anselm öffnete den Kühlschrank und suchte nach Zitronen, fand eine Zitrone, schnitt sie in kleine Scheibchen, die er auf dem Küchentisch bereitlegte, stellte Salz daneben und begann abzuwaschen.

Mehrere Stunden später lag er wieder auf seinem Bett und beobachtete die Papierkugellampe an der Zimmerdecke. Er sah sie verwaschen leuchten, sich verdoppeln, auseinandertreiben und wieder zu einem Ganzen zusammenfügen. Das Bild wollte sich nicht mehr richtig schärfen.

Anselm hatte aufgeräumt. Die Kleidung war ordentlich im Schrank verstaut, die Papiere auf dem Schreibtisch waren sortiert, nirgendwo war noch ein Staubkorn zu finden, die Küche blitzte peinlich sauber und die leere Tequilaflasche war mit den ausgebissenen Zitronenscheiben im Mülleimer gelandet.

Nun darf Marie klingeln, es würde mir nichts ausmachen, dachte er. Aber warum klingelt sie nicht? Ich war mir doch so sicher. Weiß sie überhaupt, wo ich wohne? Habe ich ihr das schon erzählt? Doch, das habe ich ihr erzählt. Also kommt sie nicht, und ich werde sie wohl erst Sonnabend sehen.

Doch bis Sonnabend waren es noch zwei Tage, genau genommen ein und ein Dreivierteltag, denn mittlerweile war es mitten in der Nacht, und die dritte Stunde sollte bald schlagen.

Ach, es wäre so schön, wenn Marie jetzt neben mir auf dem Bett läge, dachte Anselm. Warum soll ich noch bis Sonnabend warten, da ich doch meine Wohnung nur für sie aufgeräumt habe? Ob ich sie nicht einfach anrufen sollte, um sie zu fragen, ob sie Lust hätte, jetzt und hier mit mir zu … Nein! Das geht nicht, ich sollte es lieber bleiben lassen, wahrscheinlich schläft sie bereits und wäre nicht über meinen Anruf erfreut.

Die Zimmerdecke kreiselte vor seinen Augen.

Oder doch!, dachte Anselm. Warum soll ich sie nicht anrufen und fragen, ob sie nicht Lust hat, mich zu besuchen? Schließlich liebe ich sie. Wahrscheinlich liegt sie jetzt genauso einsam wie ich auf dem Bett, kann nicht schlafen und hofft insgeheim, dass gleich ihr Telefon klingelt.

Anselm blickte zum Fernsprechapparat neben dem Anrufbeantworter, der sich verwaschen vor seinen Augen drehte und für ihn nicht erreichbar war, ohne aufstehen zu müssen. Er holte sein Taschentelefon aus der Tasche und rief Marie an.

»Kirschbaum?«, meldete sie sich.

»Hallo Marie«, antwortete er freudig.

»Du hast doch echt nicht mehr alle Tassen im Schrank. Hab ich dir nicht gesagt, dass du mich in Ruhe lassen sollst? Warum rufst du schon wieder an?« Anselm lauschte verblüfft. »Was soll der Scheiß?«, hörte er sie schreien. »Weißt du, wie spät es ist?«

»Ähm ...«

»Nein? Ich auch nicht. Auf jeden Fall viel zu spät! Ich kann mir schon denken, was du wirklich willst. Und dass du keinen Bock hast, mit mir am Wochenende tanzen zu gehen, habe ich auch mitbekommen. Ja? Hast du verstanden? Wir gehen am Wochenende nicht tanzen, ich weiß es, verdammt noch mal!«

»Ähm, aber ...« Anselm wollte sagen, dass er so etwas überhaupt nicht sagen wollte, kam jedoch nicht zu Wort.

»Du hast abgesagt, fertig. Jetzt lass mich in Ruhe!«

Marie hatte aufgelegt. Damit war alles verdorben. Die Verabredung für das Wochenende schien geplatzt zu sein, und der Abend würde ihm wohl auch durch nichts mehr versüßt werden.

Oder doch?, dachte er, als es plötzlich an der Wohnungstür klingelte. Dass zu solcher Zeit noch Besuch kam, hatte er schon lange nicht mehr erlebt. War es Marie?

Er schwang sich vom Bett und spürte mit einem Mal das Zimmer um seinen Kopf rotieren, als führe er Karussell. Hui, dachte Anselm, denn im Liegen hatte er seinen Zustand anders eingeschätzt. Das Blut zirkulierte nun kräftig und schwemmte den Alkohol tief ins Gehirn.

Anselm taumelte durch den Flur zur Tür und öffnete. Davor stand ein mit Jeans und kariertem Hemd bekleideter Mann.

»Nee ... ich kauf nichts«, sagte Anselm enttäuscht und wollte die Tür wieder schließen.

»Ich will Ihnen auch gar nichts verkaufen«, antwortete der Mann und stellte einen Schuh auf die Schwelle.

»Nein?«

»Nein!«

»Was'n dann?«, fragte Anselm, schwang die Tür auf und hängte sich zwischen Tür und Türrahmen.

»Sie sind Herr Hagen?«

»Hm …«

»Sie haben sich heute von Berlin nach Hamburg und zurück teleportiert?«

»Hm …«

»Hervorragend. Ich arbeite im Auftrag der Schliemanz-Koch AG und möchte Sie bitten, …«

»Meeeensch!«, sagte Anselm, »Jets weiß ich, was Sie wolln. Die szehn Euro? Richtich? Dis hat ja nich funksioniert … pch.«

»Äh … ja, genau. Und deswegen möchte ich Sie bitten mitzukommen, damit wir das … äh … klären können, weil wir nämlich Ihren Körper einstampfen müssen.«

»Einschdampfen?«

»Ja.«

»Toll! Das wollt ich schon imma ma machen.« Anselm kam aus dem Gleichgewicht und stürzte zu Boden.

»Hui!«, sagte er, als ihm der Mann die Hand reichte und wieder aufhalf.

Marie am Morgen

Der Radiowecker war angesprungen und brachte die Achtuhrnachrichten. Marie schmiss die Bettdecke beiseite, schwang ihre Beine von der Matratze und starrte verschlafen ins Zimmer.

»New York«, sagte der Nachrichtensprecher, während Marie die Hände in ihren Nacken legte und sich weit nach hinten bog. »Vor der Ostküste Nordamerikas hat sich in der vergangenen Nacht ein schweres Flugzeugunglück ereignet. Gegen 2:45 Uhr mitteleuropäischer Zeit stürzte eine von Hamburg gestartete, mit rund dreihundert Passagieren besetzte Maschine der Storch-Airlines eine halbe Stunde vor dem Landeanflug auf New York aus etwa acht Kilometern Höhe ins offene Meer. Augenzeugen berichten von einer Explosion am Himmel. Bergungsschiffe und -hubschrauber suchen derzeit das Wasser nach Überlebenden ab. Allerdings konnten bisher nur Tote geborgen werden. Nähere Einzelheiten zur Unglücksursache sind zurzeit nicht ...«

Marie stand auf und tapste aus dem Zimmer hinaus durch den Flur in die Küche, wo sie hinter der Schwelle stehen blieb und ratlos in den Raum starrte.

Draußen auf dem Fensterbrett saßen zwei Tauben. Marie klatschte in die Hände. Die grau gefiederten Vögel blickten auf, drehten ihre grün schillernden Hälse um und äugten durch die Scheibe. Marie klatschte noch einmal, so dass es schon kräftig in ihren Händen schmerzte, aber die Tauben blieben unbeeindruckt. Sie ergriff einen gelben Synthetikschwamm, der im Spülbecken lag, und warf ihn ans Fenster. Dumpf puffte er gegen die Scheibe, federte schräg abwärts, wo er auf dem Küchentisch ein leeres Wasserglas umwarf, das vom Tisch rollte und auf dem Boden zersplitterte. Die Tauben flatterten davon.

»Mist!«, zischte Marie und fragte sich, was sie überhaupt in der Küche wollte. Hier war sie falsch.

»Das Wetter«, meldete der Nachrichtensprecher, als Marie wieder im Zimmer stand. »Die Temperatur in Berlin beträgt zurzeit

24 Grad. Die Luftfeuchtigkeit liegt bei 34 Prozent. Die Aussichten für den Tag: überwiegend heiter. Gegen Abend ist mit kurzen Schauern und Gewittern zu rechnen. PIEP! Und nun noch eine wichtige Mitteilung für Autofahrer und Fußgänger: Aufgrund eines Großeinsatzes der Polizei sind zurzeit sämtliche Zufahrtsstraßen zum Alexanderplatz gesperrt. Bitte umgehen Sie weiträumig …«

Marie starrte ratlos an die Wand, bis sie endlich begriff, dass sie auch hier falsch war und eigentlich doch das Bad aufsuchen wollte. Sie ging zurück in den Flur, wo sie den kleinen weiß gekachelten und fensterlosen Raum zwischen Küche und Wohnzimmer betrat.

Die Energiesparlampe über dem Waschbecken flackerte auf, und Marie verriegelte die Tür, indem sie den silbernen Knauf zwischen den noch hin- und herschwingenden Frotteehandtüchern drehte.

Sie schloss sich immer ins Bad ein, selbst wenn sie allein zu Hause war und niemand hineinschauen oder versehentlich den Raum hätte betreten können, denn manchmal hatte sie die sonderbare Vorstellung, dass die Welt, in der sie lebte, allein für sie inszeniert sein könnte. Sie glaubte dann, dass jeder Mensch nur dazu existierte, sie zu testen, ihre Reaktionen zu beobachten und ihr Verhalten zu studieren. So hatte sie schon in ihrer Schulzeit gelegentlich vermutet, sie wäre die Einzige im Klassenraum, die über den Mathematikaufgaben schwitzte, und ihre Kameraden säßen nur als Statisten auf der Bank und wüssten die Lösungen bereits. Es hätte eine speziell für sie konstruierte Welt sein können, und vielleicht würde ihr Leben in einem Film gezeigt oder in einem Roman beschrieben. Deshalb verschloss sie stets die Tür ihres Badezimmers, um sich dem eventuell vorhandenen Objektiv einer Kamera oder der Feder eines Schreibers zu entziehen.

Sie streifte sich ihr weißes Nachthemd über den Kopf, und ihre festen, leicht birnenförmigen Brüste blitzen auf – Brüste, die sich perfekt an ihren feinen Körper fügten, dessen haarloser Unterleib für jeden, der nicht in einer fremden Welt lebte, die süßeste Versuchung darstellen musste. Nachdem sie die Toilette benutzt hatte, begab sie sich unter die Dusche, wo sie zunächst warmes und dann nur noch kaltes, klares Wasser über ihren Körper laufen ließ. Schließlich stieg sie mit angeklatschtem Haar aus der Duschkabine, wand sich in ein Handtuch und ging zum Waschbecken, wo sie mit einem Finger eine Fratze auf den beschlagenen Spiegel zeichnete. Einen Moment lang musterte sie das Kunstwerk, versuchte ihren Kopf mit dem Bild in Deckungsgleichheit zu bringen, dann wischte sie es ab, nahm den Fön zur Hand und trocknete, ein Lied vor sich hin pfeifend, ihr Haar. Wenig später, nachdem sie sich noch die Zähne geputzt hatte, verließ sie das Bad.

Auf ihrem Tagesplan stand, dass sie zur Arbeit ins Reisebüro fahre, dort auf Kundschaft warte und sie mit freundlichem Gesicht bediene, bis der Feierabend gekommen sei und sie wieder nach Hause dürfe, um sich für den nächsten Tag auszuruhen. So war der Tagesplan für diesen Tag. So war der Plan für den vergangenen Tag gewesen, und so war der Plan für viele andere vergangene Tage auch schon gewesen, und genauso würde der Plan für viele zukünftige Tage ebenfalls gewesen sein. Dies war ihr Schicksal, so plätscherte ihr Leben dahin, dessen Eintönigkeit nur die Wochenenden etwas unterbrachen. An Sonnabenden ging sie meist einkaufen und abends vielleicht zu einer Geburtstagsfeier von Freunden oder einer Arbeitskollegin. Manchmal ging sie auch ins Theater, ins Kino, oder sie besuchte eine Literatur- und Tanzveranstaltung. Gelegentlich ließ sie sich am Sonnabend, um sich das Besondere des arbeitsfreien Tages besser zu vergegenwärtigen, früh vom Wecker aus dem Schlaf klingeln, damit sie zuerst glaubte, sie müsse nun arbeiten gehen, dann aber entspannt weiterschlafen konnte. Die Sonntage waren reserviert für ihre Mutter oder die Großeltern, meist besuchte Marie sie nachmittags zum Kaffee. Mit ihrer Mutter telefonierte sie mindestens jeden zweiten Tag.

Es klopfte an der Wohnungstür.

»Moment!«, rief Marie und eilte ins Zimmer, wo sie den Schrank aufriss und Jeans, T-Shirt und Unterwäsche heraussuchte.

Es bummerte an der Wohnungstür.

»Ja doch! Moment!«, rief sie und knöpfte dabei ihre Jeans zu. Sie warf sich das Hemd über den Kopf, schüttelte es mit emporgestreckten Armen auf ihren Oberkörper, flitzte zur Tür und öffnete. Niemand war da, doch im Treppenhaus vernahm sie Schritte. Marie hastete barfuß hinterher, und als sie eine halbe Treppe tiefer ihren Kopf über das Geländer reckte, sah sie die alte Schlibrowski, die gerade ihre Wohnung betreten wollte.

»Hallo? Hallo, Frau Schlibrowski?«, rief sie. »Haben Sie gerade bei mir geklopft?«

Frau Schlibrowski wandte sich um.

»Ah! Frau Kirschbaum!«, sagte sie. »Ich war gerade bei Ihnen oben. Ich dachte schon, Sie wären tot. Ihre Mutter hat eben bei mir angerufen und wollte, dass ich mal nach Ihnen sehe. Sie wollte Ihnen etwas mitteilen … Ja … Sie hat gesagt, dass sie bei Ihnen nicht anrufen kann, dass da keiner ans Telefon geht, deswegen hat sie sich Sorgen gemacht. Ich glaube, das wollte sie Ihnen sagen. Deswegen wollte sie bei Ihnen anrufen, um zu sagen, dass Ihr Telefon nicht geht. Aber Ihr Telefon funktioniert ja wohl nicht, deswegen hat sie nicht anrufen können und mich angerufen. Und ich dachte jetzt, Sie wären tot, weil Sie nämlich nicht aufgemacht haben. Ich wollte grade Ihre Mutter zurückrufen, um ihr das zu sagen, aber so ist ja noch mal alles gut gegangen.«

Mit übertriebener Fürsorge um ihre Tochter konnte Maries Mutter ganze Armeen in Bewegung bringen, wenn an irgendeiner Stelle etwas nicht stimmte. Marie ergänzte ihren Tagesplan: Mutter anrufen und sagen, dass alles in Ordnung sei.

»Ja, es ist alles in Ordnung«, rief Marie der schwerhörigen Schlibrowski zu und blickte ihr nach, bis deren Wohnungstür ins Schloss gefallen war. Zugleich ging ein Luftzug durchs Treppenhaus, und sie hörte ihre eigene Wohnungstür ins Schloss fallen.

»Scheiße!«, zischte Marie und überlegte, wo ihr Wohnungsschlüssel war. Hin und wieder wusste sie nicht, wo sie ihn hingelegt hatte, dann musste sie ihn suchen, ausgerechnet meist dann, wenn sie eilig die Wohnung verlassen wollte. Diesmal wollte Marie ihre Wohnung allerdings nicht eilig verlassen, sie wollte sie betreten, und Marie wusste genau, wo der Schlüssel war – nämlich in der linken vorderen Tasche der Hose, die sie am Tag zuvor getragen hatte, die jetzt im Bad neben der Waschmaschine lag.

»Scheiße!«, zischte sie noch einmal.

Sie fügte ihrem Tagesplan hinzu, dass sie in der Mittagspause ihre Mutter besuchen werde, um den Ersatzschlüssel zu holen.

Marie blickte auf ihre nackten Füße. So konnte sie nicht zur Arbeit gehen. Sie benötigte Schuhe, ergänzte ihren Tagesplan abermals und klopfte bei der alten Schlibrowski an. Als die alte Schlibrowski die Tür geöffnet hatte, fragte Marie: »Können Sie mir etwas Geld leihen?«

Wenig später saß sie bei Frau Schlibrowski im Wohnzimmer bei einer Tasse Kaffee, die ihr die gute Nachbarin gleich gekocht hatte. Das Schuhgeschäft gegenüber war noch geschlossen. Marie musste zwanzig Minuten warten, bis sie endlich barfuß über die Straße laufen und sich billige, nicht sonderlich hübsche Schuhe kaufen konnte, mit denen sie dann zum U-Bahnhof lief.

Muffiger Wind wehte aus dem Schacht, als die U-Bahn einfuhr. Sie flog nicht und keine lustigen Kängurus hüpften heraus. Marie stieg ein und erinnerte sich der vergangenen Nacht. Anselm ist an allem schuld, dachte sie. Hätte Anselm nicht angerufen, dann hätte sie nicht von fliegenden U-Bahnen und lustigen Kängurus geträumt, dann hätte sie nicht das Telefon ausgesteckt, dann hätte ihre Mutter sie am Morgen erreicht und nicht die alte Schlibrowski heraufgeschickt, dann hätte sie sich nicht ausgesperrt, dann hätte sie keine Schuhe kaufen müssen, dann wäre sie pünktlich zur Arbeit erschienen.

Marie musste noch vier Stationen fahren. Sie würde sich um zehn Minuten verspäten.

Marie im Büro

»Entschuldigung, dass ich zu spät komme«, entschuldigte sich Maries Chefin bei ihr.

»Guten Morgen, Frau Siebert. Ist kein Problem«, entgegnete Marie, die eine Dreiviertelstunde vor dem Schaufenster des Reisebüros hatte warten müssen und dabei die Zeitung einschließlich ihres Horoskops durchgelesen hatte.

»Es war einfach nicht durchzukommen«, erklärte Maries Vorgesetzte, die heute einen beigefarbenen Rock, der ihre Beine eng umschnürte, und ein dazu passendes Jackett trug. Sie steckte den Schlüssel in die plastikgerahmte Glastür. »Am Alexanderplatz war alles dicht«, sagte sie. »Da muss irgendwas los sein. Ein Riesenaufgebot an Polizei und Feuerwehr. Einsatzwagen überall. Das glauben Sie nicht. Alles war abgesperrt. Ich musste ganz weit außenrum fahren. Da war natürlich dicker Stau. Tut mir echt leid.«

Hektisch drückte die blonde Frau die Tür auf und stöckelte mit kurzen Schritten in den Laden hinein. Marie folgte ihr und begab sich sogleich zu dem aufblasbaren Gummiflugzeug in der Ecke. Es hatte schon wieder so viel Luft verloren, dass es mit zerknautschtem Gesicht die Flügel schlaff baumeln ließ. Sie nahm es vom Platz, öffnete den Stöpsel am Heck der Maschine und blies hinein, bis das Modell die Flügel wieder prall mit Luft gefüllt von sich streckte und mit dem Gesicht auf dem Cockpit fröhlich lachte. Das war das Erste, was Marie jeden Morgen an ihrem Arbeitsplatz erledigte.

»Ich geh noch kurz einkaufen«, sagte die Chefin, nachdem sie ihre Tasche abgestellt und Marie das Flugzeug wieder auf dem Ständer befestigt hatte. »Ich bin spätestens in zwei Stunden zurück. Sie kommen doch klar, oder?«

»Ja. Ist kein Problem.«

»He, Frau Kirschbaum! Wo haben Sie denn *die* gekriegt?«, bemerkte Frau Siebert plötzlich.

»Was denn?«

»Na, Ihre Schuhe!« Sie blickte hinab und schüttelte staunend den Kopf. »Mensch, Mensch. Solche suche ich ja schon ewig. Wo gibt's die denn?«

»Bei mir zu Hause, gleich gegenüber. Die hab ich mir vorhin gerade erst gekauft. Die gab's im Sonderangebot, die waren ganz billig.«

»Billig? Hm ... Die Schnalle ist aber nicht besonders hübsch. Also, ich muss jetzt los. In zwei Stunden bin ich zurück. Und nicht vergessen, immer schön lächeln! Bis später.« Frau Siebert fegte zur Tür hinaus.

»Ja, bis später«, sagte Marie und machte es sich hinter ihrem Schreibtisch bequem. Sie schaltete den Computer ein und blickte aus dem Fenster, während das Gerät das Betriebssystem lud.

Marie saß allein im Reisebüro, und das war jetzt ihre Arbeit. Viele der auf der Straße vorbeilaufenden Menschen gingen auch zur Arbeit, kamen von der Arbeit, oder sie arbeiteten gerade, indem sie die Straße reinigten, Bockwürste verkauften oder einen Telefonkasten reparierten, und manchmal kamen sie auch zu ihr ins Reisebüro, um eine Urlaubsreise zu buchen. Doch häufig gab es Tage, an denen kaum etwas zu tun war. Das mochte sie an ihrem Job. Sie mochte diese Tage, an denen wenig Kundschaft kam, dann trank sie Kaffee, las Zeitung oder schwatzte mit einer Kollegin oder der Chefin.

Auf dem Schreibtisch klingelte das Telefon.

»Schmidt-Reisen, Kirschbaum, guten Tag. Was kann ich für Sie tun?«

Dies schien kein Tag zu werden, an dem es wenig zu tun gab.

»Guten Tag. Müller mein Name«, meldete sich eine Frau mit aufgeregter Stimme.

»Schönen guten Tag, Frau Müller.«

»Ja, guten Tag, Frau ...«

»Kirschbaum.«

»Ja, guten Tag ... Also, ich habe eine Frage.«

»Ja, bitte!«

»Und zwar versuche ich schon seit einer Stunde, jemanden in Ihrem Büro zu erreichen und hab alle zehn Minuten versucht ...«

»Entschuldigen Sie, bitte! Heut war sehr viel Kundschaft zu bedienen, und eine Kollegin ist leider krank geworden«, sagte Marie.

»Aha, ich verstehe. Sicherlich wollten alle das Gleiche wie ich. Und zwar würde ich gerne von Ihnen wissen, ob meine Tochter Ines Müller in dem Flugzeug, das heute Nacht vor New York abgestürzt ist, gesessen hat und ob Sie mir sagen können, wie ich sie jetzt erreichen kann?«

»Wie bitte? Abgestürztes Flugzeug?«, sagte Marie, »Moment ... das könnte sein. Ich hab vorhin in den Nachrichten davon gehört.«

»Ja, genau das meine ich, das Flugzeug aus den Nachrichten. Und ich habe für meine Tochter bei Ihnen die Wochenreise nach New York gebucht, und nun ist sie möglicherweise in diesem Flugzeug geflogen.«

»Mit dem Flugzeug aus den Nachrichten?«

»Ja doch.«

»Aber woher soll ich denn wissen, ob Ihre Tochter dort mitgeflogen ist?«, sagte Marie und ließ den vorsorglich zur Hand genommenen Kugelschreiber mit dem Druckknopf auf der Tischplatte hüpfen.

»Sie müssen das doch wissen. Bei Ihnen hab ich die Reise gebucht. Ich habe sie meiner Tochter zum achtzehnten Geburtstag geschenkt. Sie müssen das wissen!«

»Ich weiß es aber trotzdem nicht«, sagte Marie störrisch.

»Doch!«

»Nein! Wenn Sie wollen, kann ich höchstens mal im Computer nachschauen. Warten Sie einen Augenblick?«

»Ja.«

Der Computer hatte mittlerweile das Betriebssystem gestartet und erwartete die Eingabe eines Passwortes. Eine Vorschrift gebot, dass alle Mitarbeiter einmal im Monat ihr Passwort ändern mussten, und eine Kollegin hatte Marie einmal verraten, dass sie als Passwort immer den Namen ihres aktuellen Freundes einsetze. Marie hatte eine elegantere Variante gefunden, als sich jeden Monat einen neuen Freund zu suchen. Sie verwendete als Passwort abwechselnd entweder *Marie01* oder *Marie02*.

Marie gab ihr aktuelles Passwort ein, und das Programm für die Reisebuchungen startete.

»Wie war der Name?«, sprach sie in den Telefonhörer, den sie zwischen Schulter und Ohr geklemmt hatte.

»Ines Müller, der Name meiner Tochter.«

Maries Finger flitzten über die weißen Knöpfe, woraufhin am Bildschirm sämtliche auf den Namen gebuchten Reisen aufgelistet wurden. Es gab genau eine Eintragung.

»Hören Sie? Für Ines Müller haben wir genau einen Flug gebucht. Flug Storch 800 von Hamburg nach New York. Start: gestern Abend um neun Uhr.«

»Du große Güte, das ist es!«, rief die Frau am anderen Ende der Leitung.

»Das ist was?«

»Storch 800! Das ist das Flugzeug aus den Nachrichten. Es ist abgestürzt.«

»Oh. Dann hat Ihre Tochter möglicherweise ... oder auch nicht ...«

»Nein?«

»Nun, für sie war ein Flug in diesem Flugzeug gebucht, aber ob sie wirklich mitgeflogen ist, geht daraus nicht hervor. Vielleicht ist sie ja nicht eingestiegen. Das Einzige, was ich Ihnen sicher sagen kann, ist, dass es diese Buchung gab. Damit ist aber noch lang nichts bewiesen«, versuchte Marie der Mutter etwas Hoffnung zu machen.

»Und wie kriege ich jetzt heraus, ob sie dringesessen hat?«

»Haben Sie schon versucht, sie anzurufen?«

»Selbstverständlich.«

»Und?«

»Sie geht nicht ans Telefon – weder zu Hause noch auf dem Taschentelefon. Auf dem Taschentelefon kommt immer so eine komische Stimme von einer Frau Mailbox.«

»Hm ... Dann ist sie wahrscheinlich ... Obwohl, ein Beweis dafür, dass sie mitgeflogen ist, ist das noch lange nicht.«

»Ich mach mir solche Sorgen! Wie kriege ich denn nun raus, ob sie lebt oder nicht?«

»Tja, da müssten Sie bei der Fluggesellschaft nachfragen. Die führen Passagierlisten. Da müssten Sie fragen, ob Sie Einblick erhalten können. Wenn Sie möchten, kann ich versuchen, die Informationen für Sie zu besorgen.«

»Ja, bitte. Das wäre nett.«

»Sagen Sie mir vielleicht eine Telefonnummer, unter der ich Sie zurückrufen kann?«

So fand der Kugelschreiber, den Marie in den Fingern gedreht hatte, doch noch seinen Zweck. Sie schrieb die Telefonnummer der beunruhigten Mutter auf ein kleines, gelbes Zettelchen und klebte es an den Monitorrand.

Es gab etwas Arbeit für Marie. Zunächst ermittelte sie die Telefonnummer der zuständigen in Berlin ansässigen Fluggesellschaft. Dort sprach sie mit einer Angestellten, die von dem Vorfall nichts wissen wollte und sie in eine andere Abteilung weiterleitete, wo man ihr eine andere Telefonnummer gab, unter der jemand erreichbar sein sollte, der Stellung zur Problematik nehmen könne. Marie wählte diese Nummer, aber niemand nahm ab. Danach wählte sie die gleiche Nummer noch einmal, ersetzte die Endziffer jedoch willkürlich durch eine andere und hatte daraufhin jemanden am Apparat, der sie an eine weitere Abteilung verwies, wo sie eine Faxnummer in Erfahrung bringen konnte, unter welcher die Passagierliste des Fluges Storch 800 abrufbar war. Marie notierte die Nummer, ging zum Faxgerät, tippte sie ein, es piepste, danach ratterte das Gerät und schob langsam das Papier heraus.

Marie setzte sich indes zurück an den Schreibtisch und rief ihre Mutter an.

»Hallo Mutti!«, sagte sie.

»Ah, hallo Marie! Kind! Ich wollte dich heute Morgen anrufen. Was war denn los? Ich habe mir solche Sorgen gemacht.«

»Ich hab mein Telefon rausgezogen.«

»Ach so, und ich habe die Frau Schlibrowski schon verrückt gemacht. Mensch Kind, du kannst einem aber auch Sorgen bereiten.«

»Es wird einem ja wohl noch erlaubt sein, das Telefon rauszuziehen. Warum wolltest du mich heute Morgen eigentlich anrufen?«

»Ich wollte dir sagen, dass ich heut Nachmittag einen Kuchen backen werde.«

»War das alles?«

»Ja.«

»Ich mach mir Sorgen um dich, Mutti.«

»Brauchst du aber nicht. Mir geht's gut.«

»Weshalb ich eigentlich angerufen habe …«, sagte Marie, »Ich brauch den Ersatzschlüssel von meiner Wohnung. Ich hab mich heut Morgen versehentlich ausgesperrt.«

»Den Schlüssel? Du hast dich ausgesperrt? Kind!«

»Ja, den Schlüssel. Ich hab mich ausgesperrt.«

»Also bist du deswegen nicht ans Telefon gegangen?«

»Nein. Ich bin nicht ans Telefon gegangen, weil ich es rausgezogen habe, und ich hab mich ausgesperrt, weil Frau Schlibrowski dachte, ich wäre tot.«

»Frau Schlibrowski dachte, du wärst tot?«

»Ja.«

»Aber das hat nicht gestimmt. Du hast dich bloß ausgesperrt, stimmt's?«

»Nein.«

»Wie? Du warst doch tot?«

»Quatsch, Mutti! Nun hör doch mal zu! Natürlich nicht. Ist ja auch egal. Ich hab mich ausgesperrt, so. Das kann doch mal passieren. Also, kann ich mir den Schlüssel nachher bei dir abholen? Nach der Arbeit?«

»Nein, lass mal! Wir machen das so. Ich fahr jetzt in deine Wohnung, hole deinen Schlüssel und bring ihn dir im Büro vorbei. Was hältst du davon?«

»Nichts.«

»Na, sag schon! Wo finde ich den Schlüssel?«

»Nein, lass mal, mach dir bitte keine Mühe. Wenn ich meinen Schlüssel schon nicht bei dir abholen soll … «, sagte Marie, »es würde reichen, wenn du mir den Ersatzschlüssel vorbeibringst.«

»Ach Kind! Es macht mir überhaupt nichts aus, vorher in deine Wohnung zu fahren und deinen Schlüssel zu holen. Außerdem könnte ich gleich noch gucken, ob das Gas ausgedreht ist, und überhaupt ein bisschen nach dem Rechten sehen.«

»Brauchst du aber nicht.«

»Mach ich aber. Kind! Sei doch mal vernünftig. Und jetzt sag mir, wo du den Schlüssel hast!«

»Ähm … ich glaub, der ist in der Jeans, die neben der Waschmaschine im Bad liegt.«

»Gut, wenn ich ihn nicht finde, ruf ich dich von deiner Wohnung aus noch mal an, ja?«

»Dann musst du aber das Telefon wieder einstecken.«

»Ja.«

»Bis später.«

Marie legte auf. Das Faxgerät gab einen langen Piepton von sich und schnitt das bedruckte Papier von der Rolle. Sie holte sich die Liste an den Schreibtisch, blickte kurz auf den gelben Zettel am Monitor, um sich den Namen der vermissten Tochter in Erinnerung zu rufen, studierte die Zeilen auf dem Fax und hatte bald die gesuchte Person darauf entdeckt. Sie langte zum Telefon, um die bedauernswerte Mutter über das Schicksal ihrer Tochter zu unterrichten, da klingelte es. Sie führte den Hörer ans Ohr.

»Schmidt-Reisen, Kirschbaum, guten Tag. Was kann ich für Sie tun?«, sagte sie.

»Hallo Marie! Du bist ja schnell ans Telefon gegangen.«

»Oh, hallo Helmut. Na? Wie geht's?«, antwortete Marie.

»Oh ja. Ganz gut. Und dir?«

Helmut Schneider hatte sie vor gut einem Jahr bei einem einwöchigen Reiturlaub in der Türkei kennengelernt. Mit einer Gruppe von zehn Leuten waren sie, angeführt von einem Ortskundigen, auf Pferden durch malerische Berglandschaften getourt, hatten abends in einfachen Hütten Unterkunft bezogen und das vom Reiseveranstalter versprochene naturnahe Leben erlebt. In Helmut hatte sie auf Anhieb einen guten Freund gefunden. Mit ihm konnte sie sich zwanglos unterhalten, er war nett und hilfsbereit. Nach dem Urlaub hatten sie den Kontakt weitergepflegt. Oft verabredeten sie sich, um in einem Restaurant zu essen und ein Gläschen Wein zu trinken, manchmal gingen sie gemeinsam ins Kino, oder sie besuchten eine Ausstellung. Einmal hatte er sie auf eine Betriebsfeier des Unternehmens, in dem er beschäftigt war, mitgenommen, und er hatte sie auch schon hin und wieder auf die Geburtstagsfeier einer Freundin begleiten dürfen. Helmut war der ideale Begleiter für solche Anlässe. War die Feier langweilig und uninteressant, konnte sie stundenlang mit ihm plaudern, war die Feier hingegen aufregend und viele andere Menschen anwesend, mit denen sie sprechen wollte, war er zurückhaltend und unaufdringlich, wartete bescheiden am Rande des Geschehens und trank sogar keinen Alkohol, wenn sie ihn darum bat, dass er sie später mit dem Auto noch nach Hause fahre. Möglicherweise hatte der schüchterne Mann noch ein anderes Interesse an Marie, traute sich aber nicht, ihr das zu gestehen. Sie ahnte es, verdrängte es aber und betrachtete ihn als guten Freund.

»Ja, mir geht's auch ganz gut«, sagte Marie und schob das Faxpapier auf dem Tisch zurecht.

»Sag mal, Marie, was ich wollte, ist … Ich wollte fragen, ob du am Sonnabend schon was vorhast?«

»Am Sonnabend? Morgen? Lass mal überlegen …«

»Also, ich wollte fragen, ob du Lust hast, mit mir tanzen zu gehen?«

»Das ist ja völlig abgefahren«, sagte Marie, da sie von Helmut einen solchen Vorschlag niemals erwartet hätte.

»Ja, warum nicht?«

Der Sonnabend war unverplant, nachdem Anselm in der vergangenen Nacht abgesagt hatte. Marie überlegte noch, ob sie sich nun mit Helmut verabreden sollte, als ihr Blick den Namen Anselm Hagen auf dem Fax erfasste. Anselm Hagen?, dachte sie. Kann das sein? Ist das der Anselm, der mich heute Nacht angerufen hat? Auch die Adresse, die neben dem Namen stand, stimmte. Marie erblasste und schwieg.

»Hallo? Hallo Marie? Bist du noch dran?«, fragte Helmut.

»Ähm ja, ich bin noch dran.«

»Und? Wie sieht's aus am Sonnabend? Morgen? Hast du Lust?«

»Ähm … Ich weiß noch nicht, wahrscheinlich. Ich glaub schon, vielleicht … mal sehen … Reicht's, wenn ich dir heute Abend Bescheid gebe?«

»Ja klar. Das reicht. Ruf mich heut Abend einfach an, ja?«

»Mach ich. Du, Helmut? Ich muss jetzt Schluss machen, ich hab zu tun.«

»Klar. Ich muss jetzt auch arbeiten. Bis dann.«

»Bis dann.«

Marie legte auf und betrachtete noch einmal das Faxpapier, danach hob sie den Kopf und starrte reglos durch die Schaufensterscheibe auf die Straße, wo Anselm gerade entlanglief. Er ging zur

Tür, drückte sie auf und trat herein. Mit müdem Blick kam er an Maries Schreibtisch und setzte sich auf einen der für die Kundschaft vorgesehenen blau bezogenen Stühle.

»Hallo Anselm«, sagte Marie verwirrt.

»Hi Marie. Du hier?«, antwortete er ebenso verwirrt.

»Ja, ich arbeite hier. Alles in Ordnung mit dir? Was willst du?«

»Ähm … Ich wollte einen Flug nach New York buchen.«

»Sehr witzig. Warum hast du mich heute mitten in der Nacht angerufen?«

»Ich hab dich nicht angerufen. Also, Marie, pass auf …«

»Du hast mich nicht angerufen?«

»Nein. Also, hör zu!«

»Du hast mich wirklich nicht angerufen?«, sagte Marie mit erhobener Stimme.

»Nein, ganz bestimmt nicht. Heut Nacht, da hab ich echt einiges anderes durchgemacht.«

»Bist du das hier?«, fragte sie, hielt ihm das Faxpapier hin und faltete die Stelle mit seinem Namen hervor.

»Was? Wo?« Anselm blickte auf die Liste. »Da steht ja mein Name. Was ist das für eine Liste?«

»Das ist die Passagierliste des Flugzeuges, das heute Nacht vor New York abgestürzt ist.«

»Echt? Das Flugzeug ist abgestürzt?«

»Ja. Hast du davon nichts gehört? Das ist das Flugzeug aus den Nachrichten.«

»Nachrichten hab ich nicht gehört. Ich hatte wirklich andere Sachen im Kopf. Aber wahrscheinlich hab ich in dem Flugzeug gesessen. Wenn's da steht. Wow, ich hab da dringesessen! Nicht schlecht. Cool, dass ich das geschafft habe! Den Flieger haben bestimmt die Schliemanz-Koch-Leute abstürzen lassen – oder auch nicht. Oh Gott! Falls die mich jetzt umbringen, dann wäre ich wirklich tot. Natürlich! Die denken ja, ich bin in New York. Also haben sie die Kiste gar nicht runtergeholt, das Flugzeug ist zufällig abgestürzt. Verdammt! Ich bin der Letzte!«

»Wie? Ich versteh dich nicht. Was erzählst du da für ein Zeug? Hast du irgendwas genommen? Genauso warst du heute Nacht am Telefon.«

»Ich hab dich nicht angerufen, wirklich nicht.«

»Du hast doch aber abgesagt.«

»Was?«

»Unsere Verabredung, dass wir am Sonnabend tanzen gehen.«

»Nein. Ich hab nichts abgesagt. Wirklich nicht. So wahr ich hier sitze.« Anselm hob eine Hand zum Schwur.

»Ich versteh das nicht.«

»Vielleicht hast du ja alles geträumt. Manchmal kommt das vor, dass man was träumt und später glaubt, es ist echt gewesen.«

»Hm …«

»Also, Marie. Jetzt, wo ich das Fax hier sehe, kann ich all meine Pläne umwerfen. Ich brauch gar keinen Flug mehr nach New York, weil das Flugzeug abgestürzt ist und ich da dringesessen habe. Das ist prima! Es hätte nicht besser kommen können, es hat sich alles erledigt.«

»Was?«

»Ach, das ist sehr kompliziert. Das kann ich dir später erzählen. Jetzt muss ich erst mal mit der Schliemanz-Koch AG reden, damit die wissen, dass sie mich nicht umbringen dürfen.«

»Was? Umbringen?«

»Ja. Umbringen, töten, ermorden, einstampfen – einfach umbringen.«

»Schliemanz-Koch?«

»Ja. Das sind die, die diese Teletransportlinie betreiben, weißt du?«

»Die wollen dich umbringen? Du spinnst.«

»Nein. Ich spinne nicht. Die wollen mich umbringen. Ich erzähl dir das alles morgen, wenn wir tanzen gehen, ja?«

»Hm …«

»Und ich glaube, dass wir dann ganz, ganz, ganz glücklich werden können, weil … Du wirst staunen, Marie. Und glaub mir! Es ist eine voll verrückte Sache.« Anselm erhob sich vom Stuhl, beugte sich über den Tisch und gab ihr einen Kuss.

»Ich freu mich auf dich. Bis bald«, flüsterte er und ging zur Tür. »Ich ruf dich wegen Sonnabend an, ja?«

»Ja, bis bald«, sagte Marie und sah Anselm mit fragendem Blick hinterher.

Storch 800

Flug Storch 800 war nicht ans Ziel gekommen, und das Unglück war so verlaufen: In etwa acht Kilometern Höhe entriegelte sich durch ein kleines Fehlerchen der Verschluss der Frachtraumtür, woraufhin sie, gepresst vom Luftdruck im Innern des Flugzeugs, nach außen aufklappte und zunächst einen kleinen dritten Flügel bildete. Der Wind riss die aufgeklappte Frachtraumtür jedoch sogleich ab, wirbelte sie zum Himmel fort, und an den herausreißenden Scharnieren pellte sich die Aluminiumhaut des Flugzeuges wie eine Fischbüchse auf.

Mit etwas Glück hätte das Flugzeug weiterfliegen und notlanden können. Doch im Falle von Storch 800 war das unmöglich, denn aus dem gerissenen Loch flogen sechs überraschte Passagiere, die von der Turbine unter der rechten Tragfläche aufgesaugt und zu einem Brei aus Fleisch und winzig kleinen Knochensplittern mouliniert wurden.

Die Turbine war jedoch nicht dazu ausgelegt, sie konnte ein Vögelchen oder einen Spatzenschwarm verdauen, nicht aber sechs ausgewachsene Menschen, weshalb sie nach solch außergewöhnlicher Kost heftig zu vibrieren begann. Das Triebwerk rüttelte so stark an der Tragfläche, dass diese abriss und ihren eigenen Weg einschlug.

Mit nur noch einem Flügel war die Manövrierfähigkeit des Flugzeuges erheblich gemindert. Es torkelte im Wind und schoss selten zu beobachtende Kapriolen. Heftige Luftwirbel schlugen gegen die Nase der Maschine und trennten das Cockpit ab, wobei sich das von der Frachtraumluke gerissene Loch als Sollbruchstelle erwies. Damit war dem Piloten endgültig die Einflussnahme auf die Steuerung genommen und eine sichere Landung undenkbar.

Aus der offenen Röhre, die der enthauptete Rumpf bildete, sprudelten jetzt auch die restlichen Passagiere mit ihrem Gepäck, ihrem Essen, ihren Taschen und allen anderen unbefestigten Dingen ins Freie. Zusätzlich entzündete sich das aus dem abgerissenen Flügel spritzende Kerosin und setzte das himmlische Schauspiel in ein feuriges Licht, das den Insassen allerdings nicht lange in Erinnerung bleiben sollte.

So war das Flugzeug kurz vor New York abgestürzt.

Den genauen Hergang und die Ursache der Katastrophe kannten bisher nur die drei Männer, die sich in einem Berliner Büroturm im siebzehnten Stock hinter verschlossener Tür zur Beratung zurückgezogen hatten.

»Was sagen wir denn nun der Öffentlichkeit?«, fragte der älteste der Herren, die auf Ledersesseln um einen schweren Glastisch herum Platz genommen hatten. Sein schütteres Haar lag akkurat zu einem Scheitel gezogen auf dem Schädel. Er hatte ein fleischiges Gesicht, aus dem die Augen nur durch schmale Speckschlitze unter einer langen Stirn hervorlugten. Als Vorstandsvorsitzender der Storch-Airlines musste er sich um eine Erklärung für den Absturz der Maschine seines Luftfahrtunternehmens bemühen.

»Das hier können wir auf jeden Fall nicht erzählen«, fuhr er nach kurzer Stille fort und drückte die Wiedergabetaste des vor ihm liegenden Tonbandgerätes. Er lehnte sich zurück, schlug die Beine übereinander und faltete die Hände.

Aus dem Lautsprecher ertönten die letzten Sekunden der Aufzeichnung des Voicerecorders, welcher die Gespräche im Cockpit des verunglückten Flugzeuges mitgeschnitten hatte: »›He Papi, was ist denn das da für'n Knopf?‹ – ›Das ist der Knopf, mit dem die Frachtraumluke entriegelt wird.‹ – ›Darf ich da mal draufdrücken?‹ – ›Nein, auf keinen F… krrrk.‹«

Schweigend saßen sie um das Tonbandgerät, das nach dem abschließenden Knacken nur noch leeres Band abspielte und leise mit der Wickelspule raschelte.

»Was sagt uns das?«, fragte der Vorstandsvorsitzende und schaltete das Gerät ab. »Das sagt uns«, gab er selbst die Antwort, »dass der Kapitän seinen Sohn mit ins Cockpit genommen hat, was natürlich verboten ist. Das sagt uns weiterhin, dass die üblichen sechs Passagiere aus dem Loch heraus- und in die Düse gesaugt worden sind, wodurch die Maschine bekanntlich abstürzen muss, weil ein

Flügel abbricht. Das haben uns ja damals die aufwendigen Computersimulationen gezeigt, die wir haben durchführen lassen, nachdem wir bei ähnlich gearteten Unglücken bei der Bergung der Leichen immer sechs Stück nicht gefunden haben. Also, diesmal ist wieder die Frachtraumtür aufgegangen – nicht durch eine Bombe, die in irgendeinem Koffer war, nicht durch eine aufgescheuerte Isolierung an einem Kabel, das den Elektromotor zum Entriegeln eingeschaltet haben könnte – nein, das war der Sohnematz des Captains, der mal aus Jux auf das Knöpfchen gedrückt hat. Prima! Das können wir wirklich keinem erzählen. Das geht nicht. Das darf nicht an die Öffentlichkeit gelangen. Also, meine Kollegen, wir müssen uns was Besseres einfallen lassen. Aber was?«

Er lehnte sich in die Polster hinein und rieb sich das glatte Kinn.

»Sex?«, schlug der Pressesprecher vor. »Sex zieht immer. Sex sells! Wir erzählen nicht, dass der Sohn des Captains auf den Knopf gedrückt hat, sondern dass die Stewardess versehentlich an den Knopf gestoßen ist, als sie Sex hatte.«

»Mit wem? Mit dem Sohn?«, fragte der dritte Mann am Tisch.

»Nein, mit dem Kapitän oder dem Copiloten, wie auch immer, ist doch egal.«

»Quatsch, Herr Mönninger, das ist doch absurd und bringt uns überhaupt nicht weiter. Ob nun der Bengel auf den Knopf drückt oder der Copilot es mit der Stewardess treibt, ist einerlei. Die Schuld läge bei uns, da wir unzuverlässiges Personal eingestellt hätten. Wir müssen irgendetwas finden, das plausibel klingt und uns entlastet«, brummte der Vorsitzende.

»Tschuldigung, 's war ja nur so 'ne Idee von mir«, sagte Mönninger beleidigt und schaute verlegen durch die Gläser seiner Brille. Er beulte den Mund nach vorn, zuckte mit den Schultern und richtete seine Augen auf das leere Blatt Papier, auf das er sich mit verschränkten Armen stützte.

»Wie wär's mit höherer Gewalt? Das Flugzeug ist mit einem UFO kollidiert«, sagte der dritte Mann. Er war stellvertretender Vorstandsvorsitzender von Storch-Airlines.

»Sehr gut, Herr Strack«, erwiderte der Vorsitzende, einen Zeigefinger hebend. »Vom Ansatz her sehr gut, eine wirklich ausgezeichnete Idee, allerdings würden sich Heerscharen von UFO-

Forschern auf solche Nachrichten stürzen und versuchen, die Echtheit der Beweisfotos, die wir dafür herstellen müssten, anzuzweifeln. Und irgendjemandem würde es vielleicht noch gelingen, die Fälschung nachzuweisen, weil er ein winzig kleines Fehlerchen findet, vielleicht einen Schatten, der in die falsche Richtung zeigt, oder einen Lichtreflex an der falschen Stelle. Dann wären wir doppelt dran. Aber die Idee mit der höheren Gewalt gefällt mir. Das wäre etwas Unvorhersehbares gewesen, und die Schuld könnten wir dem übernatürlichen Ding in die Schuhe schieben.«

Er trommelte mit den Fingernägeln auf die Tischplatte. »Höhere Gewalt ist gut. Wer kriegt die Schuld?«, murmelte er leise in die Hand, in die er sein Kinn stützte.

»Ein Attentat! Wie wär's damit?«, fragte Strack.

»Das hatten wir letztes Mal schon«, antwortete Mönninger.

»Ja, ein Attentat wäre nicht schlecht, wenn wir nicht letztes Mal schon eines gehabt hätten. Die Schuldfrage wäre kein Problem. Die Schuld läge beim Attentäter, das wäre klar. Aber wir müssten uns rechtfertigen, warum wir den Verbrecher nicht im Vorfeld bemerkt haben, und außerdem müssten wir ihn suchen und am besten irgendwann finden und präsentieren. Wir bräuchten eine Person, die mit Reue im Gerichtssaal sitzt und sagt, dass es ihr furchtbar leid tut, was sie da angestellt hat. Wer soll das machen? Wer kann das bezahlen? Denn erstens gibt es keinen echten Attentäter. Und zweitens …«

»Moment! Wer sagt denn, dass der Attentäter noch leben muss?«, warf Strack ein. »Er könnte doch an Bord der Maschine gesessen haben.«

»Ein Selbstmörder?«

»Richtig, ein Selbstmörder.«

»Aha, ein Selbstmörder, wie beim letzten Mal«, sagte Mönninger gelangweilt und machte eine Notiz auf seinem Blatt.

»Ja, wie beim letzten Mal«, bekräftigte Strack seinen Vorschlag.

»Wie beim letzten Mal«, sagte Schilling. »Ein Selbstmörder, der mit einer Handgranate das Flugzeug in die Luft gesprengt hat und deswegen nicht mehr bestraft werden kann, aber die Schuld daran trägt. Nur zu dumm, dass wir beim letzten Mal schon gesagt haben, dass wir alle erdenklichen Vorkehrungen getroffen haben, damit so etwas auf keinen Fall noch einmal vorkommt.«

»Nur zu dumm, ja, da haben Sie recht, Herr Schilling«, pflichtete Strack ihm bei und verzerrte seine Stirn wie ein Uhu.

»Bisher ist ja noch nicht sehr viel zu Stande gekommen«, sagte Schilling, der die Mundwinkel jetzt weit heruntergezogen hatte. »Strengen Sie sich doch mal ein bisschen an! Seien Sie kreativ! Wir müssen uns eine Unglücksursache und einen Hergang ausdenken. Heute Nachmittag ist Pressekonferenz. Da möcht's ja wohl sein, dass wir wenigstens ein paar Andeutungen und Vermutungen in den Raum stellen können, und die müssen schließlich zu den Ermittlungsergebnissen passen, die wir ein halbes Jahr später veröffentlichen werden.«

»Ich wüsste ja, wem wir die Schuld geben könnten«, sagte Mönninger, dem die Rolle des Pressesprechers an Tagen wie diesem wenig behagte.

»Na, immer raus mit der Sprache!«

»Gut, ich sag's Ihnen: Wir geben den Passagieren die Schuld.«

»Den Passagieren?«

»Ja! Allen dreihundertachtzehn Passagieren zusammen geben wir die Schuld. Wir erzählen, dass sie alle zugleich von ihren Sitzen aufgestanden und gemeinsam zum Heck gelaufen sind. Dadurch ist die Maschine hinten runtergedrückt worden und hat sich rückwärts überschlagen.«

»Rückwärts überschlagen, weil die Insassen alle nach hinten rennen, geht das?«, fragte Schilling zweifelnd.

»Weiß ich nicht.«

»Warum sollten alle Passagiere zugleich aufstehen und nach hinten laufen, Herr Mönninger? Das ist mir unklar«, sagte Strack, blickte dabei jedoch den Vorstandsvorsitzenden an.

»Warum nicht?«, antwortete der Pressesprecher. »Die Passagiere mussten zufällig alle gleichzeitig auf Toilette ...«

»... weil das Essen an Bord schlecht war«, ergänzte Schilling. »Nein, das geht nicht. Dann kriegen wir ja wieder die Schuld für das verdorbene Essen.«

»Na ja. Es muss ja nicht die Toilette sein«, meinte Mönninger. »Die Passagiere könnten sich doch auch alle von ihren Plätzen erhoben haben und im Gleichtakt auf der Stelle gehüpft sein. Dadurch ist das Flugzeug zerbrochen. Wenn eine Armee im Gleichschritt über eine Brücke marschiert, würde die Brücke auch einstürzen. Die Brücke schwingt doch mit!«

»Und warum sollten die Passagiere alle auf einmal aufstehen und hüpfen? Hä?«, sagte Strack und blies hörbar Luft durch die Nase.

»Warum nicht? Macht doch Spaß. Ist doch lustig. Sie haben es gemacht, weil sie es lustig fanden, weil sie tanzen wollten, was weiß ich, dafür wird man doch einen Grund finden können, oder?«

»Herr Mönninger! Nun bleiben Sie doch mal ernst! Das ist doch wirklich Blödsinn, das glaubt uns doch kein Schwein, dass dreihundertachtzehn Passagiere in einem Flugzeug in achttausend Metern Höhe aufstehen und im Gleichtakt anfangen zu hüpfen«, sagte Schilling.

»Gut, dann eben nicht. Ich hab nur einen Vorschlag gemacht. Sie wollten ihn ja unbedingt hören.« Mönninger stieß sich vom Tisch ab und winkelte die Beine an, sodass er mit dem drehbaren Sessel um die eigene Achse rotierte.

»Herr Mönninger! Wir sind hier in einer wichtigen Besprechung, da ist keine Zeit für solche Späßchen. Wir haben ein Problem zu lösen.«

»Mich nimmt doch sowieso keiner ernst«, sagte Mönninger kreiselnd.

»Aber natürlich nehmen wir Sie ernst. Jetzt halten Sie doch erst mal an!« Schilling schlug mit der flachen Hand auf den Tisch.

Mönninger streckte die Beine von sich und wurde langsamer. Er bremste mit den Händen am Tisch ab und brachte sich in eine Sitzposition, die der Situation angemessen war.

»Also, noch mal von vorn«, sagte Schilling. »Wir haben ein Flugzeug, das in der vergangenen Nacht kurz vor der Landung in New York in den Ozean gestürzt ist. Wir müssen eine Erklärung finden, mit der alle zufrieden sind und die uns keine Schuld an dem Unglück gibt.«

Die Männer schwiegen sich einen Augenblick lang an.

»Ganz einfach! Technisches Versagen«, unterbrach Strack das Schweigen.

»Wunderbar, Herr Strack! Ein ausgezeichneter Vorschlag«, entgegnete Schilling. »Aber dann müssen wir uns mit dem Flugzeughersteller darum streiten, ob wir die Maschine nicht richtig gewartet haben oder ob er einen Fehler bei der Produktion gemacht hat. Die Chancen stehen fifty-fifty, dass wir damit durchkommen. Das Ganze scheint mir etwas zu umständlich.«

»Dann eben menschliches Versagen«, sagte Mönninger.

»Herr Mönninger, bei menschlichem Versagen müssen wir Personen benennen, die versagt haben.«

»Wir haben dreihundertachtzehn Stück zur Auswahl, plus die Crew.«

»Jetzt kommen Sie mir bitte nicht wieder mit Ihrer Hüpftheorie.«

»Doch! Mir gefällt sie.«

»Die nehmen wir aber nicht. Aus!«, sagte Strack.

»Ja, weil ich nicht ernst genommen werde.«

»Doch! Wir nehmen Sie ernst. Ihr Vorschlag ist nur nicht der passende, was ja nicht heißt, dass Sie keinen anderen machen können«, sagte Schilling.

»Ich hätte noch einen«, sagte Mönninger. »Den erzähl ich aber nur, wenn ich ernst genommen werde.«

»Schießen Sie los!«

»Wirklich? Ich werde ernst genommen?«

»Ja, doch!«

»Na gut. Ich glaub, das wäre die beste Erklärung«, sagte Mönninger, beugte sich vor und überkritzelte mit dem Kugelschreiber die Notiz, die er vorhin gemacht hatte. »Wir sagen einfach, dass Flugzeuge eigentlich gar nicht fliegen können und deshalb abstürzen müssen.«

»Wie bitte? Das ist ja das Dümmste, was ich je gehört habe«, warf Strack sofort ein.

»Ein sehr interessanter Ansatz, Herr Mönninger«, meinte hingegen der Vorstandsvorsitzende. »Erzählen Sie weiter!«

»Gut. Flugzeuge können nicht fliegen, weil sie aus Metall sind. Metall fällt immer nach unten. Sehen Sie, mein Kugelschreiber, er fällt runter, wenn ich ihn loslasse.« Er ließ den Kugelschreiber los, und der Stift fiel auf den Tisch. »Und selbst, wenn ich Flügel anbaue … Moment …« Mönninger nahm das

Papier, faltete es zu einer Art Tragfläche zurecht, die er an den Clip des Kugelschreibers klemmte. »Da! Sehen Sie?« Er hielt das an ein Flugzeug erinnernde Gebilde über den Tisch und ließ es herabfallen. »Haben Sie gesehen? Selbst mit Flügeln fällt es nach unten.«

»Genial! Machen Sie weiter, Mönninger!«, sagte der Vorsitzende und rieb sich aufgeregt die Hände, während sein Blick fasziniert an dem primitiven Modell klebte.

»Nun, ja. Es gibt keinen Grund, weshalb Flugzeuge fliegen sollten. Und das werden wir als Grund für den Absturz der Maschine nennen. ›Warum ist Storch 800 abgestürzt?‹, wird man uns fragen. ›Das ist doch ganz normal, dass das Flugzeug abgestürzt ist, Flugzeuge können nicht fliegen, das weiß doch jedes Kind‹, werden wir antworten.«

»So einen Blödsinn habe ich ja noch nie gehört! Flugzeuge fliegen nicht. Haha«, murrte Strack und wackelte albern mit dem Kopf hin und her.

»Na, bitte! Dann erklären Sie mir doch, warum Flugzeuge fliegen!«, erwiderte Mönninger.

»Das kann ich, geben Sie mal her!« Er nahm sich Mönningers Modell, zog das Papier ab und faltete es auseinander. Mit der Faust strich er das Blatt auf dem Tisch glatt, um mit dem Stift darauf zeichnen zu können. »So, jetzt passen Sie auf! Das hier ist ein Flugzeugflügel im Querschnitt.« Er zeichnete einen Flugzeugflügel im Querschnitt. »Sehen Sie? Und wenn sich der Flügel jetzt bewegt, dann kommt von da die Luft angeströmt und geht so um den Flügel drumrum.« Er zeichnete Linien, die sich um sein Bild schmiegten. »Und weil die Luft oben schneller vorbeiströmt als unten, entsteht ein Auftrieb.« Strack zeichnete einen dicken Pfeil, der nach oben zeigte.

»Und? Finden Sie das plausibel? Flugzeuge fliegen, weil Sie solch ein Bildchen mit Pfeilen malen können?«

»Ähm … Nein … Ähm – doch! Das sind doch physikalische Gesetze. Da entsteht ein Auftrieb, verstehen Sie?«

»Warum?«

»Na, das ist ein physikalisches Gesetz.«

»Erklären können Sie's aber nicht.«

»Na ja. Nicht richtig.« Strack blickte auf seine Skizze, als zweifelte er auf einmal daran, sie überhaupt gemalt zu haben. »Also, die Luft geht da vorbei, und dann gibt es den Auftrieb.« Er zeichnete seine Linien drucklos nach.

»Und? Worin besteht nun der Grund, dass es einen Auftrieb gibt?«, fragte Mönninger fröhlich.

»Der Grund? Der Auftrieb entsteht eben. Ich weiß nicht … Der Grund … Tja …«

»Aha, Sie kennen keinen Grund. Sie können es doch nicht erklären.«

»Na ja. Nicht richtig.«

»Also, wenn es keinen Grund für ihren merkwürdigen Auftrieb gibt, dann gibt es auch keinen Grund dafür, dass Flugzeuge fliegen können. Daraus folgt, Flugzeuge müssen abstürzen. Ganz einfach.«

»Aber sie fliegen doch«, sagte Strack verbittert.

»Wo denn, bitte schön? Wo ist das Flugzeug geflogen, das heute Nacht ins Wasser gestürzt ist? Kann man das Fliegen nennen?«, entgegnete Mönninger.

»Es ist doch nur wegen der offenen Frachtraumtür abgestürzt«, entgegnete Strack.

»Was für eine Frachtraumtür?«, riss Schilling das Wort an sich. »War irgendwo eine Frachtraumtür offen? Dazu muss man doch einen bestimmten Knopf drücken, damit sie aufgeht, richtig?«

»Ja.«

»Würden Sie, Herr Strack, in achttausend Metern Höhe über dem Ozean diesen Knopf drücken?«

»Nein.«

»Sehen Sie? Niemand würde in achttausend Metern Höhe über dem Ozean diesen Knopf drücken – und schon gar nicht unsere Piloten.« Schilling lehnte sich zufrieden zurück. »Das Flugzeug kann nur abgestürzt sein«, fuhr er fort, »weil es gar nicht fliegen konnte. Diese Erklärung ist fantastisch. Und das, was wir da auf dem Magnetband gehört haben, das kann ja sonst wie draufgekommen sein – magnetische Felder, atmosphärische Störungen, Sonnenflecken, was weiß ich, was es da alles gibt. Also, bevor wir irgendwelche Aufzeichnungen des Voicerecorders veröffentlichen, müssen die Bänder von Experten genauestens analysiert werden. Die werden schon die richtigen Informationen darauf finden. Ich schätze mal, die Auswertung wird zwei Monate dauern, oder, was meinen Sie, Herr Mönninger, sollten wir lieber drei Monate sagen?«

»Sagen wir zwei bis drei.«

»Gut, dann wissen wir jetzt, in welche Richtung die Andeutungen auf der Pressekonferenz heute Nachmittag gehen müssen«, sagte Schilling und erhob sich. Er schob seinen Körper zu einem edlen schwarzen Schrank, der gegenüber der bis zum Boden verglasten Fensterfront stand. In dem Schrank befand sich eine Minibar, aus der er klimpernd drei Gläser und eine Sektflasche holte. »Das muss begossen werden«, sagte er und stellte die Gläser auf den Tisch. »Hier, Strack, machen Sie mal auf!« Er gab die Flasche seinem Stellvertreter.

»Aber wenn wir erzählen, dass Flugzeuge gar nicht fliegen können«, sagte Strack, während er an der Drahtschlaufe des Verschlusses drehte, »wenn wir sagen, dass sie sowieso immer abstürzen, dann fliegt doch kein Mensch mehr mit dem Flugzeug. Dann gehen wir pleite.«

»Quatsch, da wird sich überhaupt nichts ändern«, brummte Schilling. »Die sind so blöd und steigen trotzdem wieder in die Maschinen ein. Die sind doch darauf angewiesen, schnell von A nach B zu kommen. Die können gar nicht anders. Außerdem wissen die Leute doch jetzt schon, dass Flugzeuge nicht fliegen können, und trotzdem steigen sie ein. Insofern haben die Passagiere eigentlich immer Schuld. Die haben doch gewusst, was Sache war. Warum beschweren sich die Leute danach, wenn es nicht geklappt hat? Ich sag's Ihnen: Die Menschen sind einfach zu blöd, und deswegen können wir denen auch erzählen, was wir wollen, die fliegen trotzdem mit unseren Flugzeugen, stürzen ab und bezahlen dafür sogar noch Geld.«

Der Korken knallte. Der Vorstandsvorsitzende und Mönninger lachten, während Strack die Gläser füllte.

»Auf die abstürzenden Flugzeuge«, sagte Schilling und erhob sein Glas.

»Auf die Abstürze, ja«, sagte Mönninger.

»Auf die Flugzeuge«, sagte Strack.

Die Herren stießen die Gläser aneinander und gossen sich den Sekt in ihre Kehlen.

»Und sie fliegen *doch*«, sagte Strack, nachdem er sein Glas abgesetzt und sich mit dem Handrücken den Mund abgewischt hatte. »Ich weiß es jetzt, ich kann es Ihnen beweisen. Hier! Passen Sie auf!« Er nahm das Blatt Papier, kniffte es in der Mitte zusammen und strich einige Male kräftig mit dem Fingernagel über den Knick. Danach legte er es an die Tischkante und riss es an der vorbereiteten Stelle in zwei Hälften. »So, und jetzt gucken Sie bitte genau zu!« Er hielt sich beide Blätter vor den Mund, sodass sie wie ein Entenschnabel von seinem Gesicht abstanden. »Achtung!«, sagte er, holte tief Luft und blies kräftig zwischen die beiden Blätter. Sie flatterten auf und ab und schnarrten aneinander. »Haben Sie's gesehen?« sagte Strack. »Es hat geschnarrt.«

»Und? Deswegen sollen Flugzeuge fliegen?«

»Ja, das ist der physikalische Effekt, den ich vorhin meinte. Wenn die Blätter zusammen sind, und ich blase dazwischen, gehen sie durch den Luftdruck erst mal auseinander. Aber dann strömt die Luft innen schneller an ihnen vorbei als außen, deswegen entsteht diese Auftriebskraft und die Blätter werden zusammengedrückt. Davon schnarrt es, weil die Blätter zusammenstoßen und wieder auseinandergehen, und deshalb fliegen Flugzeuge.«

Schilling und Mönninger prusteten durch ihre Lippen und versuchten so, den Effekt nachzuahmen.

»Deswegen sollen Flugzeuge fliegen? Weil ich mich hinstellen und so machen kann? Pfpfpfpf … pfpfpfpfpfpfpffff …«

»Pfpfpfpfpfp … pfpfpfpfpfrrrrrr … Das hab ich als kleines Kind gemacht, wenn ich mit meinen Autos gespielt habe. Davon sind sie aber auch nicht gefahren. Ich musste sie trotzdem schieben«, lachte der Vorstandsvorsitzende. »Pfpfpfpfpfpf … pfpfpfpfpfpfpf … pfpfpfrrrrrrrr …«

»Ja, das ist aber der physikalische Effekt«, sagte Strack. »Hier! Pfpfpfpf … pfpfpfpf … Das ist genauso wie bei einem Luftballon, wenn Sie die Luft rauslassen und dabei die Düse mit den Fingern platt auseinanderziehen. Kennen Sie das? Wissen

Sie, was ich meine? Ich meine dieses Geräusch, das dabei entsteht, dieses Fiepen, dieses Miep, dieses Pfpfpfpfpfpfpf.«

»Meinen Sie die Geräusche, die bei Blähungen entstehen?«, fragte Mönninger.

Schilling warf sich in seinen Sessel und bog sich vor Lachen. »Weil Pupse knattern, fliegen Flugzeuge! Ist das komisch! Haha, Sie sind ein Witzbold, Herr Strack.« Schilling nahm die Sektflasche und schenkte eine weitere Runde ein, wobei er einige Tropfen vor Lachen daneben schüttete. »Trinken Sie, meine Herren! Trinken Sie! Auf die Flugzeugabstürze. Flugzeuge können eben nicht fliegen. Pfpfpfpfpf … pfpfpfpfrrrrrrr … hihi.«

Sie prosteten sich zu und tranken aus. Auch Strack trank mit.

Radlader in Hamburg

Rotweißgestreiftes Absperrband zog sich weiträumig um den Unglücksort und wedelte zerknittert im Wind. Übler Geruch lag in der Luft. Ein Radlader senkte seine Schaufel, bis sie fast den Boden berührte. Der Dieselmotor heulte auf und das Auspuffrohr, das an der Seite des Führerhäuschens zitterte, stieß graubraune Wolken aus.

Vor dem gelben Fahrzeug tat sich ein Trümmerberg aus Steinen, Stahl und Schlick auf, in den die Maschine schnaufend ihre Schaufel hineintrieb. Es waren die Überreste einer aus Backstein gebauten Halle, die auf dem Gelände des Hamburger Abwasserwerks gestanden hatte. Der rau betonierte Vorplatz des ehemaligen Gebäudes war mit schlammigen Spritzern, matschigen Toilettenpapierfusseln und anderen dunklen Substanzen gesprenkelt, und auch durch das Geäst und über die Blätter der Bäume, die den Platz umsäumten, zogen sich bizarre Fäden aus Dreck und Schmutz, die wie schwarzes Lametta herabhingen.

In dem Gemäuer hatte sich die Siebrechenanlage befunden. Diese Apparatur befreite das von den Bürgern der Stadt verunreinigte und über das Kanalisationssystem hierhergepumpte Wasser von ersten groben Bestandteilen. Dazu gehörten voluminöse Papierknäuel, Kondome, Eheringe, Hamster und ähnliche Dinge, die Menschen in Toiletten zu entsorgen pflegten und mit frischem Trinkwasser vermengt fortspülten. Der in der Halle abgesiebte Schmutz wurde in großen Containern gesammelt, und Lastkraftwagen holten sie regelmäßig ab. Sie karrten das Material über die Autobahn an andere Orte, wo es zu etwas Besserem weiterverarbeitet wurde. Das, was die Siebrechenanlage nicht abtrennte, wurde hier auf dem Gelände in runden Becken und anderen komplizierten Gerätschaften biologisch und chemisch gesäubert und danach in den nahe gelegenen Fluss geschüttet.

In der vergangenen Nacht war die Backsteinhalle mit dem Siebrechen von einer Explosion erschüttert worden und eingestürzt.

Martin Schulz, Besitzer und Betreiber des Abwasserwerkes, stand traurig am Heck des Radladers, blickte ratlos auf den Schuttberg und sah zu, wie diesmal nicht nur der in der Halle abgesiebte Dreck auf LKW verladen wurde, sondern das Gebäude gleich mit.

Die Unglücksursache war bekannt: Kriminologen hatten das Gebiet kurz nach der Katastrophe abgesperrt und schon im frühen Morgengrauen untersucht. Mit Gummihandschuhen hatten sie in den Trümmern herumgewühlt, verdächtige Schlammfetzen in durchsichtige Plastiktüten gepackt und zur Analyse ins Labor mitgenommen, wo sie schließlich Spuren von tschechischem Plastiksprengstoff hatten nachweisen können. Die einzige Möglichkeit, wie solch ein Material in das Gebäude gelangen konnte, war der Weg durch die Kanalisation. Jemand musste den Sprengkörper in der Toilette fortgespült haben, ohne sich Gedanken darüber zu machen, wohin die Substanz später schwimmen und welche Folgen das haben würde.

Es war das dritte Mal, dass so etwas geschehen war, die dritte Halle, die einem unachtsam weggespülten Sprengkörper zum Opfer gefallen war. Das dritte Mal schon stand Martin Schulz auf dem Platz vor den Trümmern seiner Anlage.

Täter konnten nie dingfest gemacht werden. Die Ermittlungen der Polizei beschränkten sich stets darauf, festzustellen, dass eine Bombe für das Unglück verantwortlich gewesen war, danach stellten sie ihre Bemühungen ein, da ein Spülort nicht feststellbar sei.

Die Presse hatte sich auch noch nie für das Abwasserwerk interessiert. Obwohl Martin Schulz sofort Faxe an alle großen und kleinen Tageszeitungen sowie Radio- und Fernsehsender verschickt hatte, war nicht ein einziger Reporter gekommen, um über den Vorfall zu berichten. Es schien tatsächlich keinen zu kümmern, wo der Dreck hinfloss und was damit geschah.

Martin Schulz trat einen Schritt zur Seite, um dem Radlader auszuweichen, der eine mit Schutt und Schlamm gefüllte Schaufel präsentierte wie ein Kellner sein Tablett. Das Fahrzeug wendete, damit es die Fracht in die Lade eines Kippers schütten konnte, der an der Zufahrt wartete.

Niemanden interessierte das. Auch die farbigen Broschüren, die Martin Schulz einmal hatte drucken lassen, die erklärten, welche Dinge in den Abfluss gehörten und welche nicht, schien keiner gelesen zu haben. Er hatte sie damals in hoher Stückzahl in der ganzen Stadt verteilen lassen, sodass in jeden Briefkasten ein solches Heftchen gelangt war – ein Heftchen, das mit aufwendigen Grafiken die Abwasserkette beschrieb, das deutlich darauf hinwies, Bomben, Batterien, Glanzpapier und Hamster hätten nichts im Toilettenbecken zu suchen. Aber trotzdem war ein Großteil dieser Broschüren schließlich hier in seinem Werk angeschwemmt worden.

Verärgert scharrte Martin Schulz mit dem Schuh ein wenig Schmutz am Boden zusammen, bis der Schmutz ein Häufchen von der Größe eines Maulwurfshügels ergab. Im Schlusssprung hüpfte er auf das Hügelchen, und es spritzte in kleinen Tröpfchen davon. So hatte er als Kind die Kleckerburgen am Strand immer vernichtet. Als Kind hatte er auch noch geglaubt, eines Tages werde etwas Großes, Wichtiges, etwas Bedeutendes aus ihm, und nachdem er den Betrieb des Abwasserwerks übernommen hatte, war er der Meinung, er spiele eine wichtige Rolle für die Menschheit und ihr Überleben. Die Rolle hatte er auch, doch Dank erhielt er dafür nie. Jeder Versuch, auf sein Schicksal und sein Abwasserwerk aufmerksam zu machen, war kläglich gescheitert.

Seit über zwei Stunden stand er nun schon auf dem Platz und wartete darauf, dass die Reporter kämen, dass sie Fotos machen und Fragen stellen würden. Doch nichts war geschehen. Niemand war gekommen, obwohl er sogar ein reich gedecktes Buffet am Rande des Platzes in der Nähe der Bäume hatte herrichten lassen. Kein Fernsehsender wollte hier etwas filmen, niemand wollte von den leckeren Häppchen kosten oder Fragen auf der angekündigten Pressekonferenz beantwortet haben.

Dabei hatte Martin Schulz sich so gut vorbereitet. Er hatte sich schon ausgemalt, wie sein Gesicht in den Abendnachrichten erscheinen würde und der Täter, der die Bombe entsorgt hatte, sich anhören müsste: »Ihr Menschen der Stadt! Schaut auf diesen Ort! Wohin soll das noch führen? Erst wenn die letzte Bombe heruntergespült, wenn der letzte Hamster im Dreck krepiert ist, dann werdet ihr merken, dass man ohne Abwasserwerke nicht spülen kann.« So ähnlich hatte er es sagen wollen, und er sprach es leise vor sich hin, einem imaginären Publikum zugewandt.

Falls sich das Fernsehen doch einmal für seine Anlage interessierte, dann riefen sie bei ihm an und fragten, wie viel Abwasser gerade angeschwemmt worden sei. Mit solchen Informationen ermittelten sie ihre Einschaltquoten, denn wenn eine Sendung von Werbung unterbrochen wurde, suchten viele Zuschauer die Toiletten auf und spülten einen größeren Abwasserschwung in sein Werk. Für die Pegel interessierten sich die Fernsehsehsender, da sie damit in ihre Statistiken schreiben konnten, wie viel Dreck sie mit dieser oder jener Sendung produziert hätten.

Der Radlader kam zurück, um eine weitere Schaufel der zerstörten Halle zu holen. Sie war die schönste Halle gewesen, die Martin Schulz je hatte bauen lassen. Die ersten beiden waren nur einfache Plattenbauten gewesen. Aber für die letzte hatte er einen teuren französischen Architekten beauftragt und keine Kosten gescheut, um ein prunkvolles Backsteingebäude zu errichten. Er hatte sich davon Aufmerksamkeit versprochen. Er hatte gehofft, dass dieses Bauwerk als Sehenswürdigkeit gelten und selbst von Touristen besucht werden würde. Die ganze Welt hatte wissen sollen, dass mit der Entsorgung einer Bombe in die Kanalisation eines der schönsten europäischen Bauwerke gefährdet sei. Doch nie war jemand gekommen. So blieben Martin Schulz jetzt nur noch die Fotos, die er selbst von diesem Glanzstück moderner Architektur angefertigt hatte. Ihm blieb die Erinnerung an das Richtfest, das er auf dem leeren Platz gefeiert hatte, und ihm blieb die Erinnerung an den schönen Moment, wohl den schönsten Moment seines Lebens, als er feierlich und ohne Publikum das Band zerschnitten und die neue Siebrechenanlage eingeweiht hatte.

Aus Protest hatte er vor geraumer Zeit einen Monat lang den angespülten Schmutz ungereinigt in die Elbe gepumpt. Bemerkt hatte es niemand. Die Zeitungen schrieben zwar gelegentlich, das Wasser in den Flüssen sei zu dreckig, aber während er den Dreck ungereinigt hineinfließen ließ, hatte niemand gesagt, es sei besonders dreckig. Auch eine Selbstanzeige bei mehreren Umweltschutzorganisationen hatte nicht dazu geführt, dass mit Parkern bekleidete Langhaarige sich auf den Platz gestellt und vor Transparenten ihre Protestlieder gesungen hätten. Martin Schulz und sein Abwasserwerk schienen für die Welt nicht existent zu sein.

Der Radlader tuckerte wieder an ihm vorbei, um eine gefüllte Schaufel auf dem LKW abzuladen.

Martin Schulz zweifelte an sich selbst und seiner Sichtbarkeit. Vielleicht war der Fahrer der Baumaschine, der auf Martin Schulz' Auftrag hin die Trümmer der zerstörten Anlage abtrug, der Einzige, der ihn zur Kenntnis nahm. Doch dafür wurde er von Martin Schulz bezahlt. Dass der Mann ihn anderenfalls noch wahrnähme – als Person, als Menschen, als Lebewesen –, daran zweifelte der Besitzer des Abwasserwerks.

Der Radlader knickte die Schaufel über der Ladefläche des Kippers ab. Die Steine polterten vom Schlick gedämpft hinein. Das Fahrzeug wendete fast auf der Stelle und schaukelte mit den emporgehobenen Armen zurück zum eingestürzten Haus, blieb davor stehen und senkte die leere Schaufel. Martin Schulz rannte vor das Gerät, kletterte in die Schaufel und legte sich hinein wie ein Kind in die Wiege oder ein Toter in den Sarg. Er wollte, dass wenigstens sein Angestellter ihn bemerken, den Motor abstellen, aussteigen und schimpfen würde – vielleicht: »He! Sind Sie verrückt? Verschwinden Sie! Raus aus meiner Schaufel! So kann ich nicht arbeiten.«

Martin Schulz lag auf dem Rücken, blickte zum Himmel hinauf und erwartete, dass etwas geschähe. Und es geschah etwas! Der Motor wurde abgestellt und rotierte aus. Die Vibrationen, die Martin Schulz am Rücken spürte, verstärkten sich kurz und legten sich dann. Die Tür des Fahrerhäuschens öffnete sich. Er hörte jemanden heraussteigen und in den Matsch springen, dann ein sich entzündendes Streichholz. Dem Jauchegeruch, der in der Luft hing, mengte sich der Duft verbrannten Zigarettentabaks bei, und Martin Schulz sah die bläulichen Wolken über sich.

Dann hörte er eine Stimme: »Eh! Was soll denn das? Glaubst du, ich hab die Zeit, hier ewig rumzustehen?« Martin Schulz setzte sich auf, sah über den Schaufelrand und die großen Reifen mit dem groben Profil hinweg und erkannte als Sprecher den Fahrer des LKWs, der sich aus dem Fenster seines Wagens lehnte.

»Fahr du mal den ganzen Tag so 'ne Kiste hier. Dann würdest du aber auch mal 'n kleines Päuschen machen wollen«, rief der

Radladerfahrer dem LKW-Fahrer zu und wandte sich von ihm ab. Martin Schulz zuckte zurück und legte sich wieder flach in seine Wiege. Er beobachtete die Schäfchenwolken, die im Sonnenlicht in großer Höhe vorüberzogen. Er erkannte Figuren. Er erkannte seine Mutter, seinen Vater, ja, die Wolken formten sogar das Bild eines Abwasserwerks. Vier bis fünf Minuten mochte er so gelegen haben, da klappte die Tür zum Fahrerhäuschen wieder zu und der Motor sprang an.

Der Radlader fuhr vorwärts und rammte die Schaufel in den Schuttberg hinein, rollte ein Stückchen zurück und trieb die Schaufel mit neuem Anlauf noch etwas tiefer in den Abfall. Martin Schulz wurde sofort zerquetscht. Niemand bemerkte es.

Zusammen mit Backsteinen und Dreck wurde er auf die Lade des Kippers geworfen und mit dem Dreck aus der nächsten Fuhre, die der Radlader brachte, zugedeckt. Später wurden sein Körper und das andere Material über die Autobahn an einen anderen Ort gekarrt, wo alles zu etwas Besserem weiterverarbeitet wurde.

Radlader in Berlin

Der Alexanderplatz im Zentrum Berlins war weiträumig abgesperrt. Mannschaftswagen der Polizei verriegelten sämtliche Zufahrtswege. Niemand durfte sie passieren.

Straßenbahnen, die normalerweise den Platz überquerten, mussten anhalten und warten. Busse wurden gestoppt und Autofahrer gezwungen, einen großzügigen Umweg um die abgeriegelten Abschnitte zu nehmen. U-Bahnen, die gewöhnlich unter dem Platz anhielten, fuhren ohne Halt durch, ebenso die S-Bahnen. Auch Menschen, die in einem der Häuser dort wohnten oder zur Arbeit wollten, durften nicht hinaus oder hindurch. Polizisten, die die Straßensperren bewachten, wurden beschimpft oder nach dem Grund der Blockade gefragt. Den Grund kannte keiner. Es hieß nur, die Order komme von höchster Stelle und der Staatssicherheitsdienst stecke dahinter.

»Er verdirbt uns noch das ganze Projekt«, murmelte Mark Schulzki vor sich hin. »Wenn das rauskommt, stürzen die Kurse in den Keller.«

Der Präsident der Schliemanz-Koch AG stand auf dem menschenleeren Alexanderplatz vor einem Hotel, das sich dreißig Stockwerke in die Höhe erstreckte. Den Eingang des Gebäudes bewachten Männer in karierten Hemden und Jeans. Niemand durfte es verlassen oder aus den Fenstern schauen. Davor war ein weitläufiger Bereich gesondert mit rotweißem Absperrbandband umsäumt. Ein Radlader senkte seine Schaufel, und Mark Schulzki blickte ratlos auf den Haufen lebloser Menschenleiber. Etwa fünfhundert Personen lagen dort zusammengeworfen. Sie glichen einander bis aufs Haar, alle waren Anselm Hagen, alle schienen tot zu sein.

Der Radlader stach die Schaufel in den Berg kalter Körper, und sein Motor würgte unter dem fleischweichen Widerstand. Durch geschicktes Spiel mit Kupplung und Gaspedal bohrte der Fahrer die Schaufel des gelben Fahrzeuges tiefer und zog sie gefüllt mit Anselms heraus. Fast auf der Stelle drehte sich die Maschine auf den Reifen mit dem groben Profil und warf die Leichen, deren Arme und Beine wie Fransen über den Rand der Schaufel hingen, auf einem danebenstehenden LKW ab. Die schlaffen Körper polterten dumpf in die Kipplade des Vierzigtonners. Schmerzen spürten sie dabei nicht – nicht einmal jener unter ihnen, der noch warm war. Wie durch ein Wunder hatte er den Sturz in die Tiefe aus dem dreißigsten Stockwerk überlebt. Sein Gehirn arbeitete noch und war in der Lage, die wichtigsten Funktionen aufrechtzuerhalten. Dazu gehörten der Herzschlag, die Atmung und das Bewusstsein. Den Kontakt zur Außenwelt hatten die Gehirnzellen jedoch schon gekappt, wodurch er keinen Schmerz registrieren und ihm auch die Möglichkeit genommen war, seine Gliedmaßen zu bewegen, mit den Augen zu sehen, mit der Nase zu riechen, mit den Ohren zu hören, mit dem Mund zu schmecken oder gar zu sprechen. Normalerweise wäre dieses Wesen nicht von einem Radlader fortgeschippt, sondern auf schnellstem Weg in ein Krankenhaus gebracht worden, wo es an komplizierte Apparaturen geklemmt noch einige Jahre sein Dasein gefristet hätte, bis ein Verwandter heimlich den Netzstecker eines der teuflisch teuren Geräte herausgezogen oder das Gehirn des Leblosen beschlossen hätte, das Herz nicht mehr zu bewegen und das Atmen bleiben zu lassen.

Anselm wusste nicht, wo er war und wie er war. Er konnte nichts sehen, nichts hören, nichts riechen, nichts schmecken und nichts fühlen. Das Einzige, was er konnte, war denken, und das Einzige, was er besaß, war die Erinnerung an sein Leben. Er konnte seine Gedanken nach Belieben formen und hin- und herschweifen lassen. Er war bei vollem Bewusstsein, nur ohne die geringste Verbindung zur Außenwelt.

Am meisten beschäftigte ihn die Frage, ob er nun tot sei oder nicht. Den Zustand des Todes hatte er sich anders vorgestellt. Er hatte vermutet, dass es dann nichts mehr gäbe, gar nichts, keine Gedanken, keine Ideen, keine Überlegungen. Doch anscheinend musste er sich mit dem Gegenteil arrangieren und akzeptieren, dass es etwas gab, ob er nun lebte oder nicht.

Dass er wahrhaftig tot sein könnte, ließ ihn erschaudern. Abwechslungsreich und interessant schien sich das nicht zu gestalten, und die Vorstellung, in solchem Zustand einen Tod lang zu verweilen, war keine schöne, zumal dieser Zustand länger anhalten würde als sein bisheriges Leben.

Auch das Gefühl für die Zeit fehlte ihm. Er wusste nicht, wie lange er schon in diesem Raum verweilte. War es eine Sekunde, eine Stunde, eine Minute oder ein Tag? Egal, wie lange schon, Anselm musste das zeitlose Nichts als seine neue Heimat betrachten. Etwas anderes blieb ihm nicht übrig. Er würde sich in der ungewohnten Umgebung einrichten müssen, so als bezöge er eine frische Wohnung, die er mit Teppichen auslegte, mit Möbeln vollstellte und an den Wänden mit Bildern versah.

Als ersten Einrichtungsgegenstand wollte er eine Uhr aufhängen, um künftig zu wissen, wie lange er schon im Nichts verharrte. Damit konnte er herausfinden, ob er tot war oder nicht, denn wenn die Uhr, dieser geistige Kalender, eines Tages etwa dreihundert Jahre anzeigte, wäre dies ein Beleg für sein Ableben.

Aber wie sollte ein Zeitmesser für einen Toten funktionieren? Der Tote könnte versuchen, im Sekundentakt vorwärts zu zählen. Wenn er bei sechzig angekommen wäre, müsste er einen Strich zeichnen und so die Minuten markieren. Nach sechzig Strichen wäre eine Stunde vergangen, die er durch einen Strich an anderer Stelle kennzeichnete. Weitere Striche wären für die Tage, die Wochen, die Monate und die Jahre zu setzen.

Doch gab es im Nichts, in der Finsternis, in der Gedankenwelt weder Wände noch Kreide. Anselm müsste sich die gezeichneten Striche merken, hielt es jedoch für ausgeschlossen, dass ihm dies über dreihundert Jahre hinweg fehlerfrei gelingen würde.

Allein, wenn er auf das Zeichnen der Striche verzichten könnte, wäre ein längerer Zeitraum ohne Hilfsmittel abzählbar. Wüsste er im Vorfeld die Anzahl der Sekunden, die die dreihundert Jahre hatten, so wären keine Striche für Minuten, Stunden, Tage oder Jahre nötig, er könnte einfach mit eins beginnen und bis zu der berechneten Summe zählen.

Anselm erinnerte sich, dass eine Stunde dreitausendsechshundert Sekunden hatte. Also musste er diese Zahl nur mit vierundzwanzig multiplizieren, und er hatte die Anzahl der Sekunden eines Tages errechnet. Der Einfachheit halber rundete er die Stunden auf zwanzig ab und die Sekunden auf dreitausend, womit er nur noch dreitausend mal zwei rechnen und eine Null anhängen musste. Das ergab sechzigtausend. Würde er also bis dorthin gezählt haben, wäre etwas weniger als ein Tag vergangen. Zählte er langsam, in etwa so, dass er ein wenig mehr als eine Sekunde für eine Zahl brauchte, dann sollte er bis zur Sechzigtausend genau einen Tag benötigen.

Der Anfang war gemacht. Anselm besaß ein Werkzeug, mit dem er die Zeit messen und einen verstrichenen Tag bestimmen konnte. Die noch anstehenden, schwierigeren Berechnungen, mit denen ermittelt würde, wie viele Sekunden dreihundert Jahre hatten, konnte er nun auf den nächsten Tag verschieben, wie er es mit anderen Problemen auch gern tat.

Anselm beschloss, seine Probleme zunächst liegen zulassen, und alle weiteren Aufgaben auf den nächsten Tag zu verschieben. Er begann zu zählen: Eins, zwei, drei, vier, fünf, sechs, sieben, acht, neun, zehn, elf, zwölf, dreizehn, vierzehn, fünfzehn, sechzehn, siebzehn, achtzehn, neunzehn, zwanzig, einundzwanzig, zweiundzwanzig, dreiundzwanzig, vierundzwanzig, fünfundzwanzig, sechsundzwanzig, siebenundzwanzig, achtundzwanzig, neunundzwanzig, dreißig, einunddreißig, zweiunddreißig, dreiunddreißig, vierunddreißig, fünfunddreißig, sechsunddreißig, siebenunddreißig, achtunddreißig, neununddreißig, vierzig, einundvierzig, zweiundvierzig, dreiundvierzig, vierundvierzig, fünfundvierzig, sechsundvierzig, siebenundvierzig, achtundvierzig, neunundvierzig, fünfzig, einundfünfzig, zweiundfünfzig, dreiundfünfzig, vierundfünfzig, fünfundfünfzig, sechsundfünfzig, siebenundfünfzig, achtundfünfzig, neunundfünfzig, sechzig, einundsechzig, zweiundsechzig, dreiundsechzig, vierundsechzig, fünfundsechzig, sechsundsechzig, siebenundsechzig, achtundsechzig, neunundsechzig, siebzig, einundsiebzig, zweiundsiebzig, dreiundsiebzig, vierundsiebzig, fünfundsiebzig, sechsundsiebzig, siebenundsiebzig, achtundsiebzig, neunundsiebzig, achtzig, einundachtzig, zweiundachtzig, dreiundachtzig, vierundachtzig, fünfundachtzig, sechsundachtzig, siebenundachtzig, achtundachtzig, neunundachtzig, neunzig, einundneunzig, zweiundneunzig, dreiundneunzig, vierundneunzig, fünfundneunzig, sechsundneunzig, siebenundneunzig, achtundneunzig, neunundneunzig, einhundert, einhunderteins, einhundertzwei, einhundertdrei, einhundertvier, einhundertfünf, einhundertsechs, einhundertsieben, einhundertacht, einhundertneun, einhundertzehn, einhundertelf, einhundertzwölf, einhundertdreizehn, einhundertvierzehn, einhundertfünfzehn, einhundertsechzehn, einhundertsiebzehn, einhundertachtzehn, einhundertneunzehn, einhundertzwanzig, einhunderteinundzwanzig, einhundertzweiundzwanzig, einhundertdreiundzwanzig, einhundertvierundzwanzig, einhundertfünfundzwanzig, einhundertsechsundzwanzig, einhundertsiebenundzwanzig, einhundertachtundzwanzig, einhundertneunundzwanzig, einhundertdreißig, einhunderteinunddreißig, einhundertzweiunddreißig, einhundertdreiunddreißig, einhundertvierunddreißig, einhundertfünfunddreißig, einhundertsechsunddreißig, einhundertsiebenunddreißig, einhundertachtunddreißig, einhundertneununddreißig, einhundertvierzig, einhunderteinundvierzig, einhundertzweiundvierzig, einhundertdreiundvierzig, einhundertvierundvierzig, einhundertfünfundvierzig, einhundertsechsundvierzig, einhundertsiebenundvierzig, einhundertachtundvierzig, einhundertneunundvierzig, einhundertfünfzig, einhundertzweiundfünfzig, einhundertdreiundfünfzig, einhundertvierundfünfzig, einhundertfünfundfünfzig, einhundertsechsundfünfzig, einhundertsiebenundfünfzig, einhundertachtundfünfzig, einhundertneunundfünfzig, einhundertsechzig, einhunderteinundsechzig, einhundertzweiundsechzig, einhundertdreiundsechzig, einhundertvierundsechzig, einhundertfünfundsechzig, einhundertsechsundsechzig, einhundertsiebenundsechzig, einhundertachtundsechzig, einhundertneunundsechzig, einhundertsiebzig, einhunderteinundsiebzig, einhundertzweiundsiebzig, einhundertdreiundsiebzig, einhundertvierundsiebzig, einhundertfünfundsiebzig, einhundertsechsundsiebzig, einhundertsiebenundsiebzig, einhundertachtundsiebzig, einhundertneunundsiebzig, einhundertachtzig, einhunderteinundachtzig, einhundertzweiundachtzig, einhundertdreiundachtzig, einhundertvierundachtzig, einhundertfünfundachtzig, einhundertsechsundachtzig, einhundertsiebenundachtzig, einhundertachtundachtzig, einhundertneunundachtzig, einhundertneunzig, einhunderteinundneunzig, einhundertzweiundneunzig, einhundertdreiundneunzig, einhundertfünfundneunzig, einhundertsechsundneunzig, einhundertsiebenundneunzig, einhundertachtundneunzig, einhundertneunundneunzig, zweihundert, zweihunderteins, zweihundertzwei, zweihundertdrei, zweihundertvier, zweihundertfünf, zweihundertsechs, zweihundertsieben, zweihundertacht, zweihundertneun, zweihundertzehn, zweihundertelf, zweihundertzwölf, zweihundertdreizehn, zweihundertvierzehn, zweihundertfünfzehn, zweihundertsechzehn, zweihundertsiebzehn, zweihundertachtzehn, zweihundertneunzehn, zweihundertzwanzig, zweihunderteinundzwanzig, zweihundertzweiundzwanzig, zweihundertdreiundzwanzig, zweihundertvierundzwanzig, zweihundertfünfundzwanzig, zweihundertsechsundzwanzig, zweihundertsiebenundzwanzig, zweihundertachtundzwanzig, zweihundertneunundzwanzig, zweihundertdreißig, zweihunderteinunddreißig, zweihundertzweiunddreißig, zweihundertdreiunddreißig, zweihundertvierunddreißig, zweihundertfünfunddreißig, zweihundertsechsunddreißig, zweihundertsiebenunddreißig, zweihundertachtunddreißig, zweihundertneununddreißig, zweihundertvierzig, zweihunderteinundvierzig, zweihundertzweiundvierzig, zweihundertdreiundvierzig, zweihundertvierundvierzig, zweihundertfünfundvierzig, zweihundertsechsundvierzig, zweihundertsiebenundvierzig, zweihundertachtundvierzig, zweihundertneunundvierzig, zweihundertfünfzig, zweihunderteinundfünfzig, zweihundertzweiundfünfzig, zweihundertdreiundfünfzig, zweihundertvierundfünfzig, zweihundertfünfundfünfzig, zweihundertsechsundfünfzig, zweihundertsiebenundfünfzig, zweihundertachtundfünfzig, zweihundertneunundfünfzig, zweihundertsechzig, zweihunderteinundsechzig, zweihundertzweiundsechzig, zweihundertdreiundsechzig, zweihundertvierundsechzig, zweihundertfünfundsechzig, zweihundertsechsundsechzig, zweihundertsiebenundsechzig, zweihundertachtundsechzig, zweihundertneunundsechzig, zweihundertsiebzig, zweihunderteinundsiebzig, zweihundertdreiundsiebzig, zweihundertvierundsiebzig, zweihundertfünfundsiebzig, zweihundertsechsundsiebzig, zweihundertsiebenundsiebzig, zweihundertachtundsiebzig, zweihundertneunundsiebzig, zweihundertachtzig, zweihunderteinundachtzig, zweihundertzweiundachtzig, zweihundertdreiundachtzig, zweihundertvierundachtzig, zweihundertfünfundachtzig, zweihundertsechsundachtzig, zweihundertsiebenundachtzig, zweihundertachtundachtzig, zweihundertneunundachtzig, zweihundertneunzig, zweihunderteinundneunzig, zweihundertzweiundneunzig, zweihundertdreiundneunzig, zweihundertvierundneunzig, zweihundertfünfundneunzig, zweihundertsechsundneunzig, zweihundertsiebenundneunzig, zweihundertachtundneunzig, zweihundertneunundneunzig, dreihundert, dreihunderteins, dreihundertzwei, dreihundertdrei, dreihundertvier, dreihundertfünf, dreihundertsechs, dreihundertsieben, dreihundertacht, dreihundertneun, dreihundertzehn, dreihundertelf, dreihundertzwölf, dreihundertdreizehn, dreihundertvierzehn, dreihundertfünfzehn, dreihundertsechzehn, dreihundertsiebzehn, dreihundertachtzehn, dreihundertneunzehn, dreihundertzwanzig, dreihunderteinundzwanzig, dreihundertzweiundzwanzig, dreihundertdreiundzwanzig, dreihundertvierundzwanzig, dreihundertfünfundzwanzig, dreihundertsechsundzwanzig, dreihundertsiebenundzwanzig, dreihundertachtundzwanzig, dreihundertneunundzwanzig, dreihundertdreißig, dreihunderteinunddreißig, dreihundertzweiunddreißig, dreihundertdreiunddreißig, dreihundertvierunddreißig, dreihundertfünfunddreißig, dreihundertsechsunddreißig, dreihundertsiebenunddreißig, dreihundertachtunddreißig, dreihundertneununddreißig, dreihundertvierzig, dreihunderteinundvierzig, dreihundertzweiundvierzig, dreihundertdreiundvierzig, dreihundertvierundvierzig, dreihundertfünfundvierzig, dreihundertsechsundvierzig, dreihundertsiebenundvierzig, dreihundertachtundvierzig, dreihundertneunundvierzig, dreihundertfünfzig, dreihunderteinundfünfzig, dreihundertzweiundfünfzig, dreihundertdreiundfünfzig, dreihundertvierundfünfzig, dreihundertfünfundfünfzig, dreihundertsechsundfünfzig, dreihundertsiebenundfünfzig, dreihundertachtundfünfzig, dreihundertneunundfünfzig, dreihundertsechzig, dreihunderteinundsechzig, dreihundertzweiundsechzig, dreihundertdreiundsechzig, dreihundertvierundsechzig, dreihundertfünfundsechzig, dreihundertsechsundsechzig, dreihundertsiebenundsechzig, dreihundertachtundsechzig, dreihundertneunundsechzig, dreihundertsiebzig, dreihunderteinundsiebzig, dreihundertzweiundsiebzig, dreihundertdreiundsiebzig, dreihundertvierundsiebzig, dreihundertfünfundsiebzig, dreihundertsechsundsiebzig, dreihundertsiebenundsiebzig, dreihundertachtundsiebzig, dreihundertneunundsiebzig, dreihundertachtzig, dreihunderteinundachtzig.

Anselm brach ab. Es bereitete ihm wenig Freude, im Geiste eine virtuelle Uhr zu betreiben. Außerdem hatte er zwischendurch schon einige Zahlen ausgelassen, die er später noch hätte nachholen müssen, und er wusste jetzt bereits nicht mehr, welche es waren.

Er nahm es als vorläufig gegeben hin, dass er tot war. Er fand sich einfach damit ab, denn so konnte er die Zeit beiseitelassen und sich anderen Dingen im Reich der Leere widmen. Die Option zur Zeitmessung blieb ihm erhalten, denn die gedanklich erschaffene Uhr hing gewissermaßen an der Wand in seinem neuen Heim. Er konnte sie anschalten, wann immer er wollte.

Doch womit sollte sich eine Seele im Nichts noch befassen? Sie war allein, es gab weder Raum noch Zeit, es fehlte die Materie, es gab einfach nichts. Nichts, nichts, nichts, es gibt nichts, dachte Anselm. Es gibt gar nichts! Wenn irgendetwas existieren soll, so muss ich es erst erdenken, nur so kann es existieren, denn alles, was ich erdenken kann, existiert auch wirklich. So sei es! Wollte ich mit jemandem Gespräche führen, müsste ich mir den Gesprächspartner erfinden und mich auf schizophrene Weise in sein Inneres begeben. Wollte ich eine Überraschung erleben, müsste mir etwas Unerwartetes in den Sinn kommen. Aber woher sollen die neuen Dinge, die ich nicht kenne, denn sein? Woher?

Das Einzige, was er tatsächlich besaß, war die Erinnerung an das vor seinem Tode geführte Leben. Er konnte aus dem Vergangenen schöpfen, aus den Erinnerungen an seine frühere Existenz. Er konnte die schönsten Momente vor dem geistigen Auge abspielen oder gar versuchen, sich gedanklich in die Erlebnisse hineinzubegeben. Anselm betrat nun das Land seiner Erinnerungen und begann, sein Leben noch einmal abzuspielen:

Wie er geboren worden war, das wusste er nicht, daran konnte er sich nicht erinnern. Dass er lebte, nahm er als vorläufig gegeben hin. Er fand sich einfach damit ab. Weshalb er lebte, wusste er nicht, er fragte auch nicht danach.

Vor seinen Augen sah er eine Schnur, auf die bunte Dinge gefädelt waren. Unbeholfen patschte er mit den Händchen dagegen, und die orangefarbenen, blauen und roten Kugeln oder Quader aus Plast, drehten sich um die Schnur und rasselten dabei, als wären sie mit Reiskörnern gefüllt. So trainierte er die Feinmotorik seiner Gliedmaßen, schulte sein Gehör und lernte den Zusammenhang von Aktion und Reaktion kennen. Bald gelang es ihm, das neben seinem Köpfchen im Kinderbett liegende Babyphon zu ergreifen und hinauszuwerfen. Es krachte auf den Boden und zersplitterte. Etwas später, am selben Tage noch, schrie er wie gewohnt, um seine Nahrung einzufordern. Er schrie, damit die Mama herbeikommen möge und wie üblich durch kurzes Betasten ihrer beiden Brüste die schwerere ermittle, den Stoffbehang beiseiteschiebe, um dem Winzling den roten Punkt, aus dem die süße Milch zu saugen wäre, anzubieten. Diesmal kam die Mutter jedoch nicht, und Anselm brüllte zwei Stunden lang der Schnur mit den bunten Klappern entgegen, bis ihn die Kräfte zu verlassen drohten und er sich rüstete, die Flinte des Lebens ins Korn zu werfen, um sich, für andere plötzlich, für ihn selbstverständlich, dem Sterben zu widmen. Es fehlte nicht viel, und er wäre entschlafen, doch da kam die Mutter zufällig herein, sie wollte frische Wäsche im Wickeltisch verstauen und bemerkte das am Boden zerschellte Babyfon, woraufhin sie den Knaben schleunigst aus der Wiege holte und an ihren warmen Leib drückte. Anselm spürte den wohligen Herzschlag seiner Erziehungsberechtigten und schöpfte neue Kraft, der Zukunft entgegenzublicken.

Einige Jahre später konnte er laufen und sprechen. Man hatte ihm erzählt, es komme bald der Tag, an dem er eingeschult werde, und dann sei das unbeschwerte Leben vorüber, es beginne der Ernst des Lebens. Der kleine Anselm hielt es für ausgeschlossen, dass dieser Tag einst kommen würde, oder zumindest sah er den Tag seines Schulbeginns noch in so unermesslich weiter Ferne liegen, dass er sich nicht im Geringsten vorstellen konnte, ihn einst erleben zu müssen. Er glaubte, dass er noch ganze Ewigkeiten ungestört mit den Schachfiguren des Vaters spielen dürfe, die er noch nicht nach dem strengen Reglement über das Brett führte, sondern das Pferd, einen Bauern auf dessen Rücken haltend, über die Couch im Wohnzimmer hüpfen ließ, dazu »Hü!« oder »Hott!« rief und Wiehergeräusche imitierte. Aber irgendwann kam der vorhergesagte Tag doch! Es kam der Tag, an dem man ihn mit einer großen Schultüte im Arm fotografierte.

Tagein, tagaus betrat er nun das Klassenzimmer und lernte lesen, rechnen und schreiben. Er lernte Freunde und Feinde kennen. Er glaubte, es sei seine Bestimmung, für immer und ewig ein Schulkind zu sein. Und sagte man ihm, einst komme der Tag, ab dem er das rote Backsteingebäude nicht mehr besuchen und stattdessen arbeiten müsse, es beginne dann der wahre Ernst seines Lebens, so glaubte er nicht daran. Der heranwachsende Anselm besuchte unbekümmert den Unterricht, quälte sich mit den gestellten Aufgaben, und seine kühnsten Vorstellungen vermochten den Gedanken nicht mit Farbe zu füllen, dass es diesen Tag tatsächlich geben werde, den Tag, an dem er die Schule verlassen könnte und dem Zwang entbunden wäre, mit dem Ranzen auf dem Rücken die Unterrichtsräume aufzusuchen. Aber irgendwann kam der Tag doch! Es kam der Tag, an dem der mittlerweile Pubertierende zum letzten Mal vom Schulhof ging und mit dem Abschlusszeugnis in der Tasche das ihm vorausgesagte wahre und ernste Leben betrat.

Von nun an war Anselm für sich selbst verantwortlich. Er bemühte sich, eine Lehre abzuschließen und begann, sein Leben mit mehr oder weniger gut bezahlten Lohntätigkeiten zu finanzieren. Manchmal schien es ihm, der einzige Zweck, den sein Dasein erfüllte, bestünde darin, Geld zu verdienen, um Nahrungsmittel zu erwerben, deren Energie er nach dem Verzehr für Arbeit verwendete, um wieder Geld zu verdienen. Er lernte es, sich die Wartezeit auf die wenigen noch verbleibenden schönen Momente gedanklich abzukürzen. An manchen Tagen im Winter, wenn er mit einem dicken Mantel bekleidet erschöpft nach der Arbeit heimwärts wollte, vor einem gelben Busschild an der Haltestelle auf die Ankunft des Busses wartete und die Kälte in seinen Körper zu kriechen begann, sagte er sich, es dauere noch drei Minuten, dann brauche es nur noch zwei Minuten, bis der

Bus komme. Das klang kürzer als »fünf Minuten«. Die Zeit war dadurch in kurze Abschnitte zerteilt, die er bequemer abwarten konnte. Doch an manchen Tagen schienen sich auch fünf Minuten bis zur Unendlichkeit hin auszudehnen, egal, wie er sie aufteilte, und das Einzige, was ihm half, war die Gewissheit: Irgendwann kommt der Bus doch! Das lang Erwartete tritt immer ein, obwohl es gelegentlich unendlich lange zu dauern scheint.

Alle ihm gemachten Prophezeiungen erfüllten sich. In Kindesjahren hatte er nie geglaubt, dass er einst den Mädchen nachstellen und es ihn nach sexuellem Kontakt dürsten würde, und hatte man ihm gesagt, dass irgendwann die Zeit kommen werde, in der er sich um Handlungen bemühe, die dazu taugten, Kinder zu zeugen, so war es etwas Unvorstellbares für ihn gewesen, etwas Absurdes und Unmögliches, und er hatte nur gemeint: »Mädchen? Ich? Niemals! Unvorstellbar! Wie ekelhaft!«

Doch auch jene Reife war eingetreten, und er ging in die Clubs, ging tanzen, um diese Seite des Lebens kennenzulernen, dem Fleische nachzustellen, um es zu versuchen. Und beinahe hätte er schon geglaubt, es komme nie der Tag, an dem sich eine Partnerin ihm hingebe, solch ein Erlebnis werde sich ihm nicht eröffnen. Doch er musste nur noch etwas Erfahrung sammeln und ein wenig begreifen. Und dann kam der herbeigesehnte Tag doch! Es kam der Tag, da lag er mit seiner ersten Freundin im Bett, berührte und befühlte ihren unverhüllten Körper.

Langsam verstand der nun erwachsene Anselm, dass auch er sich dem Prozess des Aufblühens nicht entziehen konnte und dem des Alterns beugen musste, dass er den gleichen Weg beschritt, wie ihn so viele Menschen vor ihm schon beschritten hatten – den Weg des Lebens, den Weg eines jeden Menschen, beginnend mit der Geburt bis zum abschließenden Ende, dem Ende, das für ihn noch immer unermesslich weit entfernt zu liegen schien, dem Ende, das aber dennoch an irgendeinem Tag kommen musste. Er wagte es nicht, an diesen Tag zu denken, vermochte es nicht, sich den Moment vorzustellen, in welchem er etwas erleben würde, was er danach niemandem mitteilen könnte.

Wie nahe oder wie weit entfernt dieser Moment war, wusste keiner, keiner wollte es wissen, und wie nahe er für Anselm war, wusste auch er an jenem ganz gewöhnlichen Tag nicht, als er für den Kurierdienst DPS ein Päckchen von Berlin nach Hamburg transportieren musste. An jenem Tag lernte er Angelika Buske kennen, vergnügte sich bis tief in die Nacht mit ihr, dann ging er fort, um mit dem Auto zurück nach Berlin zu fahren. Doch dazu sollte es nicht kommen. Stattdessen hatte er wenig später einer Person, die ihm bis aufs Haar glich, die rechte Hand abgehackt, war aus unheimlichen Kellerräumen geflüchtet und stand nun wieder vor Angelika Buskes Haustür.

Anselms Coup

Er drückte den vom Frühtau feuchten Klingelknopf und wartete, die Hände tief in die Hosentaschen gegraben, sich mit hochgezogenen Schultern zur Straße wendend. Das Morgengrauen färbte bereits den Himmel, und die Vögel zwitscherten in den Bäumen, unter denen die parkenden Autos sich dicht aneinanderdrängten. Anselm drückte noch einmal den Klingelknopf. Die Türsprechanlage knackte und Angelika Buske meldete sich mit verschlafener Stimme: »Ja?«

»Hallo! Ich bin's, Anselm«, sagte Anselm.

»Wer?«, knackte es.

»Anselm. Wir hatten vorhin …«

»Du?«

»Ja, ich. Ich bin's schon wieder. Ich wollte …«

Das Schloss surrte, Anselm stemmte die Tür auf und ging zum Fahrstuhl, dessen Eingang im Parterre gleich hinter den weißen Briefkästen lag. Es war nicht lange her, dass Anselm mit dem Fahrstuhl heruntergefahren war, wahrscheinlich hatte ihn zwischenzeitlich niemand benutzt. Anselm drückte den obersten Knopf.

Er hatte einen Plan erarbeitet, zu dessen Durchführung er im ersten Schritt die Hilfe von Angelika Buske benötigte. Sie blickte bereits durch die halb geöffnete Tür, als Anselm aus dem Fahrstuhl stieg.

»He! Was ist denn mit dir passiert«, sagte sie erschrocken.

»Was?«, fragte Anselm.

»Du hast Blut an der Stirn. Zeig mal!« Sie reckte sich, um die Braue über seinem linken Auge zu begutachten.

»Ist nur ein Kratzer«, sagte Anselm.

»Was ist denn passiert? Komm mit, ich mach das mal sauber.«

Sie zog Anselm an der Hand in die Wohnung und setzte ihn auf einen Stuhl in der Küche, wo seine Kaffeetasse und Angelikas fast leeres Teeglas noch auf dem Tisch standen. Angelika verschwand ins Bad und kehrte mit einem feuchten Lappen zurück.

»So, und jetzt halt mal kurz still!« Sie betupfte seine Stirn. »Oh, das wird bestimmt blau. Was ist denn bloß passiert?«

»Da hat einer draufgeboxt.«

»Was? Wann denn?«

»Vorhin. Gleich, nachdem ich hier aus dem Haus bin. Gleich vor der Tür.«

»Nein! Du Armer!«, sagte Angelika mitleidig. »Und was hast du die ganze Zeit gemacht? Warum hast du nicht gleich geklingelt und bist zu mir raufgekommen?«

»Ich konnte nicht. Erst war ich bewusstlos, und danach hab ich mir noch einen Vortrag über atomare Baupläne und die Zusammensetzung von Fernsehtürmen und Lebewesen angehört.«

»Einen Vortrag über Fernsehtürme und Lebewesen?«

»Ja.«

»Wie langweilig.«

»Nein, es war sehr interessant – wirklich, ich hab viel gelernt.«

Angelika sah ihn ungläubig an. »Und wo war dieser Vortrag? Und warum bist du da hingegangen? Ich versteh das nicht.«

»Irgendwo in einem Keller mitten in Hamburg. Ich bin da wieder aufgewacht, nachdem dieser Kerl mich bewusstlos geschlagen hat.«

»Ach du Schreck!«

»Nein, nein … So schlimm ist das alles gar nicht. Insgesamt ist es auch ein bisschen komplizierter, als du jetzt denkst«, sagte Anselm und bewegte seinen Kopf.

»He! Du hast deinen Kopf bewegt«, sagte Angelika und zuckte mit dem Lappen weg. »Ich versteh nichts. Was ist kompliziert?« Sie lehnte sich zurück.

»Das alles … Ich erzähle es dir gerne später. Jetzt ist einfach nicht die Zeit dazu. Ich hab's eigentlich eilig und stecke in Schwierigkeiten.«

»Was denn für Schwierigkeiten?«

»Das wäre jetzt wirklich eine zu lange Geschichte. Kannst du mir helfen?«, sagte Anselm, blickte Angelika in die Augen und umfasste dabei ihre Hand, in der sie den Lappen hielt.

»Ja, wie denn? Gerne. Aber, wie soll ich dir helfen?«

»Ich frag so was nur sehr ungern. Aber … Kannst du mir ein bisschen Geld borgen? Du kriegst es morgen Vormittag zurück.«

»Tja … Ich weiß nicht. Wie viel denn?«

»Möglichst viel.«

»Möglichst viel?«

»Ja. Am besten tausend Euro.«

»Was?« Sie blickte ungläubig und wollte sich von Anselms Hand lösen, doch er hielt sie sanft fest.

»Das wäre ja auch nur für eine sehr kurze Zeit. Ein paar Stunden vielleicht.«

»Also … ich weiß nicht. So viel hab ich gar nicht hier. Da müsste ich erst zum Automaten gehen. Nein, das geht nicht. Hat das nicht bis morgen Zeit, vielleicht?«

»Bitte, Angelika! Vertrau mir!«, sagte Anselm und fasste mit seiner anderen Hand nach ihrem Arm. Behutsam zog er sie an sich und drückte den feuchten Lappen, den sie jetzt gemeinsam umklammerten, an seine Brust. »Du würdest mir sehr helfen«, flüsterte er.

»Also, ich weiß wirklich nicht … Wozu brauchst du denn so viel Geld? So schnell? Mitten in der Nacht?« Sie schüttelte fragend den Kopf, beugte sich etwas vor, und ihre Stirn näherte sich seiner Schulter.

»Wenn ich dir erzähle, wozu ich so viel Geld brauche, würdest du es mir sowieso nicht glauben. Es ist eine sehr komplizierte Geschichte.«

»Hast du Schulden?«

»Nein, überhaupt nicht. Glaube mir! Ich brauch das Geld nur für ein paar Stunden, dann bring ich's dir zurück. Hier, warte!« Er ließ sie los, holte seinen Ausweis aus der Tasche und legte ihn auf den Küchentisch. »Da! Guck! Das ist mein Ausweis. Das bin ich. Siehst du das Foto?« Er deutete auf das schon einige Jahre alte Passbild, das dem Betrachter etwas Fantasie abverlangte, um die Ähnlichkeit mit der realen Person auszumachen.

»Hm …«, sagte Angelika und musterte das Bild.

»Wenn du willst, kannst du dir meine Adresse abschreiben. Du kriegst das Geld auf jeden Fall zurück. Mach dir keine Sorgen! Ich zahl dir auch Zinsen – zehn Prozent. Na? Zehn Prozent? Das wäre doch was, oder? Ich unterschreibe sogar einen Schuldschein, wenn du möchtest.«

Angelika grinste: »Nee, lass mal. Ich glaub schon, dass du mir das Geld zurückzahlen würdest. Und Zinsen brauchst du auch nicht zahlen. Ich bin mir sicher, dass du ein ehrlicher Mensch bist. Aber ich kenn dich doch eigentlich gar nicht. Überleg mal! Wir haben uns heute Vormittag erst kennengelernt.«

»Gestern!«, antwortete Anselm.

»Ja. Gestern. Das ist trotzdem nicht viel länger.« Sie schüttelte den Kopf.

»Du würdest mir wirklich sehr, sehr, sehr helfen, Angelika«.

»Hm … Und du würdest es mir wirklich morgen zurückgeben?«

»Ganz bestimmt.« Anselm hob eine Hand zum Schwur.

»Also, wenn du es wirklich so dringend brauchst, wie du sagst, lass uns mal gucken, ob ich da helfen kann. Hm … ja, ich glaub, ich kann helfen. Ich mach's … Du hast mir ja auch einfach geholfen … und mich von Berlin hierhergefahren – einfach so, ohne irgendwas zu fordern.«

Anselms Miene hellte sich auf, er legte eine Hand auf ihr Knie, das unter dem hellblauen Frotteebademantel hervorlugte, und strich sanft auf und ab.

»Gut, warte einen Moment!«, sagte sie und riss sich von ihm los. »Ich muss mir was anziehen.« Sie verließ die Küche.

Anselm wartete. Er blickte aus dem Fenster und sah Blumenkästen mit Tomatenpflanzen. Er betrachtete den Kühlschrank, der vor sich hin surrte, an dessen Tür verschiedene von Magneten gehaltene Obstfiguren hafteten und auf dem ein billiges Radio stand. Anselm trank den letzten Schluck von Angelikas Tee.

Als sie zurückkam, trug sie Jeans und Hemd, hatte sich eine Jacke und ihre weiße Handtasche übergehängt. Anselm nahm seinen Ausweis vom Tisch und steckte ihn ein.

Wenig später gingen sie im frühen Vogelgezwitscher durch die Straße zur nächsten Ecke, an der eine Sparkasse lag.

Im Foyer standen zwei Automaten, die mit leuchtenden Bildschirmen auf Kundschaft warteten. Angelika trat an einen heran, wühlte in ihrer Handtasche nach der Geldkarte, während Anselm sich diskret abwandte und auf die Straße hinausblickte. Von der draußen herrschenden Frische war in dem Raum nichts zu spüren. Die Luft war warm und trocken wie staubige Asche.

»Igitt! Was ist das denn?«, rief Angelika plötzlich.

Anselm trat neben sie und sah unter dem Bildschirm einen abgehackten Finger liegen. Das Blut an der Trennstelle um den weißgelben Knochen herum war dunkel, dreckig und verkrustet. Dahinter strahlte vom Bildschirm der Text: *Sehr geehrte Kunden! Dieser Automat ist zurzeit außer Betrieb.*

»Das bedeutet bestimmt, dass man diesen Automaten nicht benutzen soll«, erklärte Anselm und schob Angelika sachte zum zweiten Geldautomaten, dessen Bildschirm freundlich dazu aufforderte, die Geldkarte in den dafür vorgesehenen Schlitz einzuschieben.

»Meinst du?«, fragte Angelika.

»Ja, ganz bestimmt«, antwortete Anselm. Er wollte nicht, dass Angelika weitere Zeit mit dem Finger verschwendete, dass sie womöglich noch zur Polizei wollte, und überlegte laut: »Wahrscheinlich ist es ein Imitat. Vielleicht machen die Banken das, um Kunden davon abzuhalten, ihre Geldkarten in Automaten zu schieben, die gerade nicht funktionieren. Siehst du? Da steht doch: Dieser Automat ist zur Zeit außer Betrieb. Manche Leute lesen sich nämlich überhaupt nicht durch, was auf dem Bildschirm steht. Wenn dort aber ein Finger liegt, ist klar, dass sie einen anderen Automaten benutzen müssen.«

Angelika hatte ihre Geldkarte bereits in den Schlitz des anderen Automaten geschoben. Er verlangte, dass sie ihren Finger zur Identifizierung auf die Linse lege. Als der Text auf dem Bildschirm um die Eingabe der auszuzahlenden Summe bat, zögerte sie kurz.

»Eintausend Euro?«, fragte sie, drehte den Kopf kurz über die Schulter und blickte Anselm in die Augen.

»Hm …«, antwortete er.

»Und ich kriege das Geld heute noch zurück?«

»Ganz bestimmt.«

Sie gab über die Zifferntasten die Summe ein und drückte den Bestätigungsknopf, woraufhin die Mechanik der Maschine ratterte und die Scheine durch einen Schlitz ans Licht kamen. Angelika nahm sie und zählte nach: »Eins, zwei, drei, vier, fünf, sechs, sieben, acht, neun, zehn … Hier! Tausend Euro. Bitte!« Sie hielt Anselm das Bündel entgegen.

»Danke«, sagte er verlegen, steckte die Scheine ein und umarmte Angelika.

»Ruf bitte an, bevor du mir das Geld zurückbringst!«, flüsterte sie ihm ins Ohr. »Heute Nachmittag kommt mein Mann. Dann müssen wir uns irgendwo auf der Straße treffen. Ach so! Falls mein Mann ans Telefon geht, legst du einfach auf und rufst fünf Minuten später noch mal an, ja?«

»Mach ich«, erwiderte Anselm und löste sich aus der Umarmung.

Auf der Straße vor der Sparkasse küssten sie sich ein letztes Mal, danach trennten sich ihre Wege. Angelika ging heim und Anselm zur Telestation, um die nächsten Schritte seines Plans anzugehen – eines Plans, dessen Durchführung größte Sorgfalt erforderte, denn schon das kleinste Fehlerchen, ein haarbreiter Fehltritt oder nur die geringste unbedachte Handlung konnten katastrophale Folgen haben.

Der Vorplatz der Telestation war menschenleer, so wie Anselm es sich erhofft hatte. Niemand zeigte sich, niemand wartete auf ihn, keine Männer in Jeans und karierten Hemden, nur eine Kirchturmuhr schlug in der Ferne zur vierten Stunde, als er das sechseckige Glasgebäude betrat.

Er hatte einige Absprachen zu treffen – alle allein mit sich selbst. Jede Eventualität musste er berücksichtigen, bevor er gleich versuchen würde, sich nach Berlin zu teleportieren. Er ging noch einmal die Schritte und die Möglichkeiten durch: Käme ich in Berlin an, liefe ich sofort in meine Wohnung und riefe von dort mit dem Kabeltelefon mein Taschentelefon an. Käme ich hingegen nicht zum Zielort und verbliebe in Hamburg, so würde ich hier auf meinen Anruf warten. Klingelte mein Taschentelefon, so wäre bewiesen, dass eine Körperverdopplung stattgefunden hat.

Hatte er etwas übersehen? Gab es noch etwas zu beachten? Ja! dachte Anselm. Selbstverständlich müsste der nach Berlin Kopierte, also ich, sofort nach der Ankunft sein Taschentelefon ausschalten, denn welches sollte sonst klingeln, wenn ich es mit dem Kabeltelefon anrufe? Das in Berlin oder das in Hamburg? Oder gar das in New York? Dort müsste doch noch ein weiterer Anselm unter meiner Telefonnummer erreichbar sein. So funktioniert es nicht!

Anselm verwarf diesen Plan und erarbeitete einen neuen.

Er holte das Taschentelefon aus der Tasche und rief das Kabeltelefon in seiner Wohnung in Berlin an. Wie erwartet meldete sich sein Anrufbeantworter. Die Verbindung konnte hergestellt werden, das war bewiesen, und damit eine wichtige Voraussetzung für den neu zu formulierenden Plan erfüllt. Er traf neue Absprachen mit sich selbst: Käme ich in Berlin an, ginge ich also auf schnellstem Wege nach Hause und erwartete dort einen Anruf von mir. Verbliebe ich hingegen in Hamburg, ließe ich eine Viertelstunde verstreichen, so lange dauert es, von der Berliner Telestation zu meiner Wohnung zu laufen, und dann riefe ich von hier aus das Kabeltelefon an. Meldete sich dort ein Anselm Hagen persönlich und nicht mein Anrufbeantworter, wäre meine Verdopplung bewiesen. Ja, so müsste es funktionieren.

Anselm bestieg die Teleportzelle, die Tür verschloss sich, er schob seine Geldkarte in den dafür vorgesehenen Schlitz, und wenige Sekunden später trat er wieder heraus. Ich bin in Hamburg geblieben, stellte er fest, als er sich umsah. Für mich ist der Transfer fehlgeschlagen, vielleicht aber nicht für eine Kopie von mir, die sich nun in Berlin befindet. Jetzt muss ich mich eine Viertelstunde gedulden – so lange muss ich auf mich selbst warten.

Ungeduldig lief er im Kreis um die Teleportzelle herum.

»Noch sieben Minuten, dann sind es nur noch acht Minuten«, sagte er sich, um die gefühlte Zeit zu reduzieren. »Noch drei Minuten, dann sind es nur noch vier Minuten, bis es nur noch acht sind. Nur noch dreißig Sekunden, dann dauert es nur noch siebeneinhalb Minuten, und es sind nur noch drei Minuten, bis ich mich vier Minuten später endlich anrufen kann«.

Nervös blickte er auf die Uhr im Display seines Taschentelefons, lief hin und her und im Kreis, schaute ab und an durch die Glasfront des Gebäudes, um sicherzustellen, dass ihn niemand beobachtete. »Noch dreißig Sekunden, dann ist die Viertelstunde schon um fünfzehn Sekunden überfällig«, konnte er sich nach vierzehn Minuten und fünfundvierzig Sekunden endlich sagen und wählte fünfzehn Sekunden später die Nummer des Apparats in seiner Wohnung.

Ein Rufzeichen ertönte, und aufgeregt erwartete er, dass jemand sich meldete.

»Hallo? Hier ist Anselm Hagen«, meldete sich jemand mit Anselms Stimme. Anselm schoss das Adrenalin in die Adern. Es hat funktioniert! Ich habe mich verdoppelt!

»Hallo! Hier ist auch Anselm Hagen«, erwiderte Anselm.

»Parole!«, sagte der Anselm in Berlin. Er wollte die Parole wissen, die ausschließen sollte, dass er auf jemanden hereinfallen könnte, der ihn jetzt genau in diesem Augenblick zufällig anriefe und behauptete, er sei Anselm Hagen.

»Kirschbaum«, sagte Anselm.

»Okay«, vernahm er seine Stimme. »Der nächste Schritt wird wie geplant ausgeführt. Ich wünsch dir noch viel Spaß und viel Glück und einen schönen Tag.«

»Danke«, antwortete Anselm. »Hals und Beinbruch wünsch ich dir.«

»Haha, sehr witzig«, sagte sein Gesprächspartner, dann hängten beide ein.

Ich verdoppele mich also immer noch, der Fehler ist noch nicht beseitigt, freute sich Anselm. Schnell bestieg er wieder die Teleportzelle und versuchte, sich ein weiteres Mal nach Berlin zu teleportieren. Wenige Sekunden später trat er abermals in Hamburg heraus, doch diesmal wartete er keine Viertelstunde, sondern bestieg, ohne zu zögern, erneut den silbernen Zylinder und wiederholte den Vorgang von nun an jedes Mal, nachdem er in Hamburg wieder herausgetreten war. So produzierte er im Fünfzehnsekundentakt in Berlin neue Kopien seines Körpers. Seine Finger wurden durch das fortwährende Einschieben der Geldkarte wund, die gepiepste Melodie von Beethovens *Für Elise* verkam in seinen Ohren zu einem grausamen Krach, doch all das ignorierte er. Unbeirrt erzeugte er neue Kopien und zählte sorgfältig mit.

Als er das zweihunderteinundachtzigste Mal in die Zelle getreten war, steckte er, wie schon zweihundertachtzigmal zuvor, die Karte in den dafür vorgesehen Schlitz, der Transfer wurde eingeleitet, die Zelle öffnete sich, und er trat in Berlin heraus. Ich bin in Berlin, dachte er. Diesmal hat es mich erwischt. Oder wen eigentlich? Wo ist denn nun meine Seele? Gibt es sie? Ist sie in Hamburg geblieben? Oder gibt es das Ich, das ich in mir glaube, tatsächlich nicht, und der Mensch ist allein sein Körper, der durch Materie und elektrische Ladungen gebildet wird? Anselm fehlte die Zeit, darüber nachzudenken. Für den Fall, dass er in Berlin ankam, gab es einen strikten Plan, den er einhalten musste, und er war jetzt in Berlin.

Er machte sich im Laufschritt auf den Weg zu seiner Wohnung, und als er mit gleichmäßigen Atemzügen die breite Allee entlangrannte, sah er vor sich in der Ferne Anselm zweihundertachtzig dem gleichen Ziel entgegeneilen. Er begegnete einigen verschlafenen Gestalten, die mit Anbruch des Tages ihren Arbeitsplatz zu erreichen hatten, grüßte sie mit einem freundlichen »Guten Morgen« und ergötzte sich an ihren verwirrten Gesichtern, denn er war sicher nicht der erste Anselm, der an ihnen vorbeigelaufen und einen guten Morgen gewünscht hatte.

Als er das Treppenhaus zu seiner Wohnung hinaufstieg, begegnete er seinem Vorgänger, der ihm im Vorbeigehen zuraunte: »Nicht erschrecken!«

Mit Schrecken bemerkte Anselm die Ordnung in seiner Wohnung, nachdem er sie betreten hatte. Sämtliche Kleidung war vom Boden verschwunden, die Papiere sauber im Schreibtisch verstaut, es schien sogar jemand ausgefegt zu haben. Wer hat denn hier aufgeräumt?, überlegte er. War es Nummer zweihundertachtzig? War es Nummer zweihundertneunundsiebzig? War es eine gemeinsame Tat all meiner Vorgänger? Nein, wahrscheinlich war es jener Anselm, der sich am vergangenen Nachmittag nach Berlin teleportiert hat und sturzbetrunken gewesen ist. Da muss wohl doch etwas beim Teletransport von der Seele verlorengegangen sein, sonst hätte er das hier nicht angerichtet.

Anselm durfte nicht weiter nachdenken, er hatte weiterhin einen Plan auszuführen, von dem er nicht abweichen durfte.

Er begab sich zum Schreibtisch und öffnete, wie er es mit sich selbst vereinbart hatte, die unterste Schublade auf der rechten Seite. Und dort war es! Sein Herz schlug höher, als er die vielen Geldscheine erblickte. Er holte die von Angelika Buske geliehenen eintausend Euro aus der Hosentasche und legte sie dazu. Zweihunderteinundachtzigtausend Euro in Banknoten mussten sich dort jetzt befinden. Wehmütig verschloss er die Schublade und verließ die Wohnung, denn es folgte der nächste, etwas unangenehmere Teil des Planes, doch auch dieser war bedingungslos durchzuführen, er hatte es sich selbst versprochen.

»Nicht erschrecken«, sagte er dem nächsten ankommenden Anselm im Treppenhaus, um ihn vor der Ordnung in seiner Wohnung zu warnen, dann huschte er auf die Straße, wo er sich mit zehnminütigem Dauerlauf zum Alexanderplatz begab und einen unscheinbaren Hintereingang des hier stehenden dreißig Stockwerke hohen Hotels aufsuchte. Er wusste, dass er über eine Nottreppe bis in die oberste Etage des Gebäudes gelangen und durch eine Luke aufs flache Dach steigen konnte. Früher hatte er sich manchmal mit Freunden nach der Schule heimlich hierhergeschlichen und sich an dem weiten Ausblick über die Stadt erfreut.

»Guten Morgen! Nummer zweihunderteinundachtzig meldet sich zur Stelle«, sagte Anselm, als er mit dem Kopf durch die Luke stieß.

»Guten Morgen, zweihunderteinundachtzig«, schallte es aus zweihundertachtzig Kehlen zurück.

Die Begrüßung durch Zuruf der Nummer war Teil des Plans und sollte sicherstellen, dass sich niemand verzählte. Und wenn sich Anselm Hagen Nummer fünfhundert zur Stelle meldete und Anselm in Hamburg ihm telefonisch bestätigt hatte, dass er sich in Sicherheit gebracht hatte, dann wäre der letzte Schritt auszuführen, dann würden sich alle gemeinsam erheben, vom Dach springen und ihrem überflüssigen Leben ein Ende bereiten. Der in Hamburg verbliebene Anselm würde Angelika das geliehene Geld zurückbringen und käme mit dem Auto nach Berlin. Dieser Anselm könnte sich das Geld aus der Schreibtischschublade holen und damit das Land verlassen, um zu warten, bis der aus New York heimkehrende Anselm von der Schliemanz-Koch AG beseitigt worden wäre.

Auch den Fall, dass die Teletransportlinie zwischenzeitlich repariert und damit die Funktionsweise verändert wäre oder Anselm in Hamburg beim Duplizieren gestört würde, hatte er einkalkuliert. Wenn dies einträte, würden keine weiteren Kopien mehr erzeugt und der Zufluss an Anselms auf dem Dach, wo sie alle im Schneidersitz saßen, versiegen. Wenn fünf Minuten lang, so hatte er es mit sich ausgemacht, kein neuer Anselm erschiene, müsste der zuletzt angekommene, beispielsweise der dreihundertste, umkehren und zurück in die Wohnung laufen und dort fünf Stunden auf einen Anruf warten. Bekäme er innerhalb der fünf Stunden eine Nachricht von Anselm in Hamburg, liefe er zurück aufs Dach und spränge hinunter. Käme der Anruf hingegen nicht, so wäre der in Hamburg verbliebene Anselm zerstampft worden, oder ihm wäre etwas anderes zugestoßen. Dann müsste der, der die fünf Stunden gewartete hatte, das Geld nehmen und damit flüchten.

Es war ein einfacher und sicherer Plan. Die Berliner Anselms warteten gut gelaunt auf dem flachen Betondach, und alle fünfzehn bis zwanzig Sekunden gesellte sich ein neuer hinzu, der von einem stets lauter werdenden Chor begrüßt wurde.

Nach knapp drei Stunden erschien der fünfhundertste Anselm und sagte: »Guten Morgen. Nummer fünfhundert meldet sich zur Stelle. Anruf erhalten.«

Das war das Signal. Die Menschenmenge erhob sich und marschierte zum Rand des Dachs. Anselm selbst, der die Nummer zweihunderteinundachtzig trug, wusste, dass auch für ihn nun der Moment gekommen war, der Moment, in dem er sterben musste, so wie jeder andere Mensch in anderen Generationen vor ihm auch. Doch er war sich gewiss, dass er weiterlebte – er würde weiterleben als in Hamburg verbliebener Anselm Hagen, der zwar ebenfalls irgendwann sterben müsste, aber noch nicht wusste, wann. Anselm verspürte den Drang, noch etwas zu sagen, etwas, was er seinen Kameraden mit auf den Weg geben könnte, und er sagte: »Auf in den Tod!«

Alle fünfhundert Anselms sprachen diesen Satz im Chor, danach stürzten sich die ersten über die Kante in die Tiefe, es folgten die nächsten, und sie sprangen nacheinander und nebeneinander, soweit der Platz es zuließ.

Endlich stand auch Anselm vor dem Abgrund, und als er den tödlichen Schritt machte, dachte er, dass es doch viel einfacher ging, als er vermutet hatte. Im Flug versuchte er, sich am Gefühl des freien Falls zu erfreuen und den Augenblick des

Zustands nahe der Schwerelosigkeit intensiv zu genießen. Schon sah er den Boden näher kommen, über ihm, unter ihm und neben ihm rauschten andere Anselms der Erde entgegen, der Luftzug verstärkte sich und pfiff in seine Ohren, das Ziel seines Sturzes näherte sich unaufhaltsam und immer schneller, ein kleiner Berg aus Anselms hatte sich bereits unter ihm aufgehäuft, ihn trennte nur noch eine Armlänge vom Aufprall, dann krachte es in seinem Kopf. Finsternis und Totenstille kehrten ein.

Anselm wusste nicht, wo er war und wie er war. Er konnte nichts sehen, nichts hören, nichts riechen, nichts schmecken und nichts fühlen. Das Einzige, was er konnte, war denken, und das Einzige, was er besaß, war die Erinnerung an sein Leben. Er konnte seine Gedanken nach Belieben formen und hin- und herschweifen lassen. Er war bei vollem Bewusstsein, nur ohne die geringste Verbindung zur Außenwelt.

Am meisten beschäftigte ihn die Frage, ob er nun tot sei oder nicht.

Schulzki am Telefon

Der Leichenberg war auf die Lade des Kippers gebracht und mit einer grauen Plastikplane abgedeckt worden.

Mark Schulzki blickte auf seine Armbanduhr. Endlich ist der Dreck beseitigt, und die Absperrung kann aufgehoben werden, dachte er. In wenigen Stunden wollte eine große Fluggesellschaft in dem Hotel, vor dem sich das Schauspiel ereignet hatte, eine Pressekonferenz abhalten. Mark Schulzki hatte zugesichert, der Zutritt werde bis dahin wieder ermöglicht. Jetzt musste er nur das Kommando zur Abfahrt geben.

Er schritt um den Lastkraftwagen und prüfte selbst noch einmal, ob die Seile, die die Plane befestigten, ordentlich saßen. Er wollte sicherstellen, dass keiner der Körper auf der Autobahn versehentlich herunterfallen konnte. Dieser Anselm Hagen hat meiner Firma genug Ärger bereitet, schimpfte er in sich hinein. So viel Ärger aufgrund eines kleinen Fehlerchens und einer solch unbeugsamen Person. Wie viel Arbeit diese Kreatur mir bereitet. Nachher muss ich auch noch eine brauchbare Presseerklärung für die ungewöhnlichen Straßensperren finden. Nicht auszudenken, was wäre, wenn die Wahrheit ans Licht käme. Es gibt viel zu tun.

Schulzkis Taschentelefon summte an seiner Brust. Er zog es aus dem Jackett, hielt es sich ans Ohr: »Ja?«

»Hallo?«, meldete sich der Anrufer.

»Ja?«

»Hallo? Spreche ich da mit Herrn Mark Schulzki?«

»Ja«, antwortete Schulzki und wandte sich vom LKW ab.

»Hallöchen! Einen wunderschönen guten Tag, Herr Schulzki«, fuhr sein Gesprächspartner fort. »Mein Name ist Anselm Hagen.«

Der Präsident der Schliemanz-Koch AG zuckte zusammen.

»Herr Schulzki? Sind Sie noch dran? Hallo?«

»Ja, ich bin noch dran«, antwortete er verstört. »Sprechen Sie! Was wollen Sie?«

»Sie wissen, wer ich bin. Stimmt's?«

»Ja.«

»Wissen Sie wirklich, wer ich bin? Ich meine ... wissen Sie denn auch, welcher von den vielen?«

»Welcher? ... Na, Sie sind Herr Hagen. Welcher, ist doch egal.« Schulzki lief nervös auf und ab.

»Nein, ist es nicht. Ich bin das Original. Ich bin die Nummer eins. Ich bin keine künstliche Kreatur, die von Ihrer Maschinerie erstellt worden ist. Ich bin der echte. Ich bin der, der die Seele hat.«

»Die Seele?«, entgegnete Schulzki, »Darüber lässt sich streiten. Die Kopien entsprechen genau dem Original, und die Seele wird mitkopiert, dafür bürgt mein Unternehmen.«

»Gut, darüber könnten wir streiten. Wegen solchem philosophischen Kram hab ich Sie auch gar nicht angerufen. Sie wissen ja sicherlich, dass Sie mir eine ganze Menge Ärger an den Hals gehängt haben, und ich wollte Ihnen sagen, dass ich der erste Anselm Hagen bin. Ich bin das Original. Und außerdem bin ich jetzt der einzige, den es noch gibt.«

»Der einzige?«

»Ja, alle anderen haben Sie getötet.«

»Ich? Ich habe niemanden getötet. Nichts läge mir ferner als das, Herr Hagen.«

»Ach? Und wieso schicken Sie mir diese Affen hinterher? Sie wissen schon, welche ich meine, oder? Ich meine diese Heinis mit den lustigen Uniformen, die mit den Jeanshosen und den karierten Hemden. Die, die mich ermorden wollen.«

»Ermorden? Na, nun machen Sie aber mal bitte einen Punkt. Ganz so ist es ja nun nicht. Die überflüssigen Körper sind versehentlich durch ein kleines Fehlerchen entstanden, und ich möchte mich dafür bei Ihnen noch einmal aufrichtig entschuldigen. Es tut mir wirklich sehr, sehr leid, dass unsere Firma Ihnen solche Schwierigkeiten bereitet hat. Aber es darf ja nun mal nicht sein, dass Sie dann in zigfacher Ausfertigung durch die Gegend spazieren. Am Ende ist es doch nur zu Ihrem eigenen Wohl, wenn wir Sie einfangen und umbringen. Ich bitte Sie! Überlegen Sie sich doch mal, was sonst alles passieren würde! Und ich möchte Sie innigst darum bitten, dass Sie sich stellen, damit wir Sie einstampfen können. Das spart uns und Ihnen eine Menge Ärger.«

Schulzki schritt langsam im Kreis herum und blickte dabei auf seine Fußspitzen.

»Sie haben ja nicht alle Tassen im Schrank. Ich hab Ihnen gesagt, dass ich der letzte Hagen bin. Da werde ich mich doch nicht umbringen lassen. Ich bin doch nicht bekloppt.«

»Wieso der letzte? Sie sind nach New York geflogen. Wissen Sie das nicht? Das müsste Herr Doktor Festus Ihnen doch erzählt haben, bevor Sie ihm in den Bauch geboxt haben. Sie sind doch der, den wir heute Nacht eingefangen haben, der einen Sicherheitsbeamten und Doktor Festus zusammengeschlagen hat und danach abgehauen ist, oder?«

»Ja, das kann sein. Aber dieses Flugzeug ist dummerweise abgestürzt. Wissen Sie das nicht? Hören Sie keine Nachrichten?«

»Was? Das Flugzeug ist abgestürzt?« Schulzki musste grinsen.

»Ja, verdammt noch mal, es ist abgestürzt, und ich hab dringesessen, kapieren Sie das? Ich stehe sogar auf der Passagierliste. Also bin ich der letzte Anselm Hagen, den es gibt, weil der, der im Flugzeug war, tot ist.«

»Aber, Herr Hagen! Glauben Sie, wir würden es uns erlauben, in irgendeiner Form Ihr Schicksal zu beeinflussen? Ich bitte Sie! Wir sind ein seriöses Unternehmen. Wenn dieses Flugzeug abgestürzt ist, dann ist das Ihr Schicksal. Dann sind Sie jetzt tot. Daran können wir doch nichts ändern. Denken Sie nur mal an den Papierkram, den das mit sich bringen würde. Ihre Leiche wird aus dem Ozean geholt und nach Deutschland überführt. Es wird ein regulärer Totenschein für Sie ausgefüllt. Wir können doch jetzt nicht einfach sagen: ›Nein! Der Herr lebt noch.‹ Wo kämen wir denn da hin? Das geht doch nicht.«

»Ich hör wohl nicht richtig …«

»Doch! So ist es!«

»Sie wollen mir weismachen, ich wäre tot. Sehe ich das richtig? Meinen Sie das?«

»Natürlich sind Sie tot. Wenn Ihr Flugzeug abgestürzt ist, dann ist das sehr wahrscheinlich. Aber regen Sie sich bitte darüber jetzt nicht auf. Das kann doch immer mal passieren, dass ein Flugzeug abstürzt. Das weiß doch jedes Kind. Wenn Sie vermeiden wollten, mit dem Flugzeug abzustürzen, dann dürfen Sie nicht einsteigen.

Und außerdem … vielleicht leben Sie ja noch. Vielleicht haben Sie den Absturz überlebt. Auch das kommt hin und wieder vor. Stellen Sie sich einmal vor, Sie haben den Absturz überlebt und wären nun zweimal da. Ich bin mir sicher, dass Sie überlebt haben. Ich an Ihrer Stelle würde da gar nicht so beunruhigt sein. Ich würde mich ordnungsgemäß bei der Schliemanz-Koch AG melden und darum bitten, dass ich eingestampft werde.«

»Ich bin doch nicht irre.«

»Dann werden wir Sie eben einfangen müssen. Sie können ja nicht ewig unbemerkt herumlaufen.«

»Wenn Sie mich gegen meinen Willen einfangen und dann umbringen, ist das Mord, das wissen Sie genau.«

»Es ist überhaupt kein Mord«, sagte Schulzki, dessen linkes Ohr zu schwitzen begann, und wechselte das Telefon auf die andere Seite. »Es ist überhaupt kein Mord«, setzte er wieder an. »Die juristische Lage in diesem Fall ist glasklar. Sie können sich mit meinem Unternehmen auch gerne vor Gericht streiten – wie Sie möchten. Aber jeder Richter würde entscheiden, dass Sie uns Ihren Körper zur Moulinierung zur Verfügung stellen müssen. Da gibt es kein Wenn und Aber. Sie haben versucht, eine Dienstleistung unseres Betriebes in Anspruch zu nehmen, obwohl Sie dafür gar nicht bezahlen konnten. Leider ist durch einen Fehler unsererseits dabei Ihr Körper verdoppelt worden. Das tut uns auch sehr, sehr leid. Und als Entschädigung für die Probleme haben wir Ihnen den Teletransport geschenkt – da sind wir sehr kulant. Überlegen Sie doch bitte einmal! Genauso gut hätten wir von Ihnen auch noch die zehn Euro einfordern können, das sollte Ihnen doch klar sein. Das dürfte Ihnen Herr Doktor Festus aber alles schon erzählt haben. Also, noch mal ganz langsam: Wir haben Ihnen den Teletransport geschenkt, berechnen keinen Cent dafür, dass wir Sie von Berlin nach Hamburg gebracht haben, müssen Sie allerdings für die korrekte Ausführung unserer Dienstleistung noch am Ausgangsort einstampfen. Das ist doch unumgänglich. Und wenn Sie sich in Hamburg in ein Flugzeug setzen, das später abstürzt, dann ist das Ihr Problem. Damit haben wir nichts zu tun, dafür können wir nichts. So sieht die juristische Situation aus. Und wenn ein ordnungsgemäß ausgefülltes Papier vorliegt, das Ihren Tod bescheinigt, wird jeder Rechtsprecher für das Unternehmen entscheiden und festlegen, dass der Originalkörper der Zerstückelung zugeführt werden muss. Deshalb bitte ich Sie noch einmal darum, schnellstmöglich persönlich bei uns zu erscheinen, damit wir die Sache endlich ins Reine bringen können.«

Schulzki atmete tief aus und erwartete Anselms Antwort. Doch Anselm schwieg.

»Hallo? Hallo, Herr Hagen? Sind Sie noch dran?«

»Ja, ich bin noch dran«, antwortete Anselm endlich.

»Also, seien Sie bitte vernünftig! Wir sehen auch gerne über den Streich hinweg, den Sie uns hier mit Ihrem Leichenhaufen gespielt haben. Ich meine, Ihr Gehüpfe von dem Hochhaus, das war wirklich ein übler Scherz. Ich frag mich, was Sie damit eigentlich bezwecken wollten?« Er blickte auf den beladenen Lastkraftwagen und schüttelte den Kopf.

»Das sollte eine Armee werden«, sagte Anselm.

»Eine Armee?«

»Ja, eine kleine revolutionäre Armee.«

»Revolutionär? Sie meinen, Sie wollten sich mit dieser Armee gegen die Demokratie in unserem Land stellen? Das rückt Ihr Verhalten in ein sehr schlechtes Licht, Herr Hagen. Dafür könnten Sie lebenslange Haft erhalten.«

»Lebenslange Haft? Sie werden immer perverser. Erinnern Sie sich? Nach Ihrer Auffassung bin ich, Anselm Hagen, in einem Flugzeug abgestürzt und aller Voraussicht nach dabei gestorben. Und jetzt wollen Sie einen Toten zu lebenslanger Haft verurteilen? Sie sind doch beschrubbt in der Glocke. Sperren Sie mal einen Toten in eine Zelle! Der fängt doch an zu stinken, der verwest doch. Wissen Sie das nicht?«

»Nun seien Sie doch bitte vernünftig, Herr Hagen! Es ist nun mal so, wie ich es Ihnen geschildert habe. Wir müssen Ihren Körper einstampfen. Es kann keine Menschen doppelt geben, das darf nicht sein, das wissen Sie, und das weiß auch ich. Jede Person in unserem Staat hat eine Geburtsurkunde, und wenn die Person stirbt, dann wird die Urkunde zu den Akten geheftet, dann ist sie weg. Ihre Geburtsurkunde kommt jetzt zu den Akten, verstehen Sie?«

»Ich sehe das ganz, ganz anders. Was hat ein Blatt Papier schon mit meinem real existierenden Körper zu tun? Ich könnte mir mit meiner Geburtsurkunde noch den Arsch abwischen, ohne davon zu krepieren.«

»Bitte! Wischen Sie sich doch damit den … Arsch ab. Dadurch verderben Sie im Grunde Ihre Existenz. Das wissen Sie. Es ist nun mal so, dass wir uns in dieser Gesellschaft auf einige Regeln geeinigt haben. Dazu gehört unter anderem die freie Wahl der Regierung, nach deren Verordnungen und Gesetzen sich jeder Bürger zu richten hat.«

»Jetzt kommen Sie mir doch nicht mit diesem Blödsinn. Am Ende steht sich jeder selbst am nächsten und interessiert sich nicht für irgendwelche Gesetze. Da kann verboten sein, was will. Ich kann's trotzdem tun. Jeder Mensch kann zu jedem Zeitpunkt machen, wozu er gerade Lust hat. Das hat ihm die Natur gegeben, auf dieser Basis hat sich die Gesellschaft entwickelt. Und selbst die schlimmsten Androhungen eines Staatssystems können nicht verhindern, dass jeder das macht, was er gerade für richtig hält. Also hören Sie mir auf mit Ihrem Papierwischiwaschi. Nur weil mich das Gesetz für tot erklärt, bin ich's noch lange nicht, und ich halte mich noch lange nicht für tot, wenn Sie meine Geburtsurkunde wegheften.«

»Herr Hagen! Das Gesetz wird von entsprechenden Organen durchgesetzt, und diese stehen auf meiner Seite – die Polizei, die Armee … Und in meinem Fall steht sogar der Staatssicherheitsdienst hinter mir. Das sind die Menschen in diesen lustigen Uniformen, wie Sie sie bezeichnen.«

Schulzki wurde etwas unruhiger und wippte mit dem Fuß.

»Na, wenn der Staatssicherheitsdienst hinter Ihnen steht, dann dürfte es doch kein Problem für Sie sein, die Sache mit mir in dem abgestürzten Flugzeug zu vertuschen, oder? Ist das nicht gerade eine Spezialität solcher Dienste, neue Identitäten zu schaffen und Geschehnisse zu verschleiern?«

»Ich glaube, Sie haben zu viele Filme gesehen, Herr Hagen. Wir leben in einem Rechtsstaat, da ist so etwas ausgeschlossen oder nur in ganz besonderen Ausnahmefällen statthaft – vielleicht, wenn es darum geht, das Land gegen Terroristen zu verteidigen und die Sicherheit aufrechtzuerhalten. Aber das, was

Sie sich denken, was Sie fordern, einen Menschen, der bei einem Flugzeugabsturz umgekommen ist, auszuradieren, das hat doch nichts mit der Sicherheit unserer Nation zu tun. Das ist ein ganz gewöhnliches Schicksal, und es ist ein Grundsatz von höchster Priorität und Wertigkeit, die Würde des Menschen und den Verlauf seines Lebens unangetastet zu lassen.«

»Sie sind doch krank im Kopf! Sie sagen, dass Ihnen das Leben eines Individuums so viel wert ist, dass Sie es lieber tot lassen. Sie sind doch irre!«

»Nein. Ich bin Humanist. Ich stehe zum unbeeinflussten Menschenwesen.«

»Machen Sie doch, was Sie wollen, Herr Schulzki. Stehen Sie doch, wozu Sie wollen. Aber ich sage Ihnen: Wenn mir irgendetwas zustoßen sollte, dann wird die ganze Geschichte, so wie ich sie verstanden habe und so, wie sie mir passiert ist, am nächsten Tag in allen Zeitungen erscheinen. Da können Sie sicher sein.«

»Wie?«

»Da können Sie sicher sein. Machen Sie's gut!«

»Halt! Warten Sie!«, rief Schulzki aufgeregt.

»Ja, was?«

»Wie meinen Sie das?«

»Ich meine damit, dass ich alles aufgeschrieben und bei einer Person meines Vertrauens in einem Umschlag hinterlegt habe. Melde ich mich nicht alle vierundzwanzig Stunden bei dieser Person, geht das gesamte Material an sämtliche Zeitungen, Zeitschriften, Fernseh- und Radiosender.«

»Tja, und?«

»Wollen Sie das, Herr Schulzki?«, sagte Anselm.

Nein, das wollte der Präsident der Schliemanz-Koch AG ganz und gar nicht. An die Öffentlichkeit sollte diese Geschichte nicht gelangen. Grundsätzlich war er einer freien Presse gegenüber positiv eingestellt, das gehörte zu seinem Empfinden für Recht und Demokratie. Aber in diesem Falle sah er das Teletransportprojekt und damit die Existenz seiner Firma gefährdet. Geriete der Fehler seines Unternehmens ins Kreuzfeuer der Publizität, so bestünde auch die Möglichkeit, dass pikante Details und Risiken der gesamten Maschinerie bekannt würden. Prinzipiell wäre es kein Problem gewesen, über die Funktionsweise der Teletransportmaschinerie öffentlich zu diskutieren, doch war sich Schulzki sicher, dass die Akzeptanz bei den Kunden hierdurch stark abnehmen würde. Die Zeit war einfach noch nicht reif für solche Informationen. Zuerst müsste das System etabliert werden. Möglichst viele Menschen müssten in die Abhängigkeit von der neuen Transporttechnologie geraten. Menschen, die in Hamburg wohnten, sollten jeden Morgen nach Berlin zur Arbeit fahren und umgekehrt. Weitere Telestationen müssten in anderen Städten und auf der ganzen Welt errichtet werden. Jeder, fast jeder Mensch des Erdballs müsste sich wenigstens einmal durch die Telefonleitungen geschleust haben, bevor über die Funktionsweise öffentlich zu sprechen wäre.

Der Teletransport musste serviert werden wie eine Speise mit abgelaufenem Verfallsdatum. Erst, nachdem sich der Kunde daran gelabt und zu verstehen gegeben hatte, dass es geschmeckt habe, dürfte mitgeteilt werden, wie es um die Lagerfrist der Speise bestellt war. Nur so konnte ein neuartiges Produkt erfolgreich eingeführt werden. Auch nach der Erfindung des Flugzeuges sprach niemand darüber, dass Flugzeuge wohl gar nicht fliegen konnten. Erst, nachdem Millionen damit transportiert worden und von der neuen Technologie abhängig geworden waren, konnte man einräumen, es sei mehr oder weniger unwahrscheinlich, mit Flugzeugen ans Ziel zu gelangen.

»Hallo? Hallo, Herr Schulzki? Sind Sie noch dran?«, fragte Anselm.

»Ja, ja, ich bin noch dran.«

»Also, ich habe Sie gerade gefragt, ob Sie wollen, dass diese Geschichte an die Öffentlichkeit gerät?«

»Ähm, nein. Nicht unbedingt.«

»Prima! Dann schlage ich Ihnen vor, dass Sie mich einfach in Ruhe lassen. Mehr will ich gar nicht. Das ist doch nicht zu viel verlangt, oder? Sie sagen Ihren lustig Uniformierten, dass sie ab jetzt etwas anderes machen sollen, statt mir hinterherzulaufen.«

»Herr Hagen!«, sagte Schulzki, das Taschentelefon zum anderen Ohr wechselnd. »Herr Hagen! Soll das jetzt eine Erpressung sein?« Er stampfte energisch auf den Boden. »Wissen Sie, was auf Erpressung steht? Dafür könnten Sie mit bis zu zehn Jahren … Egal … Jedenfalls ist es Quatsch, was Sie da verlangen. Selbst, wenn ich Sie in

Ruhe ließe … Stellen Sie sich vor, Sie würden einmal vergessen, sich nach vierundzwanzig Stunden bei dieser Person zu melden, dann würden die Informationen ja trotzdem an die Öffentlichkeit gelangen. Oder falls Ihnen irgendetwas zustößt, ein Unfall vielleicht, was auch immer, dann könnten Sie sich ja auch nicht nach der entsprechenden Zeit bei dem Bürger mit dem Umschlag melden.«

»Dann beauftragen Sie eben Ihre mit Jeanshosen und karierten Hemden bekleideten Leute, auf mich aufzupassen, damit mir nichts passiert und ich auch ja nicht vergesse, mich alle vierundzwanzig Stunden zu melden.«

»Ich bitte Sie, Herr Hagen! Wissen Sie, was das kostet?«

»Nö, ist mir auch egal. Dafür, dass die Heinis mir jetzt hinterherrennen, werden sie ja auch bezahlt.«

»Das ist aber eine einmalige Angelegenheit. Die fangen Sie ein, und das war's, dann ist die Sache erledigt und die Kosten sind fix. Aber stellen Sie sich doch bitte mal vor, der Staatssicherheitsdienst würde Sie ein Leben lang bewachen. Keiner weiß, wie lange Sie leben. Das wären unkalkulierbare Summen.«

»Stimmt! Deswegen sollten Sie mich lieber ganz in Ruhe lassen. Dann bezahlen Sie gar nichts. Sie können auch bei Ihren Fixkosten bleiben, wenn Sie wollen. Schicken Sie Ihre Leute! Lassen Sie mich einfangen und einstampfen. Das war's dann, sämtliche Informationen werden publik. Machen Sie's gut.«

»Warten Sie! Herr Hagen? Ich glaube, ich benötige ein bisschen Bedenkzeit. Könnte ich Sie zurückrufen? Sagen wir, in einer Stunde?«

»Wie Sie wollen. Ich hab Geduld«, antwortete Anselm. »Meine Telefonnummer haben Sie ja sicherlich. Die müsste auf Ihrem Display stehen.«

»Ja, ich melde mich bei Ihnen. Und versuchen Sie bloß nicht, neuen Unfug zu treiben. Außerdem haben wir den Fehler behoben. Wenn Sie in die Teleportzelle steigen, werden Sie sich nicht mehr verdoppeln.«

»Na, klar doch!«, sagte Anselm, aber Schulzki hatte bereits aufgelegt und steckte das Taschentelefon zurück ins Jackett. Er überlegte, was als Nächstes mit Anselm Hagen geschehen sollte. Er musste sich schnell entscheiden. Die wichtigste Frage, die es im Vorfeld zu beantworten galt, war, ob jener Anselm Hagen, der ihn gerade angerufen hatte, tatsächlich der letzte noch existierende war. Mark Schulzki holte sein Taschentelefon aus der Tasche, um Doktor Festus anzurufen.

»Eh, Meister. Was ist denn jetzt? Kann ich losfahren?«, rief der Fahrer, der sich über den Ellenbogen gebeugt aus dem LKW lehnte und auf Schulzki herunterblickte.

»Was?«, fragte Schulzki und ließ vom Telefon ab.

»Ob ich jetzt losfahren kann, habe ich gefragt«, wiederholte der Fahrer langsam und silbenweise betont.

»Nein!«, schrie Schulzki. »Abkippen!«

»Was?«

»Abkippen, habe ich gesagt«, rief er noch einmal.

»Abkippen?«

»Ja! Abkippen! Haben Sie nicht verstanden?«

»Sie wollen, dass ich die Typen wieder abschütte? Ist das Ihr Ernst?«

»Ja, verdammt noch mal. Machen Sie! Machen Sie die Plane ab und schütten Sie die Kerle wieder auf den Boden. Hierhin!« Er zeigte mit gestrecktem Arm auf einen Punkt hinter dem Fahrzeug. Der Mann stieg aus dem LKW, knallte die Tür zu und begann, die Seile, mit denen die Plane befestigt war, zu lösen.

Schulzki hatte bald sein Telefon wieder am Kopf: »Hallo, Herr Doktor Festus? Können Sie mir eine genaue Zahl nennen? Wie viele Hagens gibt es nun insgesamt?« Verdammt noch mal, was ist denn das für ein Krach hier?« Er riss den Apparat vom Ohr und wandte sich dem LKW zu. Die hydraulische Hebevorrichtung des LKWs dröhnte und beförderte die Lade langsam in Schräglage.

»Sie haben doch gesagt, ich soll die Kerle abschütten. Das macht nun mal Krach«, rief der Fahrer, der wieder im Führerhaus saß und die Hydraulik bediente.

»Ja, ja, machen Sie mal«, murmelte Schulzki, entfernte sich mit schnellen Schritten von der lärmenden Maschine und begab sich in eine nahe gelegene Telefonzelle, in die er sich mit dem Taschentelefon am Ohr einschloss.

Der Fahrer des Radladers saß hinter den Steuerelementen seines Fahrzeuges, hatte eine Zigarette in der Hand und beobachtete das Schauspiel. Den Ellenbogen ließ er gelassen aus dem Fenster hängen, er drückte sich locker in den Sitz, und sein linker Fuß lag auf dem Armaturenbrett. Die Lade des Kippers, den er durch die Frontscheibe sah, neigte sich, bis die ersten Körper herunterrutschten und auf die quadratischen Fußwegplatten knallten. Bald war die Lade so weit emporgehoben, dass die kritische Masse erreicht war und sämtliche Anselms gemeinsam vom Blech sackten und einen Haufen auf dem Boden bildeten. Der Vierzigtonner fuhr eine Radumdrehung voran, um die restlichen zwischen dem Berg und der Frachtfläche hängenden Körper abzustreifen, dann senkte sich die Lade wieder herab.

Mark Schulzki kam zurück, stopfte im Laufen sein Telefon ins Jackett und schrie einen Zeigefinger auf den Radladerfahrer richtend: »Sie da! Zählen!«

»Was, ich?«, fragte der Fahrer und beugte sich aus seiner Kabine.

»Zählen Sie die Kerle da und laden Sie sie danach wieder auf!«

»Was?«

»Ich will wissen, wie viele es sind. Und Sie helfen mit«, herrschte Schulzki den LKW-Fahrer an, der in diesem Moment aus seinem Wagen kletterte.

»Wie Sie wünschen«, sagte der LKW-Fahrer und machte sich an die Arbeit. Auch der Radladerfahrer stieg aus seinem Fahrzeug, nachdem er die Zigarette in hohem Bogen fortgeschnippt hatte. Gemeinsam packten sie jeden Körper an Armen und Beinen und hievten ihn in die Schaufel des Radladers.

»Hauruck! Nummer eins, Hauruck, Nummer zwei …«, sagten sie.

Schulzki hatte die Hände in die Hosentaschen gesteckt und bog die Arme nach hinten. Er zählte ebenfalls mit, denn er wollte sich sicher sein, dass keiner zu viel und keiner zu wenig auf dem LKW landete. Doktor Festus hatte ihm berichtet, dass laut den Log-Dateien genau fünfhundertdrei Kopien von Anselm Hagen entstanden seien. Zwei von ihnen seien bereits eingestampft worden, einer, dem eine Hand abgehackt worden war, ein anderer sturzbetrunken.

»Herr Schulzki?«, sagte einer der Arbeiter, nachdem schon ein paar mit Anselms gefüllte Schaufeln verladen worden waren. »Ich glaube, der hier lebt noch. Der ist noch ganz warm.«

»Dann machen Sie ihn kalt!«

»Wie?«

»Na, so zum Beispiel.« Der Präsident der Schliemanz-Koch AG trat an den warmen Körper heran, holte aus, als wollte er einen Elfmeter schießen und schoss seinen Fuß gegen den Kopf. Es knackte. »Und so hier!«, setzte er wütend hinzu und wiederholte den Tritt mit dem anderen Bein. »Und so und so und so und so und so.« Er hüpfte im Schlusssprung auf dem Körper herum, sprang auf den Schädel und trat auf die Rippen, die unter seiner Last knirschten.

Außer Atem ließ er schließlich von seinem Opfer ab, klopfte seine Hände aneinander, als wollte er sie von Schmutz befreien, und ging einen Schritt zurück.

»Haben Sie's gesehen? So macht man das mit solchen Kreaturen.«

Das Gehirn des traktierten Anselms hatte seine Arbeit jetzt eingestellt. Sofort, nachdem die Sauerstoffzufuhr durch die zerdrückten Rippen gemindert worden war, hatte es aufgehört, das vergangene Leben abzuspulen. Anselm dachte nichts mehr, er überlegte nicht einmal mehr, ob er tot sei oder nicht. Jetzt war er tot.

»Weitermachen!«, befahl Schulzki.

Die Arbeiter begannen, mit den Füßen zaghaft gegen den Körper zu kicken.

»Nein! Schmeißen Sie den weg! Sie sollen die anderen zählen!«

Murrend setzten sie die Arbeit fort: »Hauruck! Nummer zweihunderteinundachtzig. Hauruck, Nummer zweihundertzweiundachtzig …«

Anderthalb Stunden später war der LKW wieder beladen und die Körper gezählt. Auf dem Fahrzeug befanden sich genau fünfhundert Stück.

Schulzki rechnete: Fünfhundert liegen hier, zwei sind bereits eingestampft, einer ist mit Sicherheit im Flugzeug verunglückt, das macht insgesamt fünfhundertdrei – genauso, wie der Doktor es gesagt hat.

Es blieb nur noch einer übrig, nämlich der, der ihn angerufen hatte – das Original.

Pressekonferenz

Die bunten Schaumstoffkugeln der Mikrofone zeigten auf Christian Mönninger. Er stand auf einem Podest hinter dem Rednerpult im kleinen Konferenzsaal des dreißig Stockwerke in den Himmel ragenden Hotels am Alexanderplatz. Er trug einen blauen Samtanzug, der im Licht der Scheinwerfer edle Glanzstreifen zeigte, und sein roter Schlips hing betont locker vor dem weißen Hemd, das mit feinen roten Längsstreifen versehen war. Mönninger trug stets seine beste Kleidung zu außergewöhnlichen Anlässen, insbesondere, wenn er die Stellungnahme zu einem Flugzeugabsturz verlesen durfte.

Der Raum war gefüllt mit Journalisten, die, soweit der Platz reichte, in den Stuhlreihen saßen und Notizblöcke mit Kugelschreibern oder Tonbandgeräte bereithielten. Am Rand standen Kameraträger und langhaarige Männer mit großen Fotoapparaten.

Mönninger klopfte einen Stapel Papier zurecht. Das Geräusch wurde von den Lautsprechern übertragen, und das Getuschel im Saal versiegte.

»Meine sehr verehrten Damen und Herren«, begann er seine Rede.

Fotoapparate feuerten los, Blitze zuckten über das Gesicht des Sprechers.

»Ich denke«, fuhr er fort, »dass Sie, meine sehr verehrten Damen und Herren, sich hier an diesem Ort eingefunden haben, weil Sie sich für die neuesten Pressemitteilungen von Storch-Airlines interessieren. Wie Sie sicherlich schon bemerkt haben, hat es sich unsere Fluggesellschaft erlaubt, im Foyer einige schmackhafte Bissen für Sie bereitzustellen. Ich hoffe, es hat Ihnen geschmeckt.«

Zustimmendes Gemurmel wurde laut. Es hatte Weißbrotschnitten gegeben, die mit fischhaltigen Salaten belegt und mit Knoblauchdressing, Ei und Kaviar pikant gewürzt waren. Dass die meisten Zutaten bereits das Mindesthaltbarkeitsdatum um einige Tage überschritten hatten, wusste allein der am Rande im Türrahmen lehnende Koch. Er schwieg.

Mönninger schwang das oberste Blatt seines Papierstapels beiseite und schaute auf das nächste herab.

»Zuerst möchte ich Ihnen eine positive Mitteilung machen«, sagte er und hob seinen Kopf wieder zum Publikum. »Ab ersten September dieses Jahres gibt es bei Storch-Airlines neue Tarife. Speziell für finanziell gut gestellte Gruppen bieten wir Preismodelle an, die beispielsweise Unternehmern oder Studenten Flugreisen, gerade von Hamburg nach New York, besonders günstig erscheinen lassen.«

Die Zuhörer kritzelten mit ihren Stiften auf die Blöcke, Mönninger blätterte um.

»Ich komme jetzt, meine sehr verehrten Damen und Herren, zur zweiten, besonders guten Nachricht, die wir melden möchten. Ab nächsten Monat bieten wir auf all unseren Flügen ein noch reichhaltigeres Essensangebot an. Dabei werden wir den Wünschen von Veganern, Vegetariern und Fleischfressern ausnehmend gerecht. Auch Nahrungsmittel, deren Mindesthaltbarkeitsdatum bereits überschritten ist, werden dann verwendet. Storch-Airlines möchte damit seinen Teil zu Umweltschutz und Nachhaltigkeit beitragen.«

Der im Türrahmen lehnende Koch applaudierte und hörte verlegen auf, als niemand mit einstimmte.

Mönninger blätterte um, Stifte kratzten auf Notizpapier.

»Nun zur dritten Nachricht, meine sehr verehrten Damen und Herren. In der vergangenen Nacht ist eine unserer Maschinen, ich glaube, es war ... Moment ...«, er senkte seinen Kopf und starrte angespannt auf den Papierstapel.

»Storch 800«, flüsterte jemand aus den Zuschauerreihen.

»Ja ... es war der Flug Storch 800«, Mönninger sah wieder auf. »Also ... in der vergangenen Nacht ist eine unserer Maschinen, nämlich Storch 800, gegen 2:45 Uhr mitteleuropäischer Zeit spurlos von den Radarschirmen der Bodenkontrolle verschwunden.«

Wieder bekritzelten sie ihre Blöcke, ein leises Raunen ging durch den Raum.

»Ich bin erfreut, dass wir Ihnen sagen können, weshalb das Flugzeug vom Radar verschwunden ist. Es ist nämlich abgestürzt.«

Mönninger blätterte um, es war die letzte Seite.

»So, meine sehr verehrten Damen und Herren, damit wären wir am Ende angelangt. Gibt es Ihrerseits noch irgendwelche Fragen?«

»Ja!« – »Ja!« – »Ja!« – »Ja!« – »Ja!« – »Ja! Gibt es Überlebende?« – »Warum ist das Flugzeug vom Radar verschwunden?« – »Wieso …« – »Weshalb …« – »Warum ist das Flugzeug abgestürzt?« – »Ja!« – »Ich war's!« – »Nein.« – »Doch!« – »Warum gerade Fleischfresser?« – »Hä?« – »War es eine Bombe?« – »Wer trägt die Schuld?« – »Was kosten die neuen Tickets wirklich?« – »Nö!« – »Ja! Wer?« – »Schon zu Ende?« – »Vielleicht.« – »Wie viele Opfer?« – »Was ist mit Ines Müller?« – »Oh!« – »Eine Frage …«

»Bitte, meine sehr verehrten Damen und Herren«, sagte Mönninger und hob beschwichtigend die Hände. »Bitte nicht alle durcheinander! Ich beantworte Ihre Fragen gerne, aber bitte der Reihe nach.«

Es wurde ruhiger.

»So. Ich glaube, der Herr dort hinten war der Erste. Bitte schön! Ihre Frage?« Mönninger wies mit ausgestrecktem Arm auf einen Herrn in der letzten Reihe.

»Gibt es Überlebende?«

»Nein. Die nächste, bitte! Ja, Sie?«

»Warum ist das Flugzeug vom Radar verschwunden?«, fragte eine Frau aus der Mitte.

»Wie ich bereits gesagt habe: Es ist abgestürzt. Der Nächste!«

»Weshalb ist das Flugzeug abgestürzt?«

Mönninger schwieg kurz, bevor er antwortete: »Nachdem das Flugzeug vom Radar verschwunden ist, haben wir sofort nach den Resten der Maschine gesucht und mittlerweile den Flugschreiber geborgen, mit dessen Auswertung wir uns derzeit beschäftigen. Wahrscheinlich wird die Auswertung ergeben, dass Flugzeuge nicht fliegen können.«

»Was?« – »Was?« – »Was?« – »Was?« – »Was?« – »Was?« – »Was?« – »Was?« – »Wie?« – »Was? Flugzeuge können nicht fliegen?«, erschallte es durcheinander von überallher.

»Ja, meine sehr verehrten Damen und Herren«, sagte Mönninger und senkte die Augenlider hinter der Brille. »Nach dem jetzigen Stand der Ermittlungen sieht es so aus, als wäre die Absturzursache:

Flugzeuge können nicht fliegen. Gewisse Indizien sprechen dafür. Erstens: Die bekannte Skizze mit dem Flügelquerschnitt und den Pfeilen darf angezweifelt werden.« Er holte eine weiße Tafel hinter dem Rednerpult hervor und stellte sie vor sich auf die Ablage. Auf dem Bild war ein Flugzeugflügel im Querschnitt mit den üblichen Pfeilen der Luftströmung und dem Pfeil für den Auftrieb erkennbar. Fotoapparate klickten und surrten. »Sehen Sie, meine sehr verehrten Damen und Herren, dieses Modell hat wahrscheinlich keine Gültigkeit. Dass man dort ein paar Pfeile einzeichnen kann, ist noch lange keine Grundlage dafür, dass Flugzeuge fliegen können.«

»Aber das ist doch ein physikalisches Gesetz«, rief ein bärtiger Mann aus der vordersten Reihe.

»Das sind höchstens Beobachtungen, mein Herr. Das sind Beobachtungen«, gab Mönninger zur Antwort.

»Aber nein! Das ist ein Gesetz! Schauen Sie! Pfpfpfppfpfpfrrrrrr ... Das folgt unmittelbar aus dem Gesetz von Bernoulli, welches besagt, dass die Summe aus statischem und dynamischem Druck in einer stationären Strömung konstant ist. Pfpfpfpfrrrr ...«

»Das ist ein Axiom, das ausschließlich auf einer Beobachtung beruht, mein Herr. Sie meinen, Sie haben einen Flügel gesehen, dort farbige Luft herumströmen lassen und glauben nun an einen sogenannten Auftrieb.«

»Genau! Der ist doch nachweisbar, den spürt man doch! Hier: Pfpfpfpfpfprrrr ...«

»Natürlich haben Sie das einmal beobachtet. Aber woher wollen Sie wissen, dass es immer so ist? Nur, weil Sie einmal, vielleicht zweimal oder noch endlich viele Male mehr beobachtet haben, dass ein gefühlter Auftrieb entsteht, ist doch noch lange nicht bewiesen, dass es ihn immer gibt – insbesondere dann, wenn Sie gerade wegschauen.«

»Wie?«

»Na, wenn Sie den Flügel und die um ihn herumströmende Luft nicht beobachten, woher wollen Sie wissen, dass es den Auftrieb dann noch gibt?« Im Raum herrschte Stille, alle folgten aufmerksam der Diskussion.

»Ähm ...«, sagte der Mann und fasste sich an den Bart. »Ähm ... Wenn ich nicht hinschaue, dann ...«

»Nun, meine sehr verehrten Damen und Herren, ich möchte und ich kann mich zu diesem Zeitpunkt noch nicht auf eine genaue Absturzursache festlegen, aber alles deutet darauf hin, dass Flugzeuge nicht fliegen können. Und deshalb kann ich auch gleich noch etwas zur Schuldfrage sagen, weil diese Frage, glaub ich, vorhin schon einmal aufgetaucht ist. Die Schuld liegt wahrscheinlich bei den Passagieren, womöglich war es so, dass zufällig – was selten vorkommt, aber diesmal eben doch – dass zufällig kein einziger der Passagiere aus dem Fenster geguckt und die Flügel beobachtet hat, weshalb bezweifelt werden muss, dass der angebliche physikalische Effekt noch seine Wirkung hatte. Doch um wirklich exakte Angaben machen zu können, muss ich Sie, meine sehr verehrten Damen und Herren, um etwas Geduld bitten. Genaues können wir erst sagen, wenn der Flugschreiber endgültig ausgewertet sind.«

»Was werden Sie tun, um solche Unglücksfälle in Zukunft zu vermeiden?«, rief eine Frau aus der vorletzten Reihe.

»Sie sind noch nicht dran! Die Nächste, bitte!«

»Warum gerade Fleischfresser?«

»Warum nicht? Der Nächste, bitte?«

»War es eine Bombe?«

»Nein!«

»Ich war's.«

»Ruhe bitte!«, rief Mönninger. »Der Nächste!«

»Wer trägt die Schuld?«

»Darauf bin ich schon eingegangen. Die Passagiere tragen die Schuld. Hören Sie bitte besser zu! Der Nächste! Ja? Dahinten?«

»Wie viele Opfer gibt es?«

»318 Stück. In Worten: Dreihundertachtzehn Stück«, sagte Mönninger langsam. Die Crew ist hier aber noch nicht mitgezählt. Und die Dame dort neben der Tür, bitte?«

»Was ist mit Ines Müller?«

»Wie bitte?«

»Was ist mit Ines Müller?«

»Ines Müller? Wer ist Ines Müller?«

»Meine Tochter. Sie hat in dem Flugzeug gesessen.«

»Dann hat sie wahrscheinlich ebenfalls nicht aus dem Fenster geguckt, ist mit dem Flugzeug abgestürzt und tot.«

»Danke schön«, sagte die Frau und brach zusammen. Zwei Hotelpagen eilten zur Hilfe und begleiteten sie hinaus.

»Der Nächste, bitte! ... Keine weiteren Fragen mehr?«

»Doch! Was werden Sie unternehmen, um solche Unglücksfälle in Zukunft zu vermeiden?«

»Selbstverständlich alles Erdenkliche«, sagte Mönninger und blickte kurz zur Decke. »Falls sich nach Auswertung des Flugschreibers herausstellen sollte, dass Flugzeuge nicht fliegen können, was sehr, sehr, sehr wahrscheinlich ist, werden wir auf jeden Fall farbige Hochglanzbroschüren an die Fluggäste verteilen, in denen wir auf diesen Umstand hinweisen und dazu auffordern, immer aus dem Fenster zu gucken und die Tragflächen zu beobachten. Die Verantwortung liegt natürlich bei den Reisenden.«

»Aber das ist doch unzumutbar«, rief jemand aus der Mitte des Saals.

»Ähm ...«, entgegnete Mönninger und stellte die Tafel wieder hinter das Pult. »Vielleicht werden wir dann auch Flügelgucker einstellen, die auf entsprechenden Sitzplätzen mitfliegen und das Beobachten übernehmen. Allerdings kann ich dann nicht garantieren, dass wir die für September angekündigten Tarife halten können.«

»Oh, keine neuen Tarife?«, bemerkten einige enttäuscht.

»Ich war's! Ich war's! Ich war's!«, rief ein Mann mit schwarzem Schnurrbart. Bisher hatte er sich kein Gehör verschaffen können. Jetzt nutzte er die Gelegenheit, um nach vorn zu stürmen und sich vor dem Rednerpult aufzubauen. Die Gestänge der Mikrofone lugten wie Antennen über seinen Kopf hinweg.

»Ich war's! Ich war's«, rief er wieder und breitete die Arme aus. »Ich hab das gemacht. Für den Absturz bin ich verantwortlich! Haben Sie mein Bekennerschreiben nicht gelesen?«, fragte er und drehte sein Gesicht zu Mönninger, der verwirrt über das Rednerpult herabblickte. »Haben Sie mein Bekennerschreiben nicht gelesen?«, fragte der Schnurrbärtige noch einmal beinahe flehend.

»Sicherlich hab ich's gelesen. Es gab einige. Welches war denn von Ihnen?«

»Das ohne Absender.«

»Oh ja, ich erinnere mich, da war auch eines ohne Absender dabei.«

Die Zuschauer lachten.

»Das war von mir! Ich hab die Bombe an Bord geschmuggelt. Ich hab die Maschine in die Luft gesprengt – gegen die Demokratie, gegen den Rechtsstaat und das System, gegen alle korrupten Politiker!«

»Aha«, sagte Mönninger. »Aber wie wollen Sie die Bombe bitte schön in das Flugzeug geschmuggelt haben, wenn wir doch seit der letzten Bombe bereits alles Erdenkliche getan haben, damit so etwas nicht mehr vorkommen kann? Na?«

»Also, lassen Sie mich das erklären. Das war so …«

»Lauter«, rief jemand aus den hinteren Reihen, da der Mann vor dem Rednerpult ohne Mikrofon sprach.

»Also«, fuhr er lauter fort. »Lassen Sie mich das erklären. Ich habe einen Koffer mit tschechischem Plastiksprengstoff gefüllt, einen Zünder installiert und die zwei Drähte des Zünders mit einem Wecker verbunden. Der Wecker war so gestellt, dass er etwa fünf Stunden nach dem Start klingeln würde.«

»Aha!«, sagte Mönninger. »Und wie wollen Sie diese Konstruktion an Bord der Maschine gebracht haben?«

»Als Handgepäck.«

»Aha. Und warum haben Sie dann nicht in dem Flugzeug gesessen? Oder haben Sie den Absturz überlebt und sind schnell hierhergeschwommen, um uns das zu erzählen?«

»Nein, aber ich hatte den Plan. Glauben Sie mir! Ich bin mit der Bombe im Koffer zum Flughafen gegangen, hab ihn kurz abgestellt, ich wollte mir auf dem Vorplatz noch schnell eine Bockwurst kaufen, und dann, als ich zurückgekommen bin, war er weg. Also, ich meine, da war auch mein Flugticket drin. Verstehen Sie nicht? Jemand hat den Koffer gestohlen und ist damit nach New York geflogen. Das liegt doch auf der Hand. Aber der Absturz geht auf mein Konto, weil ich die Bombe gebaut habe.«

»Ich glaube, Sie sind verrückt«, erwiderte Mönninger. »Also, meine sehr verehrten Damen und Herren, dieser Mann ist verrückt. Er behauptet … na ja … Sie haben es ja selbst gehört, er möchte das Copyright für diesen Absturz gerne für sich verbuchen, aber das liegt allein bei Herrn Bernoulli. Er ist der geistige Schöpfer aller Crashs. Oder wollen Sie sich das Urheberrecht für dieses Flügelbildchen jetzt vielleicht aneignen?« Mönninger beugte sich wieder über das Rednerpult, während die Besucher der Veranstaltung lachten.

»Ich war's! Ich bin Bernoulli«, brüllte der Attentäter und hob seinen rechten Arm. »Ich hab's getan im Kampf gegen die Demokratie, gegen den Staat. Ich bin Bernoulli! So wahr ich hier stehe.« Dann wurde er von zwei Hotelpagen fortgetragen.

Mönninger diskutierte noch einmal mit dem Physiker, er widerlegte rhetorisch gekonnt jedes Argument, das der bärtige Mann für fliegende Flugzeuge hervorbrachte. Schließlich gelang es Mönninger, das Publikum für sich zu gewinnen, er konnte es so weit aufheizen, dass die Menge schließlich »Bernoulli hat Schuld!« skandierte und sogar der Physiker mit einstimmte.

Der Vertrag

Erst nach zwei Stunden hatte Mark Schulzki zurückgerufen und mitgeteilt, er werde auf Anselms Forderungen eingehen, wolle sie allerdings schriftlich fixieren. Anselm, das Original, wartete nun an einem zierlichen Eisengusstisch in einem kleinen Café in der Nähe des Brandenburger Tores, wo er mit Mark Schulzki verabredet war. Vor ihm dampfte eine Tasse Mokka, in die er Zucker einrührte, während er gedankenverloren die auf dem Bürgersteig vorbeigehenden Menschen beobachtete. Die Erlebnisse der vergangenen Nacht und die Autobahnfahrt von Hamburg nach Berlin zu früher Stunde steckten ihm in den Gliedern. Anselm nahm einen Schluck Mokka, der ihm heiß in den Magen tropfte und die Müdigkeit aus dem Körper treiben sollte. Seit mehr als vierundzwanzig Stunden hatte er nicht mehr geschlafen. Er blickte träge auf die Straße, wo ein schwarzer Mercedes einparkte und Mark Schulzki ausstieg. Anselm erkannte den Chef der Schliemanz-Koch AG sofort, obwohl er Mark Schulzki noch nie gesehen hatte. Der Mann mit dem schwarzen Anzug und den seitengescheitelten, im Nacken etwas tiefer reichenden Haaren konnte niemand anderes sein als Mark Schulzki, das spürte Anselm.

Schulzki stand neben seiner Limousine und schaute über das Dach des Fahrzeuges hinweg in das Café, anscheinend, ohne Anselm zu bemerken. Dann beugte er sich noch einmal hinab, holte etwas aus dem Auto, schlug die Tür zu und trat mit einer ledernen Mappe unter dem Arm ein. Als er Anselm erblickte, schritt er an seinen Tisch, reichte ihm zur Begrüßung die Hand und nahm dabei auf dem Stuhl gegenüber Platz.

»Einen schönen guten Tag. Ich bin Mark Schulzki«, sagte er.

»Angenehm, Hagen mein Name«, antwortete Anselm.

»Ja, ich weiß. Ich kenne Sie. Ich habe sie schon fünfhundertmal gesehen. Allerdings noch nie lebendig.« Schulzki lachte und legte seine Mappe auf den Tisch. Anselm schwieg.

»Also, Herr Hagen. Kommen wir gleich zur Sache«, begann Schulzki. »Ich hab leider nicht viel Zeit, sonst könnten wir auch ein längeres Pläuschchen führen.«

»Und, was darf es für Sie sein?«, fragte die Kellnerin, die an den Tisch gekommen war. Schulzki lehnte sich locker zurück, legte einen Ellenbogen auf die Stuhllehne und schlug seine Beine übereinander, wobei ein paar Blutflecken an seiner Schuhsohle sichtbar wurden.

»Bringen Sie mir bitte ein Glas Wasser!«, bat er und wandte sich wieder Anselm zu.

»Also, Herr Hagen. Die ganze Sache ist natürlich für alle Beteiligten etwas dumm gelaufen. Da ist ein Fehlerchen passiert, das dazu geführt hat, dass Sie sich verdoppelt haben – mehrfach. Wie es dazu gekommen ist, wissen Sie ja bereits. Herr Doktor Festus hat es Ihnen erklärt. Er hat es Ihnen übrigens deswegen erklärt, damit Sie die Zusammenhänge verstehen, es ging darum, Ihnen klarzumachen, dass es eigentlich unumgänglich ist, Ihren Körper einzustampfen. Dem guten Doktor haben sie ja danach einen ganz schönen Schlag verpasst und dem Sicherheitsbeamten erst, und mit einer Axt haben Sie wohl auch herumhantiert und Ihrem Leidensgenossen den Arm verkürzt, aber lassen wir das, der ist ja jetzt auch schon entsorgt, das spielt alles keine Rolle. Doktor Festus hat mir übrigens noch gesagt, dass er Ihnen die Sache nicht nachträgt und dass er in Ihrer Situation vielleicht ähnlich reagiert hätte. Aber darum geht es wirklich nicht. Worum es jetzt geht, ist Folgendes: Eigentlich müssten wir Ihren Körper ebenfalls einstampfen, weil Ihre Vorhersehung Sie in dem Flugzeug hat abstürzen lassen, das wissen Sie ja. Normalerweise wären Sie tot. Aber aus bestimmten Gründen haben wir uns dazu entschlossen, in Ihrem Fall eine Ausnahme zu machen – eine einmalige Ausnahme –, weil wir uns mit dieser Situation zurzeit noch ein bisschen im rechtsfreien Raum befinden. Die Gesetzesentwürfe werden gerade ausgearbeitet, die genau einen solchen Fall wie Ihren mit einklammern, und es wird nur noch ein paar Monate dauern, bis wir die Entwürfe an die Politiker heranbringen, damit diese sie vorschlagen und verabschieden. Das wird uns sicherlich noch einiges an Geld kosten. Wenn die juristische Lage jetzt schon eindeutig festgelegt wäre, dann wäre Ihre Ausnahme undenkbar. Mit den neuen Gesetzen wird es dann möglich sein, auch als toter Mensch vor Gericht zu klagen, beziehungsweise können Gerichte einen Toten auch verurteilen. Es kann ja, bei aller Sorgfalt, nicht völlig sichergestellt werden, dass solch ein Fehler nicht noch einmal auftritt. Und es ist höchstes Gebot, die Vorhersehung jedes einzelnen Individuums unbeeinflusst zu lassen. Ähm … Danke schön«, sagte Schulzki.

Die Kellnerin hatte ihm ein Glas sprudelndes Wasser hingestellt. Er nippte kurz daran. Anselm lehnte unbewegt in seinem Stuhl und zeigte ein gelangweiltes Gesicht.

»Also, wenn diese Gesetze erst mal in Kraft sind«, fuhr Schulzki fort und stellte das Wasserglas ab, »dann können auch Tote für ein Delikt verurteilt werden, und es gibt genauere Definitionen dafür, wann ein Mensch lebt und wann nicht. Für Ihren speziellen Fall würde das bedeuten, dass Sie nicht am Leben sind. Dagegen könnten Sie vor Gericht natürlich klagen, allerdings mit wenig Aussicht auf Erfolg. Sie würden mit Sicherheit zur Moulinierung aufgefordert werden. Und wenn Sie sich dem widersetzten, wäre das eine strafbare Handlung. Hier wird momentan noch am meisten diskutiert, wie das Strafrecht umzuformulieren ist, damit auch die von offiziell Toten begangenen Vergehen geahndet werden können. Freiheitsentzug wäre relativ unsinnig, da die betreffende Person ja dem Einstampfungsprozess unterzogen werden soll und mit einer Freiheitsstrafe eigentlich ihrer Bestimmung widersprochen würde. Am stärksten wird derzeit in den Gesetzesentwürfen favorisiert, je nach Verbrechen die Geschwindigkeit des Moulinierungsprozesses zu drosseln. Das könnte in etwa so ablaufen, dass der Täter an einem noch zu entwickelnden Gerät befestigt und beginnend bei den Füßen Stück für Stück abgetragen wird, bis hin zum Unterleib. Danach würde man mit den Armen, den Ohren, der Nase, der Kopfhaut und dem Rest fortfahren. Je nach Strafmaß würde sich das zwischen ein paar Tagen und lebenslänglich hinziehen. Worüber sich die Juristen eigentlich nur noch streiten, sind Detailfragen, in denen es darum geht, ob nun mit den Beinen oder den Armen begonnen werden soll.«

Schulzki trank einen Schluck, und Anselm fragte sich, ob er einem Irren gegenübersaß.

»So, Herr Hagen. So viel erst mal zur rechtlichen Lage, die sicherlich bald Hand und Fuß haben wird. Nun zu Ihnen. Ich kann Ihnen Folgendes anbieten: Sie als Toter erhalten das außergewöhnliche Recht, in die Rolle des in der vergangenen Nacht bei einem Flugzeugabsturz unglücklich verschiedenen Herrn Anselm Hagen zu schlüpfen und unter dessen Namen und Identität weiterhin auf der Erde zu verweilen. Ich habe übrigens schon veranlasst, dass Ihr Name nicht mehr auf der Passagierliste erscheint, und falls man Ihren Körper bei den Bergungsarbeiten finden sollte, wird das Material nirgends auftauchen. Im Gegenzug sind Sie verpflichtet, über alles, was Ihnen an Informationen über die Schliemanz-Koch AG und den Teletransport bekannt ist, Stillschweigen zu bewahren. Sie dürfen keiner Person gegenüber irgendeinen Ton verlieren. Haben Sie das verstanden?«

Anselm nickte.

»Gut, Herr Hagen. Ich habe da mal einen Vertrag vorbereitet.« Schulzki klappte die mitgebrachte Mappe auf, nahm ein Blatt heraus und reichte es Anselm.

»Wenn Sie sich das kurz durchlesen könnten?«

Anselm nahm das Papier und las:

Vereinbarung zwischen Herrn
Anselm Hagen, geboren am .... ,
wohnhaft in .... ,
eigentlich verstorben am .... ,
im Folgenden Vertragspartner A genannt,

und der Schliemanz-Koch AG,
vertreten durch den Präsidenten Herrn Mark Schulzki,
Vertragspartner B genannt.

1) Vertragspartner A erhält das uneingeschränkte Recht, unter dem Namen von Vertragspartner A und dessen Identität den Prozess des Lebens als Person auszuführen.

2) Vertragspartner A verpflichtet sich, sämtliche Informationen, die ihm über Vertragspartner B bekannt sind, nicht an Dritte weiterzureichen. Gegenstand der zu verschweigenden Informationen ist auch dieser Vertrag.
3) Vertragspartner B verzichtet auf seinen Anspruch, den Körper von Vertragspartner A zu moulinieren.
4) Verstößt Vertragspartner A gegen Paragraph 2 dieses Vertrags in irgendeiner Form, so darf Vertragspartner B Vertragspartner A in einem großen Kochtopf bei lebendigem Leibe wie einen Shrimp garen.
5) Der Vertrag ist unkündbar.
6) Sollte eine Klausel, die Bestandteil dieses Vertrages ist, unwirksam sein, so sind beide Parteien bemüht, die Klausel durch eine andere, gültige zu ersetzen, die dem Sinn und Inhalt der ungültigen Klausel am nächsten kommt.

Unterschrift Vertragspartner A: ....
Berlin, den ....

Unterschrift Vertragspartner B: ....
Berlin, den ....

»Haben Sie alles verstanden? Gibt es noch Fragen?«, fragte Schulzki, als Anselm seinen Blick vom Blatt löste.

»Ähm … na ja. Eigentlich ist das alles, glaub ich, ganz in Ordnung, was da drin steht«, sagte Anselm stotternd. »Das könnte man vielleicht unterschreiben.«

»Wenn Sie möchten, kann ich Ihnen auch noch die einzelnen Punkte erläutern. Also, Punkt eins besagt in etwa, dass Sie ganz normal weiterleben dürfen. Punkt zwei sagt, was Sie dafür tun müssen. Punkt drei bedeutet, dass Ihnen Punkt eins von unserer Seite her garantiert wird. In Punkt vier verpflichten Sie sich, eine besondere Strafe bei einem Verstoß gegen Punkt zwei anzunehmen. Das dient übrigens mehr der Abschreckung. Punkt fünf heißt, dass der Vertrag ewig gilt. Und Punkt sechs, das ist so eine Standardklausel, die kommt in jeden Vertrag. Alles klar? Wenn Sie unterschreiben, müssten Sie bitte noch Ihre Anschrift und Ihr Geburtsdatum eintragen. Bei ›eigentlich verstorben am‹ können Sie irgendwas einsetzen, das ist nicht so wichtig. Hauptsache, das Datum liegt nicht in der Zukunft oder vor Ihrer Geburt.« Schulzki grinste und leerte sein Glas.

»Ja, also … Ich hätte noch eine Frage«, sagte Anselm. »Was passiert nun, wenn Vertragspartner B gegen Punkt drei verstößt?«

»In dem Fall, Herr Hagen, können Sie gegen Punkt zwei verstoßen, ohne dass Punkt vier in Kraft tritt.«

»Wie soll ich gegen Punkt zwei verstoßen, wenn ich, wie es da steht, mouliniert bin?«, warf Vertragspartner A ein.

»Na, Sie sagen der Person Ihres Vertrauens, dass sie den Umschlag öffnen darf, den Sie bei ihr hinterlegt haben, falls Sie von der Schliemanz-Koch AG mouliniert worden sind.«

»Aber würde ich dann nicht schon im Vorfeld gegen Punkt zwei verstoßen, wenn ich irgendwem etwas über das eventuelle Moulinieren erzählen würde?«

»Tja, wie Sie das handhaben und wie Sie das regeln, das überlasse ich Ihnen. Im Übrigen glaube ich nicht, dass es diesen Umschlag, den Sie angeblich irgendwo hinterlegt haben wollen, überhaupt gibt. Ich habe vorhin, nach unserem ersten Telefonat, auch kurz überlegt, ob ich Sie nicht einfach so schnell wie möglich einfangen lassen und der Angelegenheit so ein Ende bereiten sollte. Aber dann hab ich mir auch gedacht: Was soll's. Eigentlich können Sie gar nichts dafür, dass Sie sich vervielfacht haben, und wahrscheinlich wären Sie auch nie in dieses Flugzeug eingestiegen, wenn nicht beim Teletransport der Fehler aufgetreten wäre und die Sicherheitsleute Sie nicht verfolgt hätten. Das hat mich schlussendlich dazu bewogen, mit Ihnen dieses Abkommen zu treffen. Also, wenn Sie unterschreiben wollen? Bitte, hier ist ein Stift. Sie müssten dann auch noch das zweite Exemplar unterzeichnen. Eines ist für mich und das andere für Sie.«

Schulzki reichte Anselm einen silbernen Kugelschreiber, den er aus der Innentasche seines Jacketts gezogen hatte. Anselm nahm ihn und füllte die leeren Felder aus. Mit sauberen Druckbuchstaben trug er seine Anschrift an der vorgesehenen Stelle ein, wobei er zum Rand hin um die Ecke schreiben musste, weil der zu lange Straßenname nicht passte. Er schrieb sein Geburtsdatum und einen Todestag ein, und beim Ausfüllen dieses letzten Feldes befiel ihn ein merkwürdiges Gefühl, das ihm das Papier absurd und unwirklich erscheinen ließ. Zum Schluss unterzeichnete er das Dokument und gab es dem Verfasser zurück. Der holte einen weiteren Stift aus der Tasche und kringelte sein Autogramm auf das Blatt, während Anselm die Kopie des Vertrags ausfüllte. Bald waren die Schriftstücke fertig, und Schulzki steckte sein Exemplar in die Mappe. Er blickte auf seine teure Armbanduhr, winkte zur Kellnerin hinüber und bedeutete ihr, dass er zahlen wolle.

»Eine Frage hätte ich noch, Herr Hagen«, sagte Schulzki.

»Ja?«, sagte Anselm, der mit ungläubigen Augen seine Ausfertigung des Vertrags musterte.

»Eines habe ich immer noch nicht verstanden. Die ganze Zeit habe ich darüber nachgedacht und keine Erklärung gefunden. Was sollte das mit diesem Gehüpfe vom Hotel heute früh? Immerhin fünfhundertmal. Das ist schon beachtlich, dass sich einer so viel Mühe für nichts gibt. Das mit der Armee war doch Unsinn, oder? Das nehme ich Ihnen nicht ab.«

»Das war ein Scherz. Ich wollte einfach mal wissen, wie es ist, von diesem Hochhaus runterzuspringen. Als Kind war ich da öfter nach der Schule und hätte das gerne ausprobiert. Aber ich wusste, dass ich davon sterben würde. Deswegen konnte ich es nie einfach mal ausprobieren. Jetzt hatte ich die einmalige Gelegenheit. So eine Chance darf man sich doch nicht entgehen lassen.«

»Aber wieso gleich fünfhundertmal?«

»Ich wollte eigentlich auch noch andere Varianten testen. Vielleicht vom Fernsehturm, vielleicht vor die Straßenbahn, vielleicht Tabletten und so weiter. Dass die sich nun alle gerade dieses Haus ausgesucht haben, dafür kann ich auch nichts. Seien Sie doch froh. Da haben die wenigstens alle auf einem Haufen gelegen.«

»Hm …«

»So, ein Mokka und ein Glas Wasser war das«, sagte die an den Tisch getretene Kellnerin, beugte sich vor und schrieb die Rechnung. Schulzki glotzte ihr in den Ausschnitt. »Das macht dann vier fünfzig.«

Sie riss das Blatt vom Block und legte es auf den Tisch. Mark Schulzki holte das Geld hervor und gab es der Kellnerin.

»Danke schön«, sagte er.

»Danke schön«, sagte die Kellnerin und ging fort.

»Danke schön«, sagte Anselm.

»Keine Ursache«, sagte Schulzki. »So, ich muss dann auch wieder los. Es war mir ein Vergnügen, Sie kennengelernt zu haben, und ich bin froh, dass wir den Vorfall jetzt so friedlich ins Reine bringen konnten.«

Schulzki schüttelte seinem Vertragspartner die Hand und erhob sich vom Stuhl. Anselm bewegte sich nur soweit, wie es der Brauch verlangte. Danach verließ Schulzki das Lokal, bestieg seine Limousine und verschwand im Straßenverkehr.

Anselm blieb sitzen und blickte fasziniert und zugleich verwirrt auf den Vertrag. Wozu war dieses Papier gut, und was bedeutete es für ihn? Eigentlich konnte er dieses Dokument sofort zusammenknüllen. Es war ihm verboten, es irgendwem zu zeigen, und die Inhalte könnte er nur einklagen, falls er tot wäre.

Anselm glaubte nicht, dass er, wie Schulzki es erläutert hatte, auch als Toter Klage erheben und seine Rechte erstreiten könnte. Wie sollte das gehen? Allerhöchstens lebendige Menschen, deren Tod die Vorhersehung bereits herbeigeführt hatte, die jedoch durch übernatürliche Umstände davor bewahrt worden waren und im Grunde hierdurch nur noch in Form eines Geistes ihr Dasein bestritten, könnten sich in irgendeiner Form Gehör verschaffen. Solch ein Geist war Anselm nun, und auf dem Zettel stand, er dürfe als dieser formal die Rolle seines verblichenen Ichs spielen. Das würde er aber auch ohne ein Schriftstück tun und sich einen Dreck darum scheren, ob es verboten war oder nicht.

Dennoch beeindruckte Anselm der Vertrag, und zwar wegen der Zeile für seinen eigentlichen Todestag. Er hatte hierfür nicht das gestrige Datum gewählt, sondern, einer spontanen Idee folgend, den Tag eingetragen, an dem er das erste Mal in seinem Leben einer Lohntätigkeit nachgehen musste.

Anselm faltete das Papier zusammen. Es schien ihm, als wäre es ein Abkommen mit dem Teufel, das er da in seiner Hosentasche verstaute. Aber er spürte auch Erleichterung darüber, dass diese Angelegenheit erledigt war und die mit Jeans und kariertem Hemd Bekleideten ihm nicht mehr nachstellen würden.

Oder doch?

Der letzte Anselm

Nein! Ganz sicher wird mich der Staatssicherheitsdienst in Ruhe lassen, sagte sich Anselm und verließ das Café. Er begab sich unbesorgt zu dem Auto, das er an der nächsten Straßenecke geparkt hatte. Zuletzt war er jenen Männern in Jeans und karierten Hemden am frühen Morgen vor der Telestation in Hamburg begegnet, kurz nachdem er die fünfhundert Kopien seiner selbst erstellt hatte. Er hatte flüchten müssen, wodurch sein Plan in einem winzigkleinen Detail durcheinandergeraten war. Das von Angelika Buske geliehene Geld, das er ihr gleich hatte zurückbringen wollen, trug er immer noch bei sich. Er war in den roten Golf gesprungen, den er vor Angelikas Haustür geparkt hatte, und gleich bis nach Berlin durchgefahren, wo er nach seiner Ankunft in das nächstbeste Reisebüro gegangen war, um sich ein Flugticket nach New York zu besorgen, was dann aber gar nicht mehr nötig gewesen war. Stattdessen hatte er sich die Mühe gemacht, mittels mehrerer Telefonate die Telefonnummer des Chefs der Schliemanz-Koch AG in Erfahrung zu bringen, was ihm letztendlich den soeben unterzeichneten Vertrag beschert hatte.

Nun konnte er die Freiheit genießen, denn zu Hause in der rechten unteren Schublade seines Schreibtisches warteten fünfhunderttausend Euro auf ihn. Das ist wie ein Lottogewinn, überlegte Anselm. Oder ist es mehr als das? Ein Lottogewinn ist schon sehr unwahrscheinlich. Eher bringt ein Affe, der vor einer Schreibmaschine sitzt und wahllos die Tasten drückt, das Wort »Affe« zu Papier, als dass ich mit einem Lottolos einen Sechser erziele. Mit einem Teletransport so viel Geld zu machen, ist sicher noch unwahrscheinlicher.

Anselm war stolz auf sich und seinen Gewinn. Er überlegte, was er sich von dem vielen Geld alles kaufen könnte, und blickte in die Schaufenster der Geschäfte, an denen er vorbeilief. Vor einem Juwelierfachgeschäft, das wertvolle Uhren anbot, blieb er stehen und suchte das teuerste der zwischen violettem Samtstoff schillernden Modelle. Die teuerste Uhr kostete einhundertzwanzigtausend Euro. Davon könnte ich mir vier Stück kaufen, dachte er. Für beide Arme jeweils eine und für die Beine ebenfalls. Wie verrückt doch Reichtum ist. Jede Sekunde, die eine solche Uhr tickt, kostet bald einen Euro. Da zähle ich die Sekunden doch lieber selbst, das ist billiger.

Es gab wenig Materielles, das er unbedingt besitzen wollte. Das Einzige, was er in dem Bewusstsein, einen gewaltigen Geldberg zu besitzen, empfand, war das angenehme Gefühl der Sicherheit, das Wissen darum, nicht mehr dem Zwang zu unterliegen, eine allein dem Zweck der Existenzsicherung dienende Lohnarbeit ausüben zu müssen. Mit der Arbeit ist es endgültig vorbei!, freute er sich. Ich werde den roten Golf jetzt dem DPS zurückbringen und Thomas Kopp, diesem Wichtigtuer, ins Gesicht sagen: Danke, das war's dann. Auf mich brauchen Sie nicht mehr zählen. Mehr Pakete fahre ich für Sie nicht aus.

Eine halbe Stunde später lenkte er den roten Golf auf den Hof des Kurierdienstunternehmens, parkte ein und stellte den Motor ab. Er lief die Blechtreppe hinauf und klopfte an die Tür, hinter der das Büro von Thomas Kopp lag.

»Ja?«, hörte er Thomas Kopp, den er durch die gewellte Glasscheibe bereits als verschwommenes Gebilde erkannte.

Anselm drückte die Klinke und trat ein. Thomas Kopp, der gerade etwas in seinen Terminplaner schrieb, blickte auf.

»Oh, Herr Hagen! Sie hier? Nachdem Sie sich das Auto haben klauen lassen?«

Daran hatte Anselm gar nicht gedacht. Eine seiner Kopien musste Kopp erklärt haben, dass das Fahrzeug gestohlen worden sei.

»Herr Kopp«, antwortete Anselm. »Das Auto, das hab ich wiedergefunden. Ich hab's nur an einer anderen Ecke geparkt, als ich dachte.«

»Was? Ihnen ist das Auto wirklich geklaut worden? Ich hab das mit dem Klauen nur vermutet, weil sich die Mitarbeiter immer erst am nächsten Tag melden, wenn ihnen das Auto abhanden gekommen ist.« Kopp lehnte sich zurück.

»Hat Ihnen keiner Bescheid gesagt, dass das Auto gestohlen worden ist?«, fragte Anselm.

»Nein. Wer denn?«

»Na, ich.«

»Sie?«

»Ja.«

»Nein.«

»Dann ist ja alles in Ordnung«, sagte Anselm.

»Ja? Alles in Ordnung? Das Auto ist wieder da?« Thomas Kopp drückte sich von seinem Stuhl hoch und reckte den Kopf in die Höhe, sodass er durchs Fenster hinunter auf den Hof blicken konnte. »Da ist doch das Auto«, sagte er.

»Sag ich doch«, sagte Anselm.

»Prima. Wie schön! Und jetzt wollen Sie mich sicherlich fragen, wohin Sie ihr nächster Job führt, richtig?«

Kopp lehnte sich wieder in seinen Bürostuhl und wippte mit der federnden Lehne. Anselm versuchte, sich so hinzustellen, dass er wichtig wirkte, und sagte: »Danke, das war's dann. Auf mich brauchen Sie nicht mehr zählen. Mehr Pakete fahre ich für Sie nicht aus.«

»Nein?« Kopp hörte augenblicklich mit Schaukeln auf. »Ach … das ist aber schade«, sagte er, beugte sich vor, blickte auf den Terminplaner und kratzte sich nachdenklich am Kopf. »Ich hätte es jedenfalls sehr begrüßt. Sie scheinen zwar manchmal etwas zu lange zu schlafen, aber immerhin haben Sie eine gewisse Zuverlässigkeit gezeigt. Den unterschriebenen Lieferschein für das Päckchen, das sie gestern geliefert haben, haben Sie doch sicherlich dabei …«

»Oh ja, natürlich«, sagte Anselm, zog den Zettel aus seiner linken Hosentasche und legte ihn auf den Schreibtisch.

Kopp faltete ihn auf, sein Blick flog über das Papier, dann zog er fragend die Augenbrauen hoch. »Was ist denn das? Vereinbarung zwischen Herrn Anselm Hagen … eigentlich verstorben am … Vertragspartner A …«

Der Tote fegte Thomas Kopp das Blatt aus den Händen und steckte es ein.

»Entschuldigung«, sagte er, zog aus der anderen Hosentasche die Quittung heraus und gab sie Kopp. »Das hier ist es.«

Kopp untersuchte den Schein, auf dem ein hellblaues Firmenlogo abgebildet war.

»Ja, das sieht gut aus, Herr Hagen. Sehr ordentlich, danke. Sie haben ausgezeichnete Arbeit geleistet. Nur, dass Sie das Auto ein bisschen zu spät zurückgebracht haben. Aber so was kommt vor. Lassen Sie mich raten, sie haben es gestern noch benutzt, um eine kleine Spritztour zu machen. Sie wollten eine Frau beeindrucken, habe ich recht?«

»Nein.«

»Na, wie dem auch sei. Wissen Sie, Herr Hagen? Ich an Ihrer Stelle hätte es wahrscheinlich auch so gemacht. Da hat man mal ein hübsches Auto. Warum nicht noch damit um den Block fahren?«

»Nein. Das hab ich wirklich nicht gemacht.«

»Ist ja auch egal, Herr Hagen. Ich bin überhaupt nicht nachtragend. Ich sag ja nur, ich hätte es genauso gemacht wie Sie.«

»Hm …«

»Also, Herr Hagen. Ich hab ein kleines Problem. Sie wissen doch, es ist Sommer, es ist Urlaubszeit, viele Leute sind verreist, liegen in der Südsee am Strand … Wer weiß … Die guten Leute sind eben weg. Zurzeit gibt es nur ganz wenige so zuverlässige Mitarbeiter wie Sie, Herr Hagen, wissen Sie das?«

»Ich? Ich bin zuverlässig?«

»Aber natürlich sind Sie das. Sie sind der … äh … der beste Fahrer, der je für unser Unternehmen auf Tour war. Also, Herr Hagen, ich hätte da nämlich noch eine Fuhre für Sie. Eine ganz besondere Fuhre. Ich zahle Ihnen auch das Doppelte.«

Thomas Kopp erhob sich von seinem Platz und kam um den Schreibtisch herum.

»Da schauen Sie mal hinter sich! Fünfundzwanzig kleine Päckchen stapeln sich da. Die wollen alle von Ihnen nach Hamburg gebracht werden. Gestern ist ja dummerweise noch ein kleines, klitzekleines Fehlerchen passiert.«

Anselm zuckte innerlich zusammen.

»Sie haben doch das Päckchen gestern in die Hauptmannstraße Numero 9 gebracht, richtig?«

»Ja, ganz korrekt.«

»Zu dumm. Da ist nämlich ein Aufkleber vertauscht worden. Also, die Sache ist so. Das Päckchen gestern hätte in die Siebertstraße 9 gebracht werden müssen, genauso wie diese fünfundzwanzig anderen Päckchen hier heute dorthin geliefert werden sollen. Wenn Sie das machen könnten … Und wenn Sie vorher in der Hauptmannstraße 9 vorbeischauen, dort das Päckchen von gestern abholen und dazupacken könnten? Ich zahle Ihnen das Doppelte.«

Anselm blickte auf den Stapel der fünfundzwanzig Päckchen unterschiedlicher Größe. Die Größe variierte zwischen beingroß, kopfgroß, armgroß, bauchgroß, magengroß, brustgroß und nieren-, leber- und herzgroß.

»Ich helf Ihnen auch beim Einladen«, sagte Kopp.

Anselm überlegte: Eigentlich könnte ich das machen. Warum auch nicht? Kopp zahlt das Doppelte, was mich zwar wenig reizt, aber ich könnte bei der Gelegenheit Angelika die geliehenen tausend Euro zurückbringen.

»Also, Herr Hagen, ich zahle Ihnen das Dreifache. Das ist doch jetzt wirklich ein Superangebot, oder? Wenn Sie da Nein sagen, würde ich mich aber sehr wundern.«

Anselm war verblüfft. Sonst kannte er nur Angebote wie: »Ich zahle die Hälfte« oder auch: »Sie kriegen höchstens ein Drittel.« Aber jetzt?

»Gut, ich mach's«, willigte er ein. »Aber nicht des Geldes wegen, Herr Kopp.«

»Prima! Ich hab's gewusst. Dann wollen wir das Zeug mal schnell einladen.«

Kopp stapelte sich die Hälfte der Päckchen auf die Arme, schob sich durch die Tür und ging die Treppe hinab. Anselm folgte ihm mit den anderen Päckchen.

Etwas später saß Anselm in einem roten Golf, hatte die Scheiben heruntergelassen und ließ sich den Ellenbogen bräunen. Auf der Rückbank lagen fünfundzwanzig Päckchen, auch der Fußbereich musste zur Unterbringung genutzt werden. Die Tachometernadel stand auf einhundertzwanzig, und die Reifen fegten über den grauen Beton der Autobahn.

Schnellere Fahrzeuge überholten ihn links, während er die langsamen LKW zur Rechten überholte. Bäume flimmerten vorbei, Anselm zog auf die freie rechte Spur herüber, der Motor summte monoton, die graue Fahrbahn erstreckte sich geradlinig vor der Frontscheibe, das Heck des vor ihm rollenden Autos blieb in konstantem Abstand zu seiner Motorhaube. Die Vöglein zwitscherten, und Anselm bekam einen unschönen Geschmack im Mund.

Es summte! Er schreckte auf, steuerte das Fahrzeug wieder ein Stück nach links, damit es den Standstreifen verließ. Das Auto vor ihm zog zum Überholen eines schlingernden LKWs auf die mittlere Spur, Anselm blickte in den Rückspiegel, es war frei, er schaltete den Blinker an, er zog ebenfalls auf die Mittelspur und überholte den LKW, der immer wieder mit einem Rad die Standspur ertastete.

Anselm lenkte den Golf zurück nach rechts, vor ihm fuhr ein Mercedes von einer Auffahrt auf die Autobahn. Im Rückspiegel sah er den schlingernden LKW, die Bäume flimmerten am Rand vorbei, der Motor summte monoton, die graue Fahrbahn erstreckte sich geradlinig vor der Frontscheibe, das Heck des vor ihm rollenden Autos blieb in konstantem Abstand zu seiner Motorhaube.

Am Rand der Fahrbahn standen kleine Pinguine und winkten ihm zu. Nein! Es waren keine Pinguine, es waren die Kilometersteine – weiße Steine, die mit schwarzen Strichen versehen waren und winkten. Die Vöglein zwitscherten und die Pinguine schnatterten, und sie winkten Anselm zu, dann summten sie und summten und summten und summten.

Anselm erwachte und riss das Lenkrad nach links, dann sah er den Stau! Nur noch wenige Meter trennten ihn von den stehenden Blechkarossen, die rasend schnell näher rückten. Er schlug mit der Hand auf den Knopf, der die Warnblinkanlage einschaltete, und mit dem Fuß presste er das Bremspedal bis zum Anschlag nieder, so weit es ging und so kräftig er konnte.

Anselm war eines klar: Selbst wenn er noch so stark bremste, die Reifen noch so laut quietschten, er würde dennoch das vor ihm stehende Fahrzeug rammen.

Mit siebzig Kilometern pro Stunde krachte er in das Heck eines Mercedes' und brach sich dabei, wie durch ein Wunder, lediglich beide Arme. Der explodierende Airbag hatte sie auseinandergeschmettert.

Wenige Sekunden später wurde er von einem auffahrenden LKW zerquetscht. Die fünfhundert leblosen Körper, die sich über den Rand der Lade des Kippers auf das Dach seines Autos ergossen, nahm er schon nicht mehr wahr.

Anselm am Strand

Anselm saß im Sand, hatte die Schuhe ausgezogen und ließ das Wasser an seinen Füßen lecken. Neben ihm lag ein Päckchen, das er nach Hamburg bringen sollte.

Kleine Schaumkronen tanzten auf den Wellen, und das Meer strahlte tiefblau bis zum fernen Horizont unter dem nahezu wolkenlosen Himmel. Die Sonne stand im Zenit, Möwen flogen umher und kreischten im Wind, die Luft war salzig und warm.

Seit kurzer Zeit saß er hier und erfreute sich des Blickes auf die weite See und des Rauschens der Brandung. Keine Abgase, kein Lärm von Presslufthämmern, quietschenden Reifen oder Hupen, nur das stete Aufschlagen des Wassers an die Küste, die Rufe und Gerüche der Natur umgaben ihn. Der weiße Strand zog sich menschenleer als schmaler Streifen in beiden Richtungen in die Ferne. Zum Festland hin erhoben sich mit Schilf bewachsene Dünen, und dahinter begann ein Wald, von dicken Bäumen mit hellen Stämmen geprägt. Vereinzelt schwangen Palmen ihre spitzen Wedel in der warmen Brise.

Wie Anselm hierhergekommen war, wusste er nicht. Er war plötzlich da gewesen und vom ersten Atemzug an von diesem paradiesischen Ort so überwältigt, dass es ihm fern lag, über sein Erscheinen hier überhaupt nachzudenken. Sofort hatte er die Gelegenheit beim Schopf gepackt, sich der Schuhe entledigt, war ein paar Schritte durch das kühle Wasser gewatet und hatte sich danach in den Sand gesetzt, um den Ausblick in die Ferne und das Sonnenlicht, das seinen Nacken wärmte, zu genießen.

Nun, nachdem ein wenig Zeit verstrichen war, erhob er sich, um zur Tagesordnung zurückzukehren und das Päckchen in Hamburg abzuliefern. Er wollte den Strand hinunterwandern, bis er auf Menschen träfe, die ihm sagen könnten, welcher Weg nach Hamburg führte.

Er lief drei Runden im Kreis, damit seine Füße im Sand trockneten, nahm die Socken aus den Schuhen und klopfte mit ihnen die Krümel von seinen Beinen, zog die Socken an, schlüpfte in die

Schuhe, band die Schnürsenkel zu, und als er das Päckchen aufheben wollte, war es fort.

Fassungslos starrte Anselm auf den Punkt, wo das Päckchen eben noch gelegen hatte. Es war nicht mehr da! Es war spurlos verschwunden!

Nachdenklich kratzte er sich am Kopf und überlegte: Bin ich gerade verrückt geworden? Hat die Sonne meinen Verstand verbrannt? Warum bin ich überhaupt hier?

Unschlüssig hockte er sich hin und betastete mit flacher Hand die Stelle, an der das Päckchen hätte liegen müssen. Er grub die Hände in den Boden und ließ den herausgeschaufelten Zuckersand durch seine Finger rieseln. Ein Päckchen blieb nicht hängen. Suchend blickte er sich um, als bestünde die Möglichkeit, ein plötzlich mit Beinchen ausstaffiertes und davonflitzendes Päckchen zu entdecken. Er fand jedoch nichts dergleichen, nur eine idyllische, menschen- und päckchenleere Küstenlandschaft.

Frustriert ließ er sich in den Schneidersitz fallen und stützte den Kopf in die Hände. Was war passiert? Wie konnte das Päckchen nur so plötzlich verschwinden? Sollte ihm etwa ein beispielloser Zufall einen Streich gespielt haben? Anselm wusste, dass sich alle Gegenstände, darunter auch nach Hamburg zu bringende Päckchen, aus Atomen zusammensetzten. Diese Atome, die je nach Temperatur mehr oder weniger heftig hin- und herschwangen, bewegten sich ungeordnet auf ihren Bahnen, stießen gelegentlich gegeneinander und prallten aneinander ab wie Billardkugeln auf grünem Filz. Somit war nicht auszuschließen, wenn auch höchst unwahrscheinlich, dass der Zufall einmal die Atome eines Gegenstands allesamt in die gleiche Richtung lenkte und dadurch ein Objekt, ohne dass eine äußere Kraft darauf hätte einwirken müssen, überraschend zum Himmel hinaufschoss.

Anselm blickte zum Himmel hinauf, doch da war nichts. Allein die Sonne blendete ihn. Einem äußerst unwahrscheinlichen Phänomen konnte er das Verschwinden des Päckchens, das er bis spätestens vier Uhr nachmittags abliefern sollte, wohl nicht zuschreiben.

Vielleicht hatte er es gar nicht dabeigehabt? War es nur eine Sinnestäuschung gewesen, dass er geglaubt hatte, neben seinen Schuhen liege ein schuhkartongroßes Päckchen? Anselm erhob sich und hackte die Fußspitzen in den Boden, fegte den staubigen Sand in dicken Wolken beiseite, buddelte tiefer, bis der Sand feucht wurde. Das vermisste Päckchen kam in der Mulde jedoch nicht zum Vorschein. Es war und blieb spurlos verschwunden.

Verärgert holte er sein Taschentelefon aus der Tasche und sah auf das Display, um die Uhrzeit zu erfahren, um zu erfahren, wie viel Zeit er noch hatte, das verlorene Päckchen wiederzufinden. Dabei bemerkte er, dass das Telefon keinen Funkkontakt hatte. An diesem Ort konnte er nicht telefonieren. So etwas kam für gewöhnlich nur in sehr entlegenen Gebieten vor.

Merkwürdig, dachte er und steckte nachdenklich das Telefon wieder ein. Er begriff nicht, wie er in diese Lage geraten war, und um sich nicht zwecklos aufzuhalten und den Kopf zu zerbrechen, beschloss er, die Suche nach dem Päckchen zunächst einzustellen und stattdessen den Strand hinunterzuwandern, bis er bewohnte Gebiete erreichte, wo er telefonieren und andere Menschen um Hilfe bitten könnte.

So ging er los, stapfte durch den lockeren Sand neben dem unentwegt rauschenden Wasser und erwartete, bald an Stellen zu gelangen, an denen halbnackte Menschen in der Sonne lagen, wo auf einem weißen Türmchen ein Bademeister Ausschau hielt und sich ein Gehweg die Dünen hinaufzog, an dessen Ende ein Hinweisschild nach Hamburg zeigte. Doch stets war der Strand menschenleer, und der Wald mit den dicken Bäumen und Palmen blieb ohne Lichtung.

Auch nach einer Stunde hatte sich das Bild nicht geändert. Der Telefonempfang blieb aus, Menschen gab es keine, zur Linken war das Meer und zur Rechten das Gehölz. Hätte es keine Fußspuren gegeben, die er hinter sich wusste, so hätte er sich immer noch am selben Ort geglaubt, an dem er seinen Marsch begonnen hatte.

Es verging eine weitere Stunde, ohne dass er etwas anderes erblickte. Strand, Meer, Wald und kein Telefonempfang. Er überlegte schon, in den Wald hineinzustoßen, doch befürchtete er, sich ausweglos im Grünen zu verlaufen. Der Strand dagegen war übersichtlich, und dieser Strand konnte sich doch nicht mehr unendlich weit hinziehen. Irgendwann musste etwas kommen, so war die Welt gebaut, so kannte Anselm sie, deshalb lief er weiter und fand gleich darauf wie zur Bestätigung Fußspuren.

Das gab ihm die Kraft, schneller zu werden. Er winkelte die Arme an und setzte seinen Weg im Dauerlauf fort. Etwas mehr als eine Stunde folgte er den Abdrücken, dann verdoppelten sie sich, was ihn keineswegs erfreute. Ihm kam ein unangenehmer Verdacht.

Erschöpft ließ er sich niederfallen, blickte zum Meer und sah die Mulde, die er zuvor bei der Suche nach dem Päckchen gegraben hatte. Anselm richtete sich auf, zog seine Schuhe aus und verglich die Sohlen mit den Abdrücken im Sand. Sie waren es. Es waren seine eigenen.

Er warf die Schuhe fort und lief zum Wasser, watete hinein, blieb stehen, stützte die Hände in die Hüften und blickte lange weit, weit, weit hinaus.

Er befand sich anscheinend auf einer Insel, warum auch immer. Er hatte sie zweimal umrundet. Für eine Umrundung zu Fuß hatte er mehr als zwei Stunden gebraucht. Bei einer geschätzten Geschwindigkeit von fünf Kilometern pro Stunde war er etwa zwölf Kilometer je Umrundung gelaufen, insgesamt also vierundzwanzig Kilometer. Seine Beine waren schlapp, und er war durstig. Das Wasser im Meer durfte er nicht trinken. Es war versalzen, das wusste Anselm, und er wusste ebenso, dass ein Mensch bestenfalls zwei Tage überleben konnte, ohne etwas zu trinken. Ihm blieb also nicht viel Zeit. Es gab jetzt keine dringlichere Aufgabe für ihn, als Süßwasser zu finden. Doch wo sollte er suchen? Gab es hier überhaupt Süßwasser? Wie stand es um die Möwen? Benötigten sie Süßwasser oder konnten sie aus der endlosen Quelle des Meeres schöpfen, da ihre Körper zum Verzehr salzigen Wassers geeignet waren?

Anselm blieb keine andere Wahl, als sich in den Wald zu schlagen.

Er zog seine Schuhe an und kletterte die Dünen hinauf.

Die Stämme der Bäume waren so dick, dass er sie nur zu dritt hätte vollständig umarmen können. Er betastete den ersten erreichten Baum, blickte zur Krone hinauf und sah den Himmel durch die Blätter flimmern. Den Stamm hinaufzuklettern schien aussichtslos, da das Holz an keiner Stelle genügend Halt bot. Zwar war die Oberfläche gefurcht wie ein muskulöses Bein, doch um sich daran mit den Händen festzuklammern, bedurfte es Pranken vom Ausmaß eines Tennisschlägers. Dass er in der Krone des Baums keine Wasservorräte finden würde, war Anselm bewusst, doch er könnte sich von der Spitze des Baums einen Überblick über das Terrain verschaffen, denn vielleicht gab es irgendwo einen Süßwasserteich, der von dort oben zu erspähen war.

Anselm ergriff eine hoch aus dem Geäst herabhängende Seilpflanze, um sich an ihr in die Höhe zu ziehen, er zerrte zweimal kräftig daran, es raschelte in den Blättern, Vögel flatterten kreischend auf, und er musste hastig beiseitespringen, um dem armdicken Ast, der zusammen mit der Seilpflanze zu Boden krachte, auszuweichen.

Darauf ließ Anselm von dem Baum ab und widmete sich dem Erdreich. Er fand festen dunklen Humus, bedeckt mit herabgefallenen Blättern und dünnen Zweigen. Mit der Fußspitze hackte er die Erde locker, kniete sich nieder und fegte die Brocken mit den Händen beiseite. Er nahm sich den Ast, den er gerade heruntergezerrt hatte, und hackte damit wie ein Kanufahrer in den Boden hinein. Doch bald warf er sein Werkzeug unzufrieden fort. Die Erde war durchsetzt von starkem Wurzelgehölz, das vernünftiges Graben verhinderte.

Er stand auf, klopfte seine Hände ab und überlegte, was er als Nächstes versuchen konnte, um Wasser zu finden. Jede Anstrengung, die er sich zumutete, verbrauchte Wasser und verkürzte so die ihm verbleibende Zeit. Er musste kühl und bedacht handeln und entschied sich mangels Alternativen, tiefer in das Dickicht, ins Inselinnere einzudringen.

Zwischen den Bäumen machten mannshohe Büsche das Gelände schwer zugänglich. Anselm kämpfte sich voran, indem er die Sträucher wie Vorhänge beiseite drückte und durch sie hindurchschlüpfte. Dabei zerkratzte er sich die Unterarme an den Stacheln, mit denen das Gestrüpp sich zu wehren versuchte. Mit den Füßen stemmte er Äste zur Seite oder knickte sie mit den Händen ab, er raschelte und knisterte sich durch das Dickicht, während am Boden kleines Getier davonstob, wenn er einen neuen Abschnitt erobert hatte.

Bald lichtete sich das Buschwerk, und Anselm, hinter dem die Sträucher noch zusammenfederten, trat auf einen schmalen Pfad.

Der Pfad schien von Menschenhand geschaffen, denn er war mit Steinen gepflastert, mit Steinen, die zwar kaum aus dem Erdreich blickten, aber dennoch den Pflanzen die Möglichkeit zur Ausbreitung nahmen. Nur ein paar Gräser lugten zwischen den Ritzen der Steine hervor und machten den Pfad, der ins Inselinnere führte und in anderer Richtung zum Strand zurück, etwas schwerer erkenntlich.

Anselm folgte dem Pfad ins Inselinnere und stieß nach wenigen Minuten auf eine Lichtung, auf der ein weiß verputztes Haus stand, bestehend aus zwei übereck liegenden Flügeln, geziert von einem rotem Ziegeldach. Gerettet!, dachte er und rannte über die Wiese, die von den Flügeln des einstöckigen Bauwerks umgeben war. Im rechten Flügel war eine Eingangstür, vor der im Gras zwei Liegestühle standen.

Anselm klopfte an die Tür. Nichts geschah. Er schlug heftiger gegen die Tür und rief: »Hallo! Ist da jemand? Hallo!« Es tat sich nichts, außer dass er beim Rufen spürte, wie ausgetrocknet seine Kehle bereits war. Als er durch das nächste Fenster neben der Tür blickte, sah er einen leeren Raum, die Wände waren unverputzt und der Fußboden aus schlichtem Beton gegossen, ohne Teppich oder weitere Einrichtung.

Anselm ging zur Tür zurück und drückte die Klinke. Die Tür öffnete sich, er betrat ein kleines Foyer, dem ebenfalls jegliche Ausstattung fehlte. Es schien, als ob das Haus gerade fertig geworden war und bald bezogen werden sollte.

Am Ende des Vorraums führte ein schmaler Korridor nach links. Er erstreckte sich hinter dem Zimmer, in welches Anselm von außen hineingespäht hatte. Die Tür dieses Zimmers stand offen, ebenso wie die nächste Tür, hinter der sich ein weiß gefliestes Bad mit Waschbecken, Dusche und Toilette auftat.

Sofort stürzte Anselm zum Wasserhahn, drehte ihn auf, und mit unermesslicher Freude sah er den Wasserstrahl. Er beugte sich vor und klemmte den Kopf in das Porzellanbecken, dann trank er das kalte, salzlose Wasser, fühlte es wohltuend seine Mundschleimhäute benetzen und in den Magen rinnen.

Vorerst war er gerettet, er konnte nicht mehr verdursten. Jetzt blieben ihm noch sechzig Tage, bevor er verhungern würde – er wusste, dass ein Mensch bis zu sechzig Tage ohne Nahrung auskommen konnte. Doch er war sich sicher, vorher fündig zu werden, jetzt, wo er in bewohnte Gebiete vorgedrungen war.

Nachdem er genügend getrunken hatte und die Flüssigkeit in seinem Magen gluckerte, verließ er das Badezimmer, um die anderen Räume im Hause zu untersuchen. Er fand noch ein großes Zimmer, das den gesamten linken Flügel einnahm und wahrscheinlich als Gemeinschaftswohnraum konzipiert war. Hier lag auch eine Kochnische mit Elektroherd.

Anselm ging wieder hinaus auf die Wiese und warf sich in einen der Liegestühle vor der Tür, legte die Hände auf den Bauch und entspannte sich.

Nanu? dachte er, als er plötzlich bemerkte, dass er im gelben Liegestuhl anstatt im roten saß. Er glaubte, sich in den roten geworfen zu haben, der jetzt links neben ihm stand. Rechts stand der gelbe und links der rote, obwohl er sich sicher war, dass sie zuvor andersherum aufgereiht waren. Oder war es doch umgekehrt? Vielleicht war er nur etwas überanstrengt von seinem Fußmarsch. Er legte den Kopf auf die Lehne, streckte die Beine aus und schloss die Augen.

Er schlief ein, und als er später die Augen wieder aufschlug, war es etwas kühler geworden und die Dunkelheit eingekehrt. Über ihm leuchtete ein prächtiger Sternenhimmel, und vom Rande der Lichtung her zirpten Grillen aus den Gräsern.

Anselm betrachtete das Firmament und suchte nach Sternbildern. Er wusste, wie der Große und der Kleine Wagen aussahen, und hatte auch gelernt, an der Deichsel des Kleinen Wagens den Polarstern zu finden. Doch nirgends konnte er einen der Wagen erkennen. Die Bilder, die sich ihm boten, waren ihm fremd. Er sah den Schleier einer Milchstraße und ungewöhnlich gruppierte Sterne über sich funkeln.

Anselm stand auf und ging in das Haus, wo er das erste Zimmer bezog, sich seiner Kleider entledigte und auf den Beton legte. Dann deckte er sich mit seiner Hose und seinem Hemd notdürftig zu und schlief zusammengekrümmt weiter.

Der erste Tag

Als Anselm die Augen aufschlug, war das Zimmer bereits mit Licht gefüllt. Verdammt, verschlafen!, war sein erster Gedanke, und er hob den Kopf. Sofort vermittelte ihm ein unbestimmtes Gefühl, dass etwas nicht in Ordnung war. Er lag auf einem harten Boden, das Zimmer, in dem er sich befand, entsprach nicht dem, das er normalerweise nach dem Erwachen erblickte.

Er warf die Kleidung beiseite und richtete sich auf. Durchs Fenster des kargen Raums sah er eine grüne Wiese, überstrahlt von blendendem Sonnenlicht, und nachdem er das Fenster geöffnet und sich hinausgelehnt hatte, erblickte er zwei Liegestühle. Er befand sich immer noch in derselben Umgebung wie am Abend zuvor.

Merkwürdig, dachte Anselm und schlurfte aus dem Zimmer hinaus in den Korridor, ging um die Ecke, wo er die Toilette wusste, und benutzte sie. Er zog an der Kette, die Spülung funktionierte ausgezeichnet.

Wenig später erschien er eingekleidet vor dem Haus neben den Liegestühlen. Er wollte die Gegend erkunden und nach anderen Menschen suchen, denn, wo immer er auch sein mochte, dieses Landgut musste jemand besitzen, irgendwo mussten sich Leute herumtreiben, die ihm erklären konnten, wo er sich befand und wie er wieder zurück in seine Heimat gelangen konnte. Zudem war er hungrig, weshalb er sich auch nach Essbarem umsehen wollte.

Anselm ging um das Haus herum. Die Wiese setzte sich hinter der Rückseite fort, wo sie auf einen Tennisplatz stieß, den ein mehrere Meter hoher Maschendrahtzaun umgab. Auf der weißen Kante des grünen Tennisnetzes, das an Aluminiumstangen über das rotbraune Spielfeld gespannt war, saßen zwei Vögel und blickten zu Anselm. Er klatschte in die Hände, und sie flatterten davon.

Links neben dem Platz war ein Teich, in dessen Oberfläche sich der Wald, der das Areal umschloss, spiegelte, und auch rechts begrenzten Bäume und Sträucher die Sicht, doch schimmerte noch etwas Helles, etwas Buntes durch sie hindurch. Anselm stieg durch das Gebüsch und fand dahinter eine Minigolfanlage. Er zählte neun Parcours, auf denen man kleine Bällchen durch schmale Bahnen über Wippen und enge Stege oder durch aufgeschnittene Autoreifen in ihre Löcher treiben konnte. Auch dieses Gelände, dessen Untergrund von festem Beton gebildet wurde, war umgeben von dichtem Wald.

Etwas enttäuscht kehrte Anselm zurück und begab sich an den Teich, den er bei gutem Anlauf mit einem Satz hätte überspringen können. Ein schmales Bächlein sprudelte in den Teich hinein und schlängelte sich von einem Steinbett getragen auf kleinen Umwegen in den Wald. Wurde Wasser an diesen Ort gespült, so musste es auch ein Gefälle und eine Quelle geben. Er folgte dem Rinnsal in das Gehölz und stieg eine gute Stunde dem Geplätscher nach, das sich unter Wurzelbrücken hindurch, an größeren Steinen vorbei oder als winziger Wasserfall über kleine Felsvorsprünge gießend durch das Gelände schlängelte. Dünne Äste knackten unter Anselms Schritten, manchmal patschte er mit dem Schuh ins Wasser; er merkte, dass es leicht bergauf ging. Bald wurde der Untergrund steiniger, und kurz darauf erblickte er eine Felsschräge, die karg und unbewachsen steil in die Höhe reichte. Der Bach, der ihn hierhergeführt hatte, ergoss sich aus einer handbreiten Spalte, wie sie das zerklüftete Gestein an vielen Stellen zeigte.

Anselm kraxelte auf allen Vieren das Massiv hinauf und gewann bald so weit an Höhe, dass die letzten Baumkronen unter ihm lagen und in seinem Rücken sich der endlose Ozean hinter dem grünen Waldmeer zeigte. Erschöpft erklomm er schließlich ein Gipfelplateau, dessen Ebene im Durchmesser so viel maß wie der Teich am Fuße des Berges.

In der Mitte stand ein Touristenfernrohr, das Anselm jedoch nicht benötigte, um zu erkennen, dass er vom Festland abgeschnitten war. Wo er seine Blicke auch hinführte, überall war das Land durch das weite, blaue, in der Ferne nebelig mit dem Himmel verschmelzende Meer begrenzt. Von hier aus erkannte er auch die Minigolfanlage und den Tennisplatz, die sich als bunte Flecken in dem sonst durchgängigen Grün präsentierten.

Nirgends konnte er noch andere Häuser ausmachen, die gesamte Insel schien verwildert, bis auf jene Stelle, an der Anselm die Nacht zugebracht hatte.

Das Fernrohr saß auf einer dicken Röhre mit einem stählernen Sockel. In der Röhre befand sich ein Schlitz zum Einwurf von Münzen, neben dem auf einem genieteten Messingschild *1 Euro/ Minute* eingraviert war. Anselm kramte in seinen Hosentaschen, fand jedoch die gewünschte Geldmenge nicht passend vor und kickte verärgert gegen den Sockel, der blechern nachhallte.

Anselm holte sein Taschentelefon aus der Tasche, um zu prüfen, ob es auf der Anhöhe funktionierte. Enttäuscht steckte er das Gerät wieder ein, da sich das Antennensymbol nicht im Display zeigte.

Von der Spitze des Berges fiel es ihm leicht, die Größe der Insel abzuschätzen. Anselm glaubte, er könne sich durch gezielte Rufe an jedem Punkt bemerkbar machen und legte die Hände um den Mund, dann rief er: »Hallo! Hallo! Hört mich jemand?«

Anschließend brüllte er: »Hallo! Kann mir jemand sagen, wie ich nach Hamburg komme?«

Und in anderer Richtung rief er: »Hallo! Hilfe! Ich will nach Hause! Kann ich mal bei irgendwem kurz telefonieren? Gibt's hier wen? Hallo! Hallo!«

Seine Rufe brachten nichts. Nur ein paar Vögel flatterten aus den Baumwipfeln.

Warum bin ich nur hier?, fragte er sich. Wie bin ich denn auf dieses Eiland geraten? Das Letzte, woran er sich erinnern konnte, war, dass er in einen silbernen Zylinder gestiegen war, um sich von Berlin nach Hamburg zu teleportieren. Er hatte seine Geldkarte in den Schlitz geschoben, einen Finger auf die Linse gelegt, die Geldkarte wieder an sich genommen – und stand plötzlich in der Sonne am Strand.

Aber wo bin ich nur?, überlegte er und blickte auf den Wald in der Tiefe. Mit Sicherheit bin ich nicht in Hamburg. Hamburg ist eine Stadt, dort müssten Häuser und Straßen sein. Das hier ist eine Insel, die allerhöchstens ebenfalls Hamburg heißt.

Wie auch immer die Insel tatsächlich heißen mochte, Anselm beschloss, sie Hamburg zu nennen, und das Grundstück mit dem

Haus, dem Tennis- und dem Minigolfplatz nannte er Hamburger Innenstadt, alles andere nannte er Hamburger Umland, bis auf den erhöhten Posten, an dem er sich gerade befand, den nannte er Hamburger Fernsehturm, da er von hier aus besonders weit blicken konnte.

Doch im Grunde nützte ihm das nichts. Hauptsächlich beschäftigte ihn nur eine einzige Frage: Wie konnte er bis zum nächsten Tag wieder zurück nach Berlin gelangen, denn am Abend des folgenden Tages wollte er mit Marie Kirschbaum tanzen gehen. Falls es ihm nicht gelänge, rechtzeitig die Heimat zu erreichen, könnte er sie nicht einmal anrufen, um ihr mitzuteilen, dass er auf einer einsamen Insel festsaß.

Anselm setzte sich und spürte, wie schonungslos die Sonne das kleine Felsplateau aufgeheizt hatte. Falls der Teletransport mich aus irgendeinem Grund versehentlich ans falsche Ziel gebracht hat, sucht man mich sicherlich schon, dachte Anselm und suchte mit konzentriertem Blick den Horizont nach einem Schiff ab. Doch er sah keins. Aber warum sollten sie auch ein Schiff benutzen?, fragte er sich. Wahrscheinlich kommen meine Retter mit einem Hubschrauber! Anselm suchte den Himmel dicht über dem Horizont ab, in der Hoffnung, er könnte vielleicht einen Punkt entdecken, der zu einem Hubschrauber heranwüchse. Doch bis auf Möwen, die in Ufernähe umherflogen und gelegentlich im Sturzflug ins Wasser stießen, war die Luft frei von fliegenden Objekten.

Dennoch hatte er die Gewissheit, dass er bald abgeholt werden würde, spätestens am nächsten Tag, und dann könnte er mit Marie tanzen gehen.

Er stand auf, kletterte den Fels hinab und lief den Bach entlang, bis er in der, von ihm so getauften, Hamburger Innenstadt ankam.

Anselm blickte auf den Teich, dann auf das Haus und den Tennisplatz. Was war das nur für eine Insel? War es ein verlassener Urlaubsort? Gehörte sie einem Reichen, der ab und an mit seiner Yacht hier vorbeikam? Wäre dann aber die Einrichtung des Hauses so karg ausgefallen? Schließlich war nicht ein einziges Möbelstück darin. Hatten Piraten das Haus leergeräumt? Wo war Anselm?

Er musste sich mit seiner Lage abfinden und unter den gegebenen Umständen seine Existenz sichern. Sein leerer Magen quälte ihn mittlerweile sehr, und er fragte sich, ob die reichhaltige Natur nicht einige Speisen für ihn bereithalte. Er lief den Pfad zum Strand hinunter und suchte dabei die Sträucher ab, schaute unter die Blätter und fand bald zahlreiche Walderdbeeren, die er absammelte und in sich hineinstopfte. Gebückt ging er Schritt für Schritt den Weg entlang und verspeiste die süßen roten Kügelchen, bis er bei den Dünen anlangte und den Strand und die See vor sich sah.

Er war noch nicht satt, und da kam ihm die Staudenpflanze, die er am Rande des Waldes an den Dünen entdeckte, wie gerufen. Sie trug Bananen, von denen er sogleich eine ganze Tatze verzehrte, womit er seinen Hunger stillte. Es gab noch viele weitere Bananenpflanzen, die entlang der Dünen wuchsen, von denen allein sich Anselm wohl auf Dauer hätte ernähren können, doch glaubte er, dass dies nicht nötig sein würde, denn er rechnete fest damit, dass spätestens am nächsten Tag ein Schiff oder ein Hubschrauber kommen und ihn retten würde.

Nur die folgende Nacht würde er wohl noch auf der Insel verbringen, und hierzu wollte er sich einen bequemeren Schlafplatz herrichten, als ihm der nackte Fußboden in dem kleinen Zimmer des Hauses bot. Er begann, der Bananenpflanze die Blätter abzureißen und stapelte das grüne Material am Wegesrand. Er entblätterte weitere Pflanzen, bis der Haufen auf Hüfthöhe herangewachsen war. Dreimal musste er zwischen Strand und Haus hin- und herlaufen, dann war die Bettunterlage zum Haus gebracht. Durchs geöffnete Fenster hievte er die Blätter in das kleine Zimmer, drinnen schob er das grüne Material zu einer Matratze zusammen, auf die er sich sogleich zur Probe legte. Auf dem Rücken ausgestreckt, die Hände unter dem Kopf zur Decke blickend, befand er den Platz für gut gepolstert. So könnte er die Nacht gerecht verbringen und seinen Rettern am nächsten Morgen ausgeschlafen entgegenwinken. Was jetzt noch fehlte, war eine Bettdecke, doch solchen Luxus gab es nicht, für eine Nacht musste es auch ohne gehen.

Er schloss die Augen und dachte an Marie: Was macht sie wohl in diesem Augenblick? Arbeitet sie gerade? Denkt sie manchmal an mich? Freut sie sich schon auf morgen Abend?

Wohin werden wir überhaupt gehen? Darüber hatten sie noch gar nicht gesprochen, und Anselm wusste auch nicht, was sich Marie unter Tanzen überhaupt vorstellte. Sollte es ein Tangoabend in einem Ballhaus oder ein technobeschallter Keller mit Drogen und Laserlicht sein?

Anselm träumte beide Varianten durch: Im Untergrund zwischen wummernden Bässen, die das Essen im Magen durchrührten, stand er gelangweilt in der Ecke, und Marie zappelte im Blitzlicht, bis sie fast in Trance zu Boden stürzte. Gespräche konnten sie keine führen – entweder war die Musik zu laut oder Marie bewusstlos. Im Ballhaus hingegen war es anders. Anselm beherrschte den Tango nicht. Hilflos stand er Marie gegenüber, legte einen Arm um ihre Hüfte, hielt mit einer Hand ihre Hand und versuchte, sie zum Takt der Musik über das Parkett zu leiten. Später stand er am Rand und schaute zu, wie sie sich von einem anderen Mann, der die Schritte beherrschte, führen ließ.

Schließlich ging er noch eine dritte Möglichkeit durch, bei der sie beide das Tanzbein nicht schwangen und stattdessen in einer ruhigen Ecke saßen, Gespräche führten, sich zulächelten, gelegentlich berührten und zum Schluss gemeinsam nach Hause gingen.

So verdöste Anselm den Nachmittag, und als die Dämmerung gekommen war, holte er sich noch ein paar Bananen, die er vor dem Haus im gelben Liegestuhl verspeiste, während er den dunkler werdenden Himmel beobachtete, bis die Nacht eintrat und die ersten Sterne aufflackerten. Das Zirpen der Grillen schwoll an, und im Konzert der geigenden Insekten schlief Anselm ein, bis er zu später Stunde wieder erwachte, sich ins Haus zurückzog, auf das selbst gefertigte Bett legte, mit seiner Kleidung zudeckte und weiterschlief.

Der zweite Tag

Am nächsten Morgen kletterte Anselm sofort, nachdem er erwacht war, auf den Berg, saß unbewegt in der Hitze neben dem Fernrohr und wartete darauf, dass ein Schiff oder ein Hubschrauber käme. Doch vergeblich suchte er den Horizont ab, bis die Dämmerung hereinbrach und er den Berg wieder hinabstieg.

Traurig saß er im Liegestuhl, sah zum Sternenhimmel auf und kaute eine Banane. Jetzt war der Zeitpunkt gekommen, da er mit Marie beim Tanze sein wollte. Er blickte auf sein Taschentelefon, das ihm mit leuchtendem Display die Uhrzeit zeigte, dann piepste es kurz und schaltete sich ab. Die Batterie war leer. Anselm ließ das Gerät ins Gras gleiten, aß das letzte Stückchen Banane und warf die Schale fort.

Wahrscheinlich hatte Marie bis zuletzt auf seinen Anruf gewartet und bestimmt mehrmals versucht, ihn zu erreichen, um herauszubekommen, weshalb er sich nicht meldete.

Jetzt ist sie ohne mich tanzen gegangen, dachte Anselm. Vermutlich dreht sie gerade ihre Kreise auf dem Parkett, geführt von einem galanten Herrn, den sie dort kennengelernt hat, der sie später noch heimbringen wird. Vielleicht schwingt sie auch ihren Körper zu donnernden Bässen in einem Keller, schluckt Pillen und wird später von einem coolen Typen mitgenommen, oder sie tanzt gar nicht und sitzt mit einem guten Freund in einem teuren Restaurant, unterhält sich mit ihm, trinkt Rotwein, lächelt dabei und später gehen sie gemeinsam zu ihr?

Anselm kniff die Augen zu und ballte die Hände zu Fäusten. Er drückte seine Fäuste so kräftig zusammen, dass sie zitterten. Noch nie hatte er sich so einsam gefühlt, noch nie war er sämtlicher Möglichkeiten beraubt, mit anderen Menschen zu kommunizieren, noch nie hatte er sich so machtlos gesehen wie jetzt. Er spürte den Drang, irgendetwas zu unternehmen, um Marie zu erreichen, um irgendjemanden zu erreichen, doch es gab keinen

Weg. Die Insel hielt ihn gefangen, hier war er abgeschnitten von der Welt, die er kannte und liebte.

Leise schluchzend entspannte er seine Hände und ließ die Arme kraftlos hängen. Am liebsten hätte er sich jetzt betrunken. Doch womit? Ihm stand nichts als salziges Meerwasser zur Verfügung. Er fragte sich, wie es wirkte, wenn er es tränke, und verspürte mit einem Mal Lust, es zu versuchen.

Er sprang aus dem Liegestuhl und rannte über den schmalen Pfad durch die Dunkelheit, stolperte die Dünen hinab und kniete sich ans Meeresufer. Mit hohlen Handflächen schöpfte er die in kleinen Wellen heranschwappende Flüssigkeit, hob sie an seinen Mund, warf den Kopf in den Nacken und schluckte sie. Das Salz brannte in seinem Rachen und auf der Zunge. Es schmeckte ihm nicht, und dennoch trank er weiter – Schluck für Schluck warf er am Rande der rauschenden See ihr salziges Wasser in sich hinein, bis es sein Magen gemeinsam mit halbverdauten Bananenstückchen schnellstmöglich wieder herauswerfen wollte. Anselm würgte und spie den säuerlichen Brei ins Meer, wo dieser auf den Wellen wippte und sich mit den Schaumkronen vermengte. Ermattet warf Anselm sich rücklings in den Sand und sah die Sterne. Aber gleich überkamen ihn neue Wallungen, und er musste sich abermals nach vorn beugen, als sein Mageninhalt in seinem Hals aufstieg.

Es wirkte erleichternd. Mit einem Male fühlte er sich frei – genauso frei, wie er sich gefühlt hatte, nachdem er das erste Mal in seinem Leben zu viel Alkohol getrunken und sich danach erbrochen hatte.

Sein Ärger schien wie fortgespült, und als er wieder auf dem Rücken im weichen Sand lag und zum Nachthimmel aufsah, war er sich plötzlich gewiss, es werde sich alles zum Guten wenden. Es konnte nicht mehr lange dauern, bis ein Schiff oder ein Hubschrauber käme, um ihn abzuholen.

Sicher ist Marie gar nicht ohne mich tanzen gegangen, dachte er. Wahrscheinlich hat sie vergeblich auf meinen Anruf gewartet, mehrmals versucht, mich anzurufen, und nun sucht sie mich, denn dass ich verschollen bin, hat zuvor vielleicht noch niemand bemerkt.

Mit neuem Mut ging er den Pfad zum Haus zurück, spülte sich den Mund im Badezimmer aus und machte es sich danach wieder im Liegestuhl bequem. Er beobachtete den Sternenhimmel und verband im Geiste einzelne Himmelskörper mit Linien, sodass sie Maries Gesicht darstellten, und er stellte sich das Gespräch vor, das sie nach seiner Rückkehr führen würden: »Hallo Marie! Ich habe die ganze Zeit an dich gedacht. Jeden Abend! Ich habe schon befürchtet, dass ich dich nie wiedersehen würde.« – »Mensch! Du bist aber braun geworden«, antwortete sie. Dann fielen seine Augen zu, und er schlief im Zirpen der Grillen ein. Später wachte er noch einmal auf und ging ins Haus, wo er sich auszog und auf die Bananenblattmatratze legte.

Anselm als Jäger

Es war bereits das siebte Mal, dass Anselm die Nacht auf der Insel verbracht hatte und im Licht der über dem Eiland aufsteigenden Sonne erwachte. Er hob den Kopf, prüfte, ob er sich noch immer in der fremden Umgebung befand, und ließ den Kopf wieder sinken, nachdem er dies bestätigt wusste. Anselm schien es zwecklos, heute wieder, wie an den vergangenen Tagen auch, auf den Berg zu klettern, um den Horizont nach Schiffen oder Hubschraubern abzusuchen. Selbst wenn zufällig ein Schiff vorbeikäme, könnte er sich überhaupt nicht bemerkbar machen. Er könnte auf seiner Anhöhe herumspringen, winken und rufen, aber auf dem Schiff nähme ihn niemand wahr.

Er warf die Kleidung beiseite, mit der er sich zugedeckt hatte, und stand auf. Wozu soll ich das Zeug überhaupt anziehen?, sagte er sich. Es ist warm genug, die Sonne scheint hier jeden Tag. Wenn ich Kleidung trage, dann doch nur, um meinen Körper den Blicken anderer zu entziehen. Doch wo gibt es andere hier? Ich bin allein!

Anselm ging hinaus und warf sich in den gelben Liegestuhl. Er entschied, nicht mehr auf den Berg zu klettern. Früher oder später werden sie mich sowieso finden, dachte er. Vielleicht wissen sie nicht genau, auf welche Insel es mich verschlagen hat. Jetzt müssen sie sämtliche Ozeane nach mir absuchen. Das braucht Zeit, ich muss mich noch ein wenig gedulden.

Er fand sich mit seinem Schicksal vorerst ab und beschloss, sich in seinem neuen Zuhause besser einzurichten. Die Bananen hingen ihm zum Hals heraus – er musste andere, abwechslungsreichere Nahrungsquellen erschließen. Das Bett, auf dem er jeden Tag schlief, war eingetrocknet und raschelte – er musste sich einen vernünftigen Schlafplatz bauen. Die Batterie seines Taschentelefons war leer, er wusste die Uhrzeit nicht mehr – er würde sich ein Instrument zur Messung der Zeit konstruieren, und mit dieser Aufgabe wollte er beginnen.

Er ging hinunter zum Strand, um einen Stein zu suchen, den er als Werkzeug verwenden konnte, doch als er barfuß und nackt über den Zuckersand lief, die Brandung rauschen hörte, verspürte er plötzlich Lust, ins Wasser zu springen, sprintete darauf zu und hechtete kopfüber hinein. Er kraulte ein Stück in die offene See hinaus, zog eine Runde auf dem Rücken und machte dann Toter Mann. Als er sich so auf dem Rücken liegend an der Oberfläche treiben ließ, fühlte er sich zum ersten Mal seit sieben Tagen richtig wohl. Es tat ihm gut, seinen Körper vom Wasser umspülen und seinen Rücken von der Strömung massieren zu lassen. Zufrieden blickte er zum Himmel hinauf und hörte die Wellen an seine Ohren schwappen.

Vielleicht bin ich tatsächlich ein toter Mann, dachte Anselm. Vielleicht bin ich gestorben, in Berlin, als ich die Teleportzelle betreten habe, und das hier ist das Leben nach dem Tod, das Paradies.

Der Himmel war so wunderbar blau, die Sonne schien so herrlich warm, der Strand und die Luft waren so rein wie nirgendwo. Anselm lag im Wasser wie ein Engel auf einer Wolke.

Wenn ich tatsächlich gestorben bin und dies hier ist das Paradies, überlegte er, dann bin ich der Erste überhaupt, der es hierhergeschafft hat und der ewigen Verdammnis entgangen ist.

Anselm paddelte noch einige Runden, dann schwamm er zurück, und als er den Strand betreten hatte, breitete er die Arme aus und rief, den Kopf zum Himmel gewandt: »Hi, Gott! Schick mir wenigstens auch Marie hierher! Selbst, wenn ich mir dafür eine Rippe herausreißen müsste.«

Er ließ sich in den Sand fallen und wälzte sich darin, wodurch er seinen Körper wie ein Schnitzel panierte, blieb noch einige Minuten reglos liegen, bis er sich wieder erhob und einen spitzen Stein auflas, mit dem er zum Haus zurückkehrte.

An der fensterlosen Wand, die den rechten Flügel des Bauwerks begrenzte, ritzte er vier senkrechte Striche in den Putz und durchkreuzte sie mit einem fünften quer. Daneben fügte er zwei weitere hinzu. Anselm legte den Stein ab und betrachtete zufrieden sein Werk. Diese Wand sollte von nun an sein Instrument zum Zählen der Tage sein. Die Uhr war installiert.

Als nächstes wollte er sich etwas Vernünftiges zu essen beschaffen. Bananen waren auf Dauer unerträglich und boten auch nicht sämtliche Nährstoffe, die er benötigte.

Anselm hatte noch nie vor der Aufgabe gestanden, in der Natur nach Essbarem zu suchen. Wenn er auf etwas Appetit hatte, ging er normalerweise zum Kühlschrank und nahm es sich heraus, war der Kühlschrank leer, ging er ins nächste Geschäft und kaufte es, oder er besuchte ein Restaurant, wo man ihm die Mahlzeit servierte. Doch auf dieser Insel gab es keine Kaufhallen und keine Pizzerien, nicht einmal eine Fastfoodkette hatte wohl je eine Filiale hier eröffnet.

Anselm fragte sich, wie er zu einem saftigen Steak gelangen könnte, das mit Ketchup und Senf zwischen Toastbrotscheiben und frischem Salat klemmte. Fleisch müsste er sich in den Wäldern erjagen. Für die Herstellung von Toastbrot benötigte er Weizen, eine Mühle, Mehl. Zur Herstellung von Ketchup musste er Tomaten finden, und für Senf benötigte er Senfkörner. Senfkörner hatte er in seinem Leben bisher nur zu einem Zweck verwendet, nämlich dazu, sie in der Schule durch einen Strohhalm gegen die Klassenkameraden oder die zur Tafel gewandte Lehrerin zu blasen.

Anselm sah sich vor einer Reihe Aufgaben. Eine Waffe musste her, um Wild zu erlegen: eine Machete.

Anselm lief hinter das Haus, wo er die im Maschendrahtzaun eingebrachte Tür, durch die der Tennisplatz zu betreten war, aus den Angeln hob und auf den Boden legte. Er stellte sich mit den Füßen auf den Eisenrahmen und versuchte die flache Querstrebe, die der Stabilisierung des Rahmens diente, herauszureißen, doch vergebens, die Schweißnähte hielten stand. Erst, nachdem er die Querstrebe zwei Stunden mit einem scharfkantigen Stein eingeritzt hatte, gelang es ihm, sie mit unzähligen Fußtritten an einer Seite herauszubrechen. Um sie auch am anderen Ende zu lösen, musste er sie in schweißtreibender Arbeit noch etliche Male auf- und abbiegen.

Erschöpft trottete Anselm schließlich mit der abgetrennten Strebe, die vom Boden bis etwa an seine Hüften reichte, ins Haus zurück, wo er sie im Zimmer an die Wand lehnte, sich ins Bad begab und seinen Kopf unter den Wasserhahn hielt.

Allmählich begriff er, wie gewaltig die Aufgaben waren, die er noch zu bewältigen hatte, wie viele kleine, aber anstrengende Arbeitsschritte er durchführen musste, bis er endlich ein vernünftiges Sandwich in den Händen halten würde.

Was haben die Menschen in den Generationen vor mir nicht alles geleistet, damit es schließlich Geschäfte gab, in denen man die Nahrungsmittel fertig kaufen konnte, dachte Anselm. Und sie hatten es noch schwerer als ich. Sie besaßen keine Tennisplatzzäune, die sie ausschlachten konnten. Sie mussten erst einmal das Erz entdecken und den Siemens-Martin-Ofen erfinden, damit sie Stahl gewinnen konnten, um Tennisplatzzäune zum Ausschlachten herzustellen.

Anselm drehte den Wasserhahn zu, zog seinen Kopf aus dem Becken und lief mit dem flachen Eisenstab in den Händen zum Strand, wo er einen großen Stein suchte, an dem er das Metall bis zum Sonnenuntergang wetzte.

So anstrengend kann Arbeit sein, dachte er, als er wieder im Liegestuhl lag und die Sterne beobachtete. In seinem Schoß ruhte sein Tageswerk, eine Art Schwert, das vorne spitz und beidseitig scharf geschliffen war.

So schlief er im Zirpen der Grillen ein, bis er später erwachte und sich im Haus verkroch, und als die Sonne am nächsten Morgen ihre ersten Lichtstrahlen über die Wiese schickte, machte er sich auf den Weg und schlug sich hinter dem Minigolfplatz in den Wald.

Die Bäume standen hier sehr dicht, sodass in der Höhe ihre Kronen ineinandergriffen. Das Sonnenlicht drang nur in feinen Strahlen durch die Blätter und zeichnete helle Punkte auf den mit dünnem Geäst übersäten Boden. Hier kam er leicht voran, nur gelegentlich hingen ein paar Seilpflanzen herab, die Anselm schwungvoll mit seiner Waffe zerteilte.

Anselm war noch nicht lange durch den Wald gelaufen, da begegnete er dem ersten Hasen, der ein paar am Boden sprießende Kleeblätter abknabberte, aber sofort, als er Anselm bemerkte, den Kopf hob, die Löffel aufstellte und im nächsten Moment blitzschnell davonhoppelte. Anselm warf ihm sein Schwert wie einen Speer hinterher, verfehlte den Hasen aber um Längen.

Das Schwert landete hinter einem Busch am Fuße eines Baumes und sprang danach im Rücken eines kreischenden Wildschweins hervor. Das Schwein drehte sich auf der Stelle im Kreis, es schrie wie am Spieß. Anselm wich erschrocken über seinen unerwarteten Treffer zurück, er wartete ab, bis dem Tier die Kräfte schwanden, bis es nur noch schwach röchelnd am Boden lag und schließlich vollends verstummte. Erst jetzt wagte er sich vorsichtig an das Wildschwein heran, eine Wildsau, wie Anselm erkannte. Bevor er jedoch das Schwert aus der Sau herauszog, drückte er es noch einmal tiefer in ihren Leib und rührte damit um. Er wollte sicherstellen, dass das Schwein wirklich tot war und keine Gefahr mehr von ihm ausging, und während er die Klinge drehte, drang auf einmal ein leises Quieken aus dem Busch. Flugs zog Anselm das Schwert aus dem Schwein und trat, die blutbeschmierte Klinge vor den Körper haltend, an das Strauchwerk heran. Dahinter entdeckte er sechs Frischlinge, braun und weiß gestreift, ängstlich am Boden zusammengekauert, mit niedlichen Äuglein. Als sie den Mörder ihres Elterntieres sahen, erhoben sie sich, wackelten neugierig auf ihn zu und beschnupperten das Blut an seinem Schwert. Anselm wich zurück, die Jungtiere schauten erschrocken dem fortgerissenen Schwert nach, stolperten durcheinander und dann ihrer toten Mutter entgegen, unter deren Leib sie zu kriechen versuchten.

Anselm steckte das Schwert in den Boden und stütze sich darauf ab. Gerührt beobachtete er, wie die Frischlinge unbeholfen Schutz unter der toten Mutter suchten, und mit Wehmut nahm er ihnen das Muttertier weg. Er packte das Schwein an den Vorder- und Hinterhaxen, wuchtete es sich über die Schultern und trat den Heimweg an. Die Last wog schwer, er lief vornübergebeugt, stützte mit einer Hand das erjagte Wild auf seinen Schultern und hielt in der anderen das Schwert.

Die Frischlinge tappelten ihm nach, kreischten, quiekten und schrien, blickten flehend auf, tanzten um Anselms Beine herum und sprangen an ihm hoch. Anselm versuchte schneller zu laufen, doch das Wildschwein auf seinen Schultern, dessen Blut über seinen Rücken rann, war zu schwer. Den Frischlingen vermochte er nicht zu entkommen, und so waren sie immer noch an seiner

Seite, als er den Minigolfplatz überquerte, und sie folgten ihm bis auf den Tennisplatz, wo er die Beute ablegte.

Während die Kleinen ihre leblose Mutter beschnupperten und sich an ihren Leib drängten, hängte Anselm die um eine Querstrebe reduzierte Tür wieder ein, denn zum Verschließen des Tennisplatzes, der nun als Gehege für die Frischlinge dienen sollte, genügte sie noch allemal. Danach schleifte er unter dem Gekreisch von sechs Frischlingen die Muttersau vom Tennisplatz, zwängte sie und sich durch die Tür, die nur einen Spalt geöffnete war, schloss die Tür und stieß dabei die Frischlinge, die ihm folgen wollten, mit den Füßen zurück. Die Jungtiere stupsten ihre Näschen gegen den Zaun, versuchten das Drahtgeflecht aufzuknabbern, doch sie mussten verzweifelt mit ansehen, wie Anselm das Muttertier fortschleifte und mit ihm um die Ecke hinter dem Haus verschwand.

Dort warf er sich entkräftet in den gelben Liegestuhl und betrachtete seine Beute. Noch nie hatte er ein Schwein ausgenommen.

Ich werde es einfach mit dem Schwert zerschneiden und nach Gutdünken in brauchbare und unbrauchbare Bestandteile zerlegen, überlegte er. Aber wie soll ich das Fleisch garen? Ich hab doch gar kein Feuer hier. Nun muss ich auch noch versuchen, Feuer zu machen, Zunder suchen und Stöckchen aneinanderreiben, bis es brennt. Aber halt! War nicht ein Herd in der Küche?

Anselm ging ins Haus. Da war er, ein gewöhnlicher, weiß verkleideter Elektroherd mit vier Herdplatten und Ofen. Anselm drehte den Knopf für die größte Platte und prüfte vorsichtig mit einem Finger die Temperatur. Die Platte wurde warm, dann wärmer, dann heiß!

Merkwürdig, dachte er. Sehr, sehr merkwürdig. Auf dieser Insel gibt es Strom! Woher kommt der?

Am Nachmittag zerlegte Anselm das Tier und vergrub das überschüssige Fleisch und die Knochen am Rand der Wiese im Wald. In einem Bräter, den er in der Backröhre des Herds gefunden hatte, bereitete er das Fleisch zu, das er lediglich mit etwas Meerwasser würzte. Die Dunkelheit war hereingebrochen, als das Essen endlich angerichtet war.

Den Frischlingen im Zwinger hinter dem Haus hatte Anselm Bananen gebracht, und während die Sterne vom Himmel leuchteten und die Frischlinge sich an den Bananen labten, saß Anselm in seinem Liegestuhl und nagte das Fleisch ihrer Mutter von einer Keule.

Anselm als Seefahrer

Sieben Monate später waren die Frischlinge zu stattlichen Tieren herangewachsen. Im Haus hatte sich einiges verändert. Im Zimmer mit der Küchenzeile stand jetzt ein aus groben Holzstämmen gefertigter Tisch mit zwei Baumstümpfen, die als Hocker dienten. Anselm hatte gleich zwei Hocker angefertigt, für den Fall, dass er einmal Besuch bekäme. Im kleinen Zimmer, dem Schlafzimmer, war die Bananenblattmatratze einem zusammengelegten Tennisnetz als Schlafstätte gewichen.

Die Waldgebiete kannte Anselm mittlerweile bis in die letzten Winkel. Systematisch hatte er die Gefilde nach anderen Lebewesen, Essbarem und sonstigen brauchbaren Dingen abgesucht. Er hatte vieles gefunden – Tomatenpflanzen, Senf und Weizen. Es war ihm schon gelungen, Brot zu backen, und mit einem Bogen, den er aus biegsamem Holz gefertigt hatte und dessen Sehne ein Stück Seil aus dem Tennisnetz bildete, war er imstande, mit aus Schilfrohr gefertigten Pfeilen Hasen zu erlegen.

Anselm erwachte, wie an vielen anderen Tagen zuvor auch und stieg von seiner Tennisnetzmatratze. Er trat auf die Wiese, reckte sich der Sonne entgegen, lief zur Wand, die den linken Flügel des Hauses begrenzte, nahm den Stein und kratzte einen neuen Strich in den Putz.

Ein neuer Tag hatte begonnen, und vom Tennisplatz her hörte er die Tiere toben. Sie spürten, hörten und rochen, dass ihr Meister nun auf den Beinen war und erwarteten voller Vorfreude das kommende Ritual. Er ging ums Haus, wo er ein Lager aus Bananenstauden angelegt hatte, nahm einige davon und warf sie in das Gehege zu den Schweinen, die sich gierig auf ihr Frühstück stürzten. So veredelte Anselm die Bananen, die er dann später in Form von Fleisch verzehren könnte. Doch bevor er eines der Schweine vom Tennisplatz schlachten würde, wollte Anselm abwarten, bis sie Nachwuchs bekommen hatten, denn die Schweine im Gehege schienen die einzigen auf dieser Insel zu sein. Auf keiner Wanderung durch das Gehölz waren ihm jemals weitere Wildschweine begegnet. Nur Hasen gab es im Überfluss, sie waren in so großer Zahl in den Wäldern vertreten, dass eine Wanderung, auf der Anselm nicht wenigstens einem Hasen begegnete, unmöglich war.

Die Arbeitszeit, die Anselm hier zum Leben aufwenden musste, war äußerst gering. Hatte er vorher in der Stadt acht Stunden pro Tag an fünf Tagen der Woche arbeiten müssen, um einigermaßen komfortabel wohnen, essen und trinken zu können, bekam er hier die Wohnung, das Essen und das Trinken, fast ohne eine Leistung dafür erbringen zu müssen. Die Tage gestalteten sich einfach: Er stand morgens auf, zeichnete einen Strich, fütterte die Tiere und ging, wenn es ihm beliebte, vielleicht einen Hasen fangen, vielleicht erntete er auch ein wenig Korn und buk ein Brot.

Häufig ging er nur zum Strand hinunter, lag dort in der Sonne oder badete im schäumenden Meer, wobei er gelegentlich von dem Leben in der Stadt träumte. Es war nicht so, dass er die Stadt mit dem Lärm und der Eile wirklich vermisste, doch die Einsamkeit auf der Insel erdrückte ihn, sie quälte ihn, weshalb er sich immer wieder in seinen Träumen zurück in die Stadt dachte. Für Anselm gab es zwei Leben. Das erste existierte nur noch in seiner Erinnerung und endete abrupt vor sieben Monaten. Das andere lebte er jetzt.

Die Hoffnung, dass bald ein Schiff oder ein Hubschrauber käme, war geringer geworden. Er glaubte zwar noch fest daran, dass man ihn suchen und jede existierende Insel systematisch durchkämmen würde, doch schien es der Zufall zu wollen, dass erst die letzte Insel, die man absuchte, seine wäre, so als wäre ein Zahlenschloss zu knacken, dessen dreistellige Geheimzahl die 999 war und bei dem man mit null beginnend alle Codes durchprobieren würde, um es zu knacken. Erst mit dem letzten Versuch wäre das Schloss geöffnet. Und wäre die Lösungszahl die 500, würde man bei null beginnend die Kombinationen bis 499 überprüfen und sich dann entscheiden, rückwärts bei 999 beginnend die restlichen Kombinationen zu testen. Anselms Insel war anscheinend diese fünfhundertste, die sich den Blicken der Suchenden als letzte offenbaren würde, und deshalb hatte er vor Kurzem den Plan gefasst, seine Rettung selbst anzugehen.

Die Tiere waren gefüttert, und sogleich lief er zum Strand hinunter, um sein begonnenes Werk fortzuführen, denn er legte sich nicht mehr einfach nur in die Sonne und badete ab und an, er hatte begonnen, ein Schiff zu bauen, mit dem er später auf das offene Meer hinausfahren und nach dem Festland suchen wollte. Er war sich sicher, ein Kontinent konnte nicht fern sein, vielleicht nur wenige Kilometer, gerade mal so weit weg, dass er ihn mit bloßem Auge nicht erkennen konnte, wenn er auf der felsigen Anhöhe seiner Insel stand.

Schleifspuren zogen sich über die Dünen hinunter zum Strand bis dicht ans Wasser, wo zwei dicke Baumstämme lagen. Die Baumstämme waren vorn bereits spitz zugesägt, damit sie schnittig durchs Wasser gleiten würden. Zum Sägen von Holz diente Anselm das Schwert, in das er mit Mühe, Geduld und einem Stein Zähne hineingeschliffen hatte. Er hatte einen ganzen Tag benötigt, um mit diesem bescheidenen Hilfsmittel einen Baum zu fällen, und ebenso lange hatte er benötigt, um vom Stamm des gefällten Baums zwei Stücke abzutrennen.

Jetzt galt es, die Rümpfe, die Anselm später zu einem Katamaran vereinen wollte, auszuhöhlen, damit sie besseren Auftrieb hatten und Proviant aufnehmen konnten. Ein aus der Halterung des Tennisnetzes hervorgegangenes Eisenrohr diente als Meißel und ein Stein als Hammer. Span für Span klopfte er aus dem Holz. Ihm war, als müsste er mit einem Teelöffel ein Grab ausheben, nur dass das Ergebnis kein Grab sein sollte, sondern das Gegenteil davon.

So vergingen Monate, in denen Anselm die Tage nutzte, um an den Baumstämmen herumzuklopfen und sie zu ansehnlichen Rümpfen für seinen Katamaran zu formen, und weitere Monate vergingen, bis die Schiffskörper durch Querstreben miteinander verbunden waren, in deren Mitte sich ein Mast befand, der an einem Querbalken ein aus Hasenfellen gefertigtes Segel trug.

Manchmal hatte er geglaubt, dass er mit der Arbeit nie fertig und den Rest seines Lebens an dem Schiff bauen würde, aber irgendwann kam der Tag doch! Es kam der Tag, an dem

Anselm seinen Katamaran zur ersten Probefahrt ins Wasser hievte.

Nun musste er sein Schiff bedienen lernen, er musste üben, das Segel zu setzen, es in den Wind zu drehen, mit dem Wind zu fahren und gegen ihn zu kreuzen.

Bald verstand er es, mit seinem Katamaran die Insel zu umrunden. Immer mutiger und sicherer wurde er bei seinen täglichen Ausflügen aufs Meer, und es kam auch der Tag, an dem er sein Schiff mit Proviant für eine ganze Woche belud, um die Flucht zum Festland zu wagen.

Er konnte schwerlich erraten, in welche Richtung er segeln musste. Weder wusste er, wohin es ihn auf dem Erdball verschlagen hatte, noch besaß er Seekarten. An reichlich vielen Abenden hatte er den Sternenhimmel analysiert, doch nie hatte er den Großen oder den Kleinen Wagen gefunden, weshalb er nicht mithilfe des Polarsterns bestimmen konnte, wo Norden war. Das Einzige, was er zur Orientierung besaß, waren die Sonnenaufgänge und Sonnenuntergänge und den merkwürdigerweise stets aus westlicher Richtung wehenden Wind.

Im Morgengrauen stieß er das Boot vom Ufer ab, um das Meer in östlicher Richtung zu erkunden, und falls er binnen dreier Tage nicht auf Festland stieße, wollte er umkehren und die See von seinem Eiland aus gen Westen befahren.

So segelte er davon, mit dem Wind der Sonne entgegen, der Katamaran fraß sich schlingernd durch die Wellen, hinter ihm die Insel, die er seit mehr als einem Jahr bewohnt hatte, die nach einigen Stunden Fahrt zu einem flachen Streifen am Horizont geworden war. Eine Banane kauend hielt Anselm aufmerksam Ausschau, als er plötzlich vor sich am Horizont einen flachen Streifen ausmachte, einen Küstenstreifen. Festland!

»Hurra!«, schrie Anselm und erhob sich aus dem Schneidersitz, warf fröhlich die Banane ins Wasser, denn mit dem Proviant musste er nun nicht mehr sparen. Es würde nicht lange dauern, dann wäre er gerettet, dann würde er Menschen begegnen, vielleicht wäre er schon am nächsten Morgen zurück in Berlin.

»Hurra!«, schrie er noch einmal und segelte dem Festland entgegen.

Am frühen Nachmittag war der flache Streifen schon deutlich gewachsen und zeigte einen weißen Strand, der zum Landesinneren hin von dichtem Wald begrenzt wurde, und die Sonne war noch nicht einmal untergegangen, als sich die Rümpfe des Katamarans auf den Zuckersand schoben und Anselm das Ufer betrat.

Der weiße Strand zog sich menschenleer als schmaler Streifen in beide Richtungen in die Ferne. Zum Festland hin erhoben sich mit Schilf bewachsene Dünen, dahinter begann ein Wald, von dicken Bäumen mit hellen Stämmen geprägt.

Anselm beschloss, den Strand hinunterzulaufen, bis er auf Menschen stieße, und nach einer Stunde Fußmarsch erkannte er, wo er sich befand. Es war die Insel Hamburg. Seine Insel.

Nur widerwillig wollte er es wahrhaben, nur schwer wollte er glauben, dass er vor sich die Spuren seines Katamarans im Zuckersand sah, die Spuren, die er beim Ablegen am Morgen desselben Tages im Sand hinterlassen hatte, bevor er Richtung Osten und dann immer geradeaus gefahren war.

Anselm wagte es nicht, in den Wald einzudringen, den Pfad ins Inselinnere zu nehmen, wo ihn ein Haus auf einer Lichtung, ein Tennisplatz und eine Minigolfanlage erwarteten. Frustriert warf er sich in den Sand und bewegte sich nicht, bis die Nacht gekommen war. Wie oft hatte er schon diesen Himmel betrachtet? Fast jeden Abend hatte er in einem gelben Liegestuhl gesessen und den Polarstern gesucht oder vom vorherigen Leben und Marie geträumt.

Was mochte Marie gerade tun? Suchte sie ihn noch? Erinnerte sie sich an ihn?

Anselm schlief ein.

Am nächsten Morgen, als die Sonne über den Horizont gestiegen war, erwachte er zerrüttet, sein Schlaf war unruhig gewesen. Er erhob sich, schüttelte den Sand vom Körper und begab sich in den Wald, wo er auf dem vertrauten, mit Steinen gepflasterten Pfad zum Haus ging und die Schweine auf dem Tennisplatz fütterte.

Er konnte sich nicht erklären, wie das möglich war: Er war vom Ostufer aus in See gestochen und am Westufer gelandet, obwohl er immer geradeaus mit dem Winde gefahren war. So etwas durfte doch nicht sein, es war, als hätte er an einem Tag die

Welt umrundet. Das war unmöglich, ihm musste ein Fehler unterlaufen sein, ein Fehlerchen, ein winzigkleines Fehlerchen bei der Navigation. Er würde es erneut versuchen.

Den Rest des Tages verbrachte er nachdenklich im Liegestuhl, und am nächsten Morgen lief er quer durch den Wald zur Westseite der Insel, wo der Katamaran am Strand lag. Er stach in See und kreuzte gegen den Wind in Richtung Westen. Er kam nicht ganz so schnell voran wie bei seinem ersten Fluchtversuch, und es war schon dunkel, als er an der Ostseite seiner Insel wieder anlegte.

Anselm, der Glückliche

Das siebte Jahr hatte begonnen. Die Hauswand war vollständig mit Strichen bedeckt, und Anselm hatte die Strichliste zum Zählen der Tage an der nächsten Wand um die Ecke fortsetzten müssen.

Die Tage verliefen eintönig. Morgens ging die Sonne auf und schien auf die kleine Welt, in der Anselm, ihr einziger menschlicher Bewohner, seine Schweine fütterte oder am Strand saß und gelegentlich baden ging. An manchen Tagen streunte er ziellos durchs Gehölz und sammelte Kräuter oder Beeren, an anderen Tagen jagte er Hasen oder schlachtete ein Schwein. Abends ging die Sonne wieder unter, und Anselm legte sich spät in der Nacht zur Ruhe, nachdem er im gelben Liegestuhl den Grillen gelauscht und zu den Sternen aufgeschaut hatte.

Wenn er im Liegestuhl saß, träumte er oft von Marie, die in seiner Vorstellung noch genauso aussah, wie an jenem Tag, an dem er sie zuletzt gesehen hatte. Anselm war sich gewiss, dass sie ihn noch suchte, dass sie sämtliche Inseln der Welt systematisch durchkämmte und bald mit einem Schiff oder einem Hubschrauber auf seinem Eiland eintreffen musste. Er sah sie im Geiste den schmalen Pfad vom Strand herauflaufen und ihn beim Füttern der Schweine überraschen: Sie tippt ihm von hinten auf die Schulter, er dreht sich überrascht um und blickt in ihre strahlenden Augen.

»Ich hab gewusst, dass ich dich irgendwann finde«, sagt sie und lächelt ihn an.

»Oh, Marie!«, antwortet Anselm. »Ich hab gewusst, dass du eines Tages kommen wirst. Entschuldige bitte, dass ich fast nackt bin, aber es ist immer so warm hier.«

»Mensch, ist das schön auf dieser Insel. Hier will ich bleiben. Bei dir, mit dir zusammen. Oh, sind die niedlich, die Schweine. Ach, und da, guck! Die Frischlinge. Die haben so süße Äuglein. Fressen sie aus der Hand?«

Anselm weiß nichts zu antworten, schließlich hat er seit geraumer Zeit mit niemandem mehr gesprochen, er ist aus der Übung.

»Du musst jetzt nichts sagen«, sagt Marie, »darf ich dich umarmen?«

»Ähm …«

»Halt, sag nichts! Ich kann's in deinen Augen lesen. Warte! Mir ist heiß. Ich ziehe mich rasch aus, bevor ich dich umarme.«

»Ähm …«

»Pssst! Sag einfach nichts«, flüstert Marie und entkleidet sich, bis sie völlig nackt vor ihm steht. Dann legt sie ihre Hände auf seine Hüften, schmiegt sich an ihn, streichelt und küsst seinen Körper, führt ihre Hände an seinen Beinen hinab und zwischen den Oberschenkeln wieder hinauf. Dort reibt sie und streichelt, spielt mit ihren Lippen und ihrer Liebe.

Doch tatsächlich waren es nur Anselms Hände, die dort spielten. Er saß allein im Liegestuhl und war in einem Traum.

An anderen Tagen wiederum war Anselm frustriert, glaubte nicht mehr, dass irgendjemand noch an ihn denken würde. Dann fühlte er die Einsamkeit bis ins Mark, bemitleidete sich selbst, schluchzte leise in sich hinein und hätte sich am liebsten betrunken. Es war ihm sogar schon geglückt, eine Art Wein aus vergorenen Früchten herzustellen, doch schmeckte dieses Gebräu abscheulich, meist hatte er sich davon übergeben müssen, bevor er auch nur den Hauch einer Wirkung in Kopf und Beinen spürte.

Einmal, an einem gewöhnlichen Tag, versuchte er etwas Besonderes. Bei einem Spaziergang hatte er eine Pflanze entdeckt, deren fünf spitze Blätter sich sternförmig von den Stängeln abspreizten. Diese Blätter hatte er sorgsam abgetrennt und in der Sonne trocknen lassen. Er wollte die Blätter rauchen und erhoffte sich, dass sie eine besondere Wirkung in ihm hervorrufen würden. Anselm zerbröselte die getrockneten Blätter und rollte sie mit einem frischen Blatt zu einer Zigarre zusammen, die er am Elektroherd entzündete. Das grüne Stäbchen glomm orange und duftete nach verbrennendem Gras. Anselm sog den Qualm Zug für Zug tief in seine Lungen, ließ ihn dort so lange wie möglich verweilen und stieß ihn mit tränenden Augen wieder aus. Er rauchte, bis seine Zigarre zu einem Stück so groß wie ein Daumennagel niedergebrannt war, dann warf er sich in den gelben Liegestuhl und sah erwartungsvoll in den sonnigen Himmel.

Eine Stunde lang geschah nichts und Anselm befürchtete schon, dass die erhoffte Wirkung nicht eintreten würde.

Doch dann trug sich etwas Außergewöhnliches zu. Seine Glieder waren plötzlich ganz leicht, das Gewicht schien seinem Körper zu entschwinden, er fühlte sich schwerelos. Und tatsächlich! Anselm schwebte über dem Liegestuhl.

Was ist das nur für ein verrücktes Gefühl!, dachte er. Das kann doch gar nicht sein. Was für ein Erlebnis! Ich schwebe! Ja, ich schwebe über der Erde!

Noch konnte er mit ausgestrecktem Arm den Stuhl erreichen, er drückte sich von ihm ab, flog schwungvoll aufwärts, und schon blickte er auf das Dach des Hauses, sah unter sich die Wiese kleiner werden und trieb durch die Luft wie ein Blatt im Wind. Er ruderte mit den Armen, drehte sich dabei im Kreis und tollte umher, als ob er unter Wasser tauchen würde. Er ruderte an die Baumkronen heran, zupfte ein paar Blätter ab, raschelte im Laub und stieß sich von einem Ast wieder ab. Er glitt über das Haus und die grüne Landschaft hinweg und wagte sich bald so hoch zum Himmel hinauf, dass das Haus, der Tennisplatz und die Minigolfanlage in der Tiefe zu winzigen Punkten schrumpften. Er fühlte sich unendlich frei. Er drehte ein paar Rollen in der Luft, paddelte ein Stück vorwärts und wieder zurück, dann legte er sich auf den Rücken und machte Toter Mann.

Hat mich etwa der Tod geholt?, überlegte er. So fantastisches Kraut habe ich noch nie geraucht. Vielleicht bin ich am Rauch erstickt, bin jetzt tot, bin ein unsichtbares Inselgespenst geworden und kann nur noch in den Bäumen rascheln und Marie erschrecken, wenn sie einst kommt, um mich abzuholen.

Anselm drehte sich um, glitt kopfüber zurück in Bodennähe, wo er bemerkte, dass auch andere Dinge schwebten: Zappelnde Hasen füllten die Luft, kleinere Steinchen standen über der Erde und Vögel flogen ohne einen einzigen Flügelschlag an ihm vorbei. Selbst die Schweine auf dem Tennisplatz hingen in der Luft und grunzten verwirrt.

Anselm staunte über das Bild, das sich ihm bot, das Bild, das so unwirklich erschien und sich plötzlich weiß färbte. Nichts schien mehr vorhanden zu sein. Die Insel war weg, der Himmel auch, alles war weiß. Anselm sah nur noch sich selbst, seinen Körper, seine Arme, seine Beine und seine Hände. Er schwebte wie in einer Wolke, die ihn weiß umnebelte. Was ist das nur für eine verrückte Droge?, dachte er und glaubte sich im siebten Himmelreich.

Der eigenartige Zustand hielt noch ein wenig an, dann wich das Weiß allmählich. Die Bäume tauchten wieder auf, die Wiese zeichnete sich ab und das Bild der Umgebung erhielt seinen gewohnten Kontrast zurück. Anselm spürte, wie seine Glieder schwerer wurden und sein Körper an Gewicht zunahm. Es zog ihn langsam herab und drückte ihn schließlich wieder in den Liegestuhl.

Den Rest des Tages blickte Anselm zufrieden in den sonnigen Himmel. So ein Glücksgefühl hatte er seit sieben Jahren nicht mehr gehabt. Kein noch so fantastischer Tagtraum hätte ihn in einen solchen Zustand bringen können, wie das Rauschmittel ihn erzeugt hatte.

Später, an einem anderen Tag, nachdem er ein weiteres Mal Blätter gesammelt und den Rauch inhaliert hatte, blieb die Wirkung aus. Es passierte gar nichts. Es sollte ihm nie wieder gelingen, zu schweben.

Anselm am Ende

Kleine Schaumkronen tanzten auf den Wellen, die ans Ufer schlugen. Das Meer strahlte in tiefem Blau bis zum fernen Horizont unter dem nahezu wolkenlosen Himmel, in dessen Zenit die Sonne schien. Möwen flogen umher und kreischten im Wind. Die Luft war salzig und warm.

Auf dem Strand, der sich mit weißem Sand in die Ferne zog, tastete sich behäbig ein Mann voran. Er kam von seinem Mittagsspaziergang zurück, den er sich seit geraumer Zeit täglich zu unternehmen zwang, um seine schwächer werdenden Beine ein wenig anzustrengen. Mit einem Ast stützte der Alte seinen Körper, als er die Dünen hinaufkletterte und den schmalen Pfad zur Lichtung im Inselinneren einschlug, wo er sich vor dem Haus in den gelben Liegestuhl fallen ließ.

Anselm seufzte abgezehrt, der kräfteraubende Ausflug war geschafft. Den Rest des Tages würde er sich in die Vergangenheit träumen, denn das war das Einzige, was dem Greis noch geblieben war. Die Hoffnung, dass er jemals von einem Schiff oder einem Hubschrauber aus der Einsamkeit befreit würde, hatte er an jenem Tag aufgegeben, als er es bleiben ließ, weitere Striche an die Hauswand zu kratzen. Ihm fehlte jede Vorstellung davon, wie lange er schon auf dem Eiland war. Es gab keine Jahreszeiten, es war stets Sommer und kein Tag unterschied sich von einem anderen. Jeden Morgen kletterte er von seinem abgewetzten Tennisnetzbett, fütterte die Schweine hinter dem Haus, dann war die Arbeit des Tages erledigt, und er setzte sich nur noch in den Stuhl und träumte oder begab sich zu einem kurzen Spaziergang an den Strand.

Anselm schloss seine schwachen Augen und betrat im Geiste sein vorheriges Leben – das Leben, das er vor seinem einsamen Dasein geführt hatte. Er träumte, dass er Auto fuhr, ins Kino ging, eine Zeitung las, in der Badewanne saß, ein Glas Bier trank, am Fließband stand oder Päckchen durch die Gegend trug. Das

Zwitschern der Vögel, das Rauschen der Bäume und des fernen Meeres verwandelte sich in seiner Fantasie zu Motorenbrummen, Reifenquietschen und dem Rattern von Presslufthämmern.

So verbrachte er den Nachmittag, bis es dämmerte und die Sterne sich am Himmel abzeichneten. Fast jeder Tag endete damit, dass er die kleinen Pünktchen am Firmament bis in die schwarze Nacht hinein beobachtete. Die Himmelskörper schienen immer gleich, sie veränderten niemals ihre Position. Anselm hatte sie nach den Bildern geordnet, die er in ihnen sah. Ein Sternbild nannte er Marie – nach jener Frau, die in seiner Gedankenwelt zu seiner Lebensgefährtin geworden war.

Anselm betrachtete ihr Gesicht am Himmel und stellte sich vor, dass sie ihm zulächelte, mit ihm tanzte und mit ihm sprach. Er träumte, mit ihr spazieren zu gehen: Sie laufen Hand in Hand durch eine regennasse Straße. Das Laternenlicht schimmert auf dem Asphalt, und in der Ferne heult irgendwo der Motor eines Autos auf. An einer Ecke bleiben sie stehen, umarmen sich, und Marie hebt, während sie sich an ihn schmiegt, ihre Augen zum Himmel. »Schau mal«, sagt sie, »heute ist Vollmond. Ist das nicht wunderbar?«

Anselm erschrak, denn gerade wurde ihm bewusst, dass er noch nie den Mond über der Insel gesehen hatte. Wackelig erhob er sich vom Stuhl und blickte in den Himmel. Wo ist der Mond?, fragte er sich. Weshalb habe ich ihn noch nie gesehen? Wie kann das möglich sein? Gibt es Punkte auf der Erde, an denen der Mond nie scheint?

Anselm überlegte, wie der Mond um den Erdball kreiste, und fragte sich, ob es Orte geben konnte, an denen der Mond niemals auftauchte, doch er kam zu dem Schluss, dass der Mond überall scheinen musste, egal, ob der Beobachter am Nordpol, am Südpol oder auf dem Äquator stand.

Merkwürdig, sehr, sehr merkwürdig, dachte er und sank zurück in den Stuhl. Für einen Augenblick hatte er gehofft, etwas über seine geografische Position herauszufinden, das ihm zur Flucht von dem Eiland verhelfen konnte, doch der fehlende Mond war nur ein weiteres Rätsel. Keine der Merkwürdigkeiten, denen er hier begegnet war, hatte er sich je erklären können. Er wusste nicht, wie er hierhergekommen war, er wusste nicht, wie das nach Hamburg zu bringende Päckchen verschwunden war, er hatte keine Ahnung, weshalb ihm die Flucht mit dem Katamaran nicht glücken wollte. Sein Schiff war längst am Strand verrottet.

Zu einer Zeit, da er noch die Kraft hatte, den Berg zu erklimmen, war es ihm gelungen, das Fernrohr in Betrieb zu nehmen, indem er den Schließmechanismus mit einem Stein zerschlagen hatte. Aber das, was das Fernrohr ihm zeigte, wenn er es auf das offene Meer richtete, war verwunderlich. Es zeigte stets einen Hügel, auf dem ein Mann stand und durch ein Fernrohr blickte. Die Abbildung war zwar sehr, sehr klein, was bedeutete, dass das beobachtete Objekt weit entfernt sein musste, doch es bestanden keine Zweifel – Anselm sah durch die Linse nur sich selbst. Er konnte sich zuwinken, er konnte hüpfen, er konnte sich drehen – all das machte auch der Mann auf dem Hügel, den er durchs Fernrohr sah. Eine Erklärung dafür hatte er nie gefunden.

Auch wusste Anselm nicht, woher der Strom für den Elektroherd in der Küche kam. Er hatte die Leitungen verfolgt. Sie führten ins Erdreich unter den starken Betonboden. Wo wurde der Strom erzeugt? Und wer bezahlte die Stromrechnung? Woher kam eigentlich das frische Wasser? Und wo floss das Wasser hin, das er in der Toilette fortspülte?

Plötzlich fiel ihm auf, dass er noch nie darüber nachgedacht hatte, wohin das Abwasser lief. Noch nie in seinem ganzen Leben, sowohl in der Stadt als auch auf der Insel, hatte er je einen einzigen Gedanken daran verschwendet. Muss es nicht eine Kanalisation geben, die zu einem Abwasserwerk führt?, dachte er. Eine Kanalisation, in die ich hinabsteigen könnte, um in die Freiheit zu laufen? Warum bin ich nur noch nie darauf gekommen?

Entschlossen zu einem letzten Fluchtversuch erhob er sich schwerfällig vom Stuhl, nahm einen schweren Stein auf, der am Hauseingang lag, und begab sich ins Haus, wo er im Badezimmer einen Weg in die Kanalisation suchen wollte.

In dem gekachelten Raum angekommen, legte er den Stein auf den Boden und stützte sich außer Atem am Waschbecken ab. Die wenigen Schritte hierher hatten ihn angestrengt. Er musste warten, bis er wieder halbwegs bei Kräften war, dann kniete er sich hin und betrachtete das Toilettenbecken. Soweit es seine schwachen Augen noch zu erkennen vermochten, handelte es sich um ein gewöhnliches weißes Porzellanbecken, das am Boden mit zwei Schrauben befestigt war. Kurzerhand ergriff er den Stein und schmetterte ihn gegen das Porzellan. Das Becken blieb unversehrt. Anselm warf den Stein noch einmal dagegen, und diesmal wandte er all seine Kräfte auf, doch der Stein prallte ab, als wäre das Becken aus härtestem Stahl.

Bin ich zu schwach, oder ist das eine besondere Keramiksorte?, fragte sich Anselm, als er den Stein noch mehrere Male gegen das standhafte Porzellan geschleudert hatte und sich völlig entkräftet am Waschbecken abstützte.

Fast leblos ließ er sich zu Boden sinken, dann raffte er seine Kräfte zusammen und schleppte sich wieder hinaus in den Liegestuhl. Entmutigt starrte er empor, verfiel in Träume und spürte, dass dies seine letzten Gedanken sein würden. Mit trübem Blick beobachtete er die Sterne, die sich zu Maries Gesicht verbanden.

So viel Zeit hatte er mit ihr in seinen Gedanken verbracht, so oft hatte sie in seiner Vorstellung zu ihm gesprochen. Das Sehnlichste, was er sich wünschte, war, dass sie noch ein einziges Mal in seinem Leben wirklich zu ihm sprechen möge – nur ein einziges Mal!

»Was soll ich denn sagen?«, sagte Marie.

Hatte Anselm gerade ihre Stimme vernommen? Das hatte er doch wirklich gehört! Das war realer Schall, der an sein Ohr gedrungen war. Das war doch keine Illusion!

»Hallo! Hallo, Anselm! Hörst du mich?«

Ja! Es war Wirklichkeit! Sie sprach zu ihm! Ihre Stimme erschallte. Doch wo war sie nur? Er wandte sein graues Gesicht gen Himmel, seine Augen leuchteten voll Glück, und die Mundwinkel zogen sich zu einem Lächeln herauf. Dann knickte sein Kopf zur Seite. Leblos blieb er liegen.

Die Tiere auf dem Tennisplatz schrien laut, denn sie spürten, was geschehen war.

Marie am Abend

»Auf der Autobahn von Berlin nach Hamburg hat sich am Nachmittag dieses Tages ein schwerer Verkehrsunfall ereignet. Als ein voll beladener LKW ungebremst in einen Stau raste, kamen etwa fünfhundert Personen ums Leben. Sämtliche Opfer hießen Anselm Hagen«, sagte der Nachrichtensprecher im Radio.

»Verdammte Scheiße!«, zischte Mark Schulzki, als er die Meldung hörte. »Welcher Idiot hat diese Meldung herausgegeben?«

»Huch?«, sagte Marie, als sie die Meldung hörte. Sie war gerade mit dem Schlüssel, den ihre Mutter aus ihrer Wohnung geholt und ihr am Nachmittag im Reisebüro vorbeigebracht hatte, nach Hause gekommen, hatte das Radio eingeschaltet, sich für einen Moment im Wohnzimmer auf einen Stuhl gesetzt und die Beine auf den Tisch gelegt. Doch jetzt sprang sie zum Radioapparat und regelte lauter.

»Die Bergungsarbeiten dauern derzeit noch an«, war die einzige noch hinzugefügte Information.

Hatte sie richtig gehört? Sämtliche Opfer hießen Anselm Hagen?

Marie beschloss, Anselm anzurufen und zu fragen, ob das etwas mit ihm zu tun habe, und ging in den Flur, wo sie das immer noch herausgezogene Telefon wieder einsteckte. Sofort, als der Stecker in der Dose war, klingelte es. War es Anselm, der anrief?

»Kirschbaum?«, sagte sie mit dem Hörer am Ohr.

»Hallo, Marie. Hier ist Helmut.«

»Oh! … Hallo Helmut …«

»Dein Telefon geht ja wieder. Wie geht's dir?«

»Ach, ich bin gerade von der Arbeit zurück und wollte ein bisschen entspannen.«

»Ich ruf auch nur an, weil ich fragen wollte, ob du dir das wegen morgen schon überlegt hast. Ob du Lust hast, mit mir essen zu gehen und danach zum Tanz?«

»Essen?«

»Ja! Ich lade dich vorher auf ein fürstliches Essen ein. Nicht in irgendein billiges Fastfoodteil. Nein, es wird etwas ganz Besonderes sein. Du wirst überrascht ...«

»Ähm ... Kann ich mir das noch überlegen? Ich weiß wirklich noch nicht, wie ich morgen drauf bin. Ob ich da überhaupt Hunger hab und ...«

»Aber tanzen gehen wir auf jeden Fall, ja?«

»Ich weiß nicht«, sagte sie ungeduldig. »Vielleicht bin ich ja morgen nicht mal dazu imstande. Also, ich würde das gern spontan entscheiden.«

»Wenn du Lust hast, ruf mich einfach an. Dann lad ich dich zum Essen ein. Was machst du denn heute noch?«

»Ich weiß es nicht. Ich glaub, ich werde mich einfach ausruhen. Immerhin war ich die ganze Woche jeden Tag arbeiten.«

»Na, das ist keine Ausrede. Ich war auch die ganze Woche arbeiten. Ich hab jetzt in der Firma die Chance, Abteilungsleiter zu werden, da muss ich ganz schön für rackern. Aber was hätte ich vom Leben, wenn ich am Freitagabend schlappmachen würde. Wofür arbeitet man denn schließlich? Na ja, ich werde vielleicht noch ...«

»Du, Helmut?«

»Ja?«

»Es ist jetzt nicht böse gemeint, aber ich würd gern auflegen. Ich erwarte nämlich noch einen Anruf.«

»Nein, nein, nein. Ich wollte dich auch gar nicht aufhalten ... Einen Anruf?«

»Vielleicht.«

»Gut ... Also, du weißt ja, ruf einfach an, wenn du möchtest, ja?«

»Ja.«

»Bis dann!«

»Tschüs.«

Sie legte auf und begab sich in die Küche, wo sie bemerkte, dass das Glas, das am Morgen zersplittert war, vom Boden fortgeräumt worden war. Auf dem Tisch lag ein Zettel.

Sie las:

Hallo Mariechen!

Ich habe mir erlaubt, in Deiner Küche ein wenig Ordnung zu machen. Ich hab aber nur die Glasscherben weggeräumt, sonst hab ich nichts weiter angefasst, außer der Hose, wo der Schlüssel drin war.
Ruf mich mal an und sag mir, ob es Dir gut geht!

Liebe Grüße
Mutti

Sie knüllte den Zettel zusammen und warf ihn in den Mülleimer. Eigentlich hatte sie gar nicht in die Küche gehen wollen. Der unvermittelte Anruf von Helmut hatte sie durcheinandergebracht.

Im Flur zurück, rief sie Anselm an, doch es meldete sich nur sein Anrufbeantworter: »Hallo! Ich bin gerade nicht zu Hause oder hab keinen Bock, ans Telefon zu gehen. Sprich was! Jetzt! PIEP.«

»Hallo Anselm? … Hallo? … Bist du zu Hause? Hier ist Marie. Hallo! Geh mal bitte unbedingt ran, wenn du da bist! Bitte, es ist wichtig. Hallo! … Hallo!«, sagte Marie aufgeregt. »Hallo! Wenn du da bist, geh ran! Und wenn nicht, dann ruf mich mal sofort zurück, falls du nach Hause kommst. Bitte! Ich würde mich freuen.«

Nachdenklich hängte sie den Hörer wieder ein, ging ins Zimmer, wo sie sich niederließ und die Beine wieder auf den Tisch legte.

Draußen klingelte das Telefon, Marie sprang auf und rannte in den Flur.

»Kirschbaum?«

»Einen schönen guten Tag«, meldete sich eine Frau. »Mein Name ist Anja Koltan. Im Auftrag des IST-Institutes für angewandte Statistik führen wir eine Umfrage im Bereich Radio und Fernsehen durch. Hätten Sie Interesse, daran teilzunehmen?«

»Ich?«, sagte Marie.

»Ja, Sie! Ihre Rufnummer ist rein zufällig ausgewählt worden. Wenn Sie teilnehmen wollen, müssten Sie nur ein paar Fragen beantworten.«

Marie kannte das. Sie hatte früher einmal als Telefoninterviewerin gearbeitet und wusste, dass solche Jobs nach Anzahl erfolgreicher Befragungen bezahlt wurden. Je mehr Menschen bereit waren, die Fragen zu beantworten, umso mehr Geld verdiente die Frau, und um ihr ein wenig Freude zu bereiten, willigte Marie ein: »Na, gut. Wenn's nicht zu lange dauert, ich erwarte nämlich noch einen wichtigen Anruf.«

»Nein, es sind nur ein paar Fragen.«

»Ja, bitte.«

»Was sind Sie von Beruf, und wie viel verdienen Sie im Monat?«

»Ich bin Telefoninterviewerin und verdiene ungefähr zehntausend Euro netto pro Monat.«

»Wie bitte?«

»Ich bin Telefoninterviewerin und verdiene etwa zehntausend Euro netto.«

»Ach so, tja, ähm, gut, ich hab's notiert«, sagte die Anruferin leicht verstört, fuhr dann aber fort: »Welches ist Ihr Lieblingsfernsehsender?«

»Ich gucke nie Fernsehen.«

»Oh, dann haben sich alle weiteren Fragen erübrigt. Ich danke Ihnen, dass Sie an der Umfrage teilgenommen haben.«

»Ja, bitte, keine Ursache«, entgegnete Marie und legte auf.

Sie schlurfte zurück ins Zimmer und setzte sich wieder auf den Stuhl, um auf ein Lebenszeichen von Anselm zu warten.

Warum beschäftigte sie dieser Mann eigentlich so sehr, der sie in der vergangenen Nacht dreimal aus dem Schlaf geklingelt hatte, den sie am vergangenen Wochenende auf einer Party kennengelernt und mit dem sie genau eine Nacht verbracht hatte? War sie verliebt in ihn? Sein Verhalten war merkwürdig, sehr, sehr merkwürdig. Aber warum sorgte sie sich darum, ob sie nun morgen mit ihm tanzen gehen könnte oder nicht. Könnte sie das nicht mit jedem beliebigen anderen auch tun? Sie sah gut aus, das wusste sie, sie könnte auch viele andere für sich gewinnen. Warum sollte es ausgerechnet Anselm sein? Warum nicht Helmut? Nein, nein, nein! Sie war in Anselm verliebt. Sie hatte Angst, er könnte nicht mehr am Leben sein. Radiosender nannten seinen Namen im Zusammenhang mit Autounfällen, sein

Name war auf Passagierlisten abgestürzter Flugzeuge zu finden, sein Name geisterte in allen in der Presse erwähnten Katastrophen herum.

Marie befürchtete, dass er in Schwierigkeiten stecken könnte, und sie machte sich Sorgen. Ja, sie war in ihn verliebt, das fühlte sie im Bauch.

Im Flur klingelte das Telefon, Marie stürzte hinaus.

»Kirschbaum?«

»Tach, Kind! Ich bin's«

»Ach, hallo Mutti«, sagte sie enttäuscht.

»Ich wollt nur mal gucken, ob dein Telefon wieder funktioniert. Weil du noch nicht angerufen hast. Da dacht ich schon, es geht vielleicht nicht.«

»Nein, nein. Es funktioniert. Danke.«

»Ich hab übrigens heute einen Kuchen gebacken, einen Pflaumenkuchen. Hättest du Lust morgen Nachmittag zum Kaffee zu kommen?«

»Ach … Ich weiß noch nicht. Mal sehen. Ich ruf dich morgen an, ja?«

»Ja. Bis Morgen, Kind! Ich wollt auch nur sehen, ob dein Telefon in Ordnung ist.«

»Ja, ja, es geht. Wirklich, danke, Mutti.«

»Ja, Tschüs.«

»Tschüs.«

Marie legte verzweifelt auf und setzte sich wieder auf den Stuhl. Bis spät in die Nacht hinein wartete sie auf einen Rückruf von Anselm, und als die dritte Stunde geschlagen hatte, rief sie ihn selbst noch einmal an. Wieder meldete sich der Anrufbeantworter und leierte das Band herunter: »Hallo! Ich bin gerade nicht zu Hause oder hab keinen Bock, ans Telefon zu gehen. Sprich was! Jetzt! PIEP.«

Traurig hängte sie wieder ein. Vielleicht war ihm tatsächlich etwas zugestoßen, und als er vergangene Nacht dreimal angerufen hatte, hätte er ihre Hilfe gebraucht? Aber als er ins Reisebüro gekommen war, schien doch alles wieder in Ordnung gewesen zu sein, er hatte nur etwas verdreht gewirkt und behauptet, die Betreiberfirma der Teletransportlinie wollte ihn umbringen. Hatte er das ernst gemeint? Was wusste sie schon davon?

Marie ging zu Bett und wälzte sich noch bis zum Morgengrauen in Grübeleien verstrickt auf der Matratze hin und her.

Marie am Sonnabendnachmittag

Sie bewegte sich ein wenig, denn das Telefon hatte geklingelt. Das Telefon klingelte noch einmal, und sie bewegte sich etwas mehr. Das Telefon klingelte wieder, und Marie Kirschbaum erwachte. Sie schmiss die Bettdecke zur Seite und blinzelte in das hell zum Fenster hereinscheinende Licht. Der Nachmittag war bereits angebrochen und im Flur klingelte wieder das Telefon.

Das muss Anselm sein, heute Abend werde ich mit ihm tanzen gehen, endlich ruft er an, dachte Marie und hastete hinaus.

»Kirschbaum?«

»Tach, Kind! Ich bin's.«

»Oh. Hallo Mutti!«, sagte sie müde.

»Sag mal. Wolltest du nicht heute zum Kaffee kommen. Jetzt ist es zwei Uhr nachmittags.«

»Aber ... Das war doch noch gar nicht sicher, dass ich komme. Ich bin gestern sehr lange wach geblieben und eben erst aufgestanden.«

»Du bist eben erst aufgestanden? Kind!«

»Ja, eben hab ich noch geschlafen.«

»Bist du gesund? Soll ich vorbeikommen?«

»Nee, lass mal. Es geht mir gut.”

»Warum konntest du denn nicht schlafen? Hast du Besuch gehabt?«

»Nein.«

»Aber Kind! Warum konntest du nicht schlafen?«

»Ich kann jetzt nicht, Mutti, ich ruf dich später an«, sagte Marie, legte auf und wählte die Nummer von Anselm.

»Hallo! Ich bin gerade nicht zu Hause oder hab keinen Bock, ans Telefon zu gehen. Sprich was! Jetzt! PIEP.«

Er war immer noch nicht zu Hause. War ihm etwas zugestoßen? Hatte die Meldung, die sie gestern im Radio gehört hatte, tatsächlich etwas mit ihm zu tun?

Ohne sich vorher im Badezimmer frisch zu machen, ging sie ins Zimmer und kleidete sich an. Sie hatte es eilig, sie wollte etwas unternehmen, sie wollte herausbekommen, wo Anselm steckte. Ein unbestimmtes Gefühl sagte ihr, dass er auf ihre Hilfe angewiesen sei. Sie erinnerte sich, dass er gesagt hatte, die Schliemanz-Koch AG wolle ihn ermorden oder einstampfen. Eigentlich wäre das ein Fall für die Polizei, doch was sollte sie dort sagen? Dass sie glaubte, Anselm Hagen sei von der Schliemanz-Koch AG ermordet worden, dass er sie nicht anrufe, obwohl sie ihn gar nicht richtig kenne, dass es eine Meldung gebe, nach der er fünfhundertmal auf der Autobahn verstorben sei? Sie würde nur für verrückt erklärt werden.

Am Sinnvollsten schien es ihr, bei der Schliemanz-Koch AG selbst anzurufen, um zu ergründen, was es mit dem Einstampfen auf sich hatte.

Wenig später, nachdem sie sich einen Kaffee gekocht und die Nummer herausgesucht hatte, rief sie in der Hamburger Zentrale des Teletransportunternehmens an.

»Schliemanz-Koch AG, Schröder, guten Tag, was kann ich für Sie tun?«, meldete sich eine Frau.

»Schönen guten Tag. Kirschbaum mein Name, ich hätte eine Frage.«

»Ja, bitte.«

»Ein Bekannter hat mir erzählt, dass ihr Unternehmen ihn ermorden will, und jetzt bin ich etwas verunsichert und wollte mal fragen, ob das …«

»Was?«

»Ja, ich bin etwas verunsichert und wollte fragen, ob das stimmt.«

»Ermorden?«

»Ja.«

»Das hat Ihr Bekannter gesagt?«, die Gesprächspartnerin lachte.

»Ja.«

»Ich glaube, da hat er Ihnen einen Bären aufgebunden. Kann ich Ihnen sonst noch irgendwie helfen? Möchten Sie vielleicht Informationen zu unseren Tarifen? In Zukunft möchten wir nämlich für den Teletransport ein gestaffeltes Preismodell anbieten. Dabei sollen besonders gut Verdienende zu Konditionen reisen können, die einen Transfer von Berlin nach Hamburg und zurück erheblich erschwinglicher erscheinen lassen …«

»Nein, ich glaube nicht. Ich hab nur wegen meines Bekannten angerufen. Danke schön. Wiederhören.«

Sie legte auf. Natürlich durfte Marie von der Telefonistin nicht erwarten, dass sie etwas über das vermeintliche Verschwinden von Anselm Hagen wusste, selbst wenn das Unternehmen ihn ermorden oder einstampfen wollte. Was war das überhaupt, dieses Einstampfen? Sie musste versuchen, jemand anderen an den Apparat zu bekommen, jemanden, der mehr Informationen liefern könnte.

Sie tippte auf ihrem Telefon die Nummer der Schliemanz-Koch AG ein, vertauschte jedoch die letzten drei Ziffern und wartete, wer sich meldete.

»Ja, Festus?«, sagte eine Männerstimme.

»Einen schönen guten Tag. Kirschbaum mein Name.«

»Kirschbaum?«

»Ja, Kirschbaum. Ich rufe an, weil ich eine Frage habe …«

»Sind Sie Mitarbeiterin der Schliemanz-Koch AG?«

»Nein … also meine Frage ist …«

»Woher haben Sie meine Telefonnummer?«

»Die hat mir die Sekretärin genannt. Also …«

»Das darf doch nicht wahr sein!«

»Also, meine Frage: Ein Bekannter von mir hat erzählt, dass die Schliemanz-Koch AG ihn einstampfen und ermorden will, und ich wollte mal fragen, ob Sie mir da vielleicht weiterhelfen und sagen könnten, an wen ich mich wenden muss, um mehr zu erfahren.«

Doktor Festus schwieg, nur ein leises Rauschen im Hintergrund drang an Maries Ohr.

»Hallo? Sind Sie noch dran?«, fragte Marie. »Hallo? Hallo?«

»Ja, ich bin noch dran. Was hat Ihr Bekannter gesagt?«

»Einstampfen.«

»Oh. Tja … ›Einstampfen‹, hat er gesagt. Also … wie heißt denn Ihr Bekannter?«

»Anselm Hagen.«

Doktor Festus schwieg wieder.

»Hallo? Sind Sie noch dran?«

»Ähm ... ja. Also, Sie sagen, Ihr Bekannter namens Anselm Hagen hat Ihnen erzählt, dass wir ihn einstampfen wollen.«

»Ja, einstampfen, ermorden, töten, umbringen. Genau!«

»Hmm ... Das hat er Ihnen erzählt?«

»Ja.«

»Hat er sonst noch etwas gesagt?«

»Nein.«

»Also, Frau Kirschbaum. Ich sage Ihnen das mal so: Die Schliemanz-Koch AG würde nie jemanden umbringen oder ermorden oder Ähnliches tun. Das gehört nicht zu unseren Dienstleistungen. Dieses Unternehmen macht nichts anderes, als Menschen von Punkt A nach Punkt B zu befördern. Es liegt nicht in unserem Interesse, jemanden umzubringen. Ich bin erstaunt, dass Sie hier mit einer solchen Frage anrufen. Aber ... Sie sagten, Ihr Bekannter heiße Anselm Hagen?«

»Ja.«

»Das ist natürlich interessant. Ich glaube aber, Herr Schulzki hat alles mit ihm geklärt.«

»Schulzki?«

»Ach, es ist nicht so wichtig. Also, die Schliemanz-Koch AG würde Ihren Bekannten nicht einstampfen. Nein, nein. Was ist denn mit Herrn Hagen? Wo ist er denn?«

»Er meldet sich nicht. Und außerdem kam gestern im Radio die Meldung, dass er fünfhundertmal auf der Autobahn gestorben ist.«

Doktor Festus lachte, dann wurde er ruhig: »Frau Kirschbaum. Ich denke, ich kann Ihnen helfen, Herrn Hagen wiederzufinden. Könnten Sie in meinem Büro in Hamburg vorbeikommen? Sagen wir, in einer halben Stunde?«

»In einer halben Stunde?«

»Ja, meinen Sie, dass Sie das schaffen? Mittels Teletransport, versteht sich. Sie kommen doch aus Berlin.«

»Ja, ich glaub schon.«

»Gut. Dann erkläre ich Ihnen mal, wie Sie zu mir finden.«

Doktor Festus erklärte den Weg.

Marie im Teletransporter

Marie blickte durch die getönten Scheiben, die vom schönen Wetter draußen nichts erahnen ließen und mit der kühlen Luft in der Halle die Stimmung eines trüben Novembertags erzeugten. Die Teletransportlinie hatte sie noch nie benutzt, und als sie an der Teleportzelle in der Mitte des Raumes angelangt war, blieb sie zunächst davor stehen und musterte die Anlage misstrauisch. Eine Gebrauchsanleitung, vielleicht ein Schild, worauf beschrieben war, was der Reisende zu tun hatte, um sich nach Hamburg zu teleportieren, konnte sie nicht finden. Hilfesuchend sah sie sich um, doch niemand sonst war da.

Marie betrat vorsichtig die Teleportzelle, woraufhin die Tür sich langsam zuzog. Im diffusen Licht, das von der weißen Halbkugel an der Decke schimmerte, bemerkte sie den kleinen schwarzen Schlitz und die Glaslinse.

Alles klar, dachte Marie und suchte nach ihrer Geldkarte.

»Bitte führen Sie Ihre Geldkarte in den dafür vorgesehenen Schlitz ein!«, wurde sie zur Bestätigung von einer Lautsprecherstimme aufgefordert.

Marie steckte die Geldkarte in den Schlitz.

»Bitte identifizieren Sie sich!«

Marie drückte den Zeigefinger ihrer rechten Hand auf die Linse.

»Guten Tag, Frau Kirschbaum! Herzlich willkommen im Teletransporter. Von Ihrem Konto wurden zehn Euro abgebucht. Bitte entnehmen Sie jetzt Ihre Geldkarte!«

Die Karte schnippte heraus und Marie steckte das Plättchen aus Plast wieder ein.

»Bitte warten Sie! Der Transfer wurde eingeleitet …«

Beethovens *Für Elise* begann zu piepsen. »Bitte warten Sie!«, sagte die Dame, und Marie blickte nach oben zur Lampe, sie wippte mit dem Fuß, sie schaute nach unten auf den Boden, die Dame sagte wieder: »Bitte warten Sie!«, und die Melodie dudelte fort, Marie drückte die Hände in die Hüften, betrachtete den Schlitz, wo sie gerade die Geldkarte hineingeschoben hatte, verschränkte die Arme vor der Brust, sah wieder zur Decke hinauf, wandte ihren Blick nach unten und erkannte, wie sich der Boden unter ihren Füßen öffnete. Blitzartig zog sich der Untergrund beiseite, und ein schwarzes Loch tat sich auf.

»Huch?«, rief sie überrascht und stürzte hinein.

Für einen Moment versuchte sie noch, sich mit ausgestreckten Armen an der metallischen Wand festzuhalten, doch ein ungeheurer Luftsog zerrte an ihrem Körper, sie rutschte ab, es gab keinen Halt, sie wurde hinabgesaugt, und schon sah sie die untere Begrenzung der Teleportzelle an ihrem Gesicht vorüberziehen. Im freien Fall stürzte sie tiefer, bis sie dumpf in einen Blechtrichter prallte. Dabei schlug sie so heftig mit dem Ellenbogen ihres linken Armes auf, dass das Gelenk zertrümmert wurde. Marie wollte schreien, doch bevor sie einen Ton von sich geben konnte, rutschte sie die schräge Wand hinab bis zum Zentrum des Trichters, wo ein Schneidwerkzeug wie ein Propeller rotierte.

Mit den Füßen geriet sie zuerst in die Klingen, die sich so schnell drehten, dass sie mit bloßem Auge nur als Schleier erkennbar waren. In Sekundenbruchteilen verkürzte sich ihr Körper scheibchenweise bis zu den Knöcheln, danach bis zu den Knien. Die Nerven vermochten kaum, die Empfindung des Schmerzes so schnell ans Gehirn weiterzuleiten. Erst als Marie bis knapp über die Hüften hinweg zwischen den rotierenden Blättern steckte, erfasste sie die Situation. Sie holte Luft, um zu schreien, aus Angst oder um Hilfe, sie wollte einfach nur schreien, doch bevor auch nur ein einziger Laut aus ihrer Kehle drang, waren ihre Lungen zerfetzt, zerstückelt und zerrieben. Marie spürte, wie die Klingen ihre Gurgel zerteilten, und kurz darauf, nachdem ihr Schädel geschreddert worden war, spürte sie gar nichts mehr. Sie tropfte als flüssiger Brei, der von anderen, entgegengesetzt rotierenden Klingen noch weiter zerkleinert worden war, durch einen Schlauch in einen sargförmigen Behälter.

Der rote Brei wurde wie durch den Abfluss einer Badewanne in den Container darunter gesaugt, von komplizierten Apparaturen in seine Bestandteile zerlegt und von komplexen Pumpen in entsprechend beschriftete Vorratsbehälter gebracht.

Siebzig Prozent ihres Körpers gelangten in die Flaschen für Wasserstoff und Sauerstoff. Das meiste des Rests landete im Kohlenstoffbehälter. Alle weiteren Elemente nahmen nur noch wenig Raum ein. Das Gold des Rings, den sie am kleinen Finger ihrer linken Hand getragen hatte, war darunter noch ein gewichtigerer Anteil.

Die Teleportzelle in Hamburg war leer und unbenutzt. Ein feiner Molekülstrahl, der aus dem Mittelpunkt der Lampe an der Decke schoss, tanzte über den Boden und zeichnete die Konturen von Maries Füßen. Schicht für Schicht setzte sich ihr Körper nach dem in Berlin erstellten Bauplan in Hamburg zusammen und wuchs bis zur Originalgröße heran. Noch stand sie völlig regungslos wie eine Wachsfigur in der engen Zelle und blickte auf den Boden. Ihr Körper war hergestellt, ihm fehlte nur noch das Leben, und das setzte ein, nachdem ein heftiger Blitz wie von tausend Fotoapparaten zugleich durch den metallischen Zylinder gezuckt war.

Marie bewegte sich wieder, hob den Kopf empor, blickte zum Schlitz für die Geldkarte, lauschte der Melodie von Beethoven, wippte mit dem Fuß. Dann öffnete sich die Tür, und die unsichtbare Sprecherin verabschiedete sich: »Vielen Dank und einen angenehmen Aufenthalt. Wir hoffen, Sie bald wieder begrüßen zu dürfen.«

Marie stieg aus der Zelle heraus. Sie war in Hamburg angekommen. Und während sie über den grünen Marmor zum Ausgang des sechseckigen Glasbauwerks schritt, fragte sie sich, ob sie tatsächlich schon in Hamburg angelangt sein konnte. Es war so schnell gegangen – fast unglaublich schnell! Sie erinnerte sich an zeitfressende Eisenbahnfahrten, die im Vergleich unendlich lang gedauert hatten. Sie war begeistert.

Auf dem gepflasterten Vorplatz der Telestation schien die Sonne. Marie lief von der Hamburger Telestation zu einer Bushaltestelle, bei der sie rechts um eine Ecke bog und wenig später auf dem Hinterhof des Firmengeländes der Schliemanz-Koch AG stand. Dort erkundigte sie sich beim Pförtner im Glaskasten nach Herrn Doktor Festus und musste daraufhin einen Moment warten, bis ein Mann mit kariertem Hemd und Jeans kam und sie hinab in den Keller begleitete, vorbei an einem großen Elektronikturm.

Festus und Marie

»Oh! Einen wunderschönen guten Tag, junge Frau! Ich nehme an, Sie sind Frau Kirschbaum? Mein Name ist Doktor Festus«, sagte Doktor Festus, sprang von seinem Stuhl auf und lief mit ausgestreckter Hand auf Marie zu, die verunsichert vor der Türschwelle stand.

»Ja, die bin ich«, antwortete sie und reichte ihm die Hand.

»Kommen Sie, meine Dame! Kommen Sie nur herein!«, sagte Festus und geleitete Marie ins Zimmer, wobei er einen Arm um ihre Taille führte, ohne sie jedoch zu berühren. Marie stieg über die Metallschwelle, schaute sich um, betrachtete den Schreibtisch und den riesigen Bildschirm, blickte zur Decke und auf den Haarschopf des Doktors herab.

»Nur zu! Kommen Sie!«, sagte der kleine Mann, tänzelte an ihr vorbei und um sie herum, schob einen zweiten Stuhl vor den Schreibtisch und wies mit offenen Händen auf den Sitz.

»Setzen Sie sich doch, junge Frau!« Er drückte kurz eine Faust in die blaue Polsterung des Bürostuhls hinein.

Marie setzte sich und schlug die Beine übereinander. Der Doktor nahm wieder vor dem Bildschirm Platz, wandte sich Marie zu, drückte seine Knie zusammen und klatschte mit den Händen auf seine Oberschenkel. Dann beugte er sich langsam vor, ohne dabei Marie auch nur einen Moment aus den Augen zu lassen. Marie glaubte, er würde auf ihre Brüste schielen, oder beäugte er nur ihren Hals? Oder ihr Kinn?

»Sie können mir also sagen, was mit Anselm Hagen ist?«, fragte sie trocken, lehnte sich nach hinten und rollte mit dem Stuhl ein wenig zurück. Doktor Festus richtete sich auf und blickte Marie geradewegs durch seine schwarz gerahmte Brille ins Gesicht.

»Ja. Das kann ich Ihnen sagen. Ich kann Ihnen sagen, was mit Herrn Anselm Hagen ist, gute Frau.«

»Erzählen Sie's mir. Haben Sie ihn umgebracht? Auf der Autobahn?«

»Nein! Natürlich nicht, meine Liebe!«

»Hat das Autobahnunglück was damit zu tun?«

»Nein, was für ein Autobahnunglück? Er hat sich versehentlich vervielfältigt, wissen Sie? Das ist alles.«

»Er hat sich vervielfältigt?«, fragte Marie ungläubig und schüttelte den Kopf.

»Ja, durch einen Fehler beim Teletransport.«

»Wie? Und wo ist er jetzt?«

»Ich weiß es nicht, Frau Kirschbaum. Also, er hat sich vervielfältigt, ich glaube, etwa fünfhundertmal, und wir haben nur die überflüssigen Exemplare beseitigt. Also, er lebt noch.«

»Und wo ist er?«

»Na, das kann ich Ihnen nicht sagen. Herr Hagen ist ein freier Mann. Woher soll ich denn wissen, wo er ist?«

»Wie? Und deshalb haben Sie mich hierherkommen lassen, um mir zu sagen, dass er sich vervielfältigt hat, dass Sie die angeblichen fünfhundert Exemplare beseitigt haben, aber nicht wissen, wo er ist? Da haben Sie am Telefon aber ganz anders geklungen.« Marie sprang auf und wollte zur Tür gehen.

»Halt! So warten Sie doch! Frau Kirschbaum! Ich werde sehen, was ich für Sie tun kann.« Doktor Festus sprang ebenfalls auf und legte seine Hände vorsichtig auf ihre Schultern. Zögernd ließ sie sich in den Sitz zurückfallen.

»Na gut. Können Sie herausfinden, wo er ist?«

»Warten Sie! Ich werde mit Herrn Schulzki telefonieren.« Festus nahm das Telefon vom Schreibtisch und tippte eine Nummer. Er setzte sich wieder und drückte die Knie zusammen.

»Hallo, Herr Schulzki?«

Marie ließ ihre Blicke über den Schreibtisch an der Computertastatur vorbei zur Maus gleiten, die auf einer dunkelgrünen Gummiunterlage daneben lag, bis hin zu dem beeindruckend großen Monitor, dessen Bildschirmschoner sich gerade eingeschaltet hatte und einen kleinen Punkt in der Mitte zeigte.

»Ja, Herr Schulzki«, sagte der Doktor ins Telefon. »Können Sie mir sagen, was nun mit Herrn Anselm Hagen ist? Ich habe hier eine Dame, die ihn sucht … Was? … Nein. Nein, auf keinen Fall … Nein, ich möchte wissen, was es mit der Autobahn und den fünfhundert Opfern auf sich hat ... Wie? Fünfhunderteins? Warum fünfhunderteins ... fünfhunderteins, und alle sind entsorgt?«

Marie zuckte zusammen, als sie das hörte. Sie war sich nicht sicher, ob Doktor Festus sie zum Narren hielt oder ob er verrückt war und Unsinn erzählt hatte, denn sie konnte sich nicht vorstellen, wie sich ein Mensch vervielfältigen sollte.

»Ja, Herr Schulzki. Alles klar. Ich habe verstanden ... Kirschbaum heißt sie ... Ja ... Alles klar. Wiederhören.« Der Doktor legte auf.

»Also, wissen Sie, Frau Kirschbaum ...«, sagte Festus und stützte sich auf seine Schenkel, wobei er mit dem Oberkörper vor- und zurückwippte. »Wissen Sie, es ist wohl so, dass Herr Hagen bei einem Unfall auf der Autobahn ums Leben gekommen ist.«

»Wie?«

»Er ist mit dem Auto in einen Stau gefahren, und seine fünfhundert Duplikate sind vom Laster gefallen, als der ebenfalls in den Unfall verwickelt wurde. Das war ein Zufall.«

»Wie?«

»Nun ja, Herr Hagen hat sich durch einen Fehler beim Teletransport vervielfacht. Verstehen Sie?«

»Nein, das verstehe ich nicht, das glaube ich nicht.«

»Ich kann Ihnen das gerne erklären«, sagte Festus.

»Na, dann machen Sie mal!«, entgegnete Marie und verschränkte skeptisch die Arme vor der Brust.

»Also, Frau Kirschbaum. Haben Sie sich eigentlich schon einmal überlegt, wie der Teletransport überhaupt funktioniert?«

»Nein.«

»Nein?«

»Nein.«

»Dann werde ich Ihnen das erklären, damit Sie verstehen, warum Herr Hagen sich vervielfacht hat.«

»Ja, ich höre«, sagte Marie und runzelte die Stirn, um Doktor Festus zu zeigen, dass sie ihn für verrückt hielt.

»Glauben Sie mir! Verrückt bin ich nicht«, sagte Doktor Festus, der ihren Ausdruck richtig zu deuten wusste.

»Das sagen alle Verrückten«, erwiderte Marie.

»Nun, hören Sie mir einfach zu.« Festus beschrieb umfassend und ausschweifend die Funktionsweise der Teletransportmaschinerie – genauso, wie er es schon einmal den beiden Anselms erläutert hatte, und Marie ließ die Ausführungen gelangweilt über sich ergehen, bis der Doktor das Wort »moulinieren« erwähnte.

»Was?«, fragte Marie.

»Moulinieren! Das bedeutet einstampfen, zerstückeln oder zerkleinern. Wie Sie wollen. Der Körper wird am Ausgangsort vernichtet«, erklärte Doktor Festus trocken.

»Wie?«

»Nun, der Körper ist doch zu viel, nachdem er kopiert worden ist, also muss er vernichtet werden. Es entspricht doch auch dem Wunsch des Reisenden, dass er am Ausgangsort zerstampft wird, schließlich wollte er ja dort weg.«

»Ich?«

»Sie?«

»Ich auch?«

»Ja, natürlich, wenn Sie per Teletransport gereist sind, dann sind auch Sie am Ausgangsort mouliniert worden.«

Marie wurde kreidebleich. Sie stand auf und lief im Kreis, sie spürte, wie ihr Blut absackte und sich aus dem Kopf zurückzog, ihr wurde dunkel vor Augen, sie musste sich am Schreibtisch festhalten. Doktor Festus kam zu Hilfe und stützte sie.

»Ist alles in Ordnung mit Ihnen, junge Frau?«

»Das stimmt alles nicht!« stammelte sie, während ihre Augen glasig wurden.

»Doch! Wie sollte der Teletransport denn sonst funktionieren?«

»Nein! Niemand darf mouliniert werden«, sagte Marie und stampfte mit dem Fuß auf den Boden wie ein kleines Kind, dem gerade erklärt worden ist, dass es irgendwann einmal sterben müsse.

»Doch. Es muss sein! Der Körper ist doch zu viel. Was soll sonst damit geschehen?« Doktor Festus führte einen Arm um ihre Taille, dieses Mal berührte er sie.

»Nein! Das geht nicht.«

»Doch. Und sehen Sie doch mal, junge Frau! Sie sind doch wohlbehalten in Hamburg angekommen. Hat es Ihnen wehgetan?«

»Nein«, schluchzte Marie.

»Na, bitte. Also ist es doch gar nicht schlimm, oder?«

»Aber die Seele? Die hab ich doch jetzt nicht mehr.«

»Was für eine Seele? Die wird doch nur von den elektrischen Ladungen im Gehirn der betreffenden Person gebildet. Das Ich-Gefühl, das ist doch nur eine Reaktion daraus, wie der Algorithmus im Gehirn die Materie steuert. Und Ihr Ich-Gefühl, also Ihre Seele, ist komplett hier in Hamburg angekommen, oder fühlen Sie sich anders, junge Frau?«

»Nein ... eigentlich nicht. Aber, wenn ich das vorher gewusst hätte, dann hätte ich das bestimmt nicht gemacht.«

»Ja, viele würden sich nicht teleportieren lassen, wenn sie vorher wüssten, wie es funktioniert. Das ist wie mit Flugzeugen. Wissen Sie? Wenn alle von Anfang an gewusst hätten, dass Flugzeuge überhaupt nicht fliegen können, dann hätte sie nie einer benutzt. Jetzt ist die Zeit mittlerweile reif dafür, dass man es allen erzählen kann. Wenn erst einmal alle darauf angewiesen sind, wird es akzeptiert, egal, wie gefährlich es ist. Und so wird das mit dem Teletransport auch eines Tages sein, glauben Sie mir, Frau Kirschbaum!«

»Nö!«

»Nun beruhigen Sie sich erst mal! Setzten Sie sich wieder hin, meine Liebe!«

Festus brachte Marie zurück zu ihrem Stuhl, auf den sie sich schluchzend setzte.

»Aber Anselm, den haben Sie umgebracht, weil er sich vervielfältigt hat!«, sagte Marie, als sie langsam zu sich kam.

»Aber nein. Er ist bei einem Unfall gestorben, das kommt vor.«

»Nein, ist er nicht. Das glaube ich nicht. Sie haben Schuld daran. Er ist gestern noch bei mir im Reisebüro gewesen und hat mir erzählt, dass Sie ihn umbringen wollen.«

»Das war wirklich ein Zufall, glauben Sie mir. Wenn er von umbringen gesprochen hat, dann kann er nur eine seiner Kopien gemeint haben. Die mussten selbstverständlich beseitigt werden. Das war unumgänglich.«

»Aber er wäre bestimmt nicht auf der Autobahn verunglückt, wenn seine Kopien nicht gejagt worden wären. Also haben Sie ihn doch ermordet.«

»Nun, das würde ich nicht abstreiten wollen, dass unter anderen Umständen alles hätte anders kommen können. Zum Beispiel, wenn der Fehler beim Teletransport nicht aufgetreten wäre.«

»Sag ich doch. Sie haben ihn getötet«, schimpfte Marie wieder, und diesmal perlten dicke Tränen über ihre Wangen.

»Ach! Warum muss eine so reizende, schöne Frau wie Sie denn weinen? Das war eben ein dummer Zufall. Wie kann ich Ihnen nur helfen?«

»Beschaffen Sie ihn wieder. Machen Sie, dass das alles nicht wahr ist!«

»Tja, für Sie würde ich das sehr gerne tun. Also, wissen Sie, Frau Kirschbaum, das ist nicht unmöglich, was Sie da von mir verlangen. Damit würde ich allerdings in das Schicksal und die Vorhersehung eingreifen. Und das ist nicht erlaubt.«

»Ach? Das geht? Sie haben doch schon genug eingegriffen. Sie haben meine Seele zerstört und erzählen mir was von elektrischen Ladungen. Und da sprechen Sie von Vorhersehung?«

Doktor Festus setzte sich wieder an seinen Schreibtisch, stützte das Kinn in eine Hand und brummte nachdenklich.

»Es ist wirklich schwer, einer so reizenden Frau wie Ihnen einen Wunsch abzuschlagen.« Er blickte sie an und sagte: »Ich verspreche Ihnen, dass für Sie und Herrn Hagen alles gut wird.«

»Alles gut?«, fragte Marie, die ihr Gesicht in den Handflächen vergraben hatte.

»Ja, ich werde Ihnen Herrn Hagen wiederbeschaffen.«

»Bis heute Abend, sodass ich mit ihm tanzen gehen kann?«, schluchzte sie und schaute mit sich aufhellendem Gesicht zu Doktor Festus auf.

»Das kriegen wir hin. Keine Angst, Frau Kirschbaum. Passen Sie auf! Ich erzähle Ihnen jetzt mal was«, sagte der Doktor mit verschwörerischer Stimme und beugte sich näher zu Marie.

»Ja, erzählen Sie! Ich höre.«

»Also, ich hab Ihnen doch vorhin erzählt, dass von den Reisenden beim Teletransport ein Molekülbauplan erstellt und dann mittels Telefonleitungen übertragen wird.«

»Ja.«

»Nun verhält es sich mit diesem Bauplan so, dass jeder Mensch, der in die Teleportzelle steigt, zur Sicherheit noch einmal abgespeichert wird. Der Bauplan kommt auf eine Diskette, und die kommt ins Archiv. Das hat Herr Schulzki, der auch mit dem Staatssicherheitsdienst eng zusammenarbeitet, so angeordnet. Alles zum Wohle der teleportierten Menschen, versteht sich. Na? Und was glauben Sie, was ich jetzt machen werde?«

»Weiß nicht.«

»Nun, ich gehe ins Archiv, hole die Diskette, auf der Anselm Hagen gespeichert ist, und rekonstruiere ihn wieder, verstehen Sie?«

»Hm …«

»Das ist eine ungeheure Ausnahme, dass ich das tue. Allein Ihrer schönen Augen wegen mache ich das. Also, warten Sie kurz hier? Ich gehe mal rasch die Diskette holen.«

Festus stand auf und ging hinaus. Marie blieb allein in dem kleinen Raum und wartete.

Sie betrachtete den Bildschirmschoner, dessen anfänglicher kleiner Fleck in der Mitte sich auf der Mattscheibe vergrößert und ausgebreitet hatte. Sie sah, wie kleine helle Punkte zu einem größeren leuchtenden Fleck zusammenflogen, miteinander verschmolzen und danach explosionsartig auseinanderplatzten. Sie sah rote Tupfer, die ziellos umherirrten, blaue Sprenkel die unbeweglich schienen und nur mit ihrer Leuchtkraft pulsierten wie Glühwürmchen im Wald. Nebelschleier bildeten sich hier und dort auf der Mattscheibe und verwirbelten zu spiralförmigen Figuren. Lavaartige Flächen durchwanderten sämtliche Farben des Regenbogens und formten sich zu obskuren Gebilden, auf denen Schneeflöckchen tanzten. Den Anblick fand sie unheimlich und schön zugleich.

»Schauen Sie her, Frau Kirschbaum!«, sagte Festus, als er zurückkehrte. »Das ist Anselm Hagen.« Er hielt Marie eine Diskette vors Gesicht.

»Aha. Ich hab ihn aber anders in Erinnerung«, sagte Marie. »Warten Sie, Frau Kirschbaum! Passen Sie auf!«

Festus, der Gott

Doktor Festus schob die Diskette in einen dafür vorgesehenen Schlitz im Computer, der unter seinem Schreibtisch stand.

»Wissen Sie, Frau Kirschbaum«, sagte er, während er sich bückte. »Dass wir Menschen von Punkt A nach Punkt B teleportieren, ist eigentlich erst der Anfang der ganzen Technologie – die Spitze eines Eisbergs sozusagen. Ich könnte jetzt hier am Computer einen Knopf drücken, und Herr Hagen würde in der Telestation Hamburg von der Diskette wiederhergestellt werden. Allerdings wäre er mental auf dem Stand von vor zwei Tagen, als er das erste Mal in Berlin in die Teleportzelle gestiegen und sein Bauplan mit seinem Geisteszustand auf dieser Diskette gespeichert worden ist.«

»Oh ja, stellen Sie ihn bitte wieder her! Von mir aus auch so, wie er vor zwei Tagen war, das ist mir egal, ich will ihn wiederhaben. Ich bin nämlich nachher mit ihm zum Tanzen verabredet, und vor zwei Tagen wollte er auch schon mit mir tanzen gehen. Also ist das gut so.«

»Das ist kein Problem, das machen wir, Frau Kirschbaum. Aber ich möchte Ihnen bei dieser Gelegenheit noch etwas zeigen.« Er war wieder unter dem Schreibtisch hervorgekommen und saß jetzt aufrecht auf seinem Stuhl. »Ich habe ja gerade gesagt, dass der Teletransport erst der Anfang der Technologie ist. Wissen Sie, woran wir hier bei der Schliemanz-Koch AG gerade arbeiten und was für schöne Dinge uns die Zukunft bald bringen wird?«

»Nein.«

»Passen Sie auf!«

Festus griff zur Maus und bewegte sie kurz, woraufhin der Bildschirmschoner sich von dem riesigen Monitor zurückzog und die dahinterliegende Arbeitsoberfläche freigab. Auf hellblauem Untergrund lagen einige Piktogramme, wie es Marie auch von ihrem Computer im Reisebüro her kannte. Festus steuerte den Mauspfeil auf eines der Bildchen, das mit *i-Sim-V0.94-Beta.exe* beschriftet war und vollführte einen Doppelklick. Es öffnete sich ein Fenster, das an der Oberkante unter dem blauen Balken eine Klappmenüleiste zeigte. Auch so etwas hatte Marie schon gesehen. Es sah aus wie das Programm, mit dem sie im Büro für die Kunden die Reisen buchte.

»Sehen Sie, Frau Kirschbaum? Das ist die Zukunft«, sagte Festus stolz und deutete auf den Bildschirm. »Das werden wir bald allen anbieten können. Ich habe Ihnen doch vorhin erzählt, dass wir, wenn wir einen Baum von Berlin nach New York teleportieren, prinzipiell auch den Bauplan eines Samens nehmen und ihn in einer Computersimulation wachsen lassen könnten. Aber warum sollten wir nur das Wachsen der Bäume mit dem Rechner simulieren? Warum nicht auch ein kleines Stückchen der Welt? Schauen Sie her!«

Festus klickte nacheinander die Menüpunkte *Datei, Öffnen* und *Kleine Welt.* Daraufhin erschien ein Fenster, das eine Reihe von Dateinamen auflistete, von denen er *Ferieninsel01.wrld* auswählte. Ein neues Fenster tat sich auf. Es zeigte einen aus gelben, braunen und grünen Farben gebildeten Fleck vor blauem Hintergrund – eine Landkarte.

»Sehen Sie? Das ist eine Art Landkarte einer Ferieninsel, wo die Menschen später virtuell Urlaub machen können. Die Ferieninsel ist zum Teil schon ausgestattet mit diversen Pflanzen, Bäumen, Sträuchern, ein paar Tierchen, Insekten, Möwen und so weiter, aber nicht vollständig. Zurzeit befindet sich das Programm in der Beta-Phase und funktioniert noch nicht hundertprozentig. Aber ein bisschen kann ich Ihnen schon zeigen. Also, der Urlaub der Zukunft sieht so aus, dass Sie sich Ihr Paradies selbst erschaffen können, einfach am Bildschirm mit wenigen Mausklicks, und dann fahren sie elektronisch mit dem Teletransporter dort hin.«

Marie betrachtete ungläubig den Bildschirm.

»Passen Sie auf, Frau Kirschbaum! Sagen wir, Sie wollen Urlaub machen auf einer schönen ruhigen Insel in der Südsee. Hier! Da ist sie. Und bevor Sie dort hinfahren, dürfen Sie sich den Ort auch noch nach Ihren Wünschen frei gestalten. Ist das nicht fantastisch? Also, das ist Ihre Insel … und sagen wir … da soll noch ein kleines Häuschen draufstehen.« Er klickte ein paar Menüs durch, bis sich der Mauszeiger in eine Hand verwandelt hatte, die ein kleines weißes Haus hielt, bestehend aus zwei übereck liegenden Flügeln. Er fuhr damit über die Landkarte.

»Da, sehen Sie? Das stelle ich jetzt mal in unser Paradies hinein.« Mit einem Knopfdruck setzte er das Haus in die Landschaft. »Gut«, fuhr Festus fort. »Jetzt könnten wir uns auch noch um die Inneneinrichtung des Hauses kümmern, aber das spare ich mir jetzt mal, ich will Ihnen ja nur kurz das Prinzip demonstrieren. Sagen wir mal …«, er blickte wieder auf den Bildschirm und blätterte in einer Liste bunter Piktogramme, »damit es uns im Urlaub nicht so langweilig wird, nehmen wir auch noch einen Tennisplatz … und vielleicht noch … ah ja, eine Minigolfanlage.« Festus platzierte die Elemente wahllos in der Landschaft. »Na, und vielleicht noch ein Fernrohr oben auf dem Berg, damit wir ein bisschen aufs Meer gucken können … So, ist doch hübsch geworden, oder?« Er wandte sich erwartungsvoll Marie zu.

»Ja, sehr hübsch, und nun?«, sagte sie gelangweilt.

»Vielleicht wollen Sie ja noch irgendwas auf der Urlaubsinsel haben?«, fragte Doktor Festus. »Was mögen Sie?«

»Hasen«, antwortete Marie.

»Hasen? Kein Problem.« Mit ein paar Klicks verwandelte Doktor Festus den Mauspfeil in eine Spraydose und sprühte wahllos kleine braune Punkte in die Landschaft.

»So, das hätten wir. Jetzt schauen Sie her!« Er klickte den Menüpunkt *Einfügen* und danach den Unterpunkt *Person*, woraufhin sich ein Fenster öffnete, in das er schrieb *A:\Anselm_Hagen.bak*, was er mit der Entertaste bestätigte. Das Diskettenlaufwerk unter dem Schreibtisch surrte, die grüne Leuchtdiode blinkte auf, und wenig später hing am Mauszeiger ein kleines Männchen, das aussah wie Anselm Hagen, genauso, wie Marie ihn in Erinnerung hatte. Doktor Festus positionierte das Objekt am Strand und stellte es mit einem Klick dort ab.

»So«, sagte er. »Jetzt kann es losgehen.«

Er hantierte mit der Maus, brachte eine grafische Darstellung der Bedienelemente eines Videorekorders auf den Bildschirm und drückte mit dem Mauspfeil die Play-Taste.

»Jetzt läuft es«, meinte er. »Anselm Hagen ist jetzt auf unserer Urlaubsinsel. Und wenn wir wollen, können wir uns auch angucken, was er macht. Warten Sie!« Er klickte und rangierte wieder mit der Maus herum, schob ein paar Fenster hin und her, klickte in ein Menü, worauf sich ein neues Fenster auftat, in welchem Anselm wie in einem Film erschien. Er war am Strand und blickte verwirrt aufs Meer hinaus, hinter ihm schwangen Palmen im Wind, und die Möwen flogen über ihm.

»Da ist ja Anselm!«, rief Marie aufgeregt. »Das ist er.« Sie zeigte auf den Bildschirm.

»Tja, jetzt ist er auf der Insel, die wir gerade vorbereitet haben, angekommen.«

Marie staunte und beobachtete, wie Anselm sich der Schuhe entledigte, die Hosen hochkrempelte, zum Wasser lief und vergnügt durch die Wellen watete. Dann setzte er sich im Schneidersitz ans Ufer und blickte aufs Meer hinaus.

»Ja, Frau Kirschbaum. Jedem Menschen können wir später, wenn die Software ausgereift ist, dieses Paradies bieten.«

»Hm …«

»Glauben Sie mir, das ist die Zukunft!«

»Hm …«

»Und stellen Sie sich nur vor, die wundersamsten Welten können wir erschaffen. Sehen Sie! Passen Sie auf!«

Anselm auf dem Monitor war aufgestanden und damit beschäftigt, in einen Schuh zu schlüpfen. Festus drückte die Pausentaste, und das Bild blieb stehen. Mit einer Mausbewegung markierte er das Päckchen, das neben Anselm, der wie eingefroren auf einem Bein stehend verharrte, im Sand lag. Doktor Festus wählte die Menüpunkte *Objekt* und *Löschen*, woraufhin das Päckchen vom Bild verschwand. Festus drückte wieder die Play-Taste.

Anselm im Film bewegte sich wieder und sah sich verdutzt um, als würde er das Päckchen suchen, das soeben noch neben seinen Füßen gelegen hatte.

»Nun ja, das war jetzt vielleicht ein bisschen gemein von mir«, sagte Doktor Festus. »Aber es ist ja nur eine Demonstration der Software. Übrigens … ich könnte Herrn Hagen jetzt einfach wieder materialisieren. Ich könnte aus dem Bauplan und dem, was er gerade in der Simulation erlebt hat, einen echten Menschen erschaffen. Er würde hier in Hamburg aus der Teleportzelle steigen und allen erzählen, dass er gerade noch auf einer Insel gewesen ist. Verrückt, nicht?« Festus schnippte mit dem Finger. »Und alle anderen Menschen würden ihn für verrückt halten, obwohl er es wirklich erlebt hat. Ja, Frau Kirschbaum, glauben Sie mir. Er erlebt das gerade wirklich, das ist wie echt. Nein! Es *ist* echt! Die elektronischen Impulse im Computer bilden auch jetzt das, was Sie Seele nennen. Und schauen Sie mal, jetzt. Ich lasse die Simulation ein wenig schneller ablaufen.«

Festus bediente die Maus, und das Geschehen auf dem Bildschirm beschleunigte sich. Anselm flitzte über den Strand der Insel wie in einem alten Film ohne Ton.

»Aber das Schöne daran ist«, sagte Festus zu Marie, die amüsiert auf die schnell wackelnden Bilder blickte, »Das Schöne daran ist … Für Anselm Hagen läuft alles in normaler Geschwindigkeit ab. Die Zeit ist nämlich relativ. Zur Messung der Zeit kann er nur Schwingungen zählen. Das könnten Schwingungen einzelner Atome sein, das Schwingen eines Pendels oder auch die Anzahl der Sonnenaufgänge. Während ich Ihnen das jetzt gesagt habe, sind für Herrn Hagen in der Simulation … na … ungefähr fünf Stunden vergangen. Ahnen Sie, welch fantastische Möglichkeiten sich da für die Menschen auftun? Wir könnten ewig lange Urlaube machen und würden trotzdem nur einen Tag am Arbeitsplatz fehlen. Was arbeiten Sie eigentlich, Frau Kirschbaum?«

»Ich bin in einem Reisebüro angestellt.«

»Na, dann wissen Sie doch, wovon ich rede.«

Der Computer gab einen Piepton von sich, ein Warnsignal, und Festus blickte auf den Monitor, auf dem sich ein großes rot gerahmtes Fenster aufgetan hatte. In dem Fenster stand:

Allgemeine Schutzverletzung im Programm i-Sim-V0.94-Beta.exe im Modul Ferieninsel01. Das Objekt Person::Anselm_Hagen hat einen ungültigen Zugriff im Modul Liegesessel::Rot an Adresse 0x00000000 verursacht. Möchten Sie den Debugger starten?
Ja – Nein – Fortfahren

Dahinter war das letzte von der Simulation berechnete Bild zu erkennen. Anselm hatte sich in den roten Liegestuhl vor dem Häuschen auf der Insel geworfen.

»Ach, das Programm ist eben noch eine Betaversion«, sagte Festus. »Da steckt irgendwo noch der Wurm drin, ein kleines Fehlerchen, eine Wanze, ein Bug. Immer, wenn sich jemand in den roten Liegestuhl setzt, stürzt es ab. Komisch, komisch, komisch …« Mit ein paar Klicks spulte er die Standbilder zurück, bis er soweit gelangt war, dass Anselm, der sich in den Stuhl geworfen hatte, noch über der Sitzfläche schwebte. Mit dem Mauspfeil langte er nach dem Stuhl und tauschte ihn mit ein paar Handbewegungen gegen den gelben, danebenstehenden aus. Doktor Festus startete den Ablauf wieder. Anselm fiel in den gelben Liegesessel und wunderte sich kurz.

»So, jetzt geht's wieder«, sagte Festus und klickte etwas am Bildschirm, woraufhin sich die Simulation so stark beschleunigte, dass die Tage und Nächte auf dem Monitor schnell wechselten. Kurz darauf drückte er die Pausentaste, das Bild hielt an und zeigte einen von Anselm geworfenen, in der Luft hängenden Speer, eher ein Schwert, eine Machete.

»Aha! Er hat sich ja schon ganz gut eingelebt. Da, schauen Sie, Frau Kirschbaum. Er versucht sich an der Jagd«, sagte Festus, das Standbild betrachtend. »Besonders geschickt scheint er aber noch nicht zu sein. Sehen Sie? Da! Er hat wohl auf den Hasen gezielt. Den trifft er aber nicht. Na, ich werde ihm mal ein bisschen helfen.«

Er wählte *Einfügen, Objekt, Wildschwein mit Frischlingen* und platzierte es hinter einem Busch, wo das geworfene Schwert aller Voraussicht nach landen würde. Danach ließ er das Programm mit höchster Geschwindigkeit ablaufen, und die Sonnenaufgänge blitzten auf dem Monitor wie ein Stroboskop.

»Schöne Spielerei«, sagte Marie. »Kann ich mit Herrn Hagen nun heute Abend tanzen gehen?«

»Aber selbstverständlich, Frau Kirschbaum. Das wird werden«, entgegnete Festus, der versunken in die Welt auf dem Bildschirm blickte, dann stoppte er die Simulation wieder.

»Ach nee«, sagte er. »Jetzt hat er sich ein Schiff gebaut, der Pfiffikus. Sehen Sie?« Er deutete auf den Bildschirm, der Anselm in einem Katamaran auf weiter See zeigte. »Tja, nach dem Festland kann er lange suchen. Die simulierte Welt ist ziemlich klein. Es gibt nur die eine Insel und Wasser drumherum. Gucken Sie mal, Frau Kirschbaum!«

Er stellte die Vogelperspektive ein, wodurch die Insel von blauer Fläche umgeben wie auf einer Landkarte angezeigt wurde. Anselm und sein Katamaran waren als pixelgroßer brauner Punkt auf der Meeresfläche dargestellt und bewegten sich langsam zum äußersten linken Rand der Darstellung, und als der Punkt aus dem Bild hätte verschwinden müssen, kam er am rechten Rand wieder herein.

»Haben Sie es gesehen?«, fragte Festus stolz. »Egal, wo er mit dem Schiff hinfährt, er kommt immer wieder zurück zu der Insel. Ich würde gerne einmal ein paar Astrophysiker, Geologen und Philosophen in eine solche Welt setzen, nur um zu sehen, wie sie dieses Phänomen erklären würden. Anfangs würden sie sicherlich glauben, dass sie auf einer Kugel leben, später feststellen, dass es keine Krümmung gibt und die Ausmaße nicht zur Kugelform passen, und am Ende würden sie wohl die Theorie von unendlich vielen Parallelwelten aufstellen – Parallelwelten, die man mit dem Schiff erreichen kann.«

»Toll«, sagte Marie. »Ich bin hier, weil Sie mir erklären wollten, wo Anselm ist, und stattdessen zeigen Sie mir dieses Filmchen. Würden Sie ihn mir jetzt bitte zurückgeben?«

»Nun gedulden Sie sich doch einen Augenblick.« Festus ließ die Simulation schneller ablaufen. Anselms Schiff huschte von rechts nach links über die Landkarte und dann noch einmal von links nach rechts. »Freuen Sie sich doch mit mir über dieses, wie Sie es nennen, Filmchen ein bisschen. Schauen Sie sich doch mal dieses schöne Universum an, in dem Herr Hagen sich gerade aufhält! Wir können es sogar umgestalten … nach Belieben. Passen Sie mal auf!«

Festus stellte den Ablauf des Geschehens auf normale Geschwindigkeit und holte die perspektivische Ansicht wieder hervor. Er öffnete das Menü *Bearbeiten, Gravitation* und zog einen Schieberegler auf Null. Der gerade im Liegestuhl sitzende Anselm hob plötzlich ab. Er drehte sich, ruderte umher und schwebte über die Bäume hinweg. Marie musste lächeln, als sie die unbeholfenen Bewegungen sah.

»Sehen Sie? Er wiegt jetzt nichts mehr. Er ist schwerelos. Haben Sie schon mal Schwerelosigkeit erlebt?«

»Nein«, sagte Marie.

»Das können Sie in Zukunft alles ausprobieren, wenn die Software erst mal aus der Betaphase heraus ist. Übrigens müssen Sie gar nicht auf solch eine Insel, wenn Sie nicht wollen. Wir können jeden Raum simulieren. Sagen wir ... zum Beispiel ... das Nichts! Stellen Sie sich vor, schwerelos im Nichts zu sein. Das geht so.«

Doktor Festus klickte wieder mit der Maus herum, bis er einen Regler auf dem Bildschirm hatte, mit dem er das Bild farblich verändern konnte. Die Bäume, über denen Anselm schwebte, färbten sich milchig trüb, bis die gesamte Umgebung weiß war und nur noch Anselm selbst im Fenster vor weißem Hintergrund hing, sich drehte, mit Schwimmbewegungen durch die Luft ruderte und vergnügt um sich blickte.

»So, jetzt gibt es nichts mehr außer Herrn Hagen«, sagte Festus. »Wenn ich das jetzt so weiterlaufen lassen würde, dann würde er verdursten. Er kann ja nichts trinken im Nichts. Und zu Essen gibt es auch nichts. Er ist ja im Nichts!« Doktor Festus lachte und stellte mit den Reglern auf dem Bildschirm den normalen Zustand wieder her. Zuerst brachte er Kontrast in die Landschaft, sodass die Insel wieder erschien, dann drehte er ganz vorsichtig die Gravitationskraft auf, damit Anselm nicht schlagartig herabstürzte und sich verletzte, sondern sanft zurück in den Liegestuhl glitt.

»Könnten Sie Herrn Hagen jetzt bitte wieder materiell herstellen, anstatt mir diesen albernen Film zu zeigen?«, sagte Marie energisch und blickte Doktor Festus ins Gesicht.

»Aber sicher, Frau Kirschbaum. Doch ... finden Sie das albern?«

»Ja.«

»Wissen Sie, dass das echt ist?«

»Das ist eine Simulation.«

»Ja, aber Herr Hagen fühlt und erlebt alles.«

»Aber so kann er nicht mit mir tanzen gehen.«

»Ist Herr Hagen eigentlich Ihr Freund, Frau Kirschbaum?«, fragte Festus.

»Na ja. Ich weiß nicht. Noch nicht richtig. Oder … hm …«

»Aber Sie wollen ihn einmal heiraten?«

»Was?«

»Heiraten.«

»Nee, na ja, weiß ich nicht.«

»Aber Sie finden ihn attraktiv?«, sagte Doktor Festus, drehte sich in seinem Stuhl und schaute Marie, die ihn verwirrt ansah, direkt ins Gesicht.

»Was geht Sie das an?«, entgegnete sie.

»Ich frage nur so. Möchten Sie mal sehen, wie sein Glied aussieht? Ich kann's Ihnen zeigen … zum Beispiel in der Vergrößerung, wenn er die Toilette benutzt.«

Marie erschrak. »Nein, das will ich nicht sehen, ich weiß wie ….«

»Nein?«

»Nein.«

»Aber, Sie wollen ihn heiraten.«

»Verdammt, nein, das weiß doch kein Mensch«, rief sie und stampfte mit dem Fuß auf.

»Würden Sie mich heiraten, Frau Kirschbaum?«

Marie rollte sich schwungvoll mit ihrem Stuhl zurück.

»Nein, nein, Frau Kirschbaum«, fuhr Doktor Festus ruhig fort. »Ich habe das nicht ernst gemeint. Sie finden mich sicherlich viel zu alt und unattraktiv. Aber schauen Sie nur einmal, wie Herr Hagen aussehen wird, wenn er alt ist. Hier!«

Er beschleunigte die Simulation, und Tag und Nacht zuckten ungestüm über den Bildschirm. Etwas später stoppte er den Ablauf, zoomte das Bild auf Anselm, der im Liegestuhl saß.

Marie erschrak. Er war es wirklich, da bestand kein Zweifel, nur dass der gezeigte Mann erheblich gealtert war. Sein Gesicht war grau und zerfurcht, seine Augen quollen aus tiefen Höhlen hervor, seine Hände waren mit hellbraunen Flecken besetzt und tiefe, dunkelgrüne Adern zogen sich über seine Arme.

»Na? Wie finden Sie das?«, fragte Doktor Festus. »Vergleichen Sie ihn ruhig mit mir. Ich glaube, er ist jetzt etwas älter als ich. Ich weiß es nicht genau. Aber wissen Sie, Frau Kirschbaum, wissen Sie, wie die Software noch erweitert werden soll? Wir wollen natürlich auch implementieren, dass es möglich wird, Kontakt zu Personen innerhalb der Simulation aufzunehmen. Zurzeit geht das nur unidirektional. Wir können die Geräusche von der Insel noch nicht übertragen, aber es funktioniert jetzt schon, dass Sie zu ihm sprechen können. Wollen Sie? Hier! Da! Sprechen Sie zu Herrn Hagen, hier in das Mikrofon.«

Er deutete auf ein münzgroßes Scheibchen, das an der Außenwand des Monitors in einer Halterung hing, und klickte gleichzeitig etwas mit der Maus. Er nahm das Mikrofon aus der Halterung und drückte es Marie in die Hand.

»Na, los! Sprechen Sie. Er kann Sie jetzt hören.«

Marie sah den Doktor ungläubig an.

»Glauben Sie mir, er kann Sie hören. Sprechen Sie nur!«

»Was soll ich denn sagen? … Hallo! Hallo Anselm! Hörst du mich?«, sagte sie ins Mikrofon.

Mit einem Mal kam Wärme in Anselms Gesicht. Er drehte den Kopf hinauf, seine Augen funkelten plötzlich glücklich, und sein Mund wurde von einem Lächeln umspielt. Dann knickte sein Kopf zur Seite, und er blieb reglos im Liegestuhl liegen.

»Oh, ich glaube, er ist gerade gestorben. Na ja. Er hat ja auch eine ganz schöne Weile auf der Insel verbracht«, sagte Festus.

»Er ist tot?«, fragte Marie.

»Ja, das sehen Sie doch. Warten Sie! Ich lass es kurz ein bisschen schneller laufen … so. Da, sehen Sie? Er steht nicht mehr auf. Da! Jetzt fängt er an zu verwesen.«

Der Leichnam auf dem Liegestuhl verformte sich, die Haut fiel ein, die Augäpfel stürzten ins Schädelinnere, das Fleisch sackte zusammen und verschwand, die Knochen und Rippen traten heraus, bis nur noch ein Skelett übrig war.

Festus, der Philosoph

»Ist er jetzt wirklich tot?«, fragte Marie, die immer noch nicht wusste, was sie nun glauben sollte und was nicht.

»Ja, er ist tot. Das Gerippe lebt nicht«, sagte Festus nach kurzer Pause.

»Aber ich wollte nachher doch mit ihm tanzen gehen.«

»Na klar«, sagte Doktor Festus. »Das können Sie auch. Wenn Sie wollen, kann ich Ihnen auch das Gerippe materialisieren. Aber damit zum Tanz zu erscheinen, wäre wahrscheinlich etwas merkwürdig.« Er lachte.

»Sie haben ihn umgebracht.«

»Nein, Frau Kirschbaum. Das, was Sie gesehen haben, geschieht sowieso. Er ist ganz normal gestorben, wahrscheinlich an Altersschwäche.«

»Wie, es geschieht sowieso?«

»Nun ... Ich will es Ihnen erklären«, sagte Festus, stand auf, verschränkte die Arme hinter dem Rücken und lief im Zimmer auf und ab. »Haben Sie sich schon einmal gefragt, warum es etwas gibt?«

»Warum es etwas gibt? Was?«

»Na, haben Sie sich schon einmal gefragt, warum die Welt existiert?« Festus zeichnete mit den Händen eine Kugel.

»Nö. Warum?«

»Das haben Sie sich noch nie gefragt, obwohl Sie einfach da sind?«

»Nein.«

»Also, warum gibt es etwas?«, fragte Festus, schnippte mit dem Finger und zeigte auf Marie.

»Ich hab keine Ahnung. Das ist nun mal so.«

»Sie nehmen es einfach als gegeben hin. Gut, eine andere Frage: Wäre es nicht viel einfacher, wenn es nichts gäbe?«

»Wie denn, ›nichts‹?«, fragte Marie, die vom Stuhl aufblickend die Gestik des Doktors verfolgte.

»Na, nichts, gar nichts, keine Materie, keine Menschen, kein Weltall, keine Gedanken.«

»Und dann?«

»Dann gäbe es nichts, und keiner würde fragen, warum es nichts gibt, weil es nämlich nichts gibt, und keiner fragen könnte, warum es nicht *doch* etwas gibt, weil es ja gar nichts gibt, also auch keinen, der fragen könnte.«

»Ich frag doch aber auch nicht, wenn es nicht nichts gibt, warum es nicht nichts gibt«, sagte Marie, der Logik des Doktors folgend.

»Ja. Sie fragen einfach nichts. Sie nehmen die Welt, wie sie kommt. Aber andere stellen sich diese Frage schon, und ich wiederhole sie noch einmal: Warum gibt es etwas? Dass es nicht nichts gibt, wissen wir. Wir stehen hier, wir fühlen das Material, ich kann Sie berühren.« Er tippte ihr leicht auf die Schulter und zog den Finger sofort zurück.

»Ich weiß es nicht. Ich weiß nicht, warum es nicht nichts gibt«, sagte Marie.

»Also, gut … Ich führe den Gedanken fort. Wenn es schon nicht nichts gibt, müssen wir einfach akzeptieren, *dass* es etwas gibt, nämlich das, was wir wahrnehmen. Und da kommt doch sofort die nächste Frage. Warum muss das, was es nun einmal gibt, gerade so aussehen, wie es aussieht? Ist das nicht unsinnig? Warum ist die Welt, wenn es sie denn schon gibt, gerade so geraten? Warum dieses Universum, das All, die Sterne, die Sonne, die Atome, der Mond?«

»Na, irgendwie muss es doch aussehen«, entgegnete Marie.

»Ja, aber warum gerade so und nicht anders?«

»Vielleicht, weil Gott es so geschaffen hat?«

»Ach, ein Gott«, sagte Doktor Festus und winkte ab. »Warum gibt es dann einen Gott? Und wer, bitte schön, hat Gott geschaffen? Nein, nein, nein, Sie machen sich das viel zu einfach. Aber warum nicht auch ein Gott, warum eigentlich nicht … Warum sollte kein Gott unsere Welt geschaffen haben? Selbstverständlich gibt es auch eine solche Welt. Ich sage das aber mal ein bisschen anders: Wir wissen, dass es nicht nichts gibt. Wir wissen also, *dass* es etwas gibt. Aber warum sollte es dann nur dieses eine geben, wenn es nun schon überhaupt etwas gibt? Ich meine, warum sollte es dann nicht gleich *alles* geben?«

»Alles?«

»Ja, alles, Frau Kirschbaum. Alles, das ist das Gegenteil von Nichts. Nichts gibt es nicht, das wissen wir, deshalb haben wir das Umgedrehte davon, nämlich alles.«

»Alles …«, sagte Marie reglos vor sich hin. Sie hatte keine Ahnung, was der Mann im weißen Kittel ihr erzählen wollte.

»Sie glauben bestimmt, ich bin verrückt«, fuhr Doktor Festus fort. »Aber nein! Ich kann Ihnen dieses Alles erklären. Es gibt alles! Ja, alles, alles, alles, wirklich alles … Sie haben doch gerade Herrn Hagen beobachtet, wie er in der Computersimulation gelebt hat.«

»Ein Film war das«, sagte Marie.

»Nicht ganz … Sie können sich das aber gerne wie einen Film vorstellen.« Doktor Festus lief einen Halbkreis und baute sich vor Marie auf. »Frau Kirschbaum! Wissen Sie eigentlich, wie ein Computer funktioniert?«

»Ähm … tja … Also, bei mir auf Arbeit, den kenn ich. Den muss ich am Schalter anmachen, und dann kommen diese Fenster, da muss ich, wenn jemand eine Reise buchen will, im Startmenü …«

»Nein, nein, nein, so meinte ich das nicht. Ich meine das Grundprinzip.«

»Hm?«

»Ich meine das Grundprinzip, also jenes Prinzip, das besagt, dass der Computer, wenn er etwas berechnet, ein Programm ausführt, einen ganz gewöhnlichen Algorithmus, eine simple Abfolge von Befehlen. Wenn Sie Herrn Hagen auf dem Bildschirm sehen, dann macht die dahinterstehende Maschine nichts weiter, als nach einem vorgegebenen Schema zu berechnen, wie sich die Atome bewegen und sich die elektrischen Ladungen zueinander verhalten. Mehr passiert da nicht. Da wird ein simpler Algorithmus ausgeführt. Herr Hagen auf unserer Insel hat davon nichts gewusst. Für ihn war es eine gewöhnliche Insel in einer vielleicht etwas kleinen Welt. Dort hat er gelebt. Und jetzt, Frau Kirschbaum, stelle ich Ihnen die Frage: Woher wollen Sie wissen, dass unser Universum, unsere Welt nicht auch von einem Computer berechnet wird, woher wollen Sie wissen, dass wir uns hier nicht auch in einer Simulation befinden?«

»Woher ich das wissen will?«, stotterte Marie. »Ich hab doch nie gesagt, dass ich das weiß und auch nie das Gegenteil behauptet.«

»Sie glauben also, dass wir auch in einer Computersimulation leben?«

»Na … von mir aus.«

»Wissen Sie, wie groß ein solcher Computer sein müsste, damit er so etwas berechnen könnte? Ich meine nicht die Geschwindigkeit der Maschine. Geschwindigkeit spielt keine Rolle. Die Zeit ist relativ. Wir können nur Schwingungen zählen. Aber der Turm, den sie draußen gesehen haben, das ist einer der größten Computer der Welt, und der hat es gerade mal fertiggebracht, eine winzig kleine Urlaubsinsel zu berechnen. Es wäre natürlich denkbar, dass es in einer anderen Welt einen riesigen, unglaublich großen Computer gibt, der unser Universum berechnet – vielleicht als Bildschirmschoner, so wie der hier.« Festus deutete auf die Muster, die der Bildschirmschoner auf dem gewaltigen Monitor an seinem Arbeitsplatz gerade zeichnete.

»Sehen Sie? Das hier könnte auch ein kleines Universum sein. Es beginnt mit einem Urknall, zuerst sind sämtliche Pixel in der Mitte des Bildschirms vereint, dann driften sie langsam nach bestimmten Richtlinien auseinander, und vielleicht formen sie sich irgendwo zu Milchstraßen und Planeten, auf denen dann Leben entsteht, und die Lebewesen versuchen herauszubekommen, wie ihre Welt funktioniert. Ja, vielleicht sind wir auch nur die Opfer eines solchen Bildschirmschoners, eines Programmiererstreichs. Da gibt es vielleicht ein Büro, die Sekretärin ist zur Mittagspause verschwunden, und währenddessen ist der Bildschirmschoner angesprungen und zeigt, wie sich kleine Erdlinge bilden, die nicht wissen, was das alles soll. Aber, wie gesagt, der Computer, den die Sekretärin benutzt, müsste schon ein gewaltig großer sein. Außerdem stellt sich doch sofort die Frage: Wo kommen dieser große Computer und die Sekretärin her? So eine Maschine kann ja nur in einer anderen Welt stehen. Also, wo soll diese andere Welt herkommen? Warum gibt es die? Warum? Na? Das wissen Sie nicht? Aber ich weiß es! Es gibt alles – einfach alles. Denken Sie sich den Computer, der das alles simuliert, einfach mal weg! Was bleibt übrig?«

»Nichts?«

»Falsch! Was übrig bleibt, ist der Algorithmus, das Programm, die Abfolge von Befehlen. Den Algorithmus gibt es doch auch ohne die Maschine. Ich könnte zum Beispiel dieses Programm, das Herrn Hagen auf der Insel berechnet hat, einfach auf Papier ausdrucken und sagen: Das ist Herr Hagen auf der Insel. Ich könnte dieses Programm in einen anderen Rechner einspeisen und mir dort wieder angucken, was es berechnet. Ich könnte den Algorithmus in Stein meißeln und mir durchlesen, es bleibt Herr Hagen auf seiner Insel. Der Algorithmus existiert völlig unabhängig von der Maschine. Der Computer macht auf dem Bildschirm nur sichtbar, was berechnet wird. Der Computer ist sozusagen ein primitives Hilfsmittel, mit dem wir Algorithmen visualisieren können. Er ist wie ein Mikroskop, mit dem wir in Welten blicken können, die unserem Auge sonst verschlossen bleiben. Der Algorithmus aber existiert völlig unabhängig, und deshalb ist auch für unsere Welt, die, in der wir leben, keine riesige Maschine vonnöten, die sie berechnet. Die Existenz des Algorithmus allein genügt, damit wir existieren. Und da wir ausschließen können, dass es nichts gibt, gibt es das Programm, das uns berechnet. Und wissen Sie, wie viele Algorithmen es überhaupt gibt?«

»Nein«, murmelte Marie.

»Unendlich viele, Frau Kirschbaum. Unendlich viele.« Doktor Festus lachte gespenstisch. »Deshalb gibt es auch unendlich viele beliebige Welten. Stellen Sie sich vor, jede nur denkbare Variante existiert. Es wird berechnet, dass wir hier in diesem Raum stehen und uns unterhalten, und im nächsten Moment könnten Sie explodieren.«

»Was?«, fragte Marie und explodierte nicht.

»Ich meine, es *könnte* sein, dass Sie im nächsten Augenblick explodieren. Einen solchen Algorithmus *muss* es geben. Er läuft von Anfang an genauso ab, wie der unsrige bis jetzt, und dann geht er in einen anderen Zweig über, und Sie explodieren. Peng!« Er warf die Arme auseinander.

»Ich explodiere aber nicht.«

»Glauben Sie mir, das gibt es trotzdem, und alles andere Denkbare gibt es auch. Es muss sich nur in winzig kleinen Details unterscheiden. Stellen Sie sich nur vor, es gibt Welten, da haben Sie jetzt ein gelbes Hemd an, in anderen Programmabläufen tragen Sie ein grünes oder ein blaues, in einer noch anderen Welt erzählen *Sie* mir alles, was ich Ihnen erzähle, und ich sitze auf Ihrem Stuhl und höre Ihnen zu. Es gibt so viele Möglichkeiten, so viele unterschiedliche Universen, dass man sie niemals aufzählen könnte. Es gibt solche, da ist die Erde in einer anderen Milchstraße als unserer platziert, es gibt andere Welten, wo beispielsweise Australien auf der Südhalbkugel der Erde liegt, und stellen Sie sich vor, es gibt sogar Welten, da passen auf eine Diskette gerade mal knapp anderthalb Megabyte – nicht im Geringsten dazu geeignet, den Bauplan eines Menschen zu speichern.« Festus holte die Diskette aus der Kiste unter dem Schreibtisch. »Ja! So viele unterschiedliche Algorithmen gibt es, dass es auch einen gibt, in dem Herr Hagen nicht auf eine Diskette passt.« Er drehte den Datenträger zwischen den Fingern hin und her.

»Vorsicht! Passen Sie auf, dass nichts kaputt geht!«, forderte Marie ihn auf.

»Ja, Natürlich. Also, wissen Sie? Verstehen Sie jetzt, warum ich Herrn Hagen nicht umgebracht habe? Sie haben einen der unendlich vielen Algorithmen gesehen, der eine bestimmte Welt berechnet. Der Computer hier hat dieses Programm, das ich wie gesagt auch auf Papier drucken kann, einfach nur sichtbar gemacht. Geschehen ist es aber trotzdem, es geschieht ständig, weil es das Programm nun einmal gibt. Für uns hat es sich als Film dargestellt, als Film, der sich vor unseren Augen abgespielt hat. Doch was ist dieser Film? Er ist nur das, was der Algorithmus berechnet. Dadurch ist der Film auch wieder der Algorithmus selbst, denn von dem Berechneten kann rückwärts wieder auf ihn geschlossen werden. Das Programm ist sozusagen nur die komprimierte Darstellung des Ganzen, weil … der Film könnte unendlich lange laufen, der ihn berechnende Algorithmus aber lässt sich auf endlich viel Papier niederschreiben. Haben Sie so einen Algorithmus schon einmal gesehen, Frau Kirschbaum?«

»Nein.«

»Warten Sie!« Doktor Festus griff zu einem Papierstapel, der neben dem Bildschirm auf dem Schreibtisch lag und blätterte darin. »Moment … aha … hier zum Beispiel, nehmen Sie das. Das ist ein Algorithmus, wie er typischerweise niedergeschrieben wird.« Doktor Festus gab Marie ein Blatt in die Hand. Marie las:

```
@bis12=("eins","zwei","drei","vier","fünf","sechs",
    "sieben","acht","neun","zehn","elf","zwölf");
%ex1=(2,"zwan",6,"sech",7,"sieb");
%ex2=(1,"ein");
sub schreibziff{
    $v = ${$_[1]}{$_[0]};
    if (!$v){
        $v=$bis12[$_[0]-1];
    }
    print $v;
}
sub schreibzahl {
    my $z=$_[0];
    if ($z==0){
        return;
    }
    if ($z<13) {
        schreibziff($z);
    }
    elsif ($z<20) {
        schreibziff($z-10,\%ex1);
        schreibzahl(10);
    }
    elsif ($z<100) {
        $e = $z%10;
        if ($e!=0){
            schreibziff($e,\%ex2);
            print "und";
        }
        $z = int($z/10);
```

```
			schreibziff ($z,\%ex1);
			if ($z==3) {print "ßig"}
			else {print "zig"}
		}
		elsif ($z<1000) {
			$e=int($z/100);
			if ($e!=0){
				schreibziff($e,\%ex2);
			}
			print "hundert";
			$h=int($z%100);
			schreibzahl($h);
		}
		else{
			print "viele";
		}
}
$lust=381;
$i=1;
$komma="";
@vergessen=();
while ($i<=$lust) {
		if (rand(1)>0.01){
			print $komma; $komma=", ";
			schreibzahl($i);
		}
		else{
			push(@vergessen,$i);
		}
		$i++;
}
@vergessen=();
```

»Hmm …«, sagte Marie. »Was wird denn da berechnet?«

»Zeigen Sie mal!« Doktor Festus nahm ihr das Papier wieder ab und blickte drauf. »Tja. Das ist ein Algorithmus. Was der berechnet? Ich weiß es jetzt nicht genau … egal.« Er legte das Blatt auf den Schreibtisch zurück und fuhr fort: »Und alles, was berechnet wird, können wir uns wie einen Film ansehen. Das Gezeigte ist am Ende der Algorithmus selbst, es könnte auch als Buch aufgeschrieben sein. Alles, was ich aufschreiben kann, geschieht auch wirklich, es existiert. Und selbst, wenn ich es nicht aufschreibe, ist es trotzdem da, weil ich es aufschreiben *könnte*. Nehmen Sie doch einmal Herrn Hagen auf der Insel. Ich könnte das, was wir auf dem Bildschirm als eine Art Film gesehen haben, genauso gut als Roman aufschreiben – etwas langweilig für den Leser vielleicht, es passiert ja nichts Besonderes. Herr Hagen kommt auf dieses Eiland, vegetiert dort mehr schlecht als recht vor sich hin und stirbt dann später. Wer will so was schon lesen? Aber der niedergeschriebene Roman würde ebenso wie ein Computer wiedergeben, was ein bestimmtes Programm berechnet. Wir blicken wie mit dem Mikroskop in die andere Welt, die unabhängig existiert. Ich hoffe, Ihnen ist jetzt klar, dass niemand Herrn Hagen umgebracht hat. Das ist sowieso geschehen, weil es den Algorithmus als solchen nun einmal gibt.«

»Kann ich trotzdem heute Abend mit ihm tanzen gehen?«

»Aber selbstverständlich, junge Frau. Natürlich können Sie heute Abend mit Herrn Hagen tanzen gehen. Doch glauben Sie mir, es gibt unendlich viele Algorithmen, da gehen Sie mit *mir* tanzen, und heiraten würden wir auch.«

»Nein«, antwortete Marie und stieß sich mit dem Stuhl so weit wie es ging zurück.

»Doch, Frau Kirschbaum. Es ist nur in unserer Welt, wie es ist. In unendlich vielen Welten ist es anders. Es gibt unendlich viele andere Algorithmen, da beantworten Sie die Frage, ob Sie mich heiraten wollen mit Ja. Ernsthaft, Frau Kirschbaum, es gibt unendlich viele andere Welten. Allerdings gibt es auch unendlich viele Welten, da sagen Sie Nein.«

»Ja.«

»Was kann man da machen? So ist das eben. Gut, Frau Kirschbaum, dann will ich Ihnen mal helfen, Herrn Hagen wiederzubekommen.«

»Sie tun es?«, sagte Marie ungerührt.

»Ja, gewiss. Selbstverständlich. Ich habe es Ihnen doch versprochen. Aber leider muss ich Sie jetzt bitten … Moment …« Doktor Festus wurde mit einem Mal sehr ruhig, ging zum Telefon und drückte eine Schnellwahltaste. Er nahm den Hörer ans Ohr und sagte: »Hier ist eine Dame bei mir, die müsste mouliniert werden.«

»Was?«, schrie Marie und sprang auf, um Doktor Festus an die Gurgel zu springen.

»Ja, kommen Sie schnell!«, würgte Festus ins Telefon, während Marie versuchte, ihn umzuwerfen.

»Nun beruhigen Sie sich doch!«, sagte Festus, während er sich die Hände vors Gesicht hielt. »Ich bringe das auch alles wieder in Ordnung. Das verspreche ich Ihnen. Es ist nur so, dass ich Ihnen gerade ein wenig zu viel erzählt habe. Das hätte ich nicht tun sollen. Entschuldigen Sie. Jetzt müssen wir Sie moulinieren. Aber, ich werde das wirklich wieder in Ordnung bringen, das verspreche ich Ihnen …«

In diesem Moment trat ein Mann in Jeans und kariertem Hemd in das Zimmer, zerrte Marie von Festus fort und drosch ihr eine Faust ins Gesicht, sodass sie augenblicklich verstummte und schlaff in seinen Arm fiel.

»Moulinieren?«, fragte der Mann.

»Ja, moulinieren. Bitte sofort«, antwortete Doktor Festus, der sich seine Haare wieder ordentlich richtete und die Brille zurechtrückte.

Der Sicherheitsmann schleifte die Bewusstlose aus dem Raum heraus, und Doktor Festus hob die Diskette mit Anselm, die beim Gerangel heruntergefallen war, vom Boden auf und betrachtete sie kurz. Dann warf er sie auf den Tisch, wo sie neben der Tastatur liegen blieb, und verließ den Raum, um eine Sicherheitskopie von Marie Kirschbaum zu holen.

Marie am Strand

Marie stand am Strand, der sich als schmaler weißer Streifen in beide Richtungen in die Ferne zog. Möwen flogen umher und kreischten im Wind, die Luft war salzig und warm. Sie genoss den Blick auf die weite See und das Rauschen der Brandung. Sie hatte keine Ahnung, wie sie hierhergekommen war. Gerade war sie noch in Berlin gewesen, hatte die Teleportzelle bestiegen, um nach Hamburg zu reisen, wo sie mit einem gewissen Herrn Doktor Festus verabredet war, und nun war sie hier an diesem himmlischen Strand. Hamburg konnte das nicht sein. Diese Stadt war ihr anders in Erinnerung. Was war geschehen? Wie kam sie nur an diesen Strand? Marie wandte sich um und sah zum Festland hin Dünen, die mit schlichtem Schilf bewachsen waren. Dahinter begann ein Wald, von dicken Bäumen mit hellen Stämmen geprägt. Kleine Palmen, deren spitze Wedel seicht in der warmen Brise schwangen, standen am Waldrand.

Wenn sie sich jemals im Leben einen schönen Ort für eine Reise hätte aussuchen dürfen, sie hätte sicherlich diesen gewählt. Sie verspürte Lust, für immer hierzubleiben – vielleicht gemeinsam mit Anselm.

Doch die Umgebung war menschenleer, und Marie fragte sich, ob jemals schon ein Mensch seinen Fuß an diesen Strand gesetzt hatte. Gab es solche Flecken überhaupt noch auf dem Planeten? Musste nicht jeder Quadratmillimeter der Erde bereits von einer Schuhsohle berührt worden sein? Sie hielt es beinahe für ausgeschlossen, dass sie allein hier war.

Trotzdem blieb die Frage, was sie überhaupt hierherverschlagen hatte. War es ein Fehler beim Teletransport? Wahrscheinlich war sie beim Teletransport nach Hamburg über das Ziel hinausgeschossen, zu weit östlich, und nun am Strand der Ostsee gelandet. Doch an der Ostsee wuchsen normalerweise keine Palmen.

Marie ließ sich im Schneidersitz in den Zuckersand fallen, stützte sich mit den Händen ab und legte den Kopf in den Nacken, um das Sonnenlicht uneingeschränkt in ihr Gesicht fallen zu lassen. Sie lauschte den Möwen und dem Rauschen des Meeres, und plötzlich vernahm sie Geräusche von Schuhen, die sich quietschend durch den Sand bemühten.

Sie sah in die Richtung, aus der die Geräusche kamen. Ein älterer Mann mit schwarz gerahmter Brille und einem weißen Kittel stapfte auf sie zu. Sein Kittel wedelte im Wind, und die Gläser vor seinen Augen spiegelten das Sonnenlicht. Marie stand auf und wartete, bis er herangekommen war.

»Einen schönen guten Tag, Frau Kirschbaum. Festus mein Name, Doktor Festus«, sagte Doktor Festus und streckte ihr die Hand entgegen.

»Sie sind Herr Doktor Festus?«, fragte Marie und reichte ihm die Hand.

»Ja, der bin ich. Wir sind verabredet, Sie erinnern sich?«, sagte der Mann und drückte ihre Hand kräftig. Dann hob er seine Brille über die Augen und starrte Marie ins Gesicht.

»Ja, ich erinnere mich. Wir haben vorhin miteinander telefoniert. Aber irgendwie bin ich ein wenig verwirrt …«

»Natürlich, meine Liebe, das kann ich sehr gut verstehen«, sagte der Doktor grinsend und ließ ihre Hand wieder los.

»Wo sind wir?«, fragte Marie. »Vorhin, als ich in Berlin in die Teleportzelle gestiegen bin, dachte ich, dass ich in Hamburg landen würde, und jetzt bin ich hier, aber Sie sind auch da? Ich dachte, Sie wären in Hamburg? Ich versteh das alles nicht.« Sie schüttelte den Kopf und blickte aufs Meer hinaus.

»Ja, schöne Frau. Das ist auch nicht so einfach zu verstehen«, entgegnete Doktor Festus mit ernstem Ausdruck. »Gefällt es Ihnen hier?«

»Oh, ja … Doch, sehr … Es ist wunderschön hier … das Meer und die Möwen … der Strand … Ich finde es sehr schön hier, nur dass ich das alles nicht richtig begreife.«

»Wir sind auf einer Insel«, erklärte der Doktor, streifte dabei seinen Kittel ab und ließ ihn in den Sand gleiten. »Wir sind auf einer wunderschönen, paradiesischen Insel. Ich wusste gar nicht, dass es hier so herrlich ist. Ich selbst war nämlich auch noch nie hier.« Er sog die Luft lange und tief durch die Nase ein.

»Wir sind auf einer Insel?«, fragte Marie ungläubig.

»Ja, wir sind vollständig von Wasser umgeben.«

»Was ist das für eine Insel? Wo ist sie? Und wie kommen wir hier wieder weg? Ich meine, ich wollte doch heute Abend mit Anselm tanzen …«

»Nein!«, fiel der Doktor ihr ins Wort. »Vergessen Sie es, für Sie wird das nichts. Diese Insel liegt nirgendwo. Dieses Stückchen Land ist ganz allein für uns geschaffen worden. Niemand sonst ist hier außer uns beiden.«

»Wie bitte?«

Doktor Festus sah ihr tief in die Augen, und der Wind spielte in seinen Haaren. Er breitete die Arme aus und sagte: »Marie!«

Marie erschrak.

»Verstehen Sie nicht, Marie? Diese Insel ist allein für uns beide geschaffen. Schauen Sie hoch zur Sonne! Sie scheint nur für uns.«

»Die Sonne scheint für keinen«, warf sie verbittert ein.

»Diese Sonne hier schon. Niemand außer uns kann sie sehen, sich an ihren Strahlen wärmen, und keiner ist da, um uns zu stören. Und wie angenehm warm es hier ist. Marie! Ich liebe Sie!«

»Was?«

»Sie müssen mein werden, Marie. Ohne Sie, ich glaube, ich würde … Oh! Es ist heiß hier, finden Sie nicht auch, dass es hier sehr heiß ist?« Der Mann riss den obersten Knopf seines Hemdes auf und fuhr mit den anderen Knöpfen fort, bis sich sein schlaffer Oberkörper zeigte. Er schüttelte das Hemd rückwärts über seine Arme, und sein knochiger, sehniger Leib leuchtete weiß im Sonnenlicht.

Marie ging einen Schritt zurück.

»Kommen Sie, meine Liebe! Ihnen ist doch auch heiß. Wir könnten gemeinsam baden gehen oder im Sand liegen. Dort drinnen im Wald, nur ein paar Meter von hier, ist ein Haus. Wir könnten da die Nächte verbringen. Nehmen Sie dies als ein Geschenk Gottes! Oh! Marie, Sie sind so wunderschön. Deine Augen, sie leuchten mich an. Warum nur? Das kommt aus deinem Herzen, ich weiß es. Ich weiß, dass du mich auch liebst. Aber in der anderen Welt nicht. Doch hier, wo niemand sonst uns stört, wo niemand außer uns ist, wo niemand uns stören kann, hier musst du mich lieben, hier bist du frei, in dieser Welt, die nur für uns beide erschaffen worden ist.«

Er sprang zu Marie, hängte sich an ihren Hals und versuchte, seinen Kopf an ihre Brüste zu drücken, doch Marie stieß ihn weg, drehte sich um und rannte fort. Sie bewegte ihre Füße, so schnell sie konnte, sie keuchte und rief dabei um Hilfe

»Warten Sie, Marie!«, rief der Doktor, der ihr hinterherhetzte. »Warten Sie! Ich liebe Sie doch! Bitte! Warten Sie auf mich!«

Marie stürmte weiter, und der Sand staubte um ihre Füße. Der alte Mann konnte nicht mithalten. Schnell kam er außer Atem und musste stehen bleiben, um Luft zu schöpfen. Doch davon bemerkte Marie nichts. Sie nahm sich nicht die Zeit, nach hinten zu schauen, um zu prüfen, wie dicht ihr der Irre auf den Fersen war. Mit hastigen Schritten stürmte sie weiter und immer weiter den Strand entlang, bis sie plötzlich gegen etwas Weiches rempelte und sich in den Armen des Doktors wiederfand, der sie an seinen nackten Oberkörper drückte und durch Maries Schwung mit ihr gemeinsam rückwärts in den Zuckersand kippte.

»Hilfe! Lassen Sie mich los!«, schrie sie und versuchte, sich von ihm fortzustemmen, doch der halbnackte Mann zog sie kräftig an sich und leckte an ihrem Hals. Mit einer schwungvollen Bewegung wälzte er sie herum, sodass Marie mit dem Rücken im Sand lag und die Sonne sie blendete. Sie spürte die Lippen des Mannes, die sich mit feuchten Küssen über ihren Hals tiefer arbeiteten, bis seine Spucke auch ihr Dekolleté benetzte und seine Zunge darin spielte. Sie fühlte, wie seine Hand sich unter ihr Hemd schob und sich zu den Brüsten hinauftastete.

Festus am Bildschirm

Die Leuchtdioden blinkten, und die Ventilatoren summten. Der gewaltige Computerturm unter der Erde des Geländes der Schliemanz-Koch AG berechnete unermüdlich das Geschehen. Die Tür zum Arbeitsraum von Doktor Festus stand einen schmalen Spalt offen und schickte einen Lichtstreif auf den Gitterrost davor. Doktor Festus saß vor seinem großen Monitor und beobachtete die Berechnungen.

Nachdem er sich eine Diskette mit Maries Sicherheitskopie aus dem Archiv geholt und das ahnungslose Geschöpf auf seiner virtuellen Insel ausgesetzt hatte, war er in den Scanner-Raum gegangen und hatte einen Molekülbauplan seiner Person erstellen lassen. Auf einer Diskette hatte er das Abbild seiner selbst gespeichert – das Abbild eines Doktor Festus mit einem bestimmten Plan im Kopf. Diesen Doktor Festus hatte er in den Computer eingespielt und neben Marie auf den Strand gestellt.

Doktor Festus vor dem Bildschirm hatte die Knie übereinandergeschlagen, die linke Hand, so hoch es ging, zwischen die Beine gepresst, mit der anderen Hand bediente er die Maus.

Doktor Festus auf der Insel hatte Mühe gehabt, der Frau hinterherzulaufen. Doch wozu hatte Doktor Festus vor dem Bildschirm eine Maus? Es war ihm ein Leichtes gewesen, sein Ebenbild hinter der Mattscheibe emporzuheben, über den Strand schweben zu lassen und der davonlaufenden Marie in den Weg zu stellen.

Und so war es dem Mann im Computer schließlich gelungen, die Schöne zu erjagen, sie unter sich zu werfen und ihr die Kleider vom Leibe zu reißen. Sein allmächtiger Helfer von außerhalb hatte die im Sande liegende Wäsche mit ein paar Mausklicks verschwinden lassen, damit Marie später nicht in Versuchung käme, ihren Körper wieder zu verhüllen. Denn sie befand sich im Paradies, so empfand es Doktor Festus vor dem Bildschirm, der das Treiben des Pärchens hinter dem Bildschirm beobachtete.

Er begaffte die von der Simulationssoftware berechneten Bilder, die zeigten, wie sich Doktor Festus mit Marie am Strand wälzte, wie er sich um ihren Körper schlang, ihren Kopf niederdrückte und sich über ihr hin- und herbewegte. Jedes Detail zoomte der zuschauende Doktor Festus heran, spulte zurück, wenn er eine Szene besonders aufregend fand und betrachtete sie noch einmal aus einer anderen Perspektive, um das zarte Fleisch der Frau noch imposanter ins Bild zu rücken. Sie hatte bereits jeglichen Widerstand aufgegeben und ließ alles teilnahmslos mit sich geschehen.

Doktor Festus stierte auf den Monitor, er atmete aufgeregt und seine linke Hand bewegte sich zwischen den übereinandergeschlagenen Beinen. Der von der Software berechnete Festus bäumte sich schließlich auf, hob den Kopf und blickte in den Himmel, dann zuckte sein Gesäß noch zwei mal vor und zurück. Befriedigt ließ er sich schlaff neben Marie in den Sand gleiten. Auf dem Rücken lagen die beiden nebeneinander am Meeresstrand, und Doktor Festus vor dem Bildschirm zoomte auf Marie allein. Wie schön war sie doch, wie sie dort lag und mit offenem Mund reglos ins Blaue blickte. Mit dem Mauspfeil umzeichnete er ihre Brüste und zog die Linien des formschönen Körpers nach. Wie schade er es fand, dass er sie nicht mit seinen eigenen Händen berühren konnte, sondern das ausschließlich der virtuellen Kopie seiner Person möglich war.

Das, was geschehen war, hatte Marie nicht mit sich geschehen lassen wollen, es war ein Verbrechen, das er hiermit begangen hatte. Doktor Festus vor dem Bildschirm hatte es sich vorgenommen, und wie die Computersimulation demonstrieren konnte, hatte seine virtuelle Kopie es auch skrupellos durchgeführt. In der von ihm erschaffenen Welt im Computer gab es jedoch keine Gesetze und keine Richter, die es verboten oder bestraft hätten, dort gab es nur ihn und Marie. Aber in der Welt vor dem Bildschirm wäre dieses Geschehen ein Delikt gewesen, und wie würde diese, seine Welt, die vom Programm erzeugten Bilder nur empfinden? Was der Computer berechnet und in einem Fenster in Form eines Filmes gezeigt hatte, war schließlich nur die Visualisierung der Ergebnisse eines Algorithmus, der unabhängig von jeder Maschine existierte. Es hätte ein beliebiger Künstler daherkommen und diesen Film Bild für Bild zeichnen, diese Szenen mit Akribie Punkt für Punkt fotorealistisch malen können, und wäre das Kunstwerk allein seiner Fantasie entsprungen, würde es vielleicht als anstößig und schmutzig wahrgenommen werden, doch ein Verbrechen wäre es nicht gewesen. In seinem Fall hingegen waren die Bilder nur das Ergebnis eines Computerprogramms, das Dinge berechnete, die sich Doktor Festus real in den Kopf gesetzt hatte, bevor er in den Scanner-Raum gegangen war. Wo wäre der Unterschied, wenn sich die Filme bis auf den letzten Pixel glichen? Auf der einen Seite das vom Künstler Gemalte und auf der anderen Seite das von Festus Gedachte und vom Programm Berechnete – die Ergebnisse waren gleich. Es gab unendlich viele Algorithmen, ein und denselben Film zu erzeugen, und alle existierten sie, unabhängig davon, ob der Film angeschaut würde oder nicht. Es geschah sowieso!

Er könnte die Computersimulation jetzt einfach weiterlaufen lassen, vielleicht auch mit höherer Geschwindigkeit, sodass er sähe, wie die beiden auf der Insel alt würden. Vielleicht bekämen sie ein Kind, und Marie würde sich mit ihrem Schicksal abfinden. Doktor Festus vor dem Bildschirm könnte den beiden Bewohnern des virtuellen Eilands im Computer das Leben göttlich gestalten. Er könnte ihnen jeden Tag ein fürstliches Mahl an den Strand stellen, alles, was ein Herz begehrte, hätte er den beiden schenken können. Doch diese Marie, wie sie dort im Sande lag, liebte ihn nicht. Dazu war sie im Kopf nicht eingestellt. Ihre Gedanken lagen woanders.

Die Gedanken konnte Doktor Festus nicht beeinflussen. Wie das Gehirn funktionierte, war noch nicht hinreichend erforscht. Auf molekularer und atomarer Ebene war es berechenbar. Das konnten die Computer simulieren. Doch wo waren die Gedanken gespeichert, und welche Zellen mussten anders mit elektrischen Ladungen belegt werden, um die Gedanken in bestimmte Richtungen zu lenken? Wie schön wäre es doch, könnte er den auf einer Diskette gespeicherten atomaren Bauplan von Marie so manipulieren, dass sie ihn mit ganzem Herzen liebte. Er würde die Änderungen einfach durchführen, sie dann durch den Teletransporter materialisieren und könnte mit ihr gemeinsam in der Welt vor dem Bildschirm glücklich werden. Doch zu solchen Manipulationen fehlte das Wissen um die Zellen im Gehirn, es war noch einiges zu erforschen.

Doktor Festus riss einen gelben Zettel von einem Block auf dem Tisch und schrieb darauf: *Gedankenschreiber entwickeln! Wichtig!* Danach klebte er ihn an die rechte obere Ecke seines Monitors. Das war die nächste große Aufgabe, der er sich stellen musste. Und trotzdem ärgerte es den Mann im weißen Kittel, da er doch wusste, dass alles, was er sich dachte, bereits existierte. Es gab bereits jetzt unendlich viele Welten, in denen es den Gedankenschreiber gab, und es gab unendlich viele Welten, in denen Marie ihn selbst ohne Zuhilfenahme eines Gedankenschreibers liebte. Da ermutigte auch nicht die Vorstellung, dass es auf der anderen Seite ebenso viele Algorithmen gab, die Welten berechneten, in denen sie ihn nicht liebte oder sie beide gar nicht erst existierten.

Festus beobachtete wieder den Bildschirm. Der im Computer befindliche Festus hatte sich an Marie geschmiegt und streichelte ihre Hüften. Sie versuchte sich fortzudrehen. Die beiden würden bis ans Ende ihres Lebens auf der Insel verweilen. Selbst wenn er den Computer jetzt ausschaltete, bliebe der Algorithmus erhalten. Versonnen stützte er das Kinn ab, sah auf den Monitor und streichelte das Bild mit dem Mauspfeil dort, wo sein virtueller Doppelgänger Marie mit den Händen anfasste.

»Was machen Sie denn da?«, hörte er hinter sich eine Stimme.

Festus zuckte zusammen, griff hastig nach dem Helligkeitsregler des Monitors und drehte das Bild schwarz. Er wandte sich um. Frank Wagner, der Programmierer, stand im Zimmer und blickte auf den verdunkelten Bildschirm.

»Können Sie nicht anklopfen, bevor Sie reinkommen?«, sagte Doktor Festus.

»Entschuldigung, aber die Tür stand offen.«

»Dann können Sie trotzdem anklopfen.«

»Aber ich muss es nicht. Außerdem habe ich alles gesehen. Das war abstoßend«, sagte der dicke Mann.

»Was haben Sie gesehen?«, fragte Doktor Festus mit zittriger Stimme und zog die Hand zwischen seinen Beinen hervor.

»Alles. Ich hab alles gesehen, was auf dem Bildschirm passiert ist. Das war die Simulationssoftware, die ich nach Ihren Vorgaben geschrieben habe. Und Sie waren mit dieser Frau da drin. Sie waren mit der Frau zusammen auf der Insel. Das hätten Sie nicht tun dürfen, Herr Doktor. Nein, das hätten Sie nicht tun dürfen.«

»Quatsch«, sagte Festus. »Sie wissen doch, dass es sowieso geschieht. Sie als Programmierer wissen doch am besten, was ein Algorithmus ist und was das zu bedeuten hat.«

»Trotzdem. Das hätten Sie nicht tun sollen, das war nicht gut.«

»Aber Herr Wagner! Was wollen Sie damit sagen?«

»Dafür habe ich das Programm nicht geschrieben. Ich werde das beim Chef …«

»Nun warten Sie doch mal, Herr Wagner! Es ist doch wirklich nichts passiert. Ich habe mir nur ein paar Bildchen angesehen. Was ist denn schon dabei? Ich meine … Sie haben ein hervorragendes Programm entwickelt. Ich habe es ein bisschen getestet. Schließlich sollen die Menschen es später einmal nutzen, und da werden sie wohl auch hin und wieder miteinander schlafen, gerade im Urlaub. Und warum sollte man das Programm denn nicht auch mal zu seinem eigenen Vergnügen einsetzen. Die Welt ist doch sonst viel zu ernst. Haben Sie sich noch nie überlegt, dass es diese Möglichkeit gibt? Haben Sie noch nie mit dem Gedanken gespielt, einfach mal in den Computer auf eine Insel zu schlüpfen und das zu tun, wozu sie Lust haben?«

Festus drehte die Helligkeit wieder ins Bild und zoomte auf Maries Körper.

»Schauen Sie nur, Herr Wagner! Ist sie nicht wunderschön? Haben Sie schon einmal so eine schöne Frau gesehen? Haben Sie es mit solch einem Mädchen schon mal gemacht?«

»Das ist ganz allein meine Sache, Herr Doktor, das brauche ich Ihnen nicht zu sagen«, stammelte Wagner.

»Sehen Sie nur, wie schön ihre Brüste sind, wie süß ihre Lippen schmecken müssen.« Festus rollte den Bildschirmausschnitt auf ihrem Körper tiefer und vergrößerte noch einmal. »Und sehen Sie das, Herr Wagner? Haben Sie so etwas Weiches schon einmal berührt? Haben Sie wirklich noch nie daran gedacht, einmal in den Computer zu steigen, und das zu tun, wozu sie wirklich Lust haben? Vergessen Sie nicht! Es geschieht sowieso, auch wenn Sie es nicht tun. Was macht es da schon aus? Tun Sie es doch einfach!«

»Meinen Sie, Herr Doktor?«

»Aber natürlich! Gehen Sie in den Scanner-Raum, nehmen Sie sich etwas Schönes vor und speichern Sie Ihr Abbild in diesem Zustand auf Diskette. Danach setze ich Sie auf die Insel. Na? Das wär doch was, oder?«

»Das ist nicht gut.«

»Ach was, es geschieht sowieso! Warum sollten Sie sich es dann entgehen lassen?« Festus stand auf und klopfte dem Programmierer freundschaftlich auf den Arm.

»Meinen Sie?«, sagte Wagner.

»Aber ja. Nun machen Sie schon! Trauen Sie sich, Herr Wagner. Nehmen Sie sich etwas Schönes vor und gehen Sie auf die Insel ins Paradies. Ich werde mit keinem Menschen darüber reden. Ich werde niemandem erzählen, was Sie dort tun, und Sie erzählen auch keinem, was Sie gerade gesehen haben. Ist das nichts?«

»Hm … Wenn Sie meinen …«

»Aber klar! Nur zu, Herr Wagner. Machen Sie schon! Gehen Sie in den Scanner-Raum und nehmen Sie sich das vor, was Sie schon immer tun wollten! Schauen Sie sich nur dieses hübsche Mädchen an. Wo sonst haben Sie schon so eine Gelegenheit?«

Wagners Augen glänzten durch den Speck in seinem Gesicht. Sein Doppelkinn wackelte, als er schließlich sagte: »Sie haben ja recht, Herr Doktor. Und Sie werden es wirklich keinem erzählen?«

»Nein! Nicht ein Wort, zu niemandem«, versprach der Doktor.

»Kein einziges?«, fragte Wagner noch einmal.

»Nein, kein einziges.«

»Gut, ich gehe mal kurz in den Scanner-Raum.« Wagner schnappte sich die auf dem Tisch liegende Diskette.

»Nein, nicht die! Da ist Anselm Hagen drauf«, rief Festus und entriss ihm den Datenträger. »Den Hagen brauch ich noch. Warten Sie. Ich geb Ihnen eine leere.« Er öffnete eine Schublade seines Schreibtischs, wo er eine unbespielte Diskette herausholte, die er dem dicken Mann gab.

Wagner wälzte sich durch die Tür in den Scanner-Raum, wo er die Diskette in den Schlitz des duschkabinenähnlichen Kastens steckte. Er nahm sich etwas Schönes vor, betrat den gläsernen Kasten und ließ sich scannen. Wenige Minuten später kehrte er mit der bespielten Diskette zurück und reichte sie Doktor Festus.

»Da, machen Sie!«, forderte er ihn auf.

Festus nahm die Diskette und schob sie in den Computer unter dem Tisch. Danach bediente er das Programm am Bildschirm, öffnete das Menü *Einfügen, Person* und wählte das Objekt *A:\Frank_Wagner.bak.* Das Abbild des Programmierers hing am Mauszeiger und Doktor Festus lenkte es in das Fenster, das die Insel mit Marie und ihrem virtuellen Partner Doktor Festus zeigte. Durch einen Klick setzte er Frank Wagner ab. »So, na dann mal los, Wagner!«, feuerte der Doktor ihn an.

Wagner auf dem Bildschirm schritt unverzüglich auf den neben Marie liegenden Mann zu, umfasste ihn mit beiden Händen am Hals, dann zerrte er ihn hoch, schüttelte ihn und schleifte ihn durch den Sand, warf ihn auf den Boden und trat ihm mit dem Fuß in den Magen.

»Was soll denn das jetzt?«, fragte Doktor Festus vor dem Bildschirm, doch Wagner räusperte sich nur und schwieg.

Die Simulation zeigte, wie Wagner seinen Chef zur Brandung schleppte, ihn hineinwarf und mit dem Kopf unter die Wasseroberfläche drückte. Festus zappelte und versuchte, sich mit aller Kraft, die in seinen schwachen Muskeln steckte, zu wehren – vergeblich. Festus schwand der Wille, und Wagner zog sein Opfer noch einmal ans Sonnenlicht, wo es mit geschwollenen Augen und blauen Lippen nach Luft ringend dem Doktor Festus vor dem Bildschirm ins Gesicht blickte. Kurz darauf wurde er wieder unter Wasser gepresst.

»Was tun Sie da?«, fragte Doktor Festus und fasste zur Maus, um ins Geschehen einzugreifen, doch Wagner legte seine Hand auf die seines Chefs und flüsterte: »Lassen Sie das!«

Schweigend beobachteten sie die Berechnungen, sie sahen, wie Wagner den Kopf seines Vorgesetzten unter Wasser hielt, wie der zappelnde Körper langsam zur Ruhe kam, plötzlich noch einmal heftig zuckte und sich aus dem Griff des gewichtigen Gegners zu befreien versuchte – ohne Erfolg. Er erschlaffte alsbald endgültig und blieb reglos mit dem Rücken zur Sonne im Wasser liegen. Wagner schlurfte zum Strand zurück, setzte sich in den Sand und blickte hinaus aufs Meer, hinweg über die auf den Wellen wippende Leiche des Doktors. Höher am Strand lag Marie zusammengekrümmt in der Sonne. Sie weinte.

»Sie haben mich ermordet, Herr Wagner«, sagte Doktor Festus und riss seine Hand unter der des Programmierers fort.

»Es geschieht sowieso, Herr Doktor. Das wissen Sie doch. Der Algorithmus existiert trotzdem.«

»Ja, aber … überlegen Sie sich doch mal, was Sie sich da vorgenommen haben, bevor Sie in den Scanner gestiegen sind. Sie haben sich vorgenommen, mich zu ermorden.«

»Stimmt.«

»Warum?«

»Ich hab das getan, was Sie gesagt haben. ›Nehmen Sie sich was Schönes vor‹, haben Sie gesagt, und ich hab's getan. ›Tun Sie, was Sie schon immer tun wollten.‹ Das sind Ihre Worte gewesen, Herr Doktor.«

»Aber …«

»Es geschieht sowieso.«

Doktor Festus saß eine Weile stumm da, Wagner blieb schweigend neben ihm stehen. Auf dem Bildschirm bot sich noch immer das gleiche Bild: Wagner saß im Schneidersitz am Strand und blickte aufs Wasser, Doktor Festus' Leichnam wurde von Schaumkronen umspült, und hinten im Zuckersand war Marie, die nach ihrer Kleidung suchte.

»Gut«, sagte Festus schließlich. »Vergessen wir die ganze Sache. Sie schweigen, und ich schweige auch.« Er griff zur Maus, beendete das Programm und löschte alle berechneten Daten, indem er die entsprechenden Dateien in den Mülleimer an der rechten unteren Ecke des Bildschirmes schob. »Das hätten wir, die Sache ist erledigt.«.

»Ich wollte Ihnen übrigens sagen, dass die neue Version von *i-Sim.exe* fertig ist. Version 0.95 Beta«, sagte Wagner. »Jetzt ist auch Tonausgabe möglich. Damit könnten Sie sich nun auch Ihre Todesschreie auf der Insel anhören, wenn Sie mal wieder ermordet werden – nur wenn Sie wollen natürlich … Ich geh dann mal wieder.« Wagner schlurfte aus dem Zimmer.

Festus blieb sitzen, stützte den Kopf in die Hand und lehnte sich mit dem Ellenbogen auf den Schreibtisch. Er war in seiner Welt, in der normalen Welt, er war in der realen Welt, er war in jenem Algorithmus, in dem er aufgewachsen war, und hier galt es für ihn, sich korrekt zu verhalten und ein gegebenes Versprechen einzulösen.

Er würde Marie Kirschbaum wiederherstellen müssen, und wie er es ihr zugesagt hatte, auch Anselm Hagen. Er überlegte, wie dies zu bewerkstelligen wäre, denn die Rekonstruktion von Anselm Hagen war gar nicht so unproblematisch. Schließlich hatte er nur einen molekularen Bauplan vom Anselm Hagen, der vor zwei Tagen erstellt worden war, als er sich am Donnerstagvormittag in die Teleportzelle begeben hatte. Die anderen fünfhundert Kopien, die es noch gab, waren wertlos – sie waren zwar später erstellt worden, doch wussten sie zu viel. Deshalb durfte er nur den Anselm Hagen von Donnerstag verwenden, was bedeutete, dass dieser – würde er jetzt in der Hamburger Telestation materialisiert – dächte, es wäre Donnerstag Vormittag. Er würde genau das tun, was er zu diesem Zeitpunkt vorgehabt hatte – aber was war das? War es problematisch?

Mit Marie Kirschbaum war es nicht ganz so schwierig. Von ihr besaß er eine Diskette mit einem Abbild, das gerade eine Stunde alt war. Außerdem wusste er, was Marie im Kopf hatte. Wenn er sie materialisierte, käme sie sofort zu ihm gelaufen, um sich nach Anselm Hagen zu erkundigen. Wenn sie eine Armbanduhr trüge, würde sie eine Stunde nachgehen. Wahrscheinlich würde sie es gar nicht bemerken, und wenn sie es bemerkte, würde sie sich allerhöchstens kurz wundern.

Doktor Festus nahm die Diskette von Marie, schob sie in den Computer, startete ein Programm und hangelte sich durch einige Menüs, bis er bei *Person, Materialisieren, Hamburg* anlangte.

Festus und Marie noch einmal

Zehn Minuten später stand Marie in der Tür.

»Ah! Einen wunderschönen guten Tag, Frau Kirschbaum! Ich erkenne Sie. Treten Sie ein!«, sagte Doktor Festus, stand auf und streckte ihr die Hand entgegen. Marie kam näher und schüttelte sie.

»Kommen Sie, kommen Sie! Setzen Sie sich!«, sagte Doktor Festus und wies mit offenen Händen auf den zweiten Stuhl im Raum.

Da war sie nun wieder – Marie Kirschbaum. Gerade hatte er noch ihren nackten Körper bewundert, jetzt stand sie voll bekleidet in der Tür und wusste von nichts. Wie schade nur, dass diese Schönheit nicht für ihn bestimmt war, in dieser Welt, in diesem Algorithmus.

Marie setzte sich.

»Also, Sie kommen, weil Sie wissen möchten, wo Herr Anselm Hagen ist?«, leitete er das Gespräch ein, ließ sich auf dem Stuhl nieder und drückte die Knie aneinander.

»Ja.«

»Weil Sie mit ihm heute Abend tanzen gehen möchten?«

»Ja, aber woher wissen Sie das?«

»Ach, das war nur eine Vermutung von mir. Also …« Festus lief im Kreis herum. »Sie möchten ihn also wiederhaben und haben sich das gründlich überlegt?«

»Wiederhaben? Ich weiß ja nicht einmal, wo er ist.«

»Aber ich weiß es, junge Frau.« Der Doktor hob einen Zeigefinger.

»Und?«

»Er ist verreist.«

»Aha, und wohin?«

»Weit, weit weg. Ich gebe es zu, wahrscheinlich hat es ihn durch ein kleines Fehlerchen beim Teletransport in die Ferne verschlagen, und es könnte sein, dass er etwas verwirrt ist, wenn er gleich zurückkehrt …«

»Er kommt gleich wieder?«, unterbrach ihn Marie.

»Ja, ja, er kommt gleich wieder, Frau Kirschbaum, das steht außer Frage, nur, dass er etwas verwirrt sein könnte, meine ich, weil es ihn durch ein Fehlerchen weit, weit weg verschlagen hat. Deshalb ist auch Ihre Hilfe nötig …«

»Meine Hilfe?«, unterbrach sie ihn abermals.

»Ja, Frau Kirschbaum, Ihre Hilfe. Also, Sie gehen jetzt zur Telestation hier in Hamburg zurück und warten, bis er dort aus der Teleportzelle steigt. Wie gesagt, er kommt von weit, weit her und könnte etwas verwirrt sein.«

»Und was soll ich dann machen? Wie soll ich dann helfen?«

»Nun, Sie müssen ihn beruhigen. Sie müssen ihm sagen, dass alles in Ordnung ist.«

»Ist das alles?«

»Ja, das ist alles.«

»Und was ist mit den fünfhundert Toten auf der Autobahn? Und warum steht er auf der Passagierliste dieses abgestürzten Flugzeugs aus den Nachrichten?«, fragte Marie und verschränkte die Arme vor der Brust.

»Was erzählen Sie da, Frau Kirschbaum? Wo haben Sie denn das her? Da haben Sie falsche Informationen, das sind alles Falschmeldungen.«

»Hm …«

»Gehen Sie zur Telestation und empfangen Sie Ihren Freund. Beeilen Sie sich! Er dürfte jeden Augenblick dort ankommen. Machen Sie!«

Marie stand vom Stuhl auf und Festus ebenfalls.

»Also, ich gehe jetzt da hin und soll ihn beruhigen?«, fragte sie noch einmal, um sich zu vergewissern, dass sie Doktor Festus auch richtig verstanden hatte, denn wirklich sinnig schien ihr diese Forderung nicht.

»Ja, gehen Sie nur!«, redete der Doktor ihr zu. »Und vergessen Sie nicht, ihn zu beruhigen. Auf Wiedersehen, schöne Frau. Es war mir ein Vergnügen, Sie noch einmal sehen zu können und Ihnen helfen zu dürfen.«

Er reichte ihr die Hand, Marie schüttelte sie und sagte: »Danke«, wusste jedoch nicht so recht, wofür. Danach wandte sie sich um und ging hinaus.

»Ach! Und vielleicht sehen wir uns ja noch einmal wieder, junge Frau, und wenn nicht, dann bestimmt in einem anderen Leben oder einer anderen Welt.«

Marie antwortete nicht mehr. Doktor Festus hörte nur noch ihre Schritte auf dem metallenen Rost vor der Tür verschwinden, dann setzte er sich wieder vor den Monitor, schob die Diskette von Anselm Hagen in die Kiste unter dem Tisch und startete die Simulationssoftware mit der Insellandschaft.

Anselm und Marie

Am Morgen war Anselm gleich nach dem Erwachen auf den Berg geklettert. Bis zum frühen Abend hin hatte er dort neben dem Fernrohr gesessen und in der Hitze auf die Ankunft eines Schiffes oder eines Hubschraubers gewartet. Niemand war gekommen, um ihn abzuholen.

Es war der zweite Tag, den er sich nun auf dieser merkwürdigen Insel befand. Heute Abend wollte er mit Marie tanzen gehen, und es blieb nicht mehr viel Zeit für seine Rückkehr in die Heimat.

»Einen wunderschönen guten Tag, Herr Hagen!«

Anselm erschrak und drehte sich um. Ein Mann mit schwarz gerahmter Brille und weißem Kittel stand plötzlich hinter ihm auf dem Plateau und lehnte am Fernrohr.

»Oh! Jetzt hab ich mich aber ganz schön erschrocken. Ich hab Sie gar nicht kommen hören.«

»Ja, das ist normal. Ich hab mich ja auch hierherteleportiert.«

»Das klingt logisch«, entgegnete Anselm und stand auf. »Ich hab mich auch hierherteleportiert oder wie auch immer, ich weiß nicht richtig, wie ich hierhergekommen bin. Eigentlich wollt ich vor zwei Tagen nach Hamburg, und jetzt sitze ich hier fest. Hagen, mein Name.« Anselm reichte ihm die Hand.

»Angenehm, ich bin Doktor Festus«, erwiderte Festus und drückte seine Hand.

»Sie kommen sicherlich, um mich zurück nach Berlin zu bringen, oder?«

»Ja, nach Hamburg kann ich Sie bringen. Dazu bin ich hier.«

»Puh!«, seufzte Anselm. »Und ich hatte schon befürchtet, hier nicht mehr zeitig genug wegzukommen. Wissen Sie, ich hab nämlich heute Abend eine wichtige Verabredung.«

»Sie wollen tanzen gehen, stimmt's?«

»Richtig! Woher wissen Sie das?«

»Ich habe soeben mit Frau Marie Kirschbaum gesprochen – übrigens eine wunderschöne, charmante Frau, egal, wie man sie betrachtet. Und sie hat mir erzählt, dass sie heute Abend mit Ihnen tanzen gehen möchte. Sie hat nach Ihnen gesucht, Sie Glücklicher. Ohne die Hilfe von Frau Kirschbaum, glaube ich, hätten wir Sie nie gefunden.«

»Na ja, früher oder später doch sicherlich, oder?«

»Ich weiß es nicht, Herr Hagen. Aber das ist jetzt auch egal. Ich muss Sie, bevor ich Sie nach Hamburg teleportiere, noch etwas Wichtiges fragen.«

»Ja?«

»Was hatten Sie in Hamburg eigentlich vor?«

»Ja … klar … das Päckchen … Arbeit war das. Ich arbeite als Kurier und soll dieses Päckchen da abliefern.« Er hob das zu seinen Füßen liegende Päckchen auf.

»Oh, das könnte problematisch werden, wenn Sie es abliefern.«

»Warum?«

»Behalten Sie es einfach!«

»Ich bin doch nicht irre. Mein Chef reißt mir den Kopf ab, wenn ich das nicht abgebe. Der wird mich schon schlimm genug zusammenscheißen, weil ich zwei Tage zu spät komme und außerdem den Teletransporter benutzt habe, nee, nee, nee … Bringen Sie mich jetzt zurück? Bringen Sie mich nach Hamburg? Ich hab's ein bisschen eilig. Sie verstehen sicherlich, ich hab mich zwei Tage nicht gewaschen und nur Bananen gefressen, außerdem hab ich gleich eine wichtige Verabredung.«

Diesmal hatte Doktor Festus vor dem Bildschirm ihm das Päckchen nicht gestohlen, nachdem er ihn in die Computersimulation gesetzt hatte, und er würde es Anselm jetzt auch schwer entreißen können. Doch was sollte schon geschehen, wenn Anselm das Päckchen in Hamburg ein weiteres Mal zur Lieferadresse bringen würde? Der Empfänger wäre vielleicht etwas verwundert.

»Gut, dann machen Sie sich mal bereit für Ihre Ankunft in Hamburg«, sagte Festus und schob Anselm neben das Fernrohr. »So. Bleiben Sie genau hier stehen und bewegen Sie sich nicht!«

Anselm tat, wie ihm geheißen, und er beobachtete den Doktor, der sich zum Rand des Felsens begab und zum Himmel aufschaute.

»Ach … eine Frage hätte ich noch«, hielt Anselm ihn auf.

»Ja?«, Festus blickte zu ihm.
»Wo sind wir eigentlich hier?«
»Weit weg. Weit, weit weg.«
»Na, wo?«
»Irgendwo in der Südsee. Ich weiß es nicht genau, jedenfalls weit, weit weg.«
»Aha?«
»So! Und jetzt bringe ich Sie nach Hamburg. Stehen Sie bitte still!«, befahl der Doktor, blickte wieder zum Himmel auf, breitete die Arme auseinander und winkte, als wollte er einen Hubschrauber heranlotsen. Anselm sah empor, um einen ankommenden Hubschrauber zu erspähen.
»Was soll das? Warum wedeln Sie mit den Armen«, fragte Anselm, weil er keinen Hubschrauber erblicken konnte.
»Sehen Sie das nicht? Ich gebe ein Zeichen.«
»Wem denn? Einem Hubschrauber?«
»Nein.«
»Nein? Wem denn dann?«
»Einem Gott. Und jetzt stören Sie mich bitte nicht!«
»Einem Gott? Sie spinnen ja. Ich finde Ihr Gewedel mit den Armen ziemlich albern. Sie verarschen mich doch.«
»Ruhe!«
Doktor Festus schwenkte die Arme weiter auf und ab. »Nun mach schon!«, sagte er dabei. »Oder willst du uns jetzt hier versauern lassen? Los! Siehst du mich nicht?« Er winkte heftiger.
»Ich glaub, Sie spinnen«, sagte Anselm. »Sie stellen sich hierhin, wedeln mit den Armen und behaupten, so könnten Sie mich zurück nach Hamburg bringen. Dass ich nicht lache. Ich denk mal eher, Sie sind verrückt. Wie lange sind Sie hier eigentlich schon? Haben Sie auch irgendwann versucht, sich von Berlin nach Hamburg zu teleportieren? Und dann sind Sie hier gelandet? Und jetzt erzählen Sie mir, mit diesem Rumgemache können Sie mich nach Hamburg zaubern. Haha. Na, schönen Dank auch. Jetzt bin ich allein mit einem Irren auf einer Insel.« Anselm trat einen Schritt vor und knallte mit dem Kopf gegen eine mattsilberne Stahlwand.
»Autsch«, sagte er und rieb sich den dröhnenden Schädel.

»Bitte warten Sie«, sagte eine Frauenstimme zu einer piepsenden Melodie von Beethoven, dann schob sich vor ihm die Tür der Teleportzelle auf, und er blickte in die Halle der Hamburger Telestation, wo Marie ihn erwartete.

»Huch?«, sagte Anselm, sich immer noch den Kopf reibend. »Bin ich jetzt in Hamburg?«

»He! Anselm!«, rief Marie. »Mensch, wo warst du? Du bist ja ganz braun geworden.«

»Ja, braun«, antwortete er, als er aus der Zelle trat. »Wie kommst du denn hierher?«

Marie senkte verlegen den Blick. »Ich hab mir Sorgen um dich gemacht und hier auf dich gewartet … Weißt du, ich hatte Angst, dass ich dich nie mehr wiedersehen würde. Irgendwie verstehe ich das alles nicht, was in den letzten Tagen passiert ist … und was ich fühle …« Sie legte ihre Arme um ihn und lehnte sich an seinen Körper.

»Ich hatte auch ein bisschen Angst«, sagte Anselm. »Ich hatte Angst, dass ich vielleicht nie mehr zurückkommen würde. Weißt du, Marie, ich komme gerade von einer Insel, von ganz weit, weit weg. Die war schön, kann ich nur sagen. Ich wette, so eine herrliche Gegend hast du noch nie gesehen. Da müssen wir mal irgendwann zusammen hinfahren – wenn du möchtest. Da war alles richtige Natur. Da gab's nichts. Die Insel war völlig abgeschnitten von der Außenwelt. Ich bin irgendwie durch den Teletransport dorthingeschlittert … versehentlich, wie dieser Festus …«

»Festus? Der Doktor? Du hast ihn gesehen?«, fragte Marie.

»Ja, kennst du den?«

»Na, ich bin gerade bei ihm gewesen, weil ich mir so Sorgen um dich gemacht habe. Er hat gesagt, dass du gleich zurückkommst und dass ich hier auf dich warten soll und …«

»Du, Marie? Ich hab hier noch dringend eine Kleinigkeit zu erledigen. Ich muss los.«

»Willst du dich nicht erst mal beruhigen?«, fragte sie und blickte an ihm auf.

»Was? Ich soll mich beruhigen? Ich bin doch ganz ruhig«, sagte Anselm.

»Aber vielleicht bist du ein bisschen verwirrt und solltest dich deswegen beruhigen.«

»Na klar bin ich ein bisschen verwirrt«, entgegnete Anselm und löste sich von ihr. »Immerhin hab ich gerade zwei Tage auf einer Insel gehockt. Aber egal … nachher gehen wir tanzen, ja? Ich muss mich jetzt wirklich beeilen. Ich ruf dich nachher an, und dann verabreden wir uns, einverstanden?«

Marie nickte und schaute Anselm nach. Wie konnte er zwei Tage auf einer Insel sein, wenn er doch gestern bei ihr im Reisebüro gewesen war? Sicherlich war er wirklich ein wenig durcheinander und würde sich noch beruhigen müssen. Aber das würde schon werden, wenn sie sich in ein paar Stunden erst einmal träfen und miteinander im Bett lägen. Marie freute sich schon darauf, betrat die Teleportzelle und teleportierte sich zurück nach Berlin, wo sie nach Hause ging und auf den Anruf von Anselm wartete.

Anselm bei Meier

Anselm war in die Hauptmannstraße 9 gelaufen, wo er das Päckchen für Herrn Meier, wenn auch verspätet, noch abliefern wollte. Er klingelte an der Haustür, das Schloss schnarrte, er stieg die grauen Steintreppen hinauf bis ins oberste Stockwerk, wo ihn an der geöffneten Wohnungstür von Herrn Meier ein Mann erwartete und ihm eine mit Schalldämpfer bestückte Pistole unter das Kinn drückte. Anselm wurde am Hemd in die Wohnung gezerrt und auf ein Knautschledersofa geworfen. Es roch nach Zigarrenqualm.

»Eh! Was soll denn das?«, fragte Anselm.

»Schnauze!«, herrschte ihn der mit einem schwarzen Anzug bekleidete Mann an und drückte die Pistole kräftiger unter sein Kinn, sodass Anselm sein Gesicht verzerrte und zur Seite schauen musste.

»Hm … hm … hm … hm … hm …«, tönte eine Person im Bademantel. Sie war in der Ecke vor einem Schreibtisch mit breitem Klebeband an einen Stuhl gefesselt, ihr Mund war zugeklebt.

»Ach! Der Herr Meier möchte was sagen«, sagte ein schwergewichtiger Glatzkopf und klopfte ein Stück Asche von seiner Zigarre über dem grauen Teppich ab. Der Glatzkopf saß in einem Knautschledersessel an einem runden Glastisch vor einem Sofa, schnipste mit dem Finger und bedeutete einem weiteren Mann, der gelangweilt am Türpfosten lehnte, sich um Herrn Meier zu kümmern.

»Er ist es! Er ist es!«, rief Herr Meier, als ihm das Klebeband vom Mund gerissen worden war. »Er hat mir die drei Päckchen gebracht.«

»Na, bitte. Haben wir ihn also«, lachte der Glatzkopf. »Kleb ihn wieder zu!«, befahl er und schnipste mit dem Finger.

»So, na dann mal raus mit der Sprache!«, sagte der Dicke und wandte sich Anselm zu, der immer noch schräg nach links blickte und den Lauf der Pistole am Kinn spürte.

»Äh … Was?«

»Ich will jetzt alles ganz genau wissen. Was hast du mit Friederike gemacht?«

»Wer ist Friederike?«, fragte Anselm.

»Er fragt, wer Friederike ist«, lachte der Mann, und sein kugeliger Bauch vibrierte. »Er fragt, wer Friederike ist! Hihi … ein lustiges Bürschchen …« Er saugte langsam und ausgiebig an der Zigarre, legte den Kopf weit nach hinten auf das Polster und blies einen Qualmring in die Luft. »Das ist meine Tochter, verdammt noch mal!«, brüllte er.

»Aha«, antwortete Anselm mit schräg gehaltenem Kopf.

»So. Und jetzt sagst du mir, was du mit ihr gemacht hast!«

»Ich? Mit Ihrer Tochter? Nichts. Ich kenne keine Friederike«, stammelte Anselm. »Ich bin nur Kurierbote. Ich wollte hier ein Päckchen abgeben, für Herrn Meier! Da.« Anselm hielt dem Dicken das Päckchen entgegen.

»Hm … hm … hm … hm … hm …«, machte Meier sich bemerkbar, und der Dicke schnipste mit dem Finger. Das Klebeband wurde von Meiers Mund gerissen.

»Autsch«, schrie Meier, dann sagte er: »Genauso sah das Päckchen aus, das er vorgestern dreimal hier abgegeben hat. Genauso sah es hm … hm … hm … hm … hm …« Der Dicke hatte wieder mit dem Finger geschnipst.

»So. Du hast also vorgestern schon die drei anderen Päckchen hier abgeliefert.«

»Nein … nein. Ganz bestimmt nicht. Ich bin das erste Mal hier«, stammelte Anselm.

»Hm … hm … hm … hm … hm … hm … hm … hm …«

»Ach so. Na da wollen wir doch mal gucken, was in dem Päckchen drin ist.« Der Dicke lehnte sich schwerfällig vor und nahm es Anselm aus der Hand.

»Schere«, befahl er, und ihm wurde eine Schere gereicht. Dann zerschnitt er das Band und faltete den Karton auf. Er brachte ein Schreiben zu Tage, legte es auf den Tisch, wühlte die Styroporkrümel durch und hielt kurz darauf ein Glas ins Licht, in dem ein Finger schwamm.

»So. Und was ist das?«, fragte er.

»Ein Finger?«

»Genau. Das ist ein Finger.« Er schnippte mit dem Finger: »Die anderen bitte.« Sein Helfer nahm die drei Gläser vom Schreibtisch und stellte sie vor Anselm auf den Glastisch neben das vierte Glas.

»So! Wie erklärst du dir das? Hä?«

»Das?«, fragte Anselm.

»Ja, das. Wieso bringst du vorgestern drei Gläser mit solchen Fingern hierher? Und dann dieses Schreiben. Dreimal. Und jetzt wieder.« Er nahm das Schriftstück in die Hand und lehnte sich damit weit nach hinten. »Ich lese vor: ›Sehr geehrter Herr Schünemann! Wir haben Ihre Tochter in unserer Gewalt. Wenn Sie Friederike lebendig wiedersehen wollen, besorgen Sie bitte hunderttausend Euro in Banknoten zu je einhundert Euro und bringen Sie das Geld heute Nachmittag um 17:30 Uhr in den Stadtpark. Dort erhalten Sie weitere Instruktionen.‹« Der Dicke nahm wieder einen Zug von seiner Zigarre und blies den Rauch heraus, der sich auf dem Papier zerteilte. »Tja, und dann geht es unten noch weiter: ›Als Beweis, dass wir Friederike tatsächlich haben und auch nicht zögern würden, die angekündigten Schritte einzuleiten, senden wir anbei den Ringfinger ihrer linken Hand.‹ Blablabla. Weißt du, mit wem du dich da anlegst, Junge?«

»Was?«

»Weißt du, wer ich bin?«

»Ähm ... Herr Schünemann?«

»Genau. Ich bin Schünemann. Ich bin einer der mächtigsten Männer dieser Stadt. Alle stehen hinter mir. Ich habe Kontakt zu den einflussreichsten Männern im Zigarrenkartell, von anderen Genussmitteln und Vergnügungen mal abgesehen. Wenn es sein muss, reichen meine Verbindungen sogar bis zum Staatssicherheitsdienst. Wenn es sein muss, steht sogar der hinter mir! Und da kommt so ein kleiner, lumpiger Kerl wie du, klaut mir meine Tochter und denkt, er könnte sich mit dem dicken Schünemann anlegen und mal schnell ein bisschen Kohle abfassen?«

»Ich ... ich hab Ihre Tochter nicht.«

»Nein, natürlich nicht, Herr *Anselm Hagen.*«

»Woher wissen Sie, wie ...«

»Woher ich deinen Namen kenne? Woher ich weiß, dass du mir meine liebe Friederike genommen hast? Das hat mir ein gewisser Herr Kopp erzählt. Du bist gestern mit Friederike in seinem Auto abgefahren. Das hat er erzählt.«

»Ich? Nein! Ich war gestern ganz woanders. Ich war weit, weit weg auf einer Insel.«

»Lüg nicht! Und wenn du mir nicht gleich sagst, wo du meine Tochter versteckt hast, dann passiert dir das Gleiche wie dem guten Herrn Kopp.«

»Was?«

»Er hat den Kopf verloren. Danach ist er zerstückelt worden. Stück für Stück.« Er demonstrierte es, indem er mit der flachen Hand dicke Scheiben aus der Luft schnitt.

»Was?«

»Wo ist Friederike? Verdammt noch mal«, schrie Schünemann, und seine Stimme überschlug sich. »Ich habe sie so geliebt. Mein liebes Töchterchen. Hast du Kinder? Sag's! Hast du Kinder?«

»Nein. Hab ich nicht«, antwortete Anselm, und sein Taschentelefon klingelte.

»Ruhe! Hergeben!«

Anselm holte das klingelnde Telefon aus der Tasche und gab es Schünemann. Der legte seinen Zeigefinger über die Lippen und bedeutete damit, dass alle still sein sollten. Dann erhob er sich von seinem Sessel und warf sich neben Anselm auf das Sofa. Anselm wippte durch die Wucht auf und ab.

»Still! Hör auf zu wackeln!«, befahl Schünemann. »So! Du machst jetzt ganz genau, was ich dir sage. Hast du verstanden?«

»Hm …«, sagte Anselm.

Schünemann nahm das Gespräch an, hielt das Telefon an Anselms Ohr und drückte sein Ohr auf der anderen Seite gegen den Apparat, sodass er mithören konnte. Er flüsterte zu Anselm: »Hallo?«

Anselm sagte: »Hallo?«

»Hallo? Bin ich da mit Anselm Hagen verbunden?«, meldete sich eine Frauenstimme.

»Ja«, flüsterte Schünemann.

»Ja«, sagte Anselm.

»Hi Anselm! Ich bin's, Angelika. Weißt du noch?«

Schünemann schwieg, Anselm auch.

»Hallo Anselm? Hallo?«

»Ja, ich weiß noch«, hauchte Schünemann.

»Ja, ich weiß noch«, sagte Anselm.

»Schön, dass du mich nicht vergessen hast, weil ... na ja, mein Mann ist nicht nach Hause gekommen. Der ist über das Wochenende in Polen geblieben, er hat viel zu tun. Und du wolltest mir ja noch die tausend Euro zurückbringen, eigentlich ja schon gestern, aber ich nehme an, dass du das dann doch nicht mehr geschafft hast und das vielleicht heute machen wolltest ... Und da dachte ich, dass wir ja noch ein bisschen Zeit miteinander verbringen könnten, wenn du das Geld vorbeibringst. Die Kinder sind übrigens auch nicht da, die hab ich bei der Nachbarin abgegeben, also, wir hätten den ganzen Abend für uns ... Was hältst du davon?«

»Nichts«, flüsterte Schünemann.

»Nichts«, sagte Anselm teilnahmslos, der es aufgegeben hatte, mitzudenken und einfach glaubte, er wäre im falschen Roman.

»Nichts?«, fragte Angelika enttäuscht.

»Ähm ...«, sagte Anselm, woraufhin Schünemann ihm das Telefon vom Ohr riss und auflegte.

»Du wolltest ihr ein Zeichen geben. Ich hab's genau gemerkt.«

»Nein! Ich wollte kein Zeichen geben. Ich kenne diese Frau nicht einmal.«

»Aber Schulden hast du bei ihr. Und da hast du dir gedacht: Raubst du dem Schünemann mal das Töchterchen, Schünemann hat Geld, Schünemann wird schon bezahlen – und du bist fein raus. Stimmt's?«

»Nein!«

»Also, Bürschchen. Ich geb dir noch zehn Minuten Zeit. Dann sagst du mir, was du mit Friederike gemacht hast.«

Anselm schwieg, alle schwiegen, und Schünemann paffte seine Zigarre.

Noch fünf Minuten, dann sind es nur noch fünf Minuten, dachte Anselm und fühlte, dass es diesmal schlecht war, sich die Zeit auf diese Weise zu verkürzen. Vor einer Stunde waren es noch fünfzig Minuten, überlegte er sich und fand, dass es so besser klang.

Als es vor einer Stunde noch fünfundfünfzig Minuten gewesen wären, klingelte Anselms Telefon und Schünemann schaltete es ab. Fünf Minuten später erhob sich der Dicke von seinem Stuhl und sagte: »Ich bewundere dich, Bürschchen, dass du so hartnäckig still bleiben kannst. Nicht schlecht. Und ich beneide dich auch! Ja, ich beneide dich wirklich. Ich selbst würde so gerne wissen, wie das ist, wenn mein Kopf vom Hals geschnitten wird und er herunterfällt. Kriege ich das noch mit?«

»Probieren Sie's doch aus!«, keuchte Anselm, den die Pistole am Kinn drückte.

»Schnauze! Dich habe ich nicht gefragt. Aber jetzt frage ich dich. Meinst du, dass du noch was mitkriegst, wenn dein Kopf vom Hals geschnitten ist?«

»Ich?«

»Ja, du. Wirst du noch etwas sehen können?«

»Weiß ich nicht.«

»Etwas hören?«

»Keine Ahnung?«

»Riechen?«

»Woher soll ich das denn wissen?«

»Wirst du noch denken können? Und wenn ja, wie lange? Eine Minute, zwei Minuten, zehn Minuten?«

»Weiß nicht.«

»Und was wirst du denken, wenn dein Kopf ohne Körper am Boden liegt? Vielleicht: Scheiße, mir juckt die Nase?«

»Weiß nicht. Kann ich jetzt gehen?«, fragte Anselm.

»Nein. Aber all diese Fragen wirst du dir gleich beantworten können. Und … könntest du mir den Gefallen tun und dann kurz mit den Augen zwinkern, falls du noch was mitbekommst?«

Marie mit Helmut

Marie lag auf dem Rücken, ihre nackten Brüste in Helmuts Händen. »Du bist so schön«, flüsterte Helmut. Er beugte sich herab und küsste ihre Stirn. »Du bist so schön, Marie«, wiederholte Helmut und sah sie dabei verlegen an.

Neben dem Bett am Boden, auf einer zerknitterten Zeitschrift, lag seine Nickelbrille. Marie hatte sie ihm vorsichtig vom Kopf genommen, nachdem sie, eine Weile gemeinsam auf der Matratze sitzend, Gespräche geführt hatten und Marie sich schließlich einfach an ihn geschmiegt hatte. Vorsichtig war sein Arm um ihre Taille gewandert und ihre Lippen an seinen Mund – ganz langsam, bis sie sich endlich berührt hatten. Dies war ihr erster Kuss gewesen, woraufhin Marie sich rücklings auf die Decke gelegt, ihr Hemd vom Oberkörper gestreift und Helmuts Hände an ihre Brüste geführt hatte.

Nun legte sie ihre Hände um Helmuts Nacken.

Bis um acht Uhr abends hatte sie auf den Anruf von Anselm gewartet, dann selbst zum Telefon gegriffen und versucht, ihn zu erreichen. Doch in seiner Wohnung war nur der Anrufbeantworter angegangen und hatte »Hallo! Ich bin gerade nicht zu Hause oder hab keinen Bock, ans Telefon zu gehen. Sprich was! Jetzt! PIEP« gesagt, woraufhin Marie traurig wieder eingehängt und die Nummer seines Taschentelefons gewählt hatte. Dort aber hatte nur eine synthetische Frauenstimme erklärt, dass sie die Mailbox des Fernsprechteilnehmers Anselm Hagen sei und eine Nachricht für ihn entgegennehmen könne. Danach hatte sie Helmut angerufen und war mit ihm ausgegangen – Essen in einem feinen Restaurant.

»Du bist so schön«, flüsterte Helmut wieder.

»Du auch«, sagte Marie und lenkte ihre Finger auf seinem Rücken hinunter bis zum Gürtel. Dann ließ Marie von ihm ab, öffnete den Knopf ihrer Jeans, wand sich samt Unterwäsche und Socken aus ihrer Hose wie eine Schlange aus ihrer Haut, strampelte die Kleidung unter Helmuts staunenden Blicken ab und stieß sie neben das Bett.

»Du bist so schön, Marie«, sagte Helmut und stotterte, während er auf das Wäscheknäuel am Boden deutete: »Soll ich … soll ich das vielleicht kurz ordentlich zusammenlegen und über den Stuhl hängen?«

»Nein«, entgegnete Marie, die splitternackt auf dem Bett lag, und zog ihn über sich.

»Oh! Du bist so schön, Marie«, sagte Helmut. »Du bist so schön«, sagte er leise. »Du bist so schön«, wiederholte er fortlaufend, auch, als er sich endlich seiner Kleider entledigt hatte.

Etwas später lag er erschlafft auf ihr, hatte den Kopf zur Seite gedreht und sein Ohr auf ihrem Herzen. Marie spielte mit den Fingern in seinen dünnen kurzen Haaren und streichelte seinen verschwitzten Rücken.

»War es schön?«, flüsterte Helmut.

»Ja«, sagte Marie.

»Ich fand's auch schön«, sagte er und wälzte sich von ihr. »Sag mal, kann ich kurz deine Dusche benutzen?«

»Sicher.«

Helmut ging hinaus in den Flur, wo er sich ins Badezimmer einschloss.

Marie blieb auf dem Bett liegen und verkroch sich unter der Decke, unter der sie eine Hand zwischen ihre Beine führte.

Vor genau einer Woche hatte sie hier mit Anselm gelegen und die Hand zwischen ihren Beinen war seine gewesen. Er hatte sie gestreichelt und geküsst, in seinem Arm war sie eingeschlafen. Es war wohl nur ein Abenteuer gewesen, ein kurzes, schönes und einmaliges. Für den Zeitraum einer Woche hatte sie ihn wahrscheinlich geliebt – Liebe, die mittlerweile in stille Wut umgeschlagen war. Warum hatte er sich denn nicht gemeldet? Aber was für ein Interesse konnte er schon haben, wenn er sie am Donnerstag plötzlich mitten in der Nacht anrief und die Verabredung für das Wochenende absagte – dreimal hintereinander. Weshalb hatte sie sich so um ihn bemüht und sich solche Sorgen gemacht? Weshalb war sie bloß nach Hamburg gefahren, um ihn zu suchen? Nur um ihn dort aus der Teleportzelle steigen zu sehen, von einer fernen Insel reden zu hören und sich versprechen zu lassen, dass er sie später anrufe? Wie unwichtig musste sie ihm sein, wenn er sie so ignorierte.

Helmut kam zurück, frisch nach Maries Duschgel riechend, und setzte sich auf die Bettkante. Er fingerte seinen Schlüpfer vom Boden und zog ihn an.

»Sag mal, willst du nicht auch unter die Dusche?«, fragte er.

»Ich?«

»Na ja, ich meine … wegen … Danach, da ist man doch da unten so … Na, du weißt schon …«

»Nee, ich will nicht duschen … Aber … willst du gehen?«, entgegnete Marie.

»Wieso?«

»Ich dachte nur, weil du dich anziehst. Also, du kannst hier gerne übernachten.«

»Ja, ich hab keinen Schlafanzug dabei, deswegen muss ich mir den Schlüpfer für die Nacht anziehen.«

»Verstehe«, sagte Marie, als Helmut unter die Decke gekrochen kam.

»Das könnte hier ein bisschen eng werden für uns zwei, was meinst du?«, sagte Helmut.

»Soll ich gehen?«, fragte Marie.

»Nein, nein. So hab ich das nicht gemeint. Ich meine nur, dass das Bett ganz schön klein ist und man aufpassen muss, dass man nicht rausfällt.«

»Oh, ja.«

»Na, es wird schon«, sagte er und küsste sie auf die Wange. »Sag mal … Marie?«

»Ja?«

»Willst du mich heiraten?«

»Was?«

»Ich liebe dich, und ich glaube, dass ich mit dir zusammen das Leben verbringen möchte.«

»Du willst mich heiraten? Sollten wir uns nicht erst mal ein bisschen kennenlernen?«

»Aber wir kennen uns doch nun schon über ein Jahr. Weißt du noch, wo wir uns kennengelernt haben? Damals, beim …«

»Ja, ich erinnere mich.«

»Seitdem haben wir uns doch so oft gesehen. Wir sind zusammen im Kino gewesen, zusammen Wein trinken, wir haben gemeinsame Freunde …«

»Gemeinsame Freunde? Meinst du deine Kollegen?«

»Ja, du warst doch schon mal mit auf einer Betriebsfeier.«

»Ja.«

»Marie? Ich muss dir was verraten. Ich hab dich von Anfang an geliebt. Seit dem Augenblick, als ich dich zuerst sah. Und ich hatte es wirklich im Gefühl, dass es eines Tages zwischen uns funken wird. Wir haben doch schon so viele glückliche Stunden miteinander verbracht.«

»Klar, Helmut. Sicher … Ich mag dich … Aber, das war heute … Ich weiß auch nicht … Das war so eine … Versteh mich nicht falsch …«

»Ja, Marie«, sagte Helmut. »Zuerst ist man immer ein bisschen verunsichert, wenn man plötzlich spürt, dass man jemanden liebt.« Er schmiegte seinen Kopf an Maries Schulter und legte einen Arm auf die Bettdecke über ihrem Bauch. »Weißt du«, fuhr er fort, »wenn wir heiraten und eine Familie gründen, dann könnten wir uns ein kleines Haus kaufen am Rand der Stadt und ein riesengroßes Bett. Ein Doppelbett, wo keiner Angst haben muss, nachts rauszufallen. Verstehst du?«

»Ja, aber schau mal, Helmut! Gut, wir kennen uns ein Jahr, und heute haben wir das erste Mal … Ach, ich weiß nicht. Lass uns morgen darüber reden, ja?«

»Sicher, Marie. Morgen ist auch noch ein Tag. Überstürzen darf man natürlich nichts. He! Wann möchtest du aufstehen? Ich werde Brötchen holen und Kaffee machen. Ich bring dir alles ans Bett. Du musst dich um nichts kümmern.«

»Du bist so lieb, Helmut. Gute Nacht.«

Marie drehte sich zur Seite, tastete nach dem Schalter der Stehlampe und schaltete das Licht aus. Der Raum legte sich in Finsternis.

»Du, Marie?«, sagte Helmut leise.

»Ja?«

»Es war ein wirklich schöner Abend heute. Ich glaub, es war der schönste Abend meines Lebens, und eigentlich hatte ich die Hoffnung schon fast aufgegeben, dass wir jemals …« Er kuschelte sich näher an sie heran. »Zum Beispiel … letzten Sonnabend, auf dieser Party, da hast du dich die ganze Zeit mit diesem komischen Typen unterhalten. Da dachte ich schon: Nee, da geht die Marie mit mir zusammen zu einer Party, und dann redet sie die ganze Zeit mit diesem … Na, ich dachte schon, du hättest dich in ihn verliebt und würdest mit ihm abziehen und auf ihn reinfallen.«

»Reinfallen?«

»Das war doch bestimmt so einer, so ein … Ich meine, ich war schon traurig, als ihr beide zusammen weggegangen seid. Du hast mir nicht mal Tschüs gesagt.«

»Hm …«

»Aber du hast ja nicht mit ihm … Der war ja …«

»Nein, nein. Hab ich nicht«, sagte Marie und eine Träne rollte über ihre Wange. Dann schlief sie ein.

Marie und Helmut am Morgen

Am Morgen strahlte die Sonne durch das weit aufgerissene Fenster in ihr Zimmer. Marie drehte sich um und öffnete die Augen. Sie lag allein im Bett, sie war allein im Raum, doch stieg ihr der Duft frisch aufgebrühten Kaffees in die Nase. Sie beugte sich über die Bettkante, tastete nach dem Radiowecker und schaltete ihn ein. Es kamen die Zehnuhrnachrichten: »Berlin. Die gestern auf einer Pressekonferenz der Storch-Airlines ausgesprochene Andeutung, Flugzeuge könnten nicht fliegen, ist auf starke Kritik seitens der Flugzeughersteller gestoßen. Das Bernoullische Gesetz sei unumstößlich, hieß es, und bilde eine solide Grundlage für den sicheren Luftverkehr. Ursache des Streits ist der Absturz einer Maschine der Storch-Airlines in der Nacht von vergangenem Mittwoch auf Donnerstag. Zu den von der Fluggesellschaft geäußerten Vermutungen, das Bernoullische Gesetz gelte nicht, wenn niemand hinschaue, wodurch es unmöglich sei, dass Flugzeuge fliegen könnten, äußerten sich auch hochrangige Politiker, wobei im Grundtenor vernehmbar war, dass sämtliche Beobachtungen physikalischer Natur nicht als Gesetz hingestellt werden dürften, sondern nur einen Glauben darstellten, der zwar toleriert werden müsse, jedoch nicht erzwungen werden könne. Andere hochrangige Politiker hingegen empörten sich über solche Auffassungen und betonten, dass dieses zum Beispiel auch das Gesetz der Gravitationskraft auf die Ebene eines Glaubens stelle. Der Bund Deutscher Gravitationskraftungläubiger – BDGU – hat hierzu für den Nachmittag eine Demonstration mit abschließender Kundgebung auf dem Alexanderplatz angekündigt.«

Marie lauschte verwirrt und dachte an Anselm, der auf der Passagierliste des Flugzeugs gestanden hatte, aber noch lebte, obwohl die Maschine längst im Meer versunken war. Oder hatte sie alles nur geträumt?

»Hamburg«, sagte der Nachrichtensprecher. »Spezialeinheiten der Hamburger Polizei haben heute in den frühen Morgenstunden eine Wohnung in der Hauptmannstraße gestürmt, nachdem Ermittler der Sonderkommission zur Bekämpfung organisierter Kriminalität anonyme Hinweise bekommen hatten, dass sich dort mutmaßliche Drahtzieher der Unterwelt aufhielten. Nach einer Stellungnahme der Polizei fanden die Beamten in den Räumen jedoch nur zwei Leichen, deren Köpfe offensichtlich mit einer Säge vom Körper getrennt worden waren. Bei den Personen handelt es sich um den Besitzer der Wohnung, Gottlieb Meier, und eine weitere Person namens Anselm Hagen.«

Marie erschrak.

»Hintergrund der Ereignisse ist vermutlich ein interner Streit im Drogen-, Geldwäsche- und Zuhältermilieu. Von beiden Ermordeten wird angenommen, dass sie auf dem Gebiet der Beschaffung Prostituierter tätig gewesen seien.«

»Was?«, sagte Marie laut. Anselm war ein Drogenhändler und Zuhälter? Sie wollte es nicht glauben. Doch woran sollte sie überhaupt noch glauben, nach all den verwirrenden Informationen, die sie über Anselm erhalten hatte? Zuerst war er tot, dann nicht, dann 500 Mal, nun war er Zuhälter, aber ohne Kopf. Was sollte sie bloß glauben? Dass Anselm sie nur für ein schmutziges Geschäft hatte anwerben wollen?

»Berlin«, sagte der Nachrichtensprecher. »Die gestern von einer Berliner Nachrichtenagentur verbreitete Meldung, auf der Autobahn zwischen Berlin und Hamburg habe sich ein schwerer Verkehrsunfall zugetragen, bei dem fünfhundert Personen namens Anselm Hagen ums Leben gekommen seien, wurde dementiert. Richtig heiße es, es sei nur ein LKW auf einen Stau aufgefahren, der mit fünfhundert Schweinen beladen war, die einem Brandenburger Bauern namens Anselm Hagen gehört hätten. Menschen seien bei dem Unfall nicht verletzt worden.«

Aha, dachte Marie, jetzt ist er als Bauer untergetaucht, züchtet Schweine und ist selber eins. Anselm hat sich vor einer Woche einen Abend mit mir vergnügt, einfach, weil er die Nacht nicht allein sein wollte, mehr ist es nicht gewesen, weder für ihn, und jetzt auch nicht für mich.

»Das Wetter«, sagte der Nachrichtensprecher.

»Guten Morgen!«, sang Helmut mit fröhlicher Stimme. Er hielt ein Tablett in den Händen und kam ans Bett geschritten.

»Oh, guten Morgen, Helmut«, erwiderte Marie, rieb sich die Augen und richtete sich auf, um aufzustehen.

»Halt! Beweg dich nicht! Bleib sitzen! Du brauchst dich um nichts zu kümmern.« Vorsichtig stellte er das Tablett auf die Decke über ihren Oberschenkeln und tarierte dabei aufmerksam die waagerechte Lage aus, damit nichts vom Kaffee überschwappte. »So. Das Frühstück. Bitte schön!«, sagte er und kam mit seinen Lippen auf Maries Gesicht zu.

»Oh, du bist ja so lieb«, sagte sie, strich ihm über den Kopf und küsste ihn. »Wo hast du denn die Brötchen her?«, fragte sie, einen Blick auf ihr Frühstückstablett werfend.

»Vom Bäcker hier um die Ecke. Der hat auch sonntags offen.«

»Was? Du warst schon beim Bäcker? Das hab ich gar nicht gemerkt.«

»Ja, du hast noch ganz tief geschlafen.«

Helmut setzte sich zu ihren Füßen auf die Bettkante und legte einen Arm auf die Decke über ihrem Schienbein. Marie zerschnitt ein Brötchen und beschmierte es mit Butter.

»Hm … lecker! Und ein Ei hast du auch gekocht. Oh! Ich liebe dich.«

»Es ist ein Sechs-Minuten-Ei.«

»Perfekt!« Marie schnippte mit dem Finger. »Hast du gar keinen Hunger? Isst du nichts?«

»Ich hab schon was gegessen. Ich bin ja schon ein Weilchen wach. Ich bin's gewohnt, sehr früh aufzustehen. Kennst du das Sprichwort ›Morgenstund hat Gold im Mund‹?«

»Natürlich.«

»Was soll ich sagen? Es stimmt! Wenn ich frühmorgens aufwache und die Sonne sehe, dann kann ich nicht anders, als das Fenster aufzureißen und die frische Luft von draußen einzuatmen. Das ist ein so schönes Gefühl, dann sag ich mir immer: Wie schön, dass ich das erleben darf. Wem kann ich dafür danken, was uns allen gegeben ist? Die Luft, das Licht, der Duft der Blumen, das Gezwitscher der Vögel …« Helmut blickte versonnen hinaus, wo auf einem Fensterbrett gegenüber zwei Tauben sich anschickten sich zu paaren.

»Warte mal«, sagte Marie, »ich mach das Radio aus. Die Musik ist ja unerträglich.« Marie beugte sich zur Seite, um den Radiowecker neben dem Bett zu erreichen.

»Vorsicht! Du schmeißt alles um. Lass mich das machen!« Helmut hielt sie und das Tablett fest.

»Oh, du bist so lieb.«

Er stand auf und schaltete das Gerät ab.

»Hörst du die Vögel, jetzt?«

»Hm …« Marie kaute auf einem Bissen ihres Marmeladenbrötchens.

»Das Gurren der Tauben. Ich liebe es – jeden Morgen, wenn ich aufstehe und zur Arbeit gehe, und auch, wenn Sonntag ist.«

»Hm …«

»Ja! Ich liebe das Leben und auch meinen Job. Hab ich dir schon erzählt, dass ich bald Abteilungsleiter werde?«

»Ja.«

Anselm, Hagen und Marie

Desinfektionsmittelgeruch lag in der Luft des Krankenhauszimmers. Über der Liege, die an den Füßen mit Rollen versehen war, hing die verblasste Kopie eines expressionistischen Gemäldes. Neben dem Kopfende stand ein weißer Blechtisch mit Orangensaft und Wasser.

Marie lag erschöpft auf dem Rücken und lächelte. Unter der Bettdecke lugten die Köpfchen zweier Neugeborener hervor, die sich mit geschlossenen Augen an den wärmenden Leib ihrer Mutter schmiegten. Es war gerade einmal eine Stunde her, da sie niedergekommen war, gleich zweimal nacheinander. Die Knäblein glichen einander völlig, sie waren Zwillinge, gewachsen aus einem einzigen Ei.

»Findest du nicht auch, dass sie dir ähnlich sehen?«, sagte Marie zu Helmut, der neben dem Bett auf einem grauen Kunstlederhocker saß und verzückt die Neugeborenen ansah.

»Ja, irgendwie schon. Ja … doch … sie sehen mir ähnlich – in der Mundpartie und den Augen auf jeden Fall. Aber dir sehen sie auch ähnlich. Findest du nicht?«

»Ja, ein bisschen vielleicht«, antwortete Marie und blickte von einem der beiden Jungen zum anderen. »Aber ich glaube, sie kommen mehr nach dir«, fügte sie hinzu, obwohl sie genau wusste, dass ihre Kinder nicht im Geringsten nach Helmut kommen konnten.

»Wir müssen ihnen noch Namen geben«, sagte Marie.

»Ja«, antwortete Helmut, der sich vorbeugte und einen der Kleinen antippte.

»Ich schlage vor, den hier nennen wir Anselm«, sagte Marie und drehte ihren Kopf nach links. »Und den hier«, sie drehte ihren Kopf nach rechts, »den nennen wir Hagen.«

»Ja, das sind wunderschöne Namen«, sagte Helmut. »Das klingt wunderbar. Anselm Schneider und Hagen Schneider.«

»Warum Schneider?«, entgegnete Marie. »Anselm Kirschbaum und Hagen Kirschbaum.«

»Warum Kirschbaum? Wir wollen doch heiraten. Dann heißen unsere Kinder Schneider mit Nachnamen«, warf Helmut Schneider ein.

»Lass uns später darüber reden«, sagte Marie und streichelte Anselm über den Kopf. Der Winzling schnaubte leise.

»Ich finde, sie sehen sich unheimlich ähnlich. Als ob sie Kopien voneinander wären«, sagte Helmut nachdenklich.

»Nein, *dir* sehen sie ähnlich«, erklärte Marie.

»Ja, das auch. Aber, ich meine, sie sind so gleich. Hast du nicht Angst, dass wir sie miteinander verwechseln könnten?«

»Sollen wir sie beschriften?«

»Nein, natürlich nicht.« Helmut lachte.

»Wir werden sie schon auseinanderhalten können«, sagte Marie. »Da schau, Anselm, das ist der Erstgeborene, und Hagen ist sieben Minuten jünger.«

»Ja, du hast recht. Wir werden sie schon auseinanderhalten können.«

Maries Wehen hatten früh am Morgen eingesetzt. Zu diesem Zeitpunkt war sie bereits im Krankenhaus gewesen. Die vergangenen zwei Wochen hatte sie schon im sterilen Bett zugebracht, der Arzt hatte dies empfohlen, da beim Gebären zweier Kinder mit Komplikationen zu rechnen sei. Die zuletzt erlebten Stunden, in denen ihr Uterus durch heftige Kontraktionen die Babys durch ihr geweitetes Becken getrieben hatte, waren quälend und schmerzhaft gewesen, und mit dem Koma kämpfend hatte sie fast schon geglaubt, die Qualen würden niemals enden, aber dann kam der Moment doch, es kam der Moment, da das erste Köpfchen zwischen ihren Schenkeln erschien.

Die Neugeborenen waren von einer Hebamme sogleich gereinigt, gewaschen und gewogen worden. Auch hatte die Helferin schnell am Arbeitsplatz von Helmut angerufen und ihn über die Ankunft der Sprösslinge informiert. Er war sofort davongeeilt und hatte Marie im Krankenhaus aufgesucht.

»Ich kann es immer noch nicht richtig fassen, dass ich jetzt Vater von zwei Kindern bin«, sagte Helmut.

»Ich auch nicht«, sagte Marie.

»Dass ich Vater bin?«

»Nein, dass ich zweifache Mutter bin – und so plötzlich.«

»Ja … Mutter, Vater … Wir tragen jetzt viel Verantwortung. Wir müssen die Kleinen versorgen, immer etwas zum Essen und Anziehen kaufen, später das Elektrotechnikstudium finanzieren.«

»Warum Elektrotechnik?«

»Sie kommen doch nach mir.«

»Die werden schon wissen, was sie machen wollen. Vielleicht werden sie auch Kurierboten. Das müssen wir ihnen schon selbst überlassen.«

»Ja, klar, du hast recht, Marie. Natürlich. Egal, was unsere Kinder einmal tun wollen, wir werden sie unterstützen. Und weißt du was, Marie?« Helmut beugte sich vor und legte eine Hand vor den Mund, als wollte er verhindern, dass ihn jemand beim Sprechen beobachten und von seinen Lippen lesen könnte.

»Nein, was denn?«, fragte sie.

»Also, hör zu«, flüsterte er.

»Ja.«

»Wenn du unsere neue Wohnung siehst, dann wirst du staunen! Und die Kinder, die werden erst mal staunen.«

Vor einem Monat hatten Helmut und Marie eine Vierzimmerwohnung angemietet. Bis dahin hatte Helmut noch in einem Häuschen am Rand der Stadt bei seinen Eltern gewohnt. Eigentlich war es Helmut, der ihre neue, gemeinsame Wohnung gemietet hatte, er war es, der sämtliche Kosten trug, denn vor einem halben Jahr hatte Marie ihren Job im Reisebüro aufgegeben. Das war Helmuts Wunsch gewesen, und er wollte auch, dass sie das Arbeiten in Zukunft bleiben lasse. Sein Job bei seiner Elektronikfirma war gut bezahlt, mittlerweile war er zum Abteilungsleiter aufgestiegen, und für das Grundsätzliche im Leben reichte das Geld allemal. Nur für das geplante Haus genügte es noch nicht, doch bald würde er eine weitere Stufe der Karriereleiter erklimmen und zum Leiter der Abteilungsleiter ernannt werden, dann wäre auch der Traum vom eigenen Grundstück am Rand der Stadt in greifbare Nähe gerückt.

»Ja, du wirst staunen, Marie«, flüsterte Helmut. »Also, seit du im Krankenhaus bist, habe ich jeden Abend in unserer Wohnung gearbeitet. Ich hab die Wände geweißt, Teppich ausgelegt. Und das Kinderzimmer … Du wirst Augen machen. Eine ganz bunte Tapete ist an der Wand, mit Bildern – kleine gelbe Autos, Apfelsinen, der Mond und Teddybären … Wirklich schön. Und für unser Schlafzimmer hab ich ein echtes Doppelbett gekauft.«

»Ein Doppelbett?«

»Ja! Ein richtig breites Ehebett, ein Doppelbett, das am Kopfende mit gusseisernen Blumen verziert ist. Ist das nicht herrlich? Keiner muss mehr Angst haben, nachts rauszufallen. Und auf beiden Seiten des Doppelbettes stehen weiß lackierte Nachttischchen mit Leselampen, sodass man auch mal etwas lesen kann, wenn der andere schon schläft.«

»Schön.«

»Ja, und die Kinderbetten müsstest du erst mal sehen und den Wickeltisch, es ist alles eingerichtet für euch drei.«

»Ich liebe dich, Helmut.«

»So, Marie. Und jetzt kommt's«, flüsterte er und beugte sich ganz dicht an sie heran. »Ich hab auch mein Arbeitszimmer eingerichtet und wollte dafür ja noch einen Schreibtisch kaufen, erinnerst du dich?

»Ja.«

»Und weil ich dafür nicht so viel Geld ausgeben wollte, bin ich neulich auf Anraten eines Arbeitskollegen zu einer Haushaltsauflösung gegangen. Da hab ich ein wirklich hübsches Stück erstanden. Gestern haben sie ihn angeliefert.«

»Ja, und?«

»Ja, jetzt kommt's, Marie! Hör zu. Also, ich schiebe den Schreibtisch in meinem Zimmer an die Wand, richte alles so aus, dass das Licht richtig fällt, nehme einen Stuhl und setze mich dran, nur so zur Probe, und zur Probe mach ich auch mal unten die rechte Schublade auf, und weißt du, was ich darin finde?«

»Nein.«

»Geld!«

»Ach.«

»Ja, und jetzt rate mal, wie viel!«

»Ich weiß nicht … vielleicht … ich weiß es nicht … na los, sag schon!«

»Fünfhunderttausend Euro!«

»Was?«

»Fünf-hundert-tausend Euro.«

»Nein!«

»Doch, Marie. Wirklich. Ich hab's selbst nicht glauben können. Ich hab dagesessen und das Geld einmal, zweimal, dreimal gezählt. Es sind fünfhunderttausend Euro.«

»Aber das muss doch jemandem gehören. Musst du das nicht zurückgeben?«

»Ja, nein. Also, eigentlich nicht. Der Schreibtisch kommt von einer Haushaltsauflösung. Der hat mal irgendwem gehört, der verstorben ist, der hat das Geld darin versteckt. Jetzt hab ich den Schreibtisch. Keiner weiß davon.«

»Ist ja irre.«

»Ja. Ist es auch. Und weißt du, was ich damit mache?«

»Nein.«

»Das ist alles für die Kinder. Ich hab bei der Sparkasse ein Sparbuch für die Jungens eröffnet, da zahle ich jeden Monat eintausend Euro aus der Schublade ein. Wenn die Kinder volljährig sind, dann können sie das Geld kriegen. Weißt du, wie viel das dann ist, wenn man Zinsen und Zinseszinsen dazurechnet?«

»Nein.«

»Verdammt viel, Marie. Verdammt, verdammt viel. Unsere Kinder werden die glücklichsten der Welt sein.«

»Ich glaub, du wirst ein prima Vater sein«, sagte Marie, dann schwiegen beide einen Moment.

»Du, Helmut? Ich bin ganz schön schlapp«, sagte Marie.

»Klar, das kann ich verstehen. Soll ich dich jetzt lieber allein lassen?«

»Ich glaub, ich muss mich ausruhen.«

»Ja, dann geh ich mal besser. Ich hab sowieso noch ein bisschen zu arbeiten. Und heute Abend, wenn ich nach Hause in unsere neue Wohnung komme, dann setze ich mich erst mal an den Schreibtisch und schreibe allen Postkarten: Die neuen Erdenbürger Anselm und Hagen sind da! Da werden sich die Großeltern freuen. Und meine Arbeitskollegen. Ach, Marie, hab ich dir eigentlich schon erzählt, dass ich zum Leiter der Abteilungsleiter aufsteige?«

»Ja.«

»Und dass ich dann in Köln arbeiten muss?«

»Nein. In Köln? So weit weg? Dann kommst du doch höchstens noch am Wochenende nach Hause?«

»Zunächst einmal wird das wohl so sein. Aber, ich bin mir sicher, bald, vielleicht in ein oder zwei Jahren, wird eine Teletransportlinie von Berlin nach Köln eingerichtet. Dann kann ich in Köln arbeiten und trotzdem jeden Abend nach Hause kommen und mich um euch kümmern.«

Helmut beugte sich über sie, gab ihr einen Kuss auf die Stirn, gab seinen schlummernden Kindern jeweils ein Küsschen und schlich aus dem Raum.

Marie schloss die Augen. Sie erinnerte sich an damals, vor all den Monaten, als sie Anselm kennengelernt hatte, an den Tag, an dem sie sich gemeinsam von der Geburtstagsfeier geschlichen hatten. Anselm lag neben ihr im Bett, fest an sie gekuschelt, sein Knie auf ihrem Unterleib. So schliefen sie ein, und so erwachten sie auch.

»Guten Morgen«, sagte Anselm verschlafen, als er die Augen aufschlug und das Licht der hereinscheinenden Sonne sah.

»Guten Morgen«, antwortete Marie, die ebenfalls gerade aufgewacht war.

Es war Sonntag und die Mittagszeit bereits herangerückt.

»Oh, ich könnte einen Kaffee vertragen, glaub ich«, sagte er und legte seinen Kopf auf ihren Oberkörper. »Hast du welchen da? Soll ich welchen machen?«

»Ja, gerne.«

Er kroch aus dem Bett, schlurfte in den Flur und in die Küche, Marie stand ebenfalls auf und folgte ihm.

»Da ist der Wasserkocher und hier steht Kaffee«, erklärte sie.

Anselm füllte den Elektrokocher mit Wasser auf und stellte ihn auf die dafür vorgesehene Platte. Danach umarmte er sie, und so umschlangen sie sich in der Küche und liebkosten gegenseitig ihre nackten Körper neben dem zischenden Wasser, bis es kochte und blubberte.

»Und was hast du heute noch vor?«, fragte Marie, als sie wieder im Zimmer auf der Bettkante saßen, die gefüllten Kaffeetassen auf dem Boden vor sich.

»Weiß nicht. Mal sehen«, antwortete Anselm. »Ich glaub, ich mach nichts Besonderes mehr. Vielleicht ein Buch lesen oder so. Ab Montag muss ich mich mal wieder nach irgendeinen Job umgucken. Das Geld wird gerade ein bisschen knapp.«

»Erinnere mich nicht daran. Ich muss morgen auch wieder früh raus.«

»Das ist schon schlimm, das Leben!« Anselm grinste, dann trank er einen Schluck. »Was machst du heute noch?«

»Nachher, na ja, eher jetzt gleich, werde ich meine Mutter besuchen. Zum Kaffee.«

»Aha, die Eltern. Den Kontakt zur Familie sollte man immer frisch halten.«

»Genau! Wobei ich finde, dass sich meine Mutter manchmal ein bisschen zu sehr um mich kümmert …«

»Ich glaube, das ist normal«, sagte Anselm. »Das machen doch fast alle Mütter. Ich kenn das … Aber ich will dich gar nicht aufhalten. Ich werd am besten mal gehen.«

»Oh nein, keine Eile!«

»Keine Eile? Wie du willst. Ich werde ganz, ganz, ganz langsam gehen. Zuerst ziehe ich mich mal ganz, ganz, ganz langsam an.« Anselm erhob sich wie in Zeitlupe vom Bett und begann die Kleidung aufzulesen, die sie sich, als sie in der Nacht angekommen waren, gegenseitig abgestreift und im Zimmer auf dem Boden verteilt hatten. Marie schmunzelte über die Langsamkeit, mit der er das alles betrieb. Er sortierte die Textilien nach Maries und seinen, dann zogen sie sich an.

»Komisch, hier fehlt eine Socke«, sagte Anselm und sah sich um. »Die muss hier irgendwo sein.«

»Unterm Bett vielleicht?«, meinte Marie, die sich gerade ihre zweite Socke übergestreift hatte.

Anselm bückte sich und blickte unter das Bett.

»Nein, da ist nichts. Wo könnte die Socke nur sein?«, überlegte Anselm wieder.

»Ich weiß nicht, vielleicht ist sie in die Bettdecke gewickelt?« Marie, die mittlerweile vollständig bekleidet war, stieg von der Bettkante und schüttelte die Decke aus, ohne fündig zu werden, die Socke zeigte sich nicht.

»Komisch. Wo könnte sie sein?«, grübelte Anselm. »Ich hab eine Idee! Kennst du den Trick? Wenn man etwas sucht, zum Beispiel den Schlüssel, dann findet man ihn am schnellsten, wenn man alles noch einmal rekapituliert, wenn man alles, was man gemacht hat, als man nach Hause gekommen ist, noch einmal macht. Man überlegt, wie man die Tür aufschließt, wie man in die Wohnung geht, den Schlüssel auf den Küchentisch wirft – und da ist er dann meistens.«

»Wie jetzt?«

»Pass auf! Komm mit!«

Anselm nahm Marie an der Hand und führte sie in den Flur zur Wohnungstür. »So. Hier sind wir gestern reingekommen, danach sind wir in die Küche gegangen.« Anselm führte Marie in die Küche. »Ich hab mich hier auf den Stuhl gesetzt und du dort drüben.« Beide setzten sich an den Küchentisch. »Wir haben uns hier ein wenig unterhalten. Ich glaube, meine Socken hatte ich da noch an den Füßen, hier kann die fehlende Socke nicht sein. Was haben wir dann gemacht? Ich bin zu dir, wir haben uns umarmt, dann sind wir ins Wohnzimmer gegangen.« Anselm umarmte Marie, dann zog er sie an der Hand ins Wohnzimmer.

»Aha, jetzt verstehe ich«, sagte Marie. »Wir müssen jetzt alles noch einmal durchspielen. Wie gestern Abend.«

»Richtig!«, entgegnete Anselm. »Hier haben wir uns aufs Bett gesetzt und …« Anselm küsste Marie.

Nun begannen sie wie am Abend zuvor, sich gegenseitig zu entkleiden, und dabei fiel die vermisste Socke aus Anselms Hosenbein.

»He! Da ist sie ja«, sagte Anselm.

»Wie schade, dass wir sie schon gefunden haben«, sagte Marie. »Oder nein, ist schon gut so. Ich muss ja auch gleich los. Sehen wir uns mal wieder?« Marie blickte Anselm an.

»Na klar. Unheimlich gerne.«

»Wann?«

»Nächstes Wochenende? Spätestens?«

»Wollen wir da was unternehmen?«

»Ja. Was denn?«

»Na, zum Beispiel tanzen gehen.«

»Ja, warum nicht tanzen.«

Marie holte Zettel und Stift, und sie tauschten ihre Telefonnummern aus.

»Lass uns telefonieren, und dann verabreden wir uns fürs Wochenende«, sagte sie und küsste ihn noch einmal.

Am folgenden Wochenende gingen sie gemeinsam aus, besuchten jedoch keine Tanzveranstaltung, sondern spazierten einfach durch die Straßen, die von einem kurzen Regenschauer glänzten. Hand in Hand schlenderten sie über den nassen Gehsteig und sahen zum Vollmond hinauf, vor dem graue Wolkenschleier vorüberzogen. Später aßen sie noch etwas in einem Schnellrestaurant, dann gingen sie zu Anselm nach Hause, wo sie sich liebten. Sie liebten sich, und drei Wochen später offenbarte Marie ihrem neuen Freund, was sich drei Wochen zuvor in ihrem Körper ereignet hatte.

»Was denn? Von mir?«, fragte Anselm verunsichert.

»Ja, von dir«, antwortete Marie.

»Wirklich? Ich bin sprachlos.«

»Rennst du jetzt weg?«

»Nein.«

»Wirklich nicht?«

»Nein … bestimmt nicht«, versicherte Anselm und hob eine Hand zum Schwur.

»Ich liebe dich«, sagte Marie.

»Ich kann's nicht glauben. Ich werde Vater«, rief Anselm und tanzte durch den schwarzen Raum. »Oh, oh, oh, ich werde Vater«, sang er in der Finsternis verschwindend. »Oh, oh, oh, was ist das nur für ein verrückter Tag? Oh, oh, oh, oh, oh, …« Anselm rief und schrie, er jammerte und kreischte in ihr linkes Ohr, woraufhin Marie die Augen aufschlug und wieder in das weiße, sterile Zimmer blickte. Anselm schrie und brüllte, Hagen stimmte ein. Die Kleinen waren wohl hungrig und verlangten nach der mütterlichen Milch. Die Schwester kam ins Zimmer getreten, um der jungen Mutter sogleich beim ersten Anlegen der Säuglinge zu helfen.

Doch in Maries Kopf war noch der Traum, und sie fragte sich, ob alles, was sie träumen könne, tatsächlich auch geschehe, denn das hatte Anselm damals behauptet, als sie am Küchentisch gesessen hatten, und vielleicht war es so, vielleicht geschah alles tatsächlich, vielleicht wäre unter anderen Umständen in einer anderen Welt alles anders gekommen. Doch das Schicksal hatte diesen Lauf gewählt. Sie hatte zwei Kinder, die sie nun aufziehen würde, und draußen arbeitete Helmut an ihrer gemeinsamen Zukunft. Das Einzige, was Marie blieb, war die Erinnerung an einen schönen Abend vor geraumer Zeit mit einem Mann namens Anselm Hagen – aber das war damals, das war lange her, das war eben nur mal ein verrückter Tag.

* * *

Haben Sie es bemerkt? Ich habe mich nicht bewegt. Ich sitze immer noch in meinem schwarzen Ledersessel hinter dem wuchtigen Holzschreibtisch in meinem Raum unter dem fünfarmigen Kronleuchter, die Regale um mich herum mit Büchern gefüllt, auf dem Boden und dem Schreibtisch ungeordnete Dokumente.

Nun, ich habe Ihnen eine Geschichte erzählt, eine verrückte Geschichte, eine frei erfundene Geschichte, die dennoch wahr ist, und dass sie wahr ist, werden Sie jetzt wohl nicht mehr bezweifeln. Oder zweifeln Sie noch? Glauben Sie etwa nicht, dass sich alles so zugetragen hat, wie ich es mir erdacht habe? Vielleicht halten Sie mich, Doktor Festus, für verrückt. Das ist Ihr gutes Recht, so hoffe ich. Doch nehmen Sie sich bitte noch einmal kurz die Zeit und werfen Sie einen Blick auf das Ölgemälde neben dem Globus. Wir sehen dieses seltsame Wesen, das in einem hölzernen Ruderboot über grauen Steinbergen schwebt, ein orangefarbenes Wesen, das die Form einer Bockwurst hat, das uns mit stechendem Blick direkt anschaut. Dieses Wesen befindet sich offensichtlich nicht in unserer Welt. Doch, ach, darf ich überhaupt von unserer Welt sprechen? Müsste hier nicht die Rede von Ihrer, meiner und der Welt des seltsamen Wesens sein? Dieses Wesen befindet sich in einer Welt, die uns durch die Verteilung der Farbpigmente auf dem Leinen sichtbar wird, eine Welt, in die wir hineinblicken können, ohne dass das Wesen je etwas davon bemerkt, so wie ich nichts davon bemerke, wenn Sie in mein Zimmer blicken. Dieses Zimmer, dieser Raum ist meine Welt, sie ist allein dazu erdacht, dass ich hier sitze und Ihnen eine Geschichte erzähle. Aber Ihre Welt kann ich nicht erkennen. Wie ist Ihre Welt? Gibt es bei Ihnen Flugzeuge? Gibt es Häuser, gibt es Straßen, gibt es Autos? Fernsehen und Radio? Mobiltelefone, Computer und Internet? Gibt es Tag und Nacht? Sommer und Winter? Gibt es Geld? Werden bei Ihnen die Geldscheine etwa durchnummeriert? Gibt es Menschen in Ihrer Welt? Ich weiß es nicht. Ich habe mir das eben nur frei ausgedacht, und ich weiß, dass diese Welt so existieren muss. Möglicherweise sind Sie in diesem Moment explodiert und gehören nicht zu denen, die meine nächsten Worte noch verfolgen können. Denken Sie daran, es gibt solche Welten, in denen die Menschen urplötzlich explodieren, und freuen Sie sich, wenn bei Ihnen alles halbwegs geordnet verläuft, wenn Tag für Tag die Sonne aufgeht, ein Stein erwartungsgemäß nach unten fällt, wenn Sie genügend Luft zum Atmen haben, wenn Blumen blühen und Wiesen grünen, Vögel zwitschern und die Ozeane rauschen, wenn ungerechte Taten bestraft und gerechte belohnt werden, wenn Sie in Frieden leben können.

Und schauen Sie doch einmal, was ich hier in meiner Hand halte! Eine Diskette, beschriftet mit *Anselm_Hagen.bak*. Diese Diskette verkörpert keine Person, sie enthält nur die Informationen, die die Person verkörpern, und diese Informationen existieren, selbst wenn ich diese Diskette jetzt zerstören würde, die Information lebt weiter, sie existiert auf immer und ewig. Und vergessen Sie nicht! Alles, was ich aufschreiben kann, alles, was ich mir je erdenken kann, das geschieht auch wirklich, es existiert tatsächlich, es ist alles real.

Tube Tobias Herre liest aus »Das Fehlerchen«, MP3s zum Download unter: *http://www.voland-quist.de/downloads/tubelesung.zip*

Tube Tobias Herre

»Wenn ich Macht hätte«

Tubes Texte sind lakonisch und lustig und manchmal um bis zu sieben Ecken gedacht. Er schreibt z.B. über Freude und Ärger am Arbeitsplatz, befasst sich mit der Volkskrankheit »Chef«, den verrückten Managern und erklärt, wie S-Bahn-Kontrolleure zu überlisten sind.

Buch + Audio-CD
160 Seiten
ISBN 978-3-938424-85-8
EUR 14,90

Lese- und Hörproben unter www.voland-quist.de